우리들의 영국 유학기
13인의 이야기

우리들의 영국 유학기
13인의 이야기

발 행 | 2022년 2월 21일
저 자 | 정채관, 권순학, 김보민, 김보라, 박시은, 박희양, 윤선경, 이태영, 전지혜,
정영옥, 채충만, 이완기, 홍선호
편 집 | 안수경
펴낸곳 | 주식회사 부크크
출판사등록 | 2014.07.15.(제2014-16호)
주 소 | 서울특별시 금천구 가산디지털1로 119 SK트윈타워 A동 305호
전 화 | 1670-8316
이메일 | info@bookk.co.kr

ISBN | 979-11-372-7483-9

www.bookk.co.kr

머리말

시기는 다르지만, 영국이라는 나라에서 유학한 13명이 모여 유학기를 썼습니다. 각자 공부한 학교, 전공, 학위는 다르지만, 낯선 곳에서 모두가 원하던 바를 성취하고 한국으로 돌아왔습니다.

저자들이 겪었던 경험은 모두 처음 겪는 경험이었고, 좋았던 경험과 나빴던 경험이 아니라 다른 경험이었습니다. 이 책을 읽는 독자에게 저자들의 경험이 도움된다면, 이 책을 만들기 위해 들인 시간과 노력이 유의미하다고 생각합니다.

이 책이 영국 유학을 꿈꾸는 이들에게 작은 나침반이 되기를 바랍니다.

대표 저자 정채관
송도에서
2022년 2월

편집자의 말

책을 출간하기 위해 긴 호흡으로 책을 편집하는 경험은 처음이었습니다. 책의 구성, 문단의 구성, 문장의 구성, 로컬라이제이션 작업을 하며, 편하게 읽히는 글로 만들기 위해 노력하였습니다.

여러 번의 편집을 거치다 보니 저도 어느샌가 영국에 대한 추억을 갖게 된 것처럼 느껴집니다. 각각의 글에 담긴 교수님들의 추억이 저에게 전해진 것 같습니다.

편집자로서의 경험을 얻은 것뿐 아니라 인생의 교훈도 얻을 수 있었습니다. 소중한 경험을 하게 해주신 교수님들께 감사드립니다.

편집 안수경
국립인천대학교 코퍼스연구소
2022년 2월

목차

정채관 교수

[학력]

·영국 University of Birmingham 생산공학·일본어 공학학사
·영국 University of Warwick 경영공학 이학석사
·영국 University of Warwick 응용언어·영어교육 교육학박사

[경력]

·서울대학교 교수학습개발센터 선임연구원
·한국교육과정평가원 영어본부, 교육과정·교과서본부,
교육평가본부, 임용시험센터 부연구위원
·현재 국립인천대학교 영어영문학과 조교수, 국립인천대학교
코퍼스연구소 소장, 한국초등영어교육학회 부회장,
한국중등영어교육학회 부회장

[저·역서]

·내 아이와 영어산책: 영잘알 부모의 슬기로운 영어공부법
·4차 산업혁명과 미래 영어교육
·코퍼스 언어학 입문, 한눈에 들어오는 컴퓨터 보조 번역 등

정채관
나의 어학연수기 & 영국 유학기

1. 들어가며

인생. 사람이 세상을 살아가는 일이다. 세상 살다 보면 인생이 전혀 예상치 못한 방향으로 흘러갈 때가 있다. 어머니는 내게 늘 옛말 하나 틀린 것 없다고 하셨다. 세상을 살다 보면, '아, 이 말이 그런 뜻이었구나'하며 가슴에 탁 와 닿을 때가 있다. 다산 정약용 선생은 두 아들에게 재산 대신 부지런할 근자와 검소할 검, 두 글자를 남겼다. 사람 언제 죽을지 모른다. 나는 내 두 아이에게 없던 길 만들어 갔던 내 경험을 남기고 싶다.

2. 유학 준비기

가. 중학교까지의 인생

어릴 때 동네 놀이터에서 놀다가 쇠로 만든 그네에 눈 바로 옆을 맞아 찢어졌다. 내 얼굴에 처음 흉터가 생겼다.

국민학교 3학년 겨울 방학 때였다. 신정 연휴라 식구들하고 늘어지게 TV를 보며 뻥튀기를 먹고 있었다. 밖에서 친구가 부르는 소리가 났다. 차기 장난을 하잔다. 짜식… 도전은. 친구가 쫓아오길래 새로 짓는 2층 집 옥상으로 올라갔다. 슬쩍 보니까 바로 옆에 공사 중인 다른 집하고 거리가 얼마 안 되어 보였다. 난간 위로 올라갔다. 바로 옆집으로 뛰려는 찰나, 잠깐 밑을 내려봤다. 기억이 끊겼다. 어릴 때 높은 데서 떨어지는 꿈을 자주 꾸지 않던가. 어른들은 키 크려고 그런다고 했다. 실제로 나는 떨어지는 꿈을 자주 꿨다. 꿈인 줄 알았다. 눈을 떠보니 사람들이 앞에서 웅성거리고 있었고, 나는 공사 중인 집과 집 사이 틈에 널브러져 있었다. 공사 중에 버린 벽돌과 흘러내린 콘크리트 덩어리들 위에 떨어졌는데 희한하게 안 죽었다. 정신을 차리니 사람들이 자꾸 나를 쳐다보며 뭐라고 했다. 어린 마음에 아프다는 생각보다는 창피한 생각이 먼저 들었다. 얼른 집에 가야겠다 싶어 일어섰다. 순간 왼쪽 다리가 시큰했고, 그대로 앞으로 고꾸라졌다. 또 정신을 잃었다.

정신이 들었는데, 코가 깨진 건지 얼굴이 온통 피범벅이었다. 아버지는 내가 피를 너무 많이 흘리자 등에 수건을 한 장 올리고, 그 위에 나를 업은 뒤 동네 병원으로 뛰어가고 계셨다. 달가닥 달가닥…. 나는 또 정신을 잃었다. 다시 정신이 들었을 때는 병원 침대 위였다. 이번에는 쓸데없이 움직이지 않고 가만히 있었다. 말도 안 했다. 그런데 내가 꼼짝도 안 하고 있으니 사람들은 내가 죽었다고 생각하는 것 같았다. 머리부터 발끝까지 피범벅을 하고 있어서 그런지 누구도 섣불리 손을 대지 않고 있었다. 뭔 소리라도 내야 사람들한테 내가 안 죽었다는 것을 알릴 수 있을 것 같았다. '수술 안 해요?'라고 힘겹게 말했다. 사람들은 뭔 일이 이런 일이

13

있냐며 부랴부랴 내 몸에 손을 대기 시작했다. 결론부터 얘기하면, 3층(이층집 옥상)에서 떨어졌는데 왼쪽 다리 골절에 코하고 눈 밑이 조금 찢어진 게 다였다. 원래 얼굴은 크게 다치지 않았는데, 정신이 들었을 때 걸어 나오려고 하다가 앞으로 고꾸라지는 바람에 코와 왼쪽 눈 밑에 흉터가 생겼다. 남들도 다 겪는 그렇고 그런 몇 번의 사건을 제외하곤, 나는 지극히 평범한 아이였다.

하지만 내 인생에도 시련이 찾아왔다. 당연히 들어갈 줄 알았던 고등학교 입시에서 낙방했다. 처음으로 인생의 쓴맛을 봤다. 혼란스러웠다. 이제 뭘 어떻게 해야 할지 몰랐다. 추운 겨울 혼자 이불을 뒤집어쓰고 어떻게 살아야 할지 막막했다. 눈물을 흘리며 울었다. 그때 식구들은 안방에서 삼겹살을 구워 먹으며 TV 예능 방송을 보고 희희낙락했다. 나는 식구들 들으라고 더 서럽게 울었지만, 누구도 신경 써주지 않았다. 맛있는 삼겹살 냄새와 함께 식구들의 즐거운 웃음소리를 들으며 인생은 고독하다는 걸 깨달았다. 그때 내 나이 16살.

나. 고등학교까지의 인생

어릴 때 나는 남자애가 왜 이렇게 이쁘냐는 소리를 자주 들었다. 하지만 6살 때 쇠로 만든 그네에 맞아 생긴 오른쪽 눈 위 흉터, 10살 때 3층에서 떨어져서 생긴 왼쪽 눈 아래 흉터와 삐뚤어진 코로 인해 얼굴이 변했다. 이쁘다는 소리를 더는 듣지 못했다. 남들과 별반 차이 없던 학교생활도 고교입시 낙방이라는 흉터가 생겼다. '우리 애가 머리는 좋은데….' 어디서 많이 듣던 말 아닌

가. 초등학교는 물론이고 중학교에 다닐 때도 성적에 큰 신경을 쓰지 않았다. 벼락치기를 하면 대충 중간 성적은 나왔기 때문이다. 호기심이 많았지만, 천성이 게을러서 하고 싶은 것만 하고 TV 보는 거 좋아하는 평범한 아이였다. 그러던 내가 정신을 차리게 된 건 고등학교 입시 낙방이었다.

2차 고등학교에 지원했다. 입학 전 중3 겨울 방학을 독하게 보냈다. 집 앞 독서실에서 새벽 2시 취침, 새벽 6시 기상. 이를 갈았다. 수학의 정석을 거의 외웠고 영어 사전을 진짜 씹어먹었다. 독서실 의자 세 개를 붙여 잔 다음, 집에 가서 씻고 도시락을 받아 학교에 갔다. 점심을 먹고 나면 같은 반 아이들과 놀지도 않고 무조건 책상에 엎드려 잠을 잤다. 머리도 거의 삭발하고, 모든 것을 공부에 맞췄다. 고등학교 1학년 때 난생처음 전교 등수에서 놀아봤다. 하지만 그런 생활을 1년 정도 하니 만사가 귀찮았다. 계속 드는 의문이, 공부 잘해서 좋은 대학에 가면 뭐가 달라질지 모르겠다는 것이었다. 내가 뭘 하고 싶은지 확실치 않은 상황에서 주야장천 대학 입시 준비만 하는 게 이해가 안 됐다. 주위에서 그런 고민은 대학에 들어간 다음에 하라고 했다. 다른 사람들도 다 그렇게 산다며 혼자 튀지 말라고 했다. 무슨 생각에선지 나는 그런 소리를 듣는 자체가 싫었다.

공부에 흥미를 잃었다. 성적이 서서히 내려갔지만, 기본적으로 해놓은 게 있으니 바닥까지는 안 갔다. 지금 돌아보면 번아웃 증후군이었다. 하지만 동시에 앞으로 내 인생을 어떻게 살아야 할지 나름 치열하게 고민했던 시절이기도 했다. 어느 순간 나 같은 사람은 우리나라에서 '성공'하기 어렵겠다는 생각이 들었다. 지금도 별반 달라진 게 없지만, 과거 우리나라에서의 '성공'은 명문대에 입학해서, 재학 중에 사법고시를 합격해 판검사가 되거나 의대를 나와 의사가 되는 것이다. 그렇게 되려면 어렸을 때부터 공부 잘하고, 부모님 말씀 잘 듣고, 선생님이 시키는 대로 하는 모범생이어야 한다. 공부는 하고 싶을 때 하고, 부모님 말씀은 듣고 싶은 것만 골라 듣고, 선생님이 시키는 것도 나랑 안 맞으면 안 했다. 이런 주제가 어떻게 한국에서 '성공'이란 걸 하겠나?

이 나라를 떠나서 새로운 인생을 살아봐야겠다는 생각이 들었다. 어차피 인생 한 번 사는 거 아니겠나? 주위에서는 도피라며 비아냥거렸다. 인생 그렇게 살면 안 된다고 한 마디씩 거들었다. 학교에서는 왜 시키는 대로 하지 않냐며 나무랐다. 하지만 이미 정해진 틀에서 나보다 공부를 더 잘하거나 집안이 빵빵한 다른 학생과 경쟁하는 건 그 자체가 불공평하지 않나. 나 말고도 이미 많은 아이가 그렇게 사는데 굳이 나까지 그 틀 안에서 아등바등 살 필요 없다고 생각했다. 그때 내 나이 18살.

다. 미국, 캐나다, 일본 대학 답사

내가 유학을 가게 된 건 고등학교 입시에서 낙방한 나비효과 때문이라고 할 수 있다. 인생의 첫 실패. 중3 겨울 방학 때 혼자 이불을 뒤집어쓰고 울면서 인생은 혼자 사는 것이란 걸 절감했다. 내 인생 나 혼자 가야 하고, 그렇다면 어떻게 살아야 잘 사는 것인지를 고민했다. 어차피 이렇게 된 거 밖으로 나가자는 결심을 했고,

그것이 내 인생의 전환점이 된 것이다. 남은 것은 군대 문제였다. 좌고우면할 게 없었다. 신체검사를 받았고, 현역병으로 입대했다. 현역 만기 제대 후 6개월 동안 아파트 공사 현장에서 막노동하며 돈을 벌었다. 당시 큰 기술 없이 짧은 시간에 목돈 만드는 방법으로는 막노동이 최고였다. 발바닥에 못이 찔리고 가시에 손가락이 찔리는 등 온몸이 고됐지만, 군인 정신으로 버텼다. 그렇게 번 돈으로 한 달가량 미국과 캐나다에 다녀왔다.

미국과 캐나다의 명문대학을 직접 내 눈으로 둘러보고 싶었다. 역시 미국에는 우리나라 사람들이 너무 많았다. 미국에서 만난 한인 유학생으로부터 미국으로 유학하러 오기 전에 우선 우리나라에서 명문대학을 나왔어야 미국으로 유학하러 와서도 유학생 대접을 받는다고 했다. 누구한테 무슨 대접을 받아야 대접을 받는 건지 모르겠지만, 뭐가 좀 꼬여있는 것 같았다. 캐나다는 너무 한산했다. 캐나다에서 공부하고 나면, 그다음에 뭘 할 수 있을지 딱히 그림이 떠오르지 않았다. 미국과 캐나다에 다녀온 다음, 다시 아파트 공사 현장 숙소에서 먹고 자며 돈을 벌었다. 그렇게 번 돈으로 그다음 해 여름 한 달 정도 혼자 일본의 명문대학을 둘러봤다. 일본 신주쿠 역에 가니 골판지로 자리를 깔고 자는 노숙자들이 즐비했다. 쓰레기통에서 사람들이 읽고 버린 만화책을 주워서 깨끗이 닦은 후 팔고 있었다. 이때 처음 길바닥에서 자도 되는 걸 알게 되었다. 나도 자극받아 난생처음 공원 벤치에서 노숙을 해봤다. 인생 꼬일 때를 대비해서다.

일본의 명문대학인 오사카대학교 도서관에 갔을 때다. 한국에서 왔는데 이 대학에 관심 있고, 나중에 지원할지도 모른다고 말하니 일본인 사서가 친절하게 도서관 탐방을 시켜줬다. 학생 식당에 가서 일본식 카레 덮밥도 먹어봤다. 보니까, 대부분 학생이 밥 먹으면서도 눈은 책에 가 있었다. '참 열심히 공부하는구나' 싶었다. 일본 일정을 마칠 즈음 겁도 없이 밤 8시에 후지산 정상 등정에 도전했다. 여름이라고 샌들에 반바지 차림으로 후지산에 올라가다가 중간에 얼어 죽는 줄 알았다. 다행히 비 올 때를 대비해서 가져간 우비가 바람막이 역할을 잘 해냈다. 밤이라서 어두워 앞이 잘 안 보였는데, 올라가다 보니 설상가상으로 산소도 부족하더라. 후지산이 그렇게 높은지 몰랐다.

8시간 만인 새벽 4시에 정상에 올랐다. 드는 생각이, 일본에서 유학하면 뭐든 일본어로 해야 하는데 나중에 내가 뭘 하든 영어로 할 때보다는 활동이 제한돼 보였다. 일본인을 상대할 게 아니면 영어를 또 배워야 할 것 같았다. 나름대로 일본어를 2년 정도 공부하고 갔는데 내 일본어 실력으로는 지하철역에서 일본 사람한테 길을 물어보기도 쉽지 않았다. 허구한 날 일본어 교재만 외우고, 앵무새처럼 외운 것만 말하니 내가 일본어를 어느 정도 하는 줄 착각했다. 지금 생각해봐도 당시 나는 카세트테이프나 CD로 일본 사람이 말하는 걸 거의 듣지도 않았다. 실제 일본 사람이 말할 때 무슨 말인지 알아들을 수 없는 건 당연했다. 서울역에 가면 오만가지 사투리를 들을 수 있듯이 일본도 마찬가지였다. 각종 사투리뿐 아니라 말하는 속도나 목소리 크기도 다른 일본 사람들이 말하는 걸 내가 단박에 알아들을 수 있을 거로 생각한 게 오히려 이상한 거다. 실제로 내가 신주쿠 역에서 버벅거리는 일본어로 길을 물으니 다들 벌레 보듯 도망갔다. 하긴 그때 내 행색이 역에 사는 노숙자와 별반 차이가 없었으니 그럴 만도 하다고 생각했다.

하지만 혹시나 해서 지나가는 일본 사람에게 영어로 길을 물어보니 친절하게 자기가 영어를 못해서 미안하다면서 같이 버스를 타고 목적지까지 데려다주는 게 아닌가. 아니, 이건 뭐지? 그렇다고 내가 무슨 양복을 빼입고 그런 것도 아니었다. 단지 버벅거리는 일본어 대신 버벅거리는 영어로 길을 물었을 뿐이었다. 그 일이 있고 난 후 비록 내가 일본어를 조금 알아들을 수 있다고 치더라도 절대 일본어를 하지 않았다. 일본인들은 영어를 사용하는 나에게 매우 친절했다. 이상했다. 어설프게 일본어를 하는 외국인보다는 어설프게 영어를 하는 외국인이 뭔가 더 있어 보였나? 그렇다면 내가 일본에서 유학하며 아무리 일본어를 잘하게 되더라도 이들의 친절을 경험하긴 어렵겠다는 생각이 들었다. 내가 일본에서 이런 경험을 직접 하지 않았다면 나는 아마 일본에서 유학했을지 모른다.

미국이나 캐나다가 아닌 다른 영어권 나라를 고민했다. 자고로 해외 유학은 미국이나 캐나다, 아니면 일본으로 가야 한다고 막연히 생각하고 있었다. 솔직히 그때까지만 해도 영국은 생각조차 못했다. 유럽에 있다는 생각. 유럽은 우리나라에서 아주 멀다는 생각. 물가가 비싸다는 생각. 아무튼 영국은 그냥 내가 잘 모르는 나라였다. 호주나 뉴질랜드는 더더욱 말할 것도 없고. 며칠을 고민한 끝에 미국이 아니라면 영국으로 가야 할 수밖에 없다는 생각이 들었다.

라. 영국 원정 준비기

지금 와서 보면 꽤 잘한 선택이었고, 주변에서 누가 해외로 유학 간다고 하면 영국으로 가라고 한다. 유학하면서 그 나라를 돌아보는 것도 좋지만, 말이 달라지는 국경을 넘어 인접 국가까지 돌아보다 보면 조금씩 다른 문화를 경험하게 된다. 이런 과정의 역효과도 있다. 스페인을 다녀온적이 있는데, 영어가 아예 안 통했다. 스페인어를 못하면 지하철 타는 것도 어려웠다. 갑자기 덩치만 큰 아이가 된 기분이었다. 좋은 경험이든 나쁜 경험이든 그 차이에서 오는 조금 다른 생각들도 나중에 창의적 사고의 발판이 되는 소중한 자산이다. 이런 건 학교나 책에서는 배울 수 없다. 경험을 통해서만 배울 수 있는, 말로 표현하기 조금 미묘한 것들이다.

영국으로 건너가기 전에 다시 아파트 공사 현장으로 돌아와 먹고 자며 막노동으로 다시 돈을 모았다. 하루는 아파트 입구 위를 정리하라고 해서 열심히 빗자루질하고 있었다. 순간 이상한 기분이 들었다. 고개를 들어 잠깐 하늘을 올려다보니 하늘에서 시커먼 덩어리가 위에서 쏟아져 내리고 있었다. 아파트 벽을 세우기 위해서는 틀을 만들어 자갈이 섞인 콘크리트를 붓는다. 그날도 여느 때처럼 콘크리트 펌프차가 고층 외벽에 콘크리트를 부었는데 틀이 제대로 고정이 안 돼 터진 것이었다. 당연히 수 톤의 자갈 섞인 콘크리트가 위에서 쏟아져 내렸다. 잽싸게 벽으로 붙자마자 하늘에서 콘크리트 덩어리가 바로 내 옆으로 후두두 떨어졌다. 죽을 뻔했다.

이렇게 죽기에는 너무 아깝다고 혼자 중얼거리며 그날로 아파트 공사 현장을 나왔다. 한국 생활 3년 차라는, 중국 길림성에서 온 조선족 김씨 아저씨와 현장 숙소에서 같이 자고 먹으며 정도 많이 들었지만, 이제는 내 길을 가야 한다.

영국으로 건너가기 전, 내 방 벽에 큰 종이를 여러 장 붙여 놓고 1년 가까이 치밀하게 어학연수 준비를 했다. 집에서 몇 시에 출발해서 어디서 몇 번 버스를 타고 김포공항에 도착하면, 어디 가서 뭘 하고 뭘 한 다음, 몇 시 비행기를 타고 몇 시에 히스로 공항에 내린 다음, 어디로 이동해서 최종 목적지까지 갈지를 말이다. 국가대표 양궁 선수들이 올림픽에 출전하기 전에 이미지 트레이닝을 하는 것처럼 집에서 분 단위로 최종 목적지인 영국 사우샘프턴 홈스테이를 할 집까지 수도 없이 이미지 트레이닝 했다.

3. 영국으로

가. 영국 출정

1997년 3월 15일, 나는 드디어 영국으로 가는 비행기에 몸을 실었다. 미국 가는 비행기, 일본 가는 비행기도 타봤지만, 영국 가는 비행기는 처음이다. 게다가 이번에는 가서 할 일이 있다. 비싼 돈을 들여가는 것이기 때문에 반드시 목표를 달성하고 돌아와야 한다. 긴장되어 잠도 안 왔다. 비행기가 히스로 공항에 도착하고 입국 심사대에 섰다. 지금은 영국으로 어학연수를 가려면 한국에서 비자를 받은 다음 출국해야 하지만, 당시에는 공항에서 학생 비자를 찍어줬다. 학생 비자가 거부되면 한국으로 돌아가거나 관광 비자로 재입국을 해야 하는데, 상황이 이렇게 되면 복잡해진다. 학생 비자를 신청했는데 입국 심사관이 뭔가 이상해서 학생 비자를 거부하는 상황에서 관광 비자로 입국시켜주는 건 앞뒤가 맞지 않기 때문이다. 긴 비행으로 지치고 돈 아낀다고 부치는 짐 이외에도 휴대용으로 바리바리 짐을 싸서 가져온 내 모습을 본 입국 심사관은 묘한 표정을 지었다. 당시 나는 유학원을 거치지 않고 혼자 어학연수 준비를 했다. 내가 갈 어학원을 직접 알아보고 입학 허가서를 받았다. 어학원에 미리 학비를 냈다는 영수증도 없이 어학원에서 보내준 입학 허가서 한 장을 달랑 가지고 학생 비자를 찍어달라는 나를 보며 입국 심사관은 학비 낼 돈은 있냐고 물었다. 속옷 안에 있는 복대에 있다고 하니 보여달라고 한다. 망설이지 않고 그 사람 많은 곳에서 허리띠를 풀어 복대에 있는 현금을 보여줬다. 한국에서 가져온 패밀리 신용카드도 자랑스럽게 보여줬다. 현금을 세보라며 건네주려고 하니까 입국 심사관은 다소 어이가 없다는 표정을 지었다. 다른 서류들을 슬쩍 보는 듯싶더니 학생 비자를 쿵 찍어줬다.

한국에서 영국으로 갈 때 돈이 충분하지 않으니 영국까지 가는 가장 싼 항공권을 사야 했다. 싼 항공권을 구하다 보니 기차를 타고 어학연수 할 동네인 사우샘프턴에 도착하면 밤 11시 30분이 넘는 시간이었다. 당분간 먹을 것과 필요한 물건도 바리바리 싸서 가져갔다. 머리에 짐을 이고, 등에는 커다란 배낭을 메고 히스로 공항에서 지하철을 탔다. 런던 지하철은 우리나라처럼 에스컬레이터나 엘리베이터가 잘 되어 있지 않다. 혼자서 많은 짐을 이고, 지고, 메고 계단을 몇 번이나 오르락내리락하며 워털루역까지 간 다음 간신히 시간에 맞춰 사우샘프턴행 기차를 탔다. 사우샘프턴에 도착하니 역 자체가 문을 닫아 깜깜했다. 공중전화 박스를 찾아 말도 안 되는 영어로 홈스테이할 집에 전화하니 집주인 할머니는 택시를 타고 오란다. 영어 한 번 배워보겠다고 영국에 온 사람이 영어로 택시를 부를 실력이 어딨나? 내가 택시 부를 정도로 영어를 유창하게 하면 왜 어학연수를 왔겠냐며 혼자 구시렁거리다가 우연히 공중전화 박스 안에 붙어 있는 택시 회사 광고 전화번호를 봤다. 택시 회사에 전화해서 횡설수설하며 택시를 불렀다. 신기하게 택시가 왔다. 영국인 택시 기사에게 뭐라고 해야 할지 몰라 그냥 홈스테이하는 집 주소가 적힌 종이를 보여줬다. 종이에 적힌 그 집에 도착하니 새벽 1시가 다 되었다. 한참 벨을 누르자 자다가 일어난 집주인 할머니가 묵을 방으로 안내해줬다. 그렇게 내 영국 생활이 시작되었다.

나. 영국 적응기

12주 만에 영어를 정복하겠노라고 당찬 다짐을 했다. 나는 지금도 12주만 100% 집중하면 영어의 기초를 어느 정도 닦을 수 있다고 생각한다. 물론, 무엇이 기초인지는 사람마다 해석이 다르겠지만. 어학원에 가기 전에 아침마다 홈스테이하는 할머니와 모닝 담배를 한 대 피며 하루를 시작했다. 군대에 있을 때는 다 같이 피니까 담배를 피웠지만 사실 나는 체질적으로 담배가 잘 안 맞는다. 담배를 피우면 몸이 피곤해져서 자야 한다. 그래서 제대한 후에는 꼭 같이 피워줘야 하는 상황이 아니면 담배를 안 피웠다. 영국 할머니와는 같은 스모커로서 동지 의식을 갖고 좀 편안한 분위기에서 영어로 얘기하고 싶어서 아침부터 같이 담배를 펴줬다. 이 세상에 공짜가 어딨나. 뭔가를 얻으려면 뭔가를 내줘야 한다. 이 상황은 영어를 배우기 위해 건강을 내주는 상황이라고 해야 하나. 그만큼 다른 걸 생각할 여유가 없었다.

어학원에서는 우리나라 사람들과 어울리지 않았다. 영국까지 와서 우리나라 사람들과 어울릴 필요가 없다고 생각했기 때문이다. 어차피 12주만 있다 갈 거니까. 다행히 내가 오고 3일 뒤 스페인에서 온 헤수스와 친구가 되었다. 헤수스는 우리나라로 치면 K사 같은 스페인의 텔레콤 회사에 취직했는데 회사에서 영어를 배우고 오라고 8주 동안 보내줘서 왔다고 했다. 우린 둘 다 영국에 머물 시간이 정해져 있었고, 그 시간 안에 달성해야 할 목표가 있었다. 내가 가진 시간은 총 12주. 영국에 있는 동안 다양한 경험을 하고 싶었다. 그래서 4주는 아침, 점심, 저녁을 모두 주는 홈스테이를 했고, 그다음 4주는 집을 옮겨 아침과 저녁만 주는 홈스테이를 했고, 나머지 4주는 혼자서 자취를 했다. 처음 4주 동안에는 적응하느라 정신이 없었다.

처음 홈스테이를 하던 집에서 영국의 워킹 클래스 문화를 경험했다면, 새로 옮긴 집에서는 영국의 미들 클래스 문화를 접했다. 사우샘프턴에서 렌터카 회사를 하는 집주인은 식구가 많아 방이 여러 개인 큰 집을 갖고 있었다. 자녀들이 커서 독립을 하자 빈방을 학생들에게 빌려줬다. 그 집에는 영국 대학생들도 몇 명 살고 있었는데 그때까지만 해도 내 영어는 그들과 진득한 대화를 하기에 부족했다. 영국인 대학생들도 그런 나와 얘기하는 걸 그리 즐기지는 않아 보였다. 그전에 살던 집과 달리 새로 옮긴 집은 뷔페식으로 아침 식사를 제공했다. 아니, 내가 내는 돈은 똑같은데 대접이 이렇게 달라지다니. 역시 사람은 여기저기 많이 돌아다녀야 한다. 두 번째 홈스테이에서 새로운 경험을 하는 동안 헤수스가 스페인으로 돌아갈 시간이 점차 다가왔다. 처음 헤수스를 만나 펍에 갔을 때는, 맥주 한 잔을 시켜놓고 둘이 길게 얘기를 못 했다. 헤수스나 나나 영어가 짧아서였다. 헤수스가 스페인으로 돌아가기 전에 그 펍에 다시 갔다. 우리 둘은 처음 만났을 때를 얘기하며 조금 더 길게 얘기할 수 있게 된 우리를 돌아보며 웃었다.

다. 런던 진출

사우샘프턴에 있으며 시도한 세 번째 도전은 혼자 자취를 해보는 것이다. 지역 신문 광고를 통해 자취할 곳을 찾았고, 집주인에게 연락해서 계약했다. 지금 생각해봐도 무슨 용기로 그러고 다녔는지 모르겠다. 그때는 정말 무서운 게 없었다. 헤수스가 스페인으로 돌아가고 나니 오후에 대화할 사람이 없었다. 그래서 인근 다른 어학원 오후반을 신청했다. 한국으로 돌아갈 날이 얼마 안 남았는데 내 영어가 아직 만족스럽지 않았기 때문이었다. 마음이 조급해졌다. 지금에서 보면 그때 내 영어 레벨은 중하급 정도. 그러다 런던에 있는 유명 어학원 얘기를 들었다. 영어 말하기 전문 학원으로 4주만 다녀도 중급 이상의 영어를 할 수 있게 된다나. 귀가 솔깃

했다. 이제 어느 정도 기본적인 영어는 되니까 런던에 진출해보자는 생각이 들었다. 런던은 어학원들이 서로 경쟁하다 보니 학원비도 경쟁적이었다. 일주일을 무료로 수강할 수 있는 곳도 많았다. 사전 답사를 하러 갔다. 역시 런던은 사람이 많고 복잡했다. 한적한 시골에서 살다가 런던으로 옮기려고 하니 뭐가 그렇게 정신이 없던지. 런던에서 살 곳을 알아보던 중 누군가로부터 런던 기독교여자청년회(Young Women's Christian Association, YWCA)에 빈방이 많아 남자에게도 저렴한 가격에 렌트를 해준다는 얘기를 들었다. 기독교청년회(Young Men's Christian Association, YMCA)가 아니라 YWCA라니. 조금 이상했지만 그런 걸 따질 처지가 아니었다. 런던 기독교여자청년회를 찾아갔다. 소문을 듣고 왔다고, 싼 방이 있냐고 물었다. 담당자가 다소 황당한 표정을 짓더니 빈방이 없을뿐더러, 남자에게는 방을 줄 수 없다고 했다. 낙담한 표정으로 나오는데 담당자가 쫓아왔다. 자기 집에 빈방이 있는데 한 번 볼 생각이 있냐고 물었다. 들어보니 가격도 나쁘지 않다. 집에 찾아가서 방을 둘러보니 훌륭했다. 그 길로 사우샘프턴으로 돌아와 짐을 싸서 런던으로 돌아왔다. 나의 런던 자취 생활 시작이다.

새로 이사한 집 1층에는 집 주인이 살았고, 2층에 있는 방 3개에는 말레이시아와 모리셔스에서 온 여학생 2명과 내가 각각 살았고, 3층에 있는 방 2개에는 런던에서 직장 생활을 하는 캐나다 여성과 아일랜드 여성이 살았다. 다들 각자의 생활이 있다 보니 자주 만나 얘기 나눌 시간은 많지 않았다. 그래도 매주 목요일 저녁에는 동네 펍에 가서 맥주를 한 잔씩 했다.

런던에는 아주 저렴한 어학원부터 아주 비싼 어학원이 있다. 빨리 영어 실력을 늘려야 했지만 그렇다고 무턱대고 싼 곳에 등록해서 어학원을 왔다 갔다 하는 건 시간 낭비다. 또한, 이 시점에서 10년 후의 내 모습을 그려볼 필요가 있었다. 고교입시 낙방 이후 근 10년 만에 다시 인생에 대해 진지하게 고민했다. 어차피 한국으로 돌아가 봐야 달라지는 건 없다. 결국, 여기서 한 번 승부를 걸어 보자는 생각을 했다. 그렇게 하기 위해서는 단순히 자격증 같은 것을 따서 뭔가를 하기보다는 정식으로 대학에 입학해서 그 이후를 노리자. 그리고 난 다음, 영국에 계속 살지, 다른 유럽 국가에 가서 살지 아니면 과거 영국령이었던 홍콩이나 싱가포르 같은 곳에 살지 고민해보자. 생각이 정리되니 이제 무엇을 해야 할지가 보였다. 서점에 가서 대학 입학과 관련된 자료를 찾기 시작했고, 인터넷으로 대학 홈페이지를 뒤지며 입학 관련된 정보를 수집하기 시작했다.

라. 영국 대학 입학 준비

영국에서 어학연수를 하며 사회가 돌아가는 시스템이나 사람들이 확실히 우리나라와 다르다는 것을 느꼈다. 한때 세계를 다스렸고, 산업혁명이라는 새로운 변화의 물꼬를 튼 나라였다. 왕정을 끝냈지만, 여전히 여왕이 상징적으로 존재한다. 이들은 뭐든 다양한 시도를 하며 전체에게 득이 되는 것을 찾는다. 명분에만 집착하지 않고 실리를 추구한다. 대학도 마찬가지다. 우리나라는 공대에 가면 공학 전공에 집중한다. 기계공학 전공자가 필수로 외국어 부전공을 해야 한다는 말을 들어보지 못했다. 하지만 영국의 공대는 장차 관리자가 될 사람을 육성하는 것에 교육의 초점이 맞춰져 있다. 기계공학을 전공하더라도 경영, 회계, 프로그래밍, 외국어 등을 전공 필수로 수강해야 한다.

영국 대학에 도전하기로 하면서 처음 어학연수를 준비할 때처럼 혼자 영국 대학 지원에 관한 자료와 정보를 모았다. 다니던 어학원 선생님으로부터 추천서를 받았다. 영국 대학 등록금은 다들 비슷했다. 같은 값이면 다홍치마라고 명문대학에 지원했다. 추천서를 써 준 영국인 선생님들은 내가 정말 지원하는 영국의 명문대학에 입학할 것이라고 믿지 않는 것 같았다. 12주 어학연수를 하겠다고 영국에 와서, 영국 대학에는 어떻게 지원하는지도 잘 모르면서 혼자 지원서를 작성하고, 자기소개서를 쓰고, 추천서도 받으러 다녔다. 지금 생각해 보면 누가 가르쳐준 것도 아닌데 어떻게 혼자 그러고 다닌 것인지 모르겠다. 막연하게나마 그저 뭐든 잘 될 거라는 생각을 하고 있었다. 그러다 안 되면 마는 거고.

몇 개의 대학에서 서류 통과했으니 면접을 보러오라고 했다. 런던에 있는 유니버시티칼리지런던에서 면접을 보러 오라고 해서 갔다. 1:1 면접이었다. 종이 한 장과 연필 한 개를 주며 15분을 줄테니 수도꼭지에서 물이 흘러내리는 현상을 종이에 쓰란다. 그러고는 면접관이 방에서 나갔다. 영국 대학에서 면접은 어떻게 보는지도 모르는 상태에서 간 면접이었다. 멍하니 있다가 정신을 수습하고 그림까지 그려가며 열심히 뭐라도 적었다. 15분 후 면접관이

다시 방으로 돌아왔다. 이젠 설명을 해보란다. 아직 능숙하지도 못한 영어로 되지도 않는 이론을 들이대며 설명했다. 진땀을 뻘뻘 흘리며 영어도 잘 못 하는 주제에 애쓰는 모습이 불쌍했는지, 아니면 뭔가 가능성을 본 것인지 합격 통지서가 날라왔다.

나중에 석사, 박사를 했던 워릭대학교에서도 면접을 보러 오라고 연락이 왔고, 산업혁명의 발상지인 버밍엄대학교에서도 면접을 보러 오라는 연락을 받았다. 어차피 정원외이고, 영국에 있어서 실제 면대면 면접을 볼 수 있으니 대충 면접까지는 간 게 아닌가 싶다. 일단 버밍엄대학교로 갔다. 버밍엄대학교에 가니 유니버시티칼리지 런던과 달리 일반 면접과 학술 면접 모두 1:1 구술 면접으로 이루어졌다. 면접관이던 할머니 교수가 지원 동기라든지, 한국에 있을 때 뭘 했는지 등 이것저것 물어봤다. 할머니 교수는 내가 현역병으로 군 복무를 마친 사실에 대해 인상 깊어했다. 하지만 자기가 묻는 말에 제대로 대답을 못 하니 학업을 제대로 할 수 있을지 걱정스러워했다.

지금 와서 생각해 보면, 영국인에게 나는 일반적인 어린 학생이 아니었던 것 같다. 영국은 모병제다. 전쟁이 나면 왕과 귀족들이 앞다투어 전쟁터로 달려가고, 나라를 위해 죽거나 다치는 게 가문의 영광인 나라다. 그런 나라에서 군복무를 마친 예비역 병장인 나는 아무래도 달리 보였나 보다. 우리나라에서는 현역병으로 군복무를 마친 게 뭐 그리 대수냐고 생각하지만, 현역병으로 군복무를 마친 내 경력은 그 이후에도 영국에 살면서 큰 도움이 된다.

할머니 교수는 입학은 하도록 추천하겠지만, 졸업은 내 몫이라고 했다. 학업을 못 따라가 스스로 그만두거나, 아니면 유급을 반복하다가 제적될 것으로 예상한 것 같았다. 외국인 유학생이라 등록금도 많이 내니 학교로서는 손해 보는 장사가 아니다. 만일 기적이 일어나 내가 정말 졸업이라도 하게 되면 자기 직감이 맞았다고 뿌듯해 할 것이다. 면접장을 나오는데, 입고 갔던 두꺼운 겨울 코트의 소매가 땀에 흠뻑 절어있었다. 젖은 소매를 쥐어짜니 물이 나왔다. 우여곡절 끝에 버밍엄대학교 입학 허가서를 손에 쥐었다. 단, 입학 전까지 버밍엄대학교에서 요구하는 공인 영어 성적표를 제출해야 했다. 입학 허가서를 손에 쥐고 한숨 돌리고 나니, 우리나라에서 IMF 사태가 터졌다. 때는 1997년 말.

마. 영국 유학을 갈 것인가, 말 것인가?

국립현충원 독립유공자 묘역에 일제와 맞서 싸운 할아버지가 계신다. 장교묘역에는 큰아버지가 안장되어 계신다. 나라를 위해 희생한 집안치고 잘 사는 집이 드물 듯이, 나 역시 그리 풍족하지 못한 집안이었다. 군에 계시던 큰아버지가 학교 근처에도 가보지 못하고 시골에서 농사짓던 아버지를 인천광역시 부평에 있는 자동차 공장에 소개해줬다. 이후 형제 중 셋은 인천에서 태어났고 막내인 나는 부천에서 태어났다. 아버지는 비록 학교 근처에도 가보지 못했지만 부지런했고 호기심이 많았다. 타고난 근면 성실함 때문에 얼마 되지 않아 공장에서 인정받는 기술자가 되었고, 아버지 손에 들어가면 해결되지 않는 문제가 없었다. 올해 90세인 아버지는 지금도 고물상에서 고장이 난 가스 보일러를 사다가 직접 고친다. 어디서 제대로 배운 적도 없는데 직관으로 고친다. 기술 하나는 정말 끝내준다. 하지만 아무리 기술이 좋아도 배우지 못한 건 큰 걸림돌이었다.

월급날이면 아버지는 어린이 잡지와 통닭 한 마리를 사 오셨다. 그런데 어느 날 느닷없이 영어 알파벳이 적힌 책을 한 권 사 왔다. 영어를 배워야 한다고 했다. 아니... 현장에서 자동차 조립하는 근로자가 뭐하러 영어를 배워야 하나. 아버지는 자동차든 트럭이든 엔진 돌아가는 소리만 들어도 뭐가 문제가 있는지 귀신같이 알아냈다. 그런 귀신같은 기술자였기 때문에 당연히 직급이 계속 올라갔다. 결과론적으로 보면 오히려 그게 독이 됐다. 왜냐하면 아버지가 다니던 자동차 회사는 미국 회사와 합작해서 우리나라에서 자동차를 생산하고 있었던 터라 미국인 기술자들이 자주 회사에 왔고, 기술 이전 문제로 현장 기술자와 회의를 자주 했다. 자동차만 놓고 보면 뭐가 문제인지 빠삭한 무학의 현장 기술자에게 영어는 넘기 힘든 산이었다. 대학을 졸업한 신입사원이 회의 때마다 아버지를 도왔지만, 회의만 하면 꿔다놓은 보릿자루 신세였다. 자존심에 상처를 입은 아버지는 스트레스로 백내장에 걸렸다. 솜씨 좋던 아버지는 결국 백내장 수술 후 회사를 그만두셨다. 집안이 어려워졌고, 가족의 인생이 달라졌다. 아이 넷을 키우던 어머니는 그전에도 집에서 인형 눈 붙이기, 봉투 만들기 등의 부업을 하다가 이후 본격적으로 생업 전선에 나섰다. 만일 내가 아버지에게 영어를 가르쳐 주거나 도와줄 수 있었다면 어떻게 됐을까? 아이러니하게도 몇 년 뒤에 나는 영국에서 비슷한 상황에 있는 국내 자동차 회사의 현장 기술자들에게 기술 전달연수를 시켜주는 일을 우연히 하게 된다.

부모님은 내가 아파트 공사 현장에서 막노동해서 번 돈으로 영국에 잠깐 놀러 간 줄 알았는데 영국 명문대에서 입학 허가서를 손에 쥐고 귀국하자 신기했던 모양이었다. 하지만 당시 우리나라는 IMF로부터 긴급 원조를 받던 상황이라 집에 손을 내밀기가 민망했다. 혹시 나에게 뭐라도 물려줄 게 있으면 미리 달라고 했다. 부모님은 며칠간 고민하셨고, 무슨 생각에서인지 허락을 해줬다. 1년치 학비는 보조해 주겠지만, 생활비와 그다음은 알아서 하는 조건이었다. 나중에 꼭 갚으라는 말과 함께. IMF 사태로 환율이 반 토막 난 상태였다. 영국으로 돌아가는 비행기 안에서 머리가 복잡했다. 내가 정말 학위를 따 올 수 있을까? 졸업하더라도 취직은 제대로 할 수 있을까? 갑자기 욕이 나왔다. 내가 무슨 짓을 저지른 건지 괴로웠다. 하지만 어쩌겠나? 누가 하라고 한 것도 아니고, 내가 하겠다고 했는데. 배수진을 치고 공부하는 수밖에.

바. 대학 학술 영어 준비

버밍엄대학교에서는 공인 영어 성적이 충분하지 못하면 현재 영어 능력에 따라 학교에서 운영하는 대학 영어 프로그램을 수강하게 한다. 대학 영어 프로그램을 마치기 전에 영어 시험을 보기 때문에 사실 그것도 만만치는 않다. 대학 영어 프로그램은 학비도 비쌌다. 하지만 공인 영어 점수가 최종적으로 어떻게 나올지 모르는 상황에서, 만일 학교에서 요구하는 점수가 안 나오면 영어 때문에 입학을 1년 미뤄야 한다. 일을 그렇게 진행하기에는 리스크가 너무 컸다. 일단 대학 영어 프로그램에 등록한 다음, 중간에라도 학교에서 요구한 공인 영어 성적표를 제출하면 안 되겠냐고 했더니 그건 안 된다고 한다. 학생 비자를 받는 데 문제가 있을 수 있었기 때문에 결국 대학 영어 프로그램을 등록하는 수밖에 없었다.

학기는 9월에 시작하지만 그렇다고 중간에 비는 시간 동안 놀 수 없었다. 아이엘츠 시험을 보기 위해 다시 런던으로 돌아왔다. 9월부터는 어학연수를 하는 게 아니라 대학에서 진짜 공부를 한다. 적지 않은 돈, 시간, 노력을 투입해서 시작하는 진검승부다. 하루하루가 긴장의 연속이었다. 런던에서 어학원에 다니는 외국 학생들은 보통 두 그룹으로 나뉜다. 첫 번째 그룹은 영어를 배우러 오는 학생들이다. 이들은 주로 오전에 어학원에 가서 영어를 배우고 오후에는 여가 활동을 보낸다. 통상적인 어학연수생들이다. 두 번째 그룹은 이렇게 왔다가 계속 영국에 남아 있으려고 하는 학생들이다. 당시 영국에서는 어학원에 일주일 15시간 이상 수업을 등록하면 학생 신분을 유지할 수 있었다. 즉, 학생 비자를 받을 수 있다는 얘기다. 학생 비자를 갖고 있으면 합법적으로 일할 수 있는데, 두 번째 그룹은 주로 오전에는 일하고 오후에 어학원에 나왔다. 이들 중에는 어학원에서 영어를 배우는 것보다 일하는 것에 좀 더 치중하는 학생들도 있어서 얼마 지나면 수업에 잘 나오지 않는 경우가 많았다. 나는 이런 점에 착안하여 저렴한 가격에 소규모 수업을 받을 수 있는 곳을 찾았다.

기본적으로 영국문화원의 인증을 받은 어학원은 어디를 가나 그 상태가 대동소이하다. 런던 시내에 있는 그리 나쁘지 않은 전문 대학 부설 어학원을 찾았고, 그곳 오후반에 등록했다. 처음에는 나를 포함해서 5명 정도가 오후반에 출석했다. 하지만 내 예상대로 중간에 4명으로 줄고, 2명으로 줄다가 결국 나만 남았다. 그 오후반은 고상한 척하는 영국 할머니가 영어를 가르쳤는데 원래 나에게는 별로 친절하지 않았다. 일본에서 온 여학생과 둘만 남았을 때는 더 노골적으로 그 일본 여학생에게만 친절하게 하고 나는 꿔다 놓은 보릿자루였다. 당시 나는 시간이 여유롭지 않은 상황이라 다시 어학원을 찾는 수고를 할 수 없어서 참고 있었다. 그러다가 그 일본 여학생도 수업에 안 나오고 어쩔 수 없이 나하고만 1:1 수업을 하게 되자, 그 영국 할머니는 수업 자체가 없어질 것을 걱정했는지 갑자기 친절해졌다. 덕분에 한동안 일반적인 어학원 수업료를 내고 매우 친절한 분위기에서 1:1 영어 수업을 받았다. 영어 전문가로서 이런 상황이 사실 외국어를 빠르게 배울 수 있는 이상적인 상황이다. 일정 실력을 갖춘 학습 동기가 높은 학습자와 절박한 상황에 있는 친절한 교수자가 최선을 다해 진정성 있게 가르친다. 이런 상황이라는 6개월만 둘 다 최선을 다하면 최상급 수준의 영어 능력이 될 수 있다. 하지만 나도 내 일정이 있어서 마냥 좋은 분위기만을 즐길 수는 없었다. 변화가 필요했다.

공인영어 시험인 아이엘츠를 치른 다음, 런던 웨스터민스터대학교로 옮겼다. 대학 부설 어학원 학비는 비쌌다. 하지만 대학 부설 어학원에 등록함으로써 그 대학의 정식 과목을 청강할 수 있고, 웨스터민스터대학교에 등록함으로써 유니버시티칼리지런던, 임페리얼

칼리지 등 런던에 있는 모든 대학의 도서관을 무료로 사용할 수 있었다.

4. 마침내 영국 유학

가. 버밍엄대학교 학사 유학기

여름이 되고 버밍엄대학교 대학 영어 프로그램에 참여하기 위해 런던에서 버밍엄대학교 기숙사로 이사했다. 런던 생활도 이제 끝이다. 나는 지금도 누군가 영국으로 유학을 간다고 하면 대학 영어 프로그램을 등록하라고 한다. 학비와 기숙사비가 싼 편은 아니지만, 일반 어학원에서 배우는 영어와는 차원이 다르다. 대학 영어 프로그램은 영어를 모국어로 사용하지 않는 외국인 학생이 대학이나 대학원에서 공부하는 데 필요한 영어를 포함해 수업 중에 효과적으로 노트하는 방법, 스피드 리딩하는 법, 학업 계획 짜는 법, 논문 쓰는 법 등 대학과 대학원에서 살아남을 수 있는 공부 방법도 배운다. 예컨대 일반 어학원에서 단순히 지난주에 어디 놀러 갔다 왔고, 어제저녁에 뭘 먹었는데 맛이 있었다는 등 일상생활 영어를 하는 데 필요한 영어를 배운다면, 대학 영어 프로그램에서는 수업에서의 발표, 세미나 토론 등에 필요한 학술 영어를 배운다. 대학 영어 프로그램에 참여하는 학생들은 서로 전공이 다르다 보니 각자 자기 전공 관련 공부를 해 온 다음 다른 학생들 앞에서 발표하거나 질문에 답하는 연습을 하기도 한다.

1998년 9월, 버밍엄대학교에서 공식적으로 학기가 시작됐다. 하루하루가 힘들었지만, 이제는 학위를 받아서 돌아가야 하는 절체절

명의 임무가 있다. 한국에 있는 친구들은 우리나라에서는 IMF 사태가 나서 다들 힘들어하는데 유학 가서 팔자 좋게 공부나 하니 얼마나 좋겠냐고 부러워했다. 하지만 원래 머리가 그리 좋은 편이 아니라 공부가 쉽지 않았다. 오죽했으면 어느 날 아침 학교에 가다가 지나가는 차에 발등을 조금 내밀어 일주일만 병원에 입원하면 좋겠다는 생각마저 했을까. 그런데 그렇게 해서 병원에 입원한들 누가 나 대신 수업 내용을 필기해줄까를 생각하면 다른 수가 없었다. 죽든 살든 전진이다.

버밍엄대학교는 학부생이든 대학원생이든 첫해에는 무조건 학교 기숙사를 보장해준다. 그렇지 않으면 학교 밖에서 자취나 하숙을 해야 하는데 학교 기숙사가 겨울에 훨씬 따뜻하고 뜨거운 물도 마음껏 쓰고 안전하다. 나는 버밍엄대학교 안에 있는 호숫가 옆에 있는 기숙사 메이슨홀에서 살았다. 메이슨홀에는 수백 명의 학부생이 살았는데 아침마다 메이슨홀과 인근 기숙사에 사는 학생들이 학교로 가는 학생들의 행렬이 장관이었다. 가을 학기가 끝나기 전에는 크리스마스 파티도 했다. 영국에서 처음으로 제대로 된 크리스마스 파티하는 것을 봤지만, 나는 파티 따위를 즐길 여유가 없었다. 일상생활 영어도 아직 능숙지 않은 상태에서 학기 중 리포트는 이것저것 참고해서 쓴다고 하더라도 시험 시간에 영어로 답안을 작성하는 건 정말 큰 도전이었다. 산업혁명의 발상지인 버밍엄대학교 공과대학은 200여 년의 역사를 가진 명문대답게 모든 시험이 논술이다. 입학하기 전에 어학원에서 지난 주말에 어디에 다녀왔다는 등 일상생활 주제로 최대 300자 정도의 에세이를 써봤다. 하지만 그건 그냥 연습용으로 쓴 말 그대로 신변잡기 에세이다. 이제는 대학 전공 과목 시험 상황에서 2시간 안에 영어로 답안을 작성해야 한다. 뭐가 시험 문제로 나올지 모르는 상황이니까 전공 서적과 수업 시간에 필기했던 내용을 막 외웠다. 희한하게도 시험 시작 땡소리와 함께 2시간 동안 미친 듯이 영어로 공책 1~2권을 채웠다. 버밍엄대학교 공과대학은 출석 점수나 리포트 점수가 없는 과목이 많다. 2시간의 시험으로 1년 농사를 결정짓는 진검승부다. 과락하면 여름방학 때 재시험 기회를 한 번 준다. 재시험에서도 과락하면, 그 과목은 그냥 과락이다. 과락 과목이 학년에서 몇 개 이상이면 자동 유급이고, 유급이 반복되면 자동 퇴학이다. 60명 정도가 입학했지만, 최종 졸업은 약 48명 정도만 했다. 학기가 바뀌면 누가 사라졌다는 등 흉흉한 소문이 돌았다. 영국 명문대학의 특징이다. 학교에서 요구하는 입학 요건을 갖추면 입학한다. 기회는 준다. 하지만, 졸업은 어렵다.

　버밍엄대학교 캠퍼스 한가운데에는 약 100m 높이의 시계탑이 있다. 예전에는 시계탑 꼭대기에 올라가 버밍엄 시내를 한눈에 볼 수 있었다고 한다. 하지만 내가 학교 다닐 때는 시계탑 입구가 굳게 닫혀있었다. 몇 년 전에 시험을 치르고 난 후, 성적이 좋지 않으리라고 생각한 남녀 아시아 유학생 두 명이 같이 손잡고 시계탑 꼭대기에서 뛰어내린 사건이 있었기 때문이란다. 눈부시게 날씨 좋은 5월의 어느 날, 지옥 같은 학년말 시험을 치르고 나오는데 그 학생들이 왜 시계탑에서 뛰어내렸는지 공감됐다. 가끔 집에 전화하면 어머니는 속도 모르고 습관처럼 '공부는 하냐?'는 말로 사람 속을 뒤집어 놨다. 하긴 내가 한국에서 보여 준 모습이 그랬으니 누굴 탓하랴.

충분한 준비 없이 학업을 시작한 대가는 혹독했다. 강의는 강의실에 앉아 있으면 지나갔지만, 공과대학답게 각종 실험과 그룹 프로젝트가 많았다. 전공 과목도 어려웠다. 결국, 입학 첫해에 영화배우 숀 코너리 같이 생긴 교수님이 가르치던 과목에서 낙제했다. 학기 끝났다고 남들 다 떠난 기숙사에 홀로 남아 와신상담하며 여름방학 때 다시 한번 시험을 치렀고, 간신히 다음 학년으로 진급했다. 당시 버밍엄대학교 공과대학에는 한국인 학부생이 나 혼자밖에 없어서 시험이 어떻게 나오는지도 몰랐고, 답안은 어떻게 작성하는지 물어볼 사람도 없었다. 매일 무당이 작두 타는 심정으로 살았다.

영어 실력도 늘려야 했고, 학과 공부도 따라가야 했다. 공과대학 특성상 학교에서 늦게까지 실험이나 컴퓨터 프로그래밍을 해야 할 때가 많았다. 그래서 학교에서는 지도교수의 허락이 있으면 학교 출입문 열쇠를 줬다. 시험 걱정 때문에 자다가도 걱정이 돼서 기숙사를 나와 학교로 갔다. 귀신이 나올 것 같은 학교 중앙홀 탁자에 기숙사에서 가져온 책상용 스탠드를 켜놓고 혼자 공부했다. 새벽까지 공부하다가 잠이 올 것 같으면 벌떡 일어나 건물이 떠나가라 책과 논문을 큰 소리로 읽었다. 불광불급. 지금 생각해도 살짝 미친 것 같지만, 그때는 그만큼 절박하고 절박했다. 그렇게 살아남으니 영국 학생들뿐 아니라 싱가포르와 말레이시아 등에서 유학 온 학생들이 인정을 해줬다. 처음에는 다들 괜히 한국에서 왔다고 싫어하는 눈치였다. 당시 영국의 사회 분위기로 한국은 개고기 먹는 나라이고, 한국 사람들은 개고기 먹는 사람들이라는 인식이 팽배했다.

하지만 영국 학생들은 내가 자기들보다 나이도 많고, 무엇보다도 현역병으로 군 복무하고 만기 제대했다는 사실만으로 '리스펙'을 했다. 당시 내 나이 26살. 이제 갓 스무 살이 된 영국 학생들과 어울리기보다는 나이가 비슷하거나 문화가 비슷한 싱가포르에서 온 학생들과 조금 가까워졌다. 그렇다고 싱가포르에서 온 학생들이 자기 선배들이 주고 간 과제물이나 시험 족보 같은 것을 나와 처음부터 공유하지는 않았다. 한동안 내 모습을 지켜본 그들은 내가 기부금을 내고 들어온 게 아니라 실력으로 들어왔고, 영어도 잘 못하는 주제에 살아남겠다고 이리 뛰고 저리 뛰며 다니는 모습을 보고 난 뒤에야 나를 친구로 받아줬다. 싱가포르는 대학이 많지 않아 대학교육을 받기 어렵다. 그래서 유학은 온다나. 직장생활하다가 온 나와 나이가 비슷한 친구들과 친해졌고 30년이 지난 지금도 가끔 페이스북으로 연락한다.

버밍엄대학교에서 우등 학위를 받기 위해서는 100장 분량의 논문을 써야 한다. 당연히 영어로 써야 한다. 영어로 실험 보고서나 다른 과제 보고서를 써봤으니 어느 정도 단련되었을 줄 알았다. 하지만 수업을 듣고 도서관에서 자료를 찾아 작성하는 보고서와 달리, 혼자 1년간의 연구 계획을 세워 긴 호흡으로 써야 하는 논문은 수준의 차원이 달랐다. 특히 논문은 논문에서 요구하는 구성에 맞춰 논문 형식으로 써야 한다. 친구에게 이메일 쓰듯이 내키는 대

로 쓰는 게 아니라는 얘기다. 우리나라 사람이 일상생활에서 한국
어를 하는 것과 한국어로 학술 논문을 쓰는 것이 다른 문제인 것
처럼, 일상생활에서 영어를 하는 것과 영어로 학술 논문을 쓰는 건
다른 문제다. 그래서 영어도 일반 영어와 특수 목적 영어로 구분한
다. 학술 논문을 쓰기 위해서는 학술 영어, 좀 더 구체적으로는 특
수 목적 학술 영어로 써야 한다. 누가 나에게 이런 것을 가르쳐주
겠나? 여느 때처럼 알아서 독학해야지.

앞서 얘기했듯이 내 아버지는 자동차 회사에 일하시던 기술자였
다. 부모님은 늘 기술이 있어야 밥을 굶지 않는다고 하셨다. 그러
니 내가 영국에서도 공대에 진학하고, 자동차 회사를 주제로 논문
을 쓴 건 자연스러운 일이었다. 내 학사 논문은 영국의 소규모 자
동차 회사의 생존 전략을 연구하는 것이었다. 런던 국제 모터쇼에
가서 연구 대상 회사의 자동차를 직접 만져보고, 나중에는 회사에
찾아가 경영진을 인터뷰하는 등 발로 뛰는 연구를 했다.

지금도 그런지 모르겠지만, 내가 버밍엄대학교를 졸업할 때만 해
도 영국에서는 대학을 졸업하면 지역 신문에 졸업생 명단이 쭉 실
렸다. 대학 졸업장은 고급 인력을 의미하고, 대학 졸업과 동시에
경영자 트레이닝을 거쳐 대부분 관리자로 일했다. 영국 대학 졸업
장은 세계 어딜 가도 통한다. 특히 싱가포르, 말레이시아, 인도, 파
키스탄, 오스트레일리아, 뉴질랜드 등 영국 식민지였거나 영국식
제도를 받아들인 나라에서는 영국 대학 졸업생을 선호한다. 서로
익숙하기 때문이다.

졸업하기 전에 진로를 정해야 했다. 몇 군데 회사에서 제안이

왔고, 그중에서 독일 뮌헨에 본사를 둔 보험 및 금융 서비스 회사와 전화 인터뷰를 했다. 그 회사는 홍콩이나 싱가포르에서 3년 동안 경영자 트레이닝을 마치면, 한국으로 보내주겠다고 했다. 처음에는 보험회사가 왜 나 같은 공대 출신을 필요로 하는지 이해가 안 갔다. 알고 보니 그 회사는 내가 흔히 알던 개인 생명 보험뿐 아니라 화재 보험, 산업 재해 보험, 기업 보험, 자산 관리 서비스 등 굉장히 다양한 서비스를 제공하고 있었다. 예를 들어 공장이 화재 보험을 들 때 공장 안에 있는 생산 설비 등에 관해 전반적인 가치를 아는 공대 출신이 필요했다. 기타 업무에 필요한 다른 부분은 경영자 트레이닝을 통해 가르치면 되는 것이었고. 좋은 조건이었다. 하지만 장기적으로 봤을 때 학부 졸업장만으로 지금 회사에 취직해서 직장 생활을 하는 게 진짜 내가 원하는 건지 확신이 안 섰다. 나는 나중에 글로벌 컨설팅 회사에서 일하다가 어느 정도 경력이 쌓이면 내 사업을 하고 싶었다. 그래야 그동안 유학한다고 투자한 돈도 회수할 수 있을 것으로 생각했다.

일단 석사학위를 하기로 하고 몇 군데 지원했다. 당시 나는 석사학위를 하더라도 MBA를 하고 싶진 않았다. 학비도 비쌌고, 회사 경험이 거의 없는 상황에서 MBA를 하는 게 무슨 도움이 될지 몰랐기 때문이었다. 그때까지는 케임브리지대학교나 옥스포드대학교에는 공학 기반에 경영을 접목한 석사학위 과정이 없었다. 그런 과정을 제공하는 대학 중 영국에서 두각을 나타내는 곳은 워릭대학교와 크랜필드대학교였다. 두 군데 모두 면접을 보러 오라고 했다. 먼저 크랜필드대학교에 갔다. 기차역에 도착해서 깜짝 놀랐다.

학교에서 운전기사를 보내 마중을 나와 있던 것이다. 운전기사는 인터뷰 장소가 있는 건물에 내려줬고, 건물 앞에는 학과 비서가 나와 있었다. 일개 석사과정 지원생에게 매우 인상적인 대접이었다. 워릭대학교에 가니 그런 대접은 없었다. 하지만 학교 분위기가 전체적으로 매우 역동적이었다. 학교 자체는 생긴 지 35년밖에 안 되었지만, 인근에 있는 랜드로버나 재규어 같은 자동차 회사들과 적극적으로 산학연 프로젝트를 많이 수행하고 있었다. 좌고우면할 필요 없었다.

나. 워릭대학교 석사 유학기

워릭대학교 대학원 신학기가 시작됐다. 하지만 이미 버밍엄대학교에서 큰 전쟁을 치러봤기 때문에 심하게 긴장되지는 않았다. 어떻게 보면 다소 긴장이 풀려 느슨해졌다고 할까. 영국인들은 학업을 계속할 경우 학부를 마치고 박사과정으로 바로 진학한다. 물론 학부 성적이 좋아야 한다. 영국 석사과정은 3년의 영국 대학의 학부 과정을 1년으로 압축해서 가르치는 것과 비슷했다. 전공 과목의 깊이는 석사과정이 학사과정보다 더 깊다고 보기 어려웠다. 우리나라에서는 학사과정보다는 석사과정이 수준이 더 높고, 석사과정보다는 박사과정이 수준이 더 높다. 전공 과목의 깊이도 학부보다는 대학원이 당연히 더 깊은 편이다. 하지만 영국은 보기에 따라 꼭 그렇지 않을 수 있다. 석사과정은 전공을 달리하거나 재교육을 원하는 영국 학생을 위해 교육 과정이 구성되어 있다고 할까. 그래서 그런지 몰라도 석사과정에는 영국 학생들보다는 외국 학생들이 많다.

영국에서는 대학이나 대학원에 입학하기 전에 영어권 국가에서 2년 이상 수학하면 공인영어 성적표를 제출할 필요가 없다. 나 역시 버밍엄대학교에서 학사 학위를 받았기 때문에 공인 영어 성적표를 제출할 필요가 없었다. 당연히 영어가 부족한 학생을 위해 개설된 대학 영어 프로그램에 참여할 필요도 없었다. 하지만 나는 워릭대학교에서 석사과정을 하기 전에 여름에 하는 대학 영어 프로그램을 신청했다. 워릭대학교에서는 그럴 필요가 없다고 했지만, 그래도 했다. 단순히 대학 영어 프로그램을 다시 듣기 위한 것이라기보다는, 나중에 우리나라로 돌아가면 우리나라 학생들이 글로벌 경쟁에서 뒤지지 않게 우리나라에서 학술 영어를 가르쳐주고 싶었기 때문이다. 자료 수집도 필요하고, 버밍엄대학교와 달리 워릭대학교에서는 학술 영어를 어떻게 가르치는지 교수법과 프로그램 운영 방식을 배우고 싶었다. 이런 건 직접 참여해서 경험하지 않으면 잘 알지 못하기 때문이다. 대학 영어 프로그램에 참여한 또 다른 목적은 개인적으로 새로운 학교와 주위 환경에 적응하기 위한 이유도 있다. 이후 나는 2003년과 2004년 여름, 워릭대학교에서 대학 영어 프로그램을 운영할 때 학생들이 묵는 기숙사의 사감을 하며 우리나라 학생을 포함해 외국 학생이 영국에 정착하는 것을 도왔다. 개인적으로 새로운 곳에서 학업을 시작하기 전에 이런 준비 기간을 갖는 것이 어렵게 결정해서 온 유학을 성공적으로 마칠 수 있는 중요한 밑거름이 된다고 나는 지금도 생각한다. 유학을 계획 중인 학생이라면 반드시 대학 영어 프로그램에 참여할 것을 권한다.

버밍엄대학교에서 생존을 위한 사투를 벌였지만, 마음 한편에는 여전히 내 영어가 충분치 않다는 생각이 있었다. 그래서 평소에도 계속 영어 연습을 했다. 미국이나 영국에서 학부를 졸업하고 왔다고 하면 사람들은 무슨 영어 원어민이 다 된 줄 안다. 도서관에서 책과 논문을 읽고 혼자 연구하는 대학원생보다는 아무래도 현지 학생들과 수업 듣고, 토론하고, 보고서 쓰고, 시험 보는 학부생들이 영어를 더 잘할 것으로 생각하기 때문이다. 사실 그런 점이 없다고는 할 순 없다. 하지만, 개인의 성격, 성향, 무엇보다도 어떻게 시간을 보내고 사느냐에 따라 상황은 다. 우리나라에 유학 온 중국 학생이 늘 주위 한국 학생들과 같이 한국어로 떠들고 같이 공부할까?

버밍엄대학교에서의 학교생활이 하루하루를 살기 위한 몸부림이었다면, 워릭대학교에서의 학교생활은 그동안 배운 것들을 조금씩 다듬는 시간이었다. 버밍엄대학교에서 어느 정도 영국 대학에서 과제 작성하는 법, 시험 치르는 법, 논문 작성하는 법 등 학술적인 부분에 대한 단련이 됐고, 영국에서 생활하는 경험과 지혜를 얻었다. 물론 버밍엄대학교에 있을 때처럼 같은 과에 도와주는 싱가포르 친구는 없었지만, 기숙사에 같이 살면서 친하게 지낸 영국 친구가 생겼다.

워릭대학교에서는 대학원생 전용 기숙사에 살았다. 버밍엄대학교에서는 내 방만 있고 욕실과 화장실을 다른 학생들과 함께 사용하는 구조였다. 식사는 큰 식당에서 수백 명의 학생과 같이 배식을 받아먹는 방식이었다. 워릭대학교에서는 내 방이 있고 방에는 개인 욕실과 화장실이 있는 구조였으며, 8명의 대학원생이 공용 부엌과 식사를 할 수 있는 거실 공간을 함께 사용했다. 부엌에 냉장고와 냉동고가 1대씩밖에 없어서 8명이 사용하기에는 불편한 점이 없지 않았지만, 그로 인해 같이 사는 다른 학생들과 부엌에서 만나 가끔 저녁 식사를 같이 요리해서 먹고 TV를 같이 보는 때도 있었다.

나는 케임브리지대학교에서 학부를 마치고 워릭대학교에서 박사과정을 바로 시작한 영국인 친구 존과 친해졌다. 혹자는 케임브리지대학교에 다니면 모두 귀족이거나 잘 사는 집안인 줄 아는데 모두가 그런 건 아니다. 존 역시 자기 집안은 귀족도 아니고 부유하지도 않았다고 한다. 하지만 존이 다니던 학교에서 유일하게 케임브리지대학교에 진학했다고 한 걸 보면 상당히 똑똑했던 모양이다. 존은 나처럼 맥주 좋아하고 영화 좋아하는 평범한 친구였다. 존이 학부를 마치고 바로 박사과정을 시작할 수 있었던 이유는 앞서 얘기했듯이 영국의 석사학위 과정을 재교육 차원으로 볼 수 있기 때문이다. 말이 나온 김에 우리나라 대학과 조금 다른 영국 대학에 대해 잠깐 살펴보자. 미국에 엘리트 대학(하버드대학교, 예일대학교, 프린스턴대학교, 펜실베이니아주립대학교, 컬럼비아대학교, 코넬대학교, 다트머스대학교, 브라운대학교)으로 상징되는 아이비리그가 있다면, 영국에는 러셀 그룹이 있다. 1994년 런던에 있는 러셀 호텔에서 18개의 영국 엘리트 대학들이 모여 만들어진 그룹이다. 현재는 24개 대학으로 늘었고, 18개의 원년 멤버는 내가 졸업한 버밍엄대학교와 워릭대학교를 포함해 브리스톨대학교, 케임브리지대학교, 에든버러대학교, 글래스고대학교, 임페리얼칼리지, 퀸메리대학교, 리즈대학교, 리버풀대학교, 런던정치경제대학교, 맨체스터대학교, 뉴캐슬대학교, 노팅엄대학교, 옥스포드대학교, 셰필드대학교, 사우샘프턴대학교, 유니버시티칼리지런던이다. 이들 대학이 150여 개 영국 대학의 연구비 65% 이상을 받는 것으로 알려져 있다.

버밍엄대학교 최종 학위 등급과 점수를 미국이나 우리나라에서 사용하는 GPA로 환산한 것이다. 영국 대학마다 GPA로 성적을 환산하는 방식이 다소 차이가 있을 수 있다. 서울대에서 받은 A와 그렇지 않은 대학에서 받은 A가 현실적으로 다를 수 있다는 것을 떠올리면 이해가 빠를 것이다.

버밍엄대학교	한국식 성적	학위 등급
70점 이상	A	Class I(Division I), 1st
60~69점	B	Class II(Division I), 2:1
50~59점		
40~49점	C	Class II(Division II), 2:2
30~39점	D	Class III
34점 이하	F	Pass

버밍엄대학교 GPA 환산표

영국에서는 명문대일수록 시험에서든 최종 학위 등급이든 70점 이상을 받는 학생은 드물다. 영국 대학에서 졸업 평점이 70점 이상이면 퍼스트 클래스다. 학사 졸업 후 바로 박사과정에 진학하며 대부분 장학금과 생활비를 받는다. 러셀그룹 대학 출신은 퍼스트 클래스가 아닌 어퍼 세컨드 클래스(Class II(Division I), 2:1)이라도 박사과정으로 바로 진학하고 장학금을 받기도 한다. 70점 이상을 받았다는 것은 담당 교수와 최소 해당 과목에 있어서 지적 수준 정도가 크게 차이가 없음을 의미한다. 그만큼 영국 대학에서는 70점 이상을 받기 어렵고, 교수도 무슨 이유에서인지 어지간하면 70점 이상을 잘 안 주는 경향이 있다. 상황이 이렇다 보니 영국 대학 출신자의 성적표를 보면 50~60점 대가 수두룩하다.

다시 본론으로 돌아와서, 워릭대학교 석사과정을 처음에는 조금 만만하게 봤다. 버밍엄대학교에서 했던 것과 비슷하게 보였기 때문이다. 하지만 몇몇 과목에서는 고전을 면치 못했고, 그 결과는 고스란히 성적으로 돌아왔다. 지금 생각해도 그냥 졸업만 하면 된다는 안일한 생각을 했기 때문이 아닐까 싶다. 긴장이 다소 풀린 상태가 다시 바짝 조여진 건 건 석사학위 논문을 쓸 때다. 워릭대학교 석사과정의 성적은 코스워크 점수 50%와 논문 점수 50%이다. 코스워크 점수가 좋아도 논문 점수가 나쁘면 최종 점수를 끌어내린다. 버밍엄대학교에서 논문 한 번 써봤다고 우습게 본 건지 처음에는 대충하다가 나중에 정말 죽는 줄 알았다. 버밍엄대학교에서 학사 학위 논문을 쓸 때 지도교수를 정하는 과정은 이랬다. 교수가 관심 있는 연구 주제를 정해 교수 연구실 문에 붙여 놓는다. 그러면 학생들이 교수 연구실을 지나가다가 자기와 관심사가 비슷하면 약속 시각을 정해 교수를 만나 더 자세한 얘기를 듣고 난 후 최종적으로 지도교수를 정한다. 학과에서 지도교수와 학생을 막무가내로 정해주는 것이 아니라 양쪽에서 서로 원하면 함께하는 것이다. 이때 지도교수는 지원한 학생을 거부할 수 있다.

영국에서는 전통적으로 추천서가 어디서든 큰 역할을 한다. 우리나라에서는 들어보지 못했겠지만, 영국에서는 심지어 부동산에서 월세를 구할 때도 추천서를 요구하는 곳이 많다. 취업이나 대학원 진학을 할 때는 추천서가 결정적인 역할을 한다. 뒤에 자세히 얘기하겠지만, 나 역시 워릭대학교에서 공학 박사학위 과정을 하다가 지도교수가 캐나다로 이직하는 바람에 다른 대학으로 전학을 가야 할 상황에 부닥친 적이 있다. 그때 지도교수 추천서 한 장으로 옥스퍼드대학교와 케임브리지대학교로 전학 갈 수 있는 것을 보고 그 위력을 깨달았다.

워릭대학교에서 석사 논문을 쓸 때도 학부 때와 비슷한 과정을 거쳤다. 워릭대학교에서는 학생들이 많아 유명 교수일수록 경쟁이 치열했다. 학생은 3지망까지 지원할 수 있었고, 3지망에서도 안 되면 학과에서 조정하여 제안하는 방식이었다. 내 석사 논문 지도교수는 여러 회사와 산학연 프로젝트를 해온 분이었고 당연히 나에게는 최우선 순위였다. 약속을 정하고 서로를 인터뷰했다. 지도교수는 내가 버밍엄대학교에서 했던 프로젝트에 관해 물었고, 다른 경험에 대해서도 이것저것 물었다. 지도교수는 회사에서 상당한 비용과 노력을 투입해서 신기술을 도입하는데, 도입한 신기술이 기업에 잘 이식되는 때도 있지만 그렇지 못한 경우도 많다는 것에 관한 내용을 연구하고 있었다. 신기술 도입이 실패하면 회사로서는 막대한 손해를 감수해야 한다며 성공적인 신기술 도입에 필요한 것이 무엇인지를 밝혀내는 과제라고 쉽지 않을 것이라 얘기했다.

지도교수는 내가 나중에 컨설팅 회사에서 일하고 싶은 것을 알고 있었기 때문에 특별히 롤스로이스 전략 연구소에서 그곳 연구원들과 함께 연구할 수 있도록 지원해줬다. 연구소 연구원들의 경험을 수집하기 위해 면담지 초안을 만들어 지도교수에게 검토받았다. 검토받은 면담지를 지도교수에게 검토를 받고, 다시 수정 및 보완하여 재검토를 받은 다음 연구소에 갔다. 그곳에서 관련 연구원 5명을 각각 면담하며 롤스로이스에서는 신기술을 도입할 때 어떤 방식과 절차에 따라 일하는지를 집중적으로 물었고, 실패를 방지하는 방안은 무엇인지를 면담하였다. 자료수집이 끝나고 결과를 분석하였다. 하지만 내가 생각한 것보다 분석 과정이 만만치 않았다. 지도교수를 찾아갔지만, 지도교수는 거기서부터는 내가 혼자서 해야 한다며 선을 그었다. 어쩔 수 없었다. 크리스마스 방학이 시작되어 다들 집에 갔지만 혼자 기숙사에 남아 논문을 썼다. 만족스럽지 않았지만, 다행히 논문을 끝냈다. 죽는 줄 알았다. 논문은 쓸 때마다 느끼지만, 두 번 다시 하고 싶지 않은 일이다. 나중에 그런 과정을 계속 되풀이하게 되고, 그게 직업이 될 줄 그때는 몰랐다.

다. 워릭대학교 박사과정 유학기

워릭대학교에서 공학 박사과정을 4년 동안 했다. 고객의 요구가 다양해짐에 따라 제품을 생산하는 공장에서는 다양한 고객의 요구에 맞춰 맞춤형 생산 체제를 구축해야 한다. 상황이 이렇다 보니 제품 생산 과정이 복잡해지고 제때에 부품을 확보하기가 쉽지 않다. 제조 공정이 복잡하고 시간이 걸릴수록 제품의 가격은 상승한다. 하지만 글로벌 경쟁에서 살아남으려면 가격을 올릴 수도 없는 상황이다. 예컨대, 스포츠 의류 기업인 N사의 홈페이지에서 내가 원하는 신발 모양, 색깔, 재질, 크기 등을 온라인에서 선택한 다음 주문하면 나만의 맞춤형 신발이 집으로 배송된다. 고객으로서는 100% 맞춤형 신발이라 더없이 좋겠지만, 그걸 생산하는 N사 신발 공장에서는 매우 복잡한 생산 과정을 마련해야 한다. 시간이 오래 걸려서도 안 된다. 문제는 그런 맞춤형 신발을 원하는 고객의 숫자가 수백만 명이라면? 고객이 선택할 수 있는 옵션이 더 많아진다면? 그런 복잡성 문제는 신발 만드는 회사에만 국한되는 것이 아니라, 시계를 만드는 스위스의 S사 등 다른 제조업체도 마찬가지다. 전자 제품을 만드는 우리나라의 S사는 고객의 다양한 취향을 반영한 맞춤형 가전 시대를 연다고 밝혔다. 그 결과가 최근에 방송 광고를 통해 나오기 시작한 B냉장고이다.

나의 연구 주제는 영국 제조업체의 복잡성 문제를 해결하는 것이었다. 우리나라에서 지금 한다는 걸 20여 년 전에 했으니 꽝장히 앞선 연구를 했다고 볼 수 있다. 박사과정 시작부터 정신이 없었다. 지도교수는 영국뿐 아니라 해외에서도 매우 유명한 사람이었다. 글로벌 기업에 경영 전략 컨설팅을 하고 있었을 뿐 아니라 굵직굵직한 산학연 프로젝트를 몇 개나 돌리고 있었다. 내가 박사과정을 시작했을 때 지도교수는 이미 3명의 박사과정 학생과 2명의 박사후 과정 연구원을 데리고 있었다. 이들은 원래 셰필드대학교에 있었는데, 지도교수가 워릭대학교로 스카우트 되면서 같이 오게 된 것이다. 박사과정 학생 중 1명은 그리스 학생이었고, 다른 한 명은 멕시코, 나머지 1명은 영국 학생이었다. 박사후과정 연구원은 영국 사람과 그리스 사람이었다.

연구실은 각자의 방이 있는 게 아니라 널찍한 사무실 공간에 자기 책상을 지정해서 썼다. 박사과정을 시작한지 얼마 되지 않았는데, 그리스와 멕시코 학생이 나를 묘한 시선으로 봤다. 나중에 알았지만, 지도교수는 박사과정을 잘 안 받는 조금 특이한 사람이었다. 이 학생들은 각각 그리스와 멕시코 정부 장학금을 받고 왔기 때문에 지도교수가 이들의 학비나 생활비를 신경 쓸 필요가 없다. 그런데 갑자기 지도교수가 동양인 학생을 데리고 왔다. 마치 부모의 사랑을 받던 아이들에게 동생이 생긴 경우라고 할까? 문제는 이 동양인 학생이 만만치 않다. 학부는 버밍엄대학교에서 했고, 석사도 워릭대학교에서 했으니 따지고 보면 셰필드대학교에 있다가 워릭대학교로 전학 온 자기들이 손님 같은 기분이 드는 것 같기도 하고, 박사과정만 하러 온 영국에 온 자기들에 비해 훨씬 영국적이라는 점도 그렇고 영어도 자기들보다 잘했으니 심사가 뒤틀릴만하다. 사실 나는 석사 졸업 후 한국으로 돌아와 잠깐 회사 생활을 하고 있었다. 그러다가 석사 지도교수가 이런 프로젝트가 있다는 얘기와 박사 지도교수가 될 사람을 소개해줬고 서로 연락이 돼서 영국으로 다시 온 것이다. 1년 만에 학생으로 복귀했으니 조금 느굿하게 유학생 생활을 즐겨보자는 생각을 했다. 하지만 지도교수와의 첫 미팅에서 엄청 깨진 다음에는 생각을 고쳐먹었다. 지도교수는 나에게 주는 돈을 내가 그냥 학위논문만 쓰고 졸업하라고 주는 게 아니라 산학연 프로젝트 관련 실제 컨설팅과 업무보조를 하라고 주는 것이라 했다. 따지고 보면 내가 받은 돈은 나중에 내가 회사에서 컨설팅하며 받는 컨설팅 비용이었다.

지도교수는 나에게 한 달의 시간을 줬고, 회사가 안고 있는 당면 문제에 대한 해결책을 제시하라고 했다. 그리고 나는 바로 영국 회사 경영 전략 컨설팅 프로젝트에 바로 투입됐다. 지도교수는 컨설팅 대상 회사의 경영진과의 첫 번째 미팅에서 나를 소개해 준 이후에는 프로젝트 자체를 나에게 맡겼다. 또한, 이후 영국 방위산업체 회사와의 산학연 업무는 전적으로 내가 맡아서 시작하게 됐다. 박사과정을 시작하자마자 이런 일을 하니 하루하루가 힘들었다. 보통의 유학생처럼 적당히 학교 다니며 박사학위 논문만 쓰면 되는 줄 알았는데, 그런 건 기본이고 전문 컨설팅을 하고 다녀야 하니 내가 뭘 하고 있나 하는 생각이 들었다. 하지만 기존에 있는 그리스 학생과 멕시코 학생은 질투했다. 자기들은 3년 차가 돼서야 비로소 그런 일을 했는데, 나는 시작부터 바로 그런 일을 하니 꼴보기 싫어했다. 하지만 지도교수는 내가 영국에서 학부를 하고 석사까지 했으니 영국인처럼 대했다. 게다가 한국에서 군 복무를 마쳤고, 박사과정을 시작하기 전에 한국에서 직장을 다니고 있었으니 지도교수에게 나는 그냥 공부만 하러온 외국인 유학생이 아니었다. 지금 와서 돌이켜보면 당시 나는 비록 겉모습은 동양인이지만, 군 복무 경력이 있는 영국 명문대 출신으로 1시간에 700파운드를 받는 비싼 경영 전략 컨설턴트였다.

군 제대 후 내가 가장 먼저 한 일은 운전면허증을 따는 것이었다. 당시 우리 집에는 자동차가 없어서 운전면허증을 따도 운전할 일이 없었지만, 나의 미래 계획에 필요한 기술과 자격증이었다. 1~2번은 떨어질 각오로 가장 빨리 시험 볼 수 있는 날짜에 시험을 등록한 다음 운전면허 학원에 다녔다. 일단 시험을 보자는 생각에 한 달이 채 안 됐을 때 시험을 보러 갔는데 오전에 필기시험에 합격했다. 그날 바로 적성 검사를 보면 오후에 주행 시험을 볼 수 있다고 해서 일단 주행 시험은 다음에 도전할 생각으로 편하게 시험을 봤는데 덜컥 붙어버렸다. 내가 다니던 운전면허학원에서 유일하게 나 혼자만 그날 운전면허증을 받았다. 지금이라면 절대 있을 수 없는 일이다. 그렇게 1종 보통 운전면허증을 땄는데, 내가 자동차를 몰 일이 없으니 그냥 장롱면허에 불과했다. 한국에 있을 때는 주민등록증 대신 가지고 다니던 신분증이었고, 영국에 왔을 때도 여권 대신 가지고 다니려고 영국 운전면허로 교환한 신분증 정도였다. 신분증이 딱히 없는 영국에서 여권을 가지고 다닐 수도 없고, 학생증에는 주소가 나와 있지 않아서 신분증으로 사용할 수 없었다. 새로 발급받은 영국 운전면허증에는 사진과 주소가 있어서 아주 유용한 신분증이었다. 어느 날 지도교수는 나에게 운전면허증이 있는지 물었고, 나는 있다고 얘기했다. 그러자 컨설팅하러 회사에 가야 하니 차를 렌트해서 아침에 자기 집으로 오라고 했다. 문제는 내가 운전면허만 땄지, 한국에서 운전을 안 해봤고 영국에서는 더더군다나 운전해본 적이 없다는 것이다. 게다가 나는 한국에서 1종 보통면허를 땄다. 1톤 트럭은 운전해본 적이 있지만, 승용차는 한 번도 운전해본 적이 없다.

지도교수에게 사실대로 얘기했더니 이번에는 자기가 나를 내 기숙사에서 픽업해 회사까지 데려가 주겠지만, 다음부터는 내가 운전해서 지도교수가 자기 집에서 본인을 픽업해 가야 한다고 했다. 그리고 컨설팅하러 자주 운전해 다녀야 하니 나보고 중고차를 하나사는 게 좋을 것 같다고 했다. 지금에서 생각하면 하나하나가 내가독립적으로 일해야 할 상황을 상정하고 진행하고 있었다. 테니스를같이 치던 일본인 교환 교수가 귀국할 때가 되었다고 자기가 타던자동차를 살 생각이 없냐고 물었다. 10개월 전에 자기가 그 차를살 때 가격이 우리나라 돈으로 1천만 원 정도였지만 나에게 5백만원만 달라고 했다. 나는 2백만 원밖에 없다고 했다. 그러자 그 일본인 교수는 다른 곳에 광고를 내보겠다고 하더니 결국 귀국하기직전에 나에게 2백만 원에 차를 넘겼다. 그게 내 생애 첫 차였다.

차가 생겼지만, 그 차를 어떻게 운전할지 캄캄했다. 기어가 오토가 아니라 스틱이었기 때문이었다. 승용차를 운전해본 적이 없는나에게는 사실 차가 오토든 스틱이든 상관없었다. 지금 생각해보면뭐가 막 정신없이 돌아가고, 뭘 어떻게 해야 할지 잘 모르는 상황이다. 그냥 정신이 없는 상황이었다. 그 와중에 지도교수가 갑자기뭔 일이 생겼다며 함께 가기로 한 영국 회사에 나 혼자 다녀오라고 했다. 이젠 정말 나 혼자 차를 운전해서 가야 했다. 밤에 잠도안 왔다. 결국, 아는 한국 유학생에게 도움을 요청했다. 일요일 아침에 그분을 조수석에 태우고 그분 차로 운전해 회사를 다녀오는 예행연습을 했다. 승용차를 몰고 난생처음 고속도로를 달리는데 손에 땀이 났다. 시속 50km 정도로 천천히 운전했다. 다행히 영국 사람들은 빵빵거리지 않고 알아서 내가 탄 차를 추월해서 자기들이 가던 길을 갔다.

일본인 교수로부터 인수받은 내 차를 운전하기 위해 운전 연수를 신청했다. 우리나라는 운전학원이 있어서 매일 가서 1시간 정도 운전 연습을 할 수 있다. 하지만 영국에서는 운전 연수를 해주는 사람에게 전화해서 시간을 예약하여 운전 연수를 받는다. 그런데 그것도 매일 할 수 없고, 운전 연수시켜주는 사람이 바쁘면 일주일에 1번 정도밖에 못한다. 비용도 1회에 거의 5만 원 정도를 줬던 것으로 기억한다. 운전 연수 예약을 하자 며칠 뒤 영국인 운전 연수자가 왔다. 내가 1단에서 2단으로 기어를 잘 바꾸지 못해 자꾸 시동이 꺼지니 나더러 그냥 오토인 차를 운전하라고 핀잔을 주었다. 지금은 영국에서도 오토 자동차가 흔해졌지만, 당시 영국인들에게 오토 자동차는 여성이나 장애인을 위한 자동차라는 편견이 심했다. 정말 치사해서 다른 곳에서 운전 연수를 받아야겠다고 생각했지만, 다른 운전 연수자도 예약이 다 찼다고 했다. 결국 또 다른 아는 분에게 도움을 청했고, 다행히 그분이 예전에 스틱인 차를 운전한 적이 있어서 내 차로 같이 연습하는 걸 도와주셨다.

드디어 컨설팅 할 영국 회사에 내 차를 타고 혼자 가는 날이다. 회의 시간은 오전 9시였고, 가는 데 1시간밖에 걸리지 않지만 새벽 5시에 출발했다. 조심스럽게 운전했고, 아침 7시에 목적지에 도착했다. 가는 동안 시동을 1번밖에 꺼트리지 않았다. 뿌듯했다. 중고지만 자동차도 생기고, 혼자 운전해서 영국 고속도로도 달리고, 영국 회사를 상대로 컨설팅하러 온 것이다. 그다음에 영국 회사에 갈 때는 지도교수를 태우고 갔다. 지도교수는 흡족해했다. 시키면 어떻게든 해오니 나라도 좋아하겠다.

차도 생기고 회사 컨설팅하는 것도 그럭저럭해가고 석달 정도가 지나니 조금씩 안정되어 갔다. 지도교수는 곧 석사 학생 논문 지도도 하고, 논문도 출간할 준비를 하라고 했다. 대충 이렇게 컨설팅 실무도 쌓고 논문도 출간하면 글로벌 컨설팅 회사에 취직해서 돈을 많이 벌 것 같은 생각이 들었다. 그러던 어느 날, 지도교수가 잠깐 보자고 해서 갔다. 자기가 사정이 생겨서 학교를 옮기게 됐다고 한다. 워낙 능력이 출중했던 지도교수는 워릭대학교로 스카우트되면서 프로페서십을 받기로 했다고 한다. 영국 대학에서 이를 받는다는 건 대단한 명예다. 기본적으로 개인 비서 1명이 할당되고, 직접 연구를 하기보다는 정부 연구과제나 기업 연구과제를 따와 학교의 재정을 늘리는 중요한 역할을 한다. 고액의 연봉을 받으므로 학교에서는 유지비가 많이 들지만, 펀드를 많이 따오니 그 정도 유지비는 충분히 감당이 되고 가치가 있다고 본다. 사실 내 지도교수 역량이면 프로페서십 2개를 가져도 이상해 보이지 않는다. 그런데 무슨 이유에서인지 학과에서는 약속을 지키지 않고 시간을 질질 끌었고, 그러던 차에 지도교수는 캐나다에 있는 대학으로부터 스카우트 제의를 받아 학교를 옮기기로 결정했다. 당시 호흡기 질환을 앓고 있던 아들의 건강 문제 때문이라는 얘기도 들렸다. 다른 박사과정 학생들은 곧 졸업이라 문제가 없었지만, 이제 박사과정 1년 차를 시작한 내가 문제였다. 지도교수는 자기를 따라 캐나다로 가는 게 어떻냐고 제안했다. 하지만 캐나다로 가면 그곳에서 다시 박사과정을 다시 시작해야 한다고 했다. 여기서 박사과정을 시작한 지 5개월이나 지났으므로 나로서는 좋은 제안이 아니었다. 캐나다에 있는 그 대학도 명문 대학이지만 그럴거면 내가 애초에 캐나다로 갔지 영국에 왜 왔겠냐는 생각이 들었다.

다른 방법은 영국에서 내 연구를 지도할 수 있는 새로운 지도교수를 찾는 것이었다. 당시 내가 지도교수와 하던 복잡성 연구를 이해하는 사람은 케임브리지대학교에 있는 교수 1명, 옥스포드대학교에 있는 교수 1명 정도였다. 지도교수는 추천서를 써줬고, 나는 케임브리지대학교에 있는 교수와 인터뷰를 했다. 그 교수는 내가 해오던 연구에 무척 관심이 있었고, 내가 이미 지도교수로부터 트레이닝을 받은 상태였기 때문에 고민하지 않았다. 그리고 그동안 내가 컨설팅 해오던 영국 회사에서 계속 연구를 할 수 있다는 장점을 근거로 학교 본부와 논의했다. 하지만 그 교수가 1년 뒤 은퇴 예정이어서 나를 박사과정 학생으로 받기 어렵다는 학교 본부의 연락을 받았다. 지도교수는 옥스포드대학교에 있는 교수를 소개해줬다. 옥스포드대학교에 있는 교수와 인터뷰를 했고, 그 교수 역시 이미 프로젝트를 하고 있던 나에게 옥스포드대학교로 올 것을 제안했다. 옥스포드대학교 교수는 자신의 연구소 박사과정 학생들에게 나를 소개해 줬고 그 교수와 나는 따로 식사까지 같이했다. 옥스포드대학교 교수는 역까지 나를 태워다 주면서 대학 본부와 논의하고 곧 연락을 주겠다고 했다. 기숙사로 돌아와 결과를 기다리는 일주일 동안 잠도 잘 안 왔다. 앞이 캄캄했기 때문이다. 만일 옥스포드대학교에서도 대학 본부에서 딴지를 걸면 어떻게 해야 할지 몰랐다.

악몽 같은 일주일이 지나고 옥스포드대학교에 있는 교수로부터 얘기가 잘 됐다며 입학 원서를 제출하라는 연락을 받았다. 그리고 한 번 더 옥스포드대학교에 와서 연구소 팀원들 앞에서 그동안 해왔던 연구와 앞으로의 연구계획에 대해 발표를 하나 해달라고 요청했다. 요식행위라고 했다. 기뻤다. 아니, 기쁘기도 했지만, 한편으로는 이게 맞는 길인가 싶었다. 거기서 안 받아주면 어떻게 하나 싶어 자다가도 벌떡 일어나 108배를 몇 번이나 하며 가슴을 졸였지만, 막상 일이 이렇게 되니까 다른 생각이 들었다. 지도교수와 상의했다. '옥스포드대학교에서 일단 OK했는데, 솔직히 잘 모르겠다. 거기서 내가 잘 지낼 수 있을지 모르겠다. 그냥 여기 있고 싶은 생각이 있다'고 얘기했다. 지도교수는 내가 내키지 않으면 꼭 안 가도 된다고 했다. 워릭대학교에서 새로운 지도교수를 찾으면 된다고 했다. 물론 새 지도교수가 내가 하는 일을 다 이해하지는 못하겠지만, 내가 새 지도교수를 가르쳐가면서 독립적으로 연구하면 된다고 했다. 자기가 지켜본 바로는 나는 충분히 그럴 능력이 있다며 내가 결정하라고 했다. 며칠을 고민한 끝에 옥스포드대학교로 안 가고 워릭대학교에 남아 박사학위를 계속하기로 했다.

워릭대학교에서 박사과정을 계속하기로 하고 새로운 지도교수를 찾았다. 몇 명의 지도교수가 될 분들을 만났고, 그중 한 명을 선택했다. 글로벌 기업에서 잔뼈가 굵은 분이셨는데, 현직에서 은퇴한 후 학교로 자리를 옮기신 분이었다. 기업 상대 컨설팅도 워낙 많이 하신 분이라, 큰 틀에서는 내가 하는 연구를 바로 이해하셨다. 하지만 수학적 모델을 사용해서 생산 과정의 복잡성 문제를 해결해야 하는 건 도움을 줄 수 있는 교수를 내가 스스로 찾아다니며 배우는 수밖에 없었다. 논문을 읽다가 막히면 논문의 저자에게 메일로 묻고, 그것으로 해결이 안 되면 내가 교수에게 연락해서 예약하고 찾아갔다. 영국인 교수들은 내가 다른 학교 학생이라는 것에 크게 개의치 않았다. 오히려 그들은 배우기 위해 멀리까지 찾아온 나를 기특하게 생각하고 반겼다. 밥까지 사주는 교수도 있었다. 그렇게 나는 나의 박사과정 1년 차를 마무리 지어가고 있었다. 학과에서는 늘어난 석사과정 학생들의 논문 지도교수와 개인 생활 지도교수 자리를 공모했다. 영국 대학에서 박사 지도교수는 논문지도와 개인생활지도를 함께 한다. 반면, 학사과정 학생은 입학하면 1학년 때 개인 생활 지도교수가 정해지고, 졸업 학년이 되면 논문 지도교수가 정해진다. 석사과정 학생은 보통 1년이므로 입학 후 바로 개인 생활 지도교수가 정해지고, 1학기를 마친 후 논문 지도교수가 정해진다. 과거 영국 대학에서는 반드시 박사학위가 있어야 교수가 되는 건 아니었다. 이론적인 지식뿐 아니라 실무 경험도 중시하는 전통 때문이다. 따라서 내가 버밍엄대학교나 워릭대학교를 다닐 때 보니 박사학위가 없는 교수들도 꽤 많았다. 내가 공대 박사과정 2년 차부터 석사과정 학생들의 논문 지도교수와 개인 생활 지도교수를 할 수 있었던 것도 학과에서 충분한 자격이 있다고 판단했기 때문이다.

학생들은 매 학기 최소 1회 개인 생활 지도교수를 만나야 하며, 개인 생활 지도교수는 학생들이 학교생활에 잘 적응하고 있는지를 점검한다. 학생이 시험에 낙제하거나 채점 결과에 이의 신청을 하고 싶어 하면 학생을 대변하여 학교와 논의한다. 개인 생활 지도교수는 학생의 학교생활에 대해서 가장 잘 아는 사람이므로 학생이 취업을 위한 추천서를 요구하면 반드시 써줘야 하는 의무가 있다. 나는 2003년부터 2006년까지 워릭대학교 공과대학 대학원에서 총 18명의 석사과정 학생들의 개인 생활 지도교수를 했다. 영국, 중국, 대만, 홍콩, 태국, 그리스, 수단 등 다양한 나라에서 온 학생들이 있었다. 박사과정 2년 차에 개인 생활 지도교수를 하며, 동시에 석사과정 학생들의 논문 지도교수를 했다. 2003년부터 2005년까지 총 6명의 석사학위 논문을 지도했고, 그 중에 2명은 내가 산학연 프로젝트를 하던 영국 회사에 보내 그 회사가 실제 당면하고 있는 문제를 해결하기 위한 프로젝트를 연계하기도 했다. 내가 지도한 학생들은 영국, 한국, 중국, 대만, 태국, 콩고에서 온 학생들이었고, 그중 표절 정도가 심해 석사학위를 수여받지 못한 1명을 제외하고는 모두 무사히 졸업했다.

산학연 프로젝트 겸 컨설팅을 하며 학비를 충당하고, 논문 지도를 하며 학교에서 논문지도 수당을 받았다. 하지만 앞으로 어떻게 될지 모르는 상황이었기 때문에 생활비를 아껴야 했다. 우선 거주비를 아껴야 한다는 생각에 기숙사 사감을 생각했다. 하지만 영국 학부 학생들을 상대하려니 골치가 아플 것 같았다. 영국 대학에는 학부생을 위한 기숙사와 대학원생을 위한 기숙사가 분리되어 있다. 학부생들은 나이도 어리고 파티도 자주 하기에, 면학 분위기 조성을 위해서 대학원생 기숙사는 따로 있다. 나는 그동안 학교 안에 있는 기숙사에 살면서 작지 않은 자동차 주차비를 냈다. 게다가 기숙사 주차장에는 차를 주차할 수도 없고 걸어서 10분 넘게 가야 하는 주차장에 주차해야 했기 때문에 안 그래도 학교 밖에 있는 기숙사나 방을 구해 나갈 생각을 하고 있었다. 워릭대학교는 기차역 앞에 있는 호텔을 사서 대학원생 전용 기숙사로 리모델링을 했는데, 마침 그곳 기숙사 사감 자리가 났다.

학교 기숙사 부서에서 인터뷰하러 오라고 해서 갔다. 다행히 버밍엄대학교에 있을 때와 워릭대학교에 있을 때 여러 기숙사에 살았고, 대학 영어 프로그램의 기숙사 보조를 했던 경력과 당시 석사과정 논문 지도교수와 개인 생활 지도교수를 하는 경력을 포함하여 현역으로 군 복무까지 했으니 어렵지 않게 기숙사 사감이 될 수 있었다. 기숙사 사감이라고 숙소가 무료로 제공되지는 않았지만, 제일 꼭대기 층에서 조금 넓게 지낼 수 있었다. 대신 갑자기 전기가 나가거나 수도에 문제가 생기면 업체에 연락해서 수리 요구를 하는 사소한 일부터 시작해서 시끄럽게 파티를 하는 학생이 있으면 가서 조용히 시키기도 하고, 학업에 어려움이 있는 학생이 있으면 다독거려주기도 하는 등 엄마 겸 아빠 역할을 했다.

지도교수가 캐나다로 가고 난 뒤에는 생활비를 아끼는 것뿐만이 아니라 생활비를 버는 일도 해야 했다. 워릭대학교는 학생들이 캠퍼스나 캠퍼스 밖에서 할 수 있는 아르바이트를 중개해주는 에이

전시를 운영했다. 이곳을 통해 캠퍼스 곳곳에 있는 컴퓨터실 관리하는 일을 비롯하여 닥치는 대로 일을 했다. 말이 컴퓨터실 관리지 학교 캠퍼스가 얼마나 넓은가? 창고에서 종이를 몇 묶음씩 가져다가 도서관부터 시작해서 여기저기 24시간 운영하는 컴퓨터실을 돌면서 프린터 용지를 채워놓으려면 몇 시간이 걸렸다. 한편 워릭대학교 인근에 있는 버밍엄국제컨벤션센터에서는 중소기업박람회를 비롯한 각종 기업 홍보 엑스포를 개최했다. 우리나라 회사를 위해 영어-한국어 통역을 해주는 알바는 꽤 괜찮은 수입원이 돼주었다. 덕분에 일부러 내 돈 주고 가라고 하면 조금 아까울 맨체스터 유나이티드 축구경기장을 가보기도 했다. 그러다가 내가 산학연 프로젝트를 같이 하던 영국 회사에 온 국내 자동차 회사 연구소의 실무자 기술연수를 해준 적이 있었다. 영국 회사에서 구입한 실험용 기계를 어떻게 사용하는지 알아야 하는 기술자들이다. 석박사학위가 있는 연구원이 아니라 대부분 공업고등학교를 나와 실무를 하는 분들이었고, 대부분 50대 중반이었다. 어찌나 우리 아버지 생각이 나던지.

워릭대학교에는 하루에 학생과 직원 수천 명이 상주한다. 많은 사람이 컴퓨터와 인터넷을 사용하므로 학교의 컴퓨터 서버가 다운되면 큰 문제가 된다. 정말 중요한 실험이나 일을 하는 중간에 컴퓨터 서버가 다운되면 단순 문책을 떠나 손해배상을 요구당할 수도 있다. 학교 IT센터는 이런 문제를 대비하여 컴퓨터 서버 과부하 방지 시스템을 구축하는 프로젝트를 발주했다. 보수가 나쁘지 않았다. 6개월가량 안정적으로 계속되는 프로젝트였으므로 나는 주저 없이 지원했다. 서류 심사 통과 후 인터뷰를 했고, 나를 포함한 4명이 최종선정 됐다. 내가 프로젝트 팀장이 되었다. 학교 IT센터에서 6개월 간 일하면서 고정적인 수입이 생겼다. 하루하루가 바빴다. 영국 회사 두 곳과 컨설팅 프로젝트를 계속했다. 운전도 제법 익숙해져서 런던에 있는 한인마트에 다녀오는 일도 있었다. 차가 오래되지는 않았지만 그래도 고장 나면 고치러 다녀야 하는 등 귀찮게 된다는 생각에 차를 정말 조심히 몰았다. 또한, 사고가 나면 보험을 처리하는 것도 일이어서 고속도로를 달릴 때도 항상 경제속도를 유지했다. 이렇게 차를 조심스럽게 운전을 하다 보니 어느덧 그게 습관이 되었다.

어느덧 박사과정 3년 차가 되었고, 박사학위 논문을 정리할 시점이 되었다. 하지만 내 논문에 집중하기보다는 학생들의 논문을 지도하고, 컨설팅 프로젝트를 하러 영국 회사에 장거리 운전하며 왔다 갔다 하고, 틈틈이 IT센터 아르바이트나 다른 아르바이트를 하니 내 논문에 집중할 여력이 부족했다. 우선 석사과정 학생들의 논문 지도교수 일을 그만뒀다. 다른 일도 점점 줄여갔다. 하지만 그런데도 진도가 더뎠다. 그동안 해왔던 연구를 어떻게든 정리해서 박사학위 논문 초안을 만들었다. 하지만 이런 상태에서 나온 논문을 평생 내 업적으로 보여줘야 하고, 사람들이 그걸 읽고 나를 평가할 것이라는 생각이 들자 왠지 주저하게 됐다. 우리나라에서는 '수료'라는 말을 쓰지만, 영국에서는 '수료'라는 말 자체가 없다. 박사학위 과정에 코스워크가 없기 때문이다. 학위를 받지 못하면 아무것도 아니다. 최종 학력은 석사가 된다. 새 지도교수는 나를

63

도와줄 수 있는 처지가 아니었으므로 내가 뚫고 나가야 했다.

이 절의 제목이 '박사 유학기'가 아니라 '박사과정 유학기'라고 이름을 붙인 이유는 4년이나 박사과정을 하다가 최종적으로 박사학위를 끝내지 못하고 자퇴했기 때문이다. 하지만 이것도 내 인생의 일부분이다. 비록 4년 동안 공대에서 박사과정을 하고 난 후 자퇴를 했지만 배운 점도 많았다. 사람 인생 정말 알 수 없다는 걸 그때 다시 깨닫게 되었다. 우리나라 사람은 해외로 유학을 가면 모두 학위를 받아오는 줄 아는데 명문대일수록 학위를 받는 게 쉽지 않다. 2008년의 한 연구에 따르면, 1985년부터 2007년까지 하버드대학교, 예일대학교, 프린스턴대학교 등 14개 미국 명문대에 입학한 한인 학생 1,400명을 분석하였는데 연구결과는 놀라웠다. 1,400명 중 56%인 784명만 졸업하였고, 44%가 중퇴하였다. 영국에 있는 명문대에 진학한 한인 학생에 관한 연구는 없지만, 만일 있다면 나 역시 중퇴한 학생 중이 한 명이었을 것이다. 물론 전공을 바꿔 재도전 끝에 결국 박사학위를 받았지만. 이런 스토리를 가진 사람이 나 말고 또 있을까 싶다. 연구에서는 한인 학생의 명문대 중퇴율이 높은 이유를 한국식 교육으로 봤다. 입시 위주의 주입식 교육에 익숙한 한인 학생들이 창의적인 생각과 토론을 해야 살아남는 미국 대학 생활에 적응을 어려워했다는 거다.

내가 박사과정을 중퇴한 이유와는 사뭇 다르다. 나는 창의적인 생각과 토론에 익숙할 뿐 아니라 박사학위 논문 초안도 다 썼다. 내가 학교를 그만둔 이유는 이렇게 해서 논문을 제출한들 무슨 의미가 있을까 싶어서였다. 내가 그 박사학위를 받아들일 수 없다는 생각을 하니 계속하기 싫었다. 옥스포드대학교에 가지 않았을 때처럼 하기 싫은 건 죽어도 안 하는 기질이 또 나왔다. 그동안 들인 시간, 노력, 돈, 그리고 무엇보다 부모님과 가족들의 기대를 저버리기가 쉽지 않았다. 내가 여기서 박사과정을 접고 귀국하면 평생 실패자로 낙인 찍혀 살아야 할지 모른다는 두려움이 없지 않았다. 적당히 타협해 박사학위를 받아 가는 게 더 나을지 모른다는 생각도 들었다. 하지만 아닌 건 아니다. 마음 한구석에는 '어떻게든 먹고 살겠지'라는 생각이 있었다. 여기서 어떻게 살아남았는데, 뭘 하든 굶어 죽지는 않을 거라는 자신감도 있었다. 정 안 되면 옛날처럼 공사판에 가서 막일하며 먹고 살아도 된다는 생각이 있었다. 마음이 편안해졌다. 박사과정을 그만두고 귀국했다. 그때 내 나이 34. 우리나라 나이로 35.

하늘이 무너져도 솟아날 구멍이 있다고 했던가. 당시 우리나라 대학에서는 대학의 국제화가 유행이었다. 서울대를 비롯한 주요 상위권 대학은 영어 강의가 증가하는 추세였다. KAIST는 100% 영어 강의 도입을 추진했다. L사를 비롯한 국내 대기업은 영어 공용화를 추진했다. 배운 게 도둑질이라고 영국에서 내가 학교나 영국 회사에서 사용한 영어는 테크니컬 커뮤니케이션, 즉 일상생활에서 사용하는 일반적인 영어가 아니라 이공계 기술 영어다. 이공계 기술 영어란 이공계 전공 학생이나 엔지니어가 사용하는 기술 영어를 의미한다. 쉽게 얘기하면, 생명과학 전공 학생이 전공 관련 발표를 영어로 할 때, 기계공학 전공 학생이 영어로 논문을 쓸 때, 빅데이터 전문가가 영어로 보고서를 쓸 때는 기술적인 용어와 해당 분야에서 주로 사용하는 표현을 사용해야 한다. 나는 공과대학에서 공학학사를 받았고, 경영공학 석사학위를 받았다. 또한, 공과대학에서 박사과정을 하며 대학원에서 석사과정 학생들의 논문 지도교수를 한 경력도 있었기 때문에 이공계 학술 영어 쓰기도 가르칠 수 있다.

부모님은 영국에서 박사과정을 그만두고 돌아온 막내가 무슨 일을 저지르지나 않을까 걱정의 눈빛으로 지켜보셨다. 걱정스러운 눈빛을 신뢰의 눈빛으로 바꾸기 위해 더 몸과 마음을 가다듬었다. 규칙적인 운동을 했고, 몇 달을 공들여 책 '한눈에 들어오는 이공계 영어 기술 글쓰기'를 출간했다. 이곳저곳에서 강의요청도 있었고, 제법 수입이 됐다. 한국어로 기술 글쓰기를 하는 사람은 있었지만, 영어 기술 글쓰기를 하는 사람은 거의 없었기 때문이다. 여성 과학기술인을 지원하는 센터에서 강의하는 등 영역을 넓혀갔다. 대기업 신입사원과 재직자 기술 영어 연수로 영역을 확장해가면 내 회사를 차릴 수도 있을 것 같았다.

하지만 시간이 흘러도 마음 한구석이 늘 불편했다. 명절 때 만난 친척들이 뭐하러 그렇게 자식 뒷바라지를 했냐며 부모님에게 지나가는 말로 한 마디씩 하면 피가 거꾸로 솟았다. 강연을 다니며 남들과 차별화하고 이 일을 확장하기 위해서는 장기적인 관점에서 해외 명문대 '박사' 타이틀이 필요하다는 자기합리화에 빠졌다. 다시 긴 생각에 빠졌다. 그리고 결정을 내렸다. 다시 도전해보자. 대신 한 번 하다가 그만두었으니 어쭙잖게 논문의 질을 따지기보다는 최대한 박사학위를 빨리 따오는 것에 초점을 맞추자. 그래, 다시 영국으로 돌아가자.

라. 진짜 워릭대학교 박사 유학기

학사는 공과대학에서 생산공학과 일본어를 전공했다. 공학 학사다. 석사는 공과대학에서 경영공학을 전공했다. 이학 석사다. 공대에서 경영 전략쪽으로 박사과정을 했다. 이런 배경을 가지고 영어 교육 박사를 하겠다는 거다. 우리나라에서는 도저히 있을 수 없는 일이다. 아니, 영국이 아닌 다른 나라에서는 불가능하지 싶다. 어디로 가서 박사학위를 할지 고민하지 않았다. 워릭대학교는 당시 영국 최고의 영어 교육 석박사과정을 운영하고 있었고, 무엇보다 워릭대학교에는 학술 영어 코퍼스 구축 사업을 진행하고 있었다. 워릭대학교에서 구축하고 있던 학술 영어 코퍼스는 워릭대학교를 비롯한 영국 3개 대학에 있는 학생들에 제출한 과제물 중에서 B+ 이상의 우수한 과제물만을 모은 것이다. 연구자들은 점수를 잘 받은 과제물들은 어떤 특징을 가지고 있는지를 분석하여, 외국에서 온 유학생들에게 학술 영어를 가르칠 때 실제 사례를 중심으로 교육하는 데 활용하자는 것이다. 당시 KAIST가 100% 영어 강의를 추진하고 있었고, 다른 국내 명문대학들도 영어 강의 확대를 하는 추세였기 때문에 이쪽 분야로 박사학위를 받으면 분명히 할 일이 많겠다고 생각을 했다. 실제로 영국에서 돌아온 지 얼마 되지 않아 한 대학에서 소프트웨어학과가 새로 생겼는데, 일주일에 1회 총 8주 간 테크니컬 라이팅 강의 요청을 받은 적이 있었다. 일반 강의와는 차원이 다른 강사료를 받았다.

워릭대학교에 지원서를 보내기 전에 학교에 연락해서 내 소개와 버밍엄대학교와 워릭대학교에서 공부했던 경험, 이번에 가면 무엇을 할지를 구체적으로 적었고, 입학이 가능할지 의견을 구했다. 학과에서는 나 같은 배경을 가진 사람이 지원한 적이 없었다며 논의해 보겠다고 했다. 앞서 말했듯이 우리나라 대학에서라면 논의조차 안 했을 테지만 얼마 뒤 연락이 왔다. 매우 특이한 사례지만, 내가 하려고 하는 것이 무엇인지 매우 구체적이고, 그동안의 경력으로 보아 그 일을 할 수 있는 역량이 있을 것 같다며 정식으로 지원하라는 답변을 받았다. 이후 대학 본부에 정식으로 입학 지원서를 제출했고, 최종 정식 입학 허가를 받았다. 다음은 학생 비자 신청이다. 앞서 얘기했듯이 내가 예전에 어학연수를 하러 영국에 입국했을 때는 히스로 공항에서 학생 비자를 찍어줬다. 버밍엄대학교에서 학사과정을 하기 위해 버밍엄 공항으로 입국할 때도 마찬가지였다. 하지만 9.11테러 이후 보안이 강화되며 영국 이민국은 관광 비자를 제외한 다른 비자는 우리나라에 있는 영국대사관에서 받아오도록 정책을 바꿨다. 학생 비자를 신청하기 위한 준비를 마쳤고 서울에 있는 영국대사관에 가서 학생 비자를 신청했다. 서류 제출과 함께 인터뷰를 마쳤고, 학생 비자가 찍힌 여권은 우편으로 보내준다고 했다. 집에 도착한 여권을 보니 3년 학생 비자를 신청했는데 박사과정 시작인 2007년부터 2029년까지 총 22년짜리 학생 비자가 찍혀있었다. 영국 정부의 실수인지 시스템상의 오류인지 잘 모르겠지만, 어쨌든 영국 정부가 보내준 공식 학생 비자이므로 그런가 보다 했다.

학생 비자 기간이 비정상적으로 오래 찍혀있으니 영국에 입국할 때마다 매번 귀찮았다. 새로 박사과정을 시작하기 위해 버밍엄 공항으로 입국했을 때다. 입국 심사관이 여권에 찍힌 학생 비자 기간을 보곤, 여권을 확인해 봐야 하니 저쪽에 가서 있으란다. 다른 사람들 입국 심사가 모두 끝나고도 한참 시간이 지난 다음 나에게 오더니 여권이나 학생 비자에 문제는 없으나 기간이 이상하다고 했다. 자기들이 확인해도 분명 위조 여권이나 위조 학생 비자는 아니란다. 어쨌거나 공항에서는 수정할 수 없으니 나중에 비자를 발급해준 주한영국대사관에 가서 얘기해보란다. 자기들이 할 수 있는 일은 없다며 가란다. 아니 내가 학생 비자를 신청한다고 낸 수수료가 얼마인데, 왜 내가 귀찮게 다시 서울에 있는 주한영국대사관에 가서 그 일을 해야 하나? 그 후 1년 뒤에 미국에서 열린 국제학술대회에 다녀오는데 히스로 공항에서 똑같은 일이 벌어졌다. 하지만 히스로 공항에서도 자기들이 할 수 있는 일은 없다며 나중에 주한영국대사관에 가서 얘기해보란다. 어쨌거나 나는 아직도 공식적으로 기간이 꽤 남은 영국 학생 비자를 가지고 있다. 쓸 일은 없지만.

2007년 10월 1일, 워릭대학교에서 교육학 박사과정을 시작했다. 영국 대학은 보통 박사학위를 박사와 교육학 박사를 준다. 박사와 교육학 박사의 차이는 박사는 수업이 없고 논문만 써서 학위를 받는다. 교육학 박사는 1년 동안 이수해야 할 필수 수강 과목이 있다. 모든 과목을 반드시 통과해야 한다. 덕분에 우리나라로 귀국해서 입사 지원서를 낼 때 영국 대학에서 박사학위를 받았지만 성적표를 제출할 수 있었다. 물론 우리나라 대학에서 박사학위를 받은 지원자들은 대부분 박사 성적표가 A+로 수를 놓았지만, 내 성적표에는 패스만 있어서 성적표가 다소 초라해 보이긴 했다.

이번 박사학위는 재수를 하는 거다. 적지 않은 시간, 노력, 비용을 투자하는 프로젝트다. 이번에는 실패하면 안 된다. 학과에서는 내부적으로 모든 필수 수강 과목을 통과해야 하고, 1년 차 여름방학 동안 추가 교육 경력을 쌓은 다음 보고서를 제출하라고 했다. 나는 내가 버밍엄대학교와 워릭대학교에서 학사와 석사를 했고, 워릭대학교 공과대학에서 박사과정을 해봤기 때문에 6,000자 정도의 과제물을 쓰는 게 그리 어려울 것으로 생각하지 않았다. 하지만 공학이나 경영학과 달리 영어 교육과 응용언어학은 또 다른 신세계였다.

담화공동체라는 말이 있다. 공유하는 문화와 언어가 같아서 서로 말이 통하는 사람들의 모임이다. 예를 들어 영화를 보다 보면 가끔 컴퓨터 해커가 일반인을 상대로 뭔가를 설명할 때 상대방이 'Hey, please speak in English! (이봐, 영어로 얘기해!)'라고 말하는 장면이 가끔 나온다. 해커는 영어로 얘기하고 있지만, 그 영어가 우리가 말하는 일상생활 영어가 아닌 게 문제다.

문화 역시 이질적이었다. 공대 문화는 단순하다. 핵심은 문제해결이다. 문제를 주면, 그것을 어떻게 해결할지에 몰두한다. 컴퓨터 프로그램을 만들면 밤새워 디버깅하며 버그를 잡는다. 어떻게든 신속히 문제를 해결하는 게 중요하다. 하지만 인문계는 달랐다. 일을 실제로 하는 것도 아니고, 일하는 걸 준비하는 데만 해도 상당한 시간이 걸렸다. 의사결정을 하는데도 뭐가 그렇게 얽히고설켜서 복잡했다. 이런 문화는 영국 사람들뿐 아니라, 다른 나라 유학생들 사이에서도 있었다. 그러니 내가 얼마나 갑갑했겠나.

앞을 볼 수 없는 캄캄한 방에 들어가 그곳을 빠져나오려고 하는데, 그 깜깜한 방에는 딱딱한 장애물이 사방에 있고, 천장에도 뭐가 삐져나와 있어서 그곳을 빠져나오려고 움직일 때마다 여기저기 쿵 부딪히고 날카로운 모서리에 찍히고 상처를 입었다. 영국에 있을 때야 학위만 따면 되니까 그렇다고 치더라도, 한국에 돌아오니 영국에서의 경험은 아무것도 아니었다. 인문계와 교육계 문화에 전통적인 유교 사상까지 더해져서 적응하기가 힘들었다. 나는 학문 간이나 학제 간 융합은 좋은 것이라고 생각한다. 어떻게 보면 공학, 이학, 경영학, 교육학까지 통섭한 내가 융합의 산물일 수 있다. 하지만 단순히 학문적 융합이 아니라 문화적 융합이 병행되는 것은 다른 전공 수업 몇 개 듣는다고 섞이는 게 아니다.

앞서 설명했듯이 영국에서는 일반 박사와 달리 교육학 박사는 1년의 코스워크가 있어서 박사학위 과정 시작과 동시에 학위 논문을 시작할 수 없다. 하지만 나는 논문 주제와 구체적인 연구방법을 이미 영국에 오기 전에 정하고 왔기 때문에 1년의 코스워크와 별도로 내 박사학위 논문을 진행했다. 내가 연구에 사용한 연구 자료는 당시 워릭대학교를 비롯한 영국의 3개 대학에서 공동으로 진행하던 국가 연구의 결과물이었다. 하지만 연구 결과물의 초안을 분석하던 중 처음에 내가 생각했던 것과 상황이 다르다는 것을 발견하였다. 영국 정부의 연구 지원금을 받은 쟁쟁한 교수들이 해놓은 연구를 의심하는 건 쉽지 않은 일이다. 하지만 아닌 건 아니다. 영국인 교수들이 이미 해놓은 연구를 그대로 이어서 할 수는 없고, 내가 다시 연구 자료들을 분류해야 하는 상황이었다. 당황스러웠고, 혼란스러웠다. 고민에 빠졌다. 이번에는 박사학위를 따 갈 수 있을 거로 생각했다. 근데 이게 뭔가? 내 팔자에 박사학위는 없나? 오만가지 생각이 다 들었다. 너무 괴로웠다. 며칠을 술로 지새우다 한국으로 돌아왔다. 부모님한테는 차마 문제가 있어서 돌아왔다는 말을 못하고 잠시 자료 수집 때문에 왔다고 거짓말을 했다. 귀국해서 집에 며칠 있으니 부모님이 걱정하기 시작했다. 다시 깊은 고민에 빠졌고, 이판사판 끝까지 가보자고 결심했다. 영국으로 돌아와 연구 자료에 대한 전수 조사를 했다. 그 대단한 교수들이 해놓은 연구 결과를 잠시 접고, 내 방식대로 연구 자료를 분류하고 그 과정에 대한 기록을 남겼다. 그 와중에 나보다 1년 먼저 워릭대학교에서 박사학위를 시작한 작은 누나가 박사과정을 마쳐가고 있었고, 누나는 나와 같이 귀국하겠다며 귀국을 늦췄다. 누나는 평소 아동 발달과 교육에 관심이 있어 옥스포드대학교에서 석사를 하나 더 하기로 했다. 2006년 여름, 우리는 옥스포드로 이사했다.

옥스퍼드 시내에는 '대학 공원들(University Parks, 이하 '옥스포드대학교 공원')'이 있다. 나는 옥스포드로 거처를 옮긴 다음 우연히 옥스포드대학교 공원을 발견했는데 이후 이 공원은 나에게 생명수와 같은 곳이 됐다. 나는 지금도 영국에 있을 때 가장 좋았던 것이 무엇이냐고 물으면 공기라고 대답한다. 워릭대학교에서 박사과정을 할 때 학교 기숙사에서 살았는데, 캠퍼스 자체가 하나의 숲이어서 이른 새벽에 창문을 열면 묵직하고 차가운 공기가 들어온다. 어떤 때는 공기가 너무 묵직해서 폐가 놀랄 지경이었다. 옥스포드대학교 공원에는 수백 년이 된 나무들이 많아서 낮에 가도 신선한 공기로 산림욕을 할 수 있다. 옥스포드대학교 공원은 총면적 약 30만 평방미터로 우리나라 여의도 광장(총면적 약 23만 평방미터)보다 크다. 세 바퀴만 돌아도 10,000보가 넘는다. 영국 국왕 찰스 2세가 개를 데리고 산책했던 곳으로도 유명하다. 옥스포드대학교 공원은 천천히 산책하는 사람을 위한 공간이다. 자전거를 타던 사람도 이 공원을 통과할 때는 자전거에서 내린 후 자전거를 끌고 간다. 공원에서 산책하며 사색에 잠긴 사람을 방해하면 안 되기 때문이다.

옥스포드대학교 공원은 12월 25일에만 문을 닫고, 364일 문을 연다. 워릭대학교에서 짐을 싸서 옥스포드로 옮긴 다음 박사학위 논문을 이 공원에서 썼다. 모자를 쓰고, 바하의 음악을 들으며 걷다가 생각이 나면 멈춰서 메모지에 적었다. 하루에 천천히 10,000보를 걷는 것을 기본으로 했지만 정말 도 닦는 심정으로 30,000보를 넘게 걸을 때도 있었다. 하루 평균 3시간 이상을 걸으며 마라토너들이 겪는다는 러너스 하이와 비슷한 워커스 하이를 수차례 경험했다. 걷는 코스가 일정했기 때문에 모자를 쓴 채 3보 정도 앞만 보고 걸었다. 몇 시간 동안 계속 걸으면 마치 찌꺼기가 있는 기름을 흔든 다음 그대로 두면 천천히 찌꺼기들이 가라앉는 것처럼 생각이 느리게 가라앉는 느낌이 든다. 박사학위 논문을 쓰며 하루도 거르지 않고 10,000보 이상을 걷겠다고 결심했다. 발에 물집이 잡히고 상처가 생겼다. 하지만 이러한 고행을 통해 하루마다 작은 성취감이 생겼고, 그 과정에서 생각은 정리되어갔다.

나는 아주 어렸을 때 교회에 다녔고, 초등학교 시절에는 절에도 다녔다. 종교에 관심이 있었다기보다는 동네 아이들이 모두 교회에 가서 갔고, 이후 초등학교에 다닐 때는 어머니가 절에서 천자문을 가르쳐준다는 얘기를 듣고 온 후 가라고 해서 갔다. 하지만 신의 존재에 대해서는 그리 관심이 없었다. 하지만 인간이 벼랑 끝까지 몰리면 정말 종교를 찾게 되더라. 유학을 다녀온 많은 사람이 박사과정을 하면서 종교에 귀의하게 되는 경우가 많다. 박사과정은 딱히 정해진 뭐가 없어서 캄캄한 어둠 속에서 스스로 논리를 만들어 캄캄한 어둠을 벗어나야 한다. 자신의 한계를 계속 밀어붙이며 확장해 나가야 하는 고통스러운 과정을 반복해야 한다. 당연히 그 과정에서 없던 병이 생기고, 있던 병이 도지는 경우도 많다. 누구도 대신해줄 수 없는 이 과정에서 종교를 찾게 되는 건 인지상정일지도 모른다.

하루는 너무 힘들어 어디 절에 가서 참선이라도 하고 싶었다. 그런데 영국에서 한국에 있는 절 같은 곳을 찾기 어려웠다. 막연히 가톨릭에 대한 호감이 있었고, 옥스포드 인근 한인 가톨릭 모임을 발견했다. 운명인지 모르겠지만, 당시 워릭대학교 영문과에서 박사과정을 하던 예수회 신부님이 옥스포드대학교에서 미사를 집전한다는 얘기를 들었다. 그냥 '그런가 보다'만 했다. 그렇게 시간이 흘렀고 우연히 영어 관련 공부를 하던 사람들이 학교 도서관에서 한 번 모인 적이 있었는데 그곳에서 신부님을 한 번 봤다. 신부님은 성당에 한 번 가보지 않은 나에게 마음의 안식이 필요하면 언제든지 오라고 했다. 건성으로 대답은 했고 가지 않았다. 논문 진행이 더뎌졌다. 답답했다. 신부님이 집전한다는 곳에 갔다. 신부님은 다른 신자들에게 나를 소개했다. 교회나 절은 가봤지만, 성당은 처음이었다. 성당 맨 뒤에 그냥 앉아 있었다. 근데 왜 자꾸 일어나라 앉아라 하는 건지. 미사 말미에 사람들이 모두 나가서 줄을 섰다. 신부님에게 뭔가를 받길래 나도 나가야 하는 줄 알고 줄을 섰다. 알고 보니 다들 영성체를 모시러 줄을 선 것이었다. 내 차례가 되자 아무 생각 없이 앞에 섰고, 그런 나를 보고 신부님은 당황했다. 하지만 이내 정신을 차리고 영성체를 주진 않았지만 내 머리에 손을 얹고 기도를 해줬다.

2009년에 신부님을 만났으니 이제 10년이 넘었다. 신부님은 내가 귀국한 후 1년 정도 뒤에 박사학위를 무사히 마쳤고 모교인 서강대학교 영어영문학과 교수로 부임했다. 내가 수도승처럼 거지꼴을 하고 옥스포드대학교 공원을 걷는 것을 보였고, 가끔 같이 줬다. 당시 나는 내가 지은 죄가 워낙 많아서 박사학위를 못 받는 것 같았다. 회개하는 마음으로 공원에서 한걸음 걷는 것을 1원으로 해서 1백만 걸음을 걷고 난 후, 돈이 없어 책을 못 사보는 아이들이 있는 곳에 백만 원을 기부했다. 어떻게 보면 논문을 쓰며 한 인간으로서 참 많은 생각을 했던 것 같다.

이런저런 우여곡절 끝에 2010년 5월, 논문을 제출했다. 2007년 10월에 박사학위 과정을 시작한 후 만 2년 6개월 만에 논문을 제출했다. 밤을 새워 논문을 제출하고 난 후 창밖을 보니 무지개가 떠 있더라. 2010년 7월에 구술시험을 본 다음, 한국으로 귀국했다. 귀국한 다음 그동안 틈틈이 아르바이트해서 저축해놓은 돈으로 오피스텔을 1년 계약했다. 창문 커튼을 치고, 배경 소리로는 BBC 라디오를 틀어놨다. 몸은 한국에 있지만, 마음은 여전히 영국에 있다고 마인드 컨트롤했다. 2010년 11월에 최종 수정본을 제출했고, 통과하여 2011년 2월, 교육학 박사학위(세부전공: 응용언어학과 영어 교육)를 받았다. 이로써 제도권에서 공부는 끝이 났다. 정말 징글징글했다.

5. 에필로그

100세 시대다. 올해 딱 50살이고, 이제 인생의 반환점을 돈다. 살아온 삶을 돌아보면 사람 인생 참 예측할 수 없다는 생각이 든다. 앞으로 어떻게 살 것인지를 늘 고민한다. 아버지와 어머니의 막내아들로 사는 삶, 두 아이의 아버지로 사는 삶, 한 여자의 남편으로 사는 삶, 교육자로 사는 삶, 연구자로 사는 삶, 봉사자로 사는 삶, 그리고 한 인간으로서의 내 삶. 역할에 따른 무게감을 느낀다. 내가 경험한 삶이 누군가에게 작은 도움이 된다면 그걸로 만족한다는 생각으로 이것저것 살을 붙이다 보니 너무 길어졌다. 영국 유학 관련해 더 해주고 싶은 말은 많지만, 나의 영국 유학기는 여기까지다. 더 궁금한 사람은 ckjung@gmail.com으로 연락 바란다.

권순학 교수

[학력]
·인천대학교 서양화전공 학사
·홍익대학교 사진전공 석사
·영국 Royal College of Art 사진전공 석사

[경력]
·현재 국립인천대학교 조형예술학부 조교수

[개인전]
·HYPER-SPACE 'Sub' -쿤스트 독 갤러리, 서울, 2007
·Situated Senses : Inclined Angles - Holman House, 런던, 2011
·History of Kunst Doc ? 쿤스트 독 갤러리, 서울, 2012
·Truth is in the Detail - Union Gallery, 런던, 2014
·History of History of - Castello 996a, 30122 베니스, 2015
·everynothing - Union Gallery, 런던, 2017
·Partitions - 대청호미술관, 청주, 2019
·tHere There - 우리미술관, 인천, 2020

권순학

영국의 예술 전문 대학원에서의 경험

1. 영국 왕립 예술 학교

영국 왕립 예술 학교(이하 RCA)는 2007년에 유학을 준비하던 당시, 나에게는 다소 생소한 학교였다. 그때는 내가 학부에서 회화(서양화 전공)를, 대학원에서는 사진을 전공하면서 작가로 몇 년 동안 작품 활동을 하던 시기이다. 유학을 준비하며 고려 대상이 됐던 학교들은 주로 미국의 예술 대학들이었다. 국내에서 활발한 작품 활동을 하는 작가들의 이력에서 그 학교들의 이름을 자주 접해 익숙한 탓이었을 것이다. 그래서 자연스럽게 미국의 학교들에 원서를 준비하며, 역시 영어로 유학할 수 있는 영국 학교 하나에도 준비한 것이 RCA 사진학(photography) 석사 과정이었다.

사진 석사 과정은 당시 현대 예술 대학 내의 네 개의 학과 중 하나로 이외에 회화, 조소, 판화로 구성돼 있었다. 영국 대부분의 미술 대학에서는 현대 미술의 흐름에 부합하게 현대 예술 전공으로 통합돼 있는데 RCA는 매체별로 학과가 나누어져 있었다. 조소

과에서 사진 작품을, 회화과에서 입체 작품이나 영상 작품을 만드는 경우도 흔했다. 각 학과에서 매체의 크로스오버를 제한하지 않고, 동시에 매체에 기반을 둔 연구의 가치도 인정한다고 말할 수 있다. 마찬가지로, 학생의 의지만 있다면 현대 예술 대학 내의 타 학과의 수업이나 다른 분야의 학과의 전공 수업에도 참여할 수 있었다. 명분이 있다면 전과를 하는 학생도 소수 있었다. 당시 사진 학과는 사진뿐만 아니라 영상과 행위 예술을 담당하는 학과여서 현대 예술의 확장성을 실험할 수 있는 학과였다. 현재는 RCA 전체가 학제 개편을 거듭해서 학생 정원이 많아졌으며 신생 학과들이 많이 신설됐다. 한때 영상과 행위 예술 선택 전공의 학생들을 사진학과 내에서 따로 모집을 했다. 지금은 세분화된 학과 개편으로 현대 예술 계열의 영상 미디어는 현대미술실습학과(Contemporary Art Practice)로 편입됐다. 또한 인문계열의 학과들, 큐레이팅학과, 공예계열학과가 통합됐다. RCA에서는 지난 10년간 많은 학과 개편, 통합의 변화를 꾀했는데 이는 정부 지원금 삭감에 대한 대처와 예술 대학의 현대화를 시도한 것이다. 보수적인 RCA가 이만큼의 변화를 이뤄낸 것은 놀라운 것이다. 또, 현대 예술부터 미술사, 큐레이팅, 패션/텍스타일, 건축 그리고 수많은 디자인 분야까지 예술과 디자인 전 분야의 학과로 이뤄져 있는 세계에서 가장 활성화되어있는 예술 대학원임은 분명하다. 이전에는 세계 대학 순위에서 찾아볼 수 없는 학교였지만, QS 세계 대학 순위가 발표한 분야별 순위에서 2015년부터 현재까지 1위를 유지하고 있어 객관적 지표와 함께 인지도가 높아졌다. 내가 유학을 시작할 때에는 생소한 학교였지만 지금의 RCA 이전의 RCA에서 수학을 할 수 있었던 경험은 행운이었으며 추억이자 자부심으로 남는다.

2. 영국으로

2007년, 입학 심사에 가장 중요하다고 할 수 있는 작품 포트폴리오를 원서와 같이 우편으로 접수했고 2차 심사 대상으로 선정돼 면접 심사를 위해 영국으로 떠났다. 당시 RCA의 현대 예술 계열의 한국인 졸업자는 소수였지만 수소문 끝에 최근 졸업자와 전화로 연락이 닿아 인터뷰에 대한 조언을 구했다. 제출한 포트폴리오 이외에 레퍼런스가 되는 이전 포트폴리오를 들고 가서 인터뷰에 응했다. 현재 작품에 기반이 되는 개념들과 과정들을 최대한 논리적으로 소통하려 했던 것이 기억이 난다. 인터뷰에는 전임 교수 세 분과 석사 학생이 한 명 참여하는데, 면접관이었던 학생이 이후 입학 후 1년 차 석사 과정 동안 멘토가 됐다. 이러한 전통의 예시로 볼 수 있듯이 이 학교에서 석사 과정은 분명 토트(taught) 과정이지만 학생들이 직접 신입생 선발 과정에도 개입하는 등 석사 학생들이 주도적 역할을 한다는 것을 알 수 있다. RCA는 이후 박사 과정을 강화하는 노력을 지금까지 기울이지만 여전히 석사 과정 중심의 학교이다. 또 하나 RCA만의 특이점은 세계에서 거의 유일하게 학부 과정이 없는 석사 중심의 예술 학교라는 것이다. 그래서 주로 영국과 유럽에서 다양한 학교에서 학부를 졸업하고 예술가로 성장하길 원하는 학생들이 RCA에 진학하기를 희망한다. 석사 과정에는 멘토/멘티 프로그램을 운영함으로써, 1년 차와 2년 차 석사 과정 학생들이 도움을 주고받을 수 있다. 멘티는 1년 차에 적응하는 데 멘토의 도움을 받고, 멘토는 졸업작품을 제작하는 과정에서 멘티의 도움을 받는다. 입학 후, 나의 면접관이자 멘토였던 학생에게 다른 지원자들과 겹치는 부분이 적은 나의 독창적인 작업과 이전 포트폴리오를 들고 오는 적극성 그리고 영어 실력이 긍정적으로 작용했다는 입학 면접에 대한 후일담을 들었다.

3. RCA의 주변

180년의 역사를 지닌 RCA는 런던 중심부의 사우스 켄싱턴에 위치하고 있으며 로얄 앨버트 홀 옆에 메인 빌딩이 있다. 북쪽으로 길을 건너면 런던에서 가장 넓은 켄싱턴 가든스와 하이드 공원이 펼쳐지며 공원 안에는 세계 미술계에서 중요한 전시 공간인 서펜타인 갤러리가 위치해 있다. 주변으로는 영국 왕립 음악 학교와 임페리얼 칼리지가 대표적인 인접 교육 기관이며 자연사 박물관, 과학 박물관 그리고 빅토리아 앤 앨버트 박물관이 위치해 있어서 교육 기관과 박물관, 미술관이 밀집해 있는 지역이다. 디자인 역사를 전공하는 학과 등에서는 빅토리아 앤 앨버트 박물관과 협업이 이뤄지기도 한다. 집세가 비싼 부촌이어서 이 지역에서 거주하지는 않았지만 관광지에서 생활을 하던 특별한 경험이 기억에 남는다.

4. 석사 과정의 시작: 비평

10월 학기가 시작되던 2008년 당시, 석사 과정의 정원은 20명이었다. 입학생들은 영국과 유럽 국가에서 각각 절반의 비중을 차지했으며, 미국과 한국에서 온 내가 예외 지역에서의 입학생이었다. 지원자들의 높은 완성도의 포트폴리오가 오히려 심사에 불리하게 작용하는 경우도 지켜봤는데, 본 학과의 석사 과정을 통해 발전 가능성과 다양한 학생 구성을 고려하는 전통 때문이라고 생각한다. 학과에서의 1년 차에는 지금까지 쌓아왔던 작업의 세계를 완전히 분해하고 새롭게 혁신하는 과정을 거치게 되며 이 과정은 논문을 완성함으로써 마무리된다. 이후 2년 차에는 졸업작품 작업에 전념하게 된다. 이 점이 한국에서의 석사 과정과 차별되는 점들 중에 하나였다. 그래서 학생들은 입학을 위해 완성한 포트폴리오와 완전히 다른 작품으로 졸업하는 경우가 대부분이다.

석사 과정의 시작은 2년 차 석사 과정 학생들의 작품 발표와 동기들의 작품 비평 수업으로 시작됐다. 비평은 포트폴리오를 발표하면서 모든 학생들이 질문과 코멘트를 하고 토론에 참여하는 형태인데 일주일에 두세 명의 학생들이 발표를 했다. 한 학생당 몇 시간씩 토론이 이어지므로, 석사 과정에 들어오게 된 포트폴리오에 대한 끝장 토론인 동시에 동료 피드백이라고 볼 수 있다. 이 분석적인 과정을 거치면서 본인 작업에 대한 해체가 시작된다. 영국의 학제는 가을에 시작하는 3학기로, 비평 수업이 첫 학기 학과 수업의 대부분을 차지했다. 이후에도 비평 수업은 튜토리얼 수업과 함께 학과 수업 중 핵심을 차지한다. 규모에 따라 20명의 동기가 모두 참여하거나 석사 1년 차, 2년 차가 모두 참여하는 전체 비평은 학기 별로 한 번씩 이루어지고, 소규모 비평 수업은 몇 개의 그룹으로 나누어져 매주 이루어졌다. 이러한 소그룹 비평 수업에서는 진행 중인 작업에 대해 발표하고 토론이 이뤄진다. 하나의 아이디어로만 토론이 진행되는 경우도 있어 상상을 뛰어넘는 토론의 열의에 놀랐다. 자발적인 토론의 형태라서 알맞은 시간에 발언을 하지 않으면 기회가 없어지는 아쉬운 순간들이 초반에는 많았다. 그리고 소규모 비평 수업에서 동기 학생들이 완성도가 높았던 포트폴리오를 이론적, 미학적으로 어떻게 해체해 가는지 관찰할 수 있었다. 미학적인 완성도를 발전시켜가는 것에만 익숙했던 나에게는 다소 생소한 과정이었다. 해체를 통해 더 본질에 다가가는 것은 이후 동기들의 2년 차 작품 과정을 통해서 비로소 이해가 되었다. 다시 입학 선발 과정의 관점에서 돌이켜 보면 본인들의 작품을 해체할 수 있고, 본 석사 과정을 통해 더 본질에 다가갈 수 있는 학생을 선발한 것이라 해석이 가능했다. 또한 동기 학생들은 모두 상이한 포트폴리오를 가지고 있어서 다양한 동기생들의 구성도 고려한 것을 입학 후에 알 수 있었다.

5. 튜토리얼

비평 수업과 더불어 핵심적인 수업의 형태는 튜토리얼인데, 일대일로 이루어지는 개인 튜토리얼과 지도 교수별 학생들로 이루어지는 조별 튜토리얼로 나누어진다. 여기서 지도 교수는 1년 차와 2년 차 지도 교수가 각각 다르게 지정된다. 1년 차에는 학과에서 지정해줬던 것으로 기억하고, 2년 차에는 학생에게 선택권이 있었던 것으로 기억한다. 2년 차 지도 교수는 내가 직접 지정했었기에 확실히 기억한다. 졸업 이후에도 2년 차 지도 교수와 관계가 지속되고 있기도 하다. 이와 더불어 학년별 지도 교수도 지정이 되는데 학생 관리에 대한 차원이었다. 이보다 더 중요하고 특별한 지도 교수가 지정되는데, 바로 논문 지도 교수가 작품 지도 교수와는 따로 배정이 되는 것이다. 그래서 1년 차에는 작품 지도 교수와 논문 지도 교수가 핵심적인 역할을 한다. RCA에는 학교 전체의 논문 지도와 인문학적인 강의들의 기획을 담당하는 부서가 독립적으로 존재한다. 그래서 계열별로 논문을 담당하는 전임 교수들이 있어 입학 후 1년 동안 각 지도 교수와 튜토리얼 수업이 진행된다. 튜토리얼 방식의 수업은 자율적으로 토론을 주제를 발제해 가는 것이었다. 그래서 면담 시간 동안 논의할 것을 학생 본인이 자발적으로 준비해 가야 하는데 특히 우리나라 학생들에게는 이 개념이 생소할 수 있다. 내 분야의 경우 작품 지도 교수와의 튜토리얼을 위해서는 우선 작품이 진행되는 과정을 보여주는 것이 일반적이다. 경우에 따라서는 구두로만(아이디어 개념이나 계획) 튜토리얼도 가능은 하지만, 시각 예술 작품이라는 것은 미학적인 측면때문에 최소한 드로잉이나 스케치 개념의 시각적인 이미지를 준비하는 것이 소통에 용이하다고 할 수 있다. 이 튜토리얼 면담은 지도 교수 이외에도 학내의 교수진들이나 정기적으로 혹은 일회적으로 방문하는 특강 강사와도 진행을 할 수 있다. 튜토리얼이 가능한 일정이 안내가 돼 학생이 미리 신청하고 교수자를 만나게 된다. 다양한 선생들을 접하게 되면서 지식과 예술에 대한 인식의 감각을 확장을 할 수 있으며 각 학생이 2년 차 지도 교수를 선택하는 것에도 도움이 된다.

학과 내부에서 정기적으로 다양한 강의, 세미나들을 기획하기도 하는데 전임 교수와 강사가 공동으로 진행하기도 하고 타 대학의 철학 교수를 초빙하기도 했다. 개인적으로 정신분석학 권위자의 강의가 인상 깊었다. 비정기적으로는 세계적인 작가나 기획자, 이론가 등 실무자 특강도 이뤄지는데 전시나 출판 등을 위해 런던을 방문하는 일정에 시간을 할애해 학교를 방문하는 경우가 대부분이었다. 이러한 강연에는 학생들의 관심이 높았으며 강연 이후 진행되는 튜토리얼 자리를 차지하기 위해 치열한 경쟁도 해야 했다. 필요에 따라서는 특정한 학생에게 우선 배정도 합리적으로 이뤄지기는 했다. 지금 언급하고 있는 강연은 학과 내부의 프로그램인 반면, 각 계열별로 기획되는 초청 강연과 학교 전체 학생들을 대상으로 하는 초청 강연도 지속적으로 기획된다.

이러한 특별 강연은 저녁 시간에 시작되기도 하는데 부지런히 다양한 분야의 세계적인 전문가의 강연들을 찾아서 듣는다면 하루하루의 시간표가 강의들로 넘쳐나게 된다. RCA의 학제에는 출석이나 학점이 존재하지 않고, 시간표도 자율적으로 학생의 계획에 따라 관리하게 된다. 따라서 학생 본인의 목표나 방향성이 중요하다. 경우에 따라 균형이 깨져버려서 학업을 힘들어할 수도 있다. 다양한 학과, 분야의 특강들과 워크숍 수업에만 몰두해서 확장성에만 집착할 수도 있고, 학업의 중심에 있어야 할 학과 내부 프로그램에 소홀해질 수도 있다. 학업에 전혀 전념하지 않아도 제재가 없기 때문에 아무것도 안 할 수도 있지만 나중에 학생 본인이 책임을 져야 한다. 몇몇 아시아 학생들이 이러한 교육 시스템을 이해하지 못한 채 입학하여 어려움을 겪는 경우도 봤다. 학생 스스로의 능동적인 자세에 기반하고 있기 때문에 창의적인 자기 관리를 해야 하며, 지정해 주는 과제 수행 중심의 태도에서 탈피해야 한다. 1년 차 초기 튜토리얼에서 기억에 남는 장면이 있다. 작업의 방향성에 대하여 고민하고 있던 시기에 교수에게 두 개의 방향 중에 어떤 것을 선택해야 할지 단도직입적으로 물어봤는데, 교수는 자신의 의견을 끝내 밝히지 않았다. 정답이 없었던 만큼 내가 스스로 선택을 하도록 지도를 받는 경험을 통해서 튜토리얼 수업이 교수의 의견을 일방적으로 듣는 수업이 아닌 상호적인 방식이라는 것을 배웠다.

6. 전시의 기회

현대 예술 대학인만큼 실제 공간에서의 전시는 중요한 경험이다. 학과 내부적으로는 세 번의 공식 전시가 있었다. 일 년에 한 번 이루어지는 과정 전시(Work-in-progress, 한국어로 직역하기도 어렵고 한국 학부에서 이루어지는 과제 전시와 비슷하지만 과제의 개념이 아니라 편의상 '과정 전시'로 명명했다.)와 석사 과정 마지막의 졸업 전시이다. 졸업 전시가 일종의 결과물 개념이라면, 과정 전시는 좀 더 자유로운 실험을 할 수 있는 기회로 삼는다. 각 학과에서 각기 다른 시기에 과정 전시들이 이뤄져 다른 학과의 학생 작업을 감상하며 영감을 받을 수도 있다. 지금은 세 개의 캠퍼스로 확장됐고 사진학과는 판화학과와 함께 배터시 캠퍼스로 이전했지만 내가 석사를 할 당시에는 사우스 켄싱턴 캠퍼스에 위치하고 있었다. 본 캠퍼스에는 본관 다윈 빌딩의 굴벤키안 갤러리와 호크니 갤러리의 전시 공간이 마련돼 있다. 굴벤키안 갤러리는 전시 공간이 넓어서 각종 기획 전시들이 개최됐고, 과정 전시와 졸업 전시 모두 이곳에서 이루어졌다. 호크니 갤러리는 사진학과가 있던 스티븐슨 빌딩 입구에 마련돼 있는 전시 공간으로, 학생들이 수시로 작품을 전시로 발표할 수 있도록 공간 사용 신청을 할 수 있었다. 예술 실기 학과 학생들은 실기실에서 작품을 제작할 때와 작품이 실제 공간에 작품으로써 설치됐을 때의 경험이 필수적이라고 본다. 학생의 의지만 있다면 내부적으로도 전시 기회는 풍부하게 열려 있다고 볼 수 있다.

여기에 더해 좀 더 특별한 경험을 한 전시가 있었는데 RCA 'Secret'이라는 전시가 그것이었다. 세계적인 작가로 성장한 동문 작가와 외부 작가를 초청하는 동시에 현재 학생들도 함께 참여하는 전시였다. 엽서 크기의 작품들을 수천 장 전시해 동일한 가격에 판매한다. 판매액은 학교의 발전 기금과 참여 학생들의 졸업 전시의 기금으로 활용된다. 전시 제목이 'Secret'인 이유는 작가가 누구인지 밝히지 않기 때문이다. 작가의 정보는 구매 후 구매자에게 전달된다. 이를 통해 석사 학생들은 유명한 작가들과 전시를 하는 자부심을 가진다. 구매자들은 세계적인 작가의 작품을 저렴한 가격에 사거나, 학생의 작품을 구매할 경우 앞으로 그 학생이 성장해가는 과정을 지켜볼 수 있는 기회를 가질 수 있다. 이외에도 미술 작품 콜렉터가 될 수 있는 문턱을 낮춰 시민들의 호응을 얻었던 참신한 기획이었다. 이 기획은 지속적으로 이루어지고 있는 것으로 알고 있다. 기획이 성사될 수 있었던 조건들 중에는 유명 작가들의 참여와 RCA라는 브랜드 가치도 중요했지만 시민들의 예술에 대한 관심 또한 중요한 역할을 했다. 단적인 예로 영국에서 잘 알려진 터너 프라이즈 예술가 시상식은 2000년대 중반에는 영화제 시상식처럼 TV로 생중계를 하며 시청률도 높았다고 한다. 그만큼 예술에 대한 관심이 높았으며 영국 현대 미술이 세계 중심으로 부흥하는데 일조한 90년대 젊은 영국 예술가(YBA, Young British Artists)의 파격적 작품 활동이 사회에 미친 영향력이 피부로 와 닿았다. 전시는 일주일 동안 공개되며 이튿날 하루 동안 판매되는데, 판매되기 며칠 전부터 텐트를 쳐서 줄을 서는 진풍경이 벌어졌다. 판매일에는 학생들이 아르바이트로 작품을 옮기거나 계산대에서 일을 하는데 나도 참여했다. 한 개당 45파운드인 수천 장의 엽서 작품은 거의 다 판매가 되었다. 이러한 전시 컨셉은 특정한 기반이 있었기에 가능했던 것이지만 언젠가는 우리나라에서도 예술이 국민적 관심이 되는 날이 오기를 기대한다. 우리나라도 경제적인 규모에서는 선진국의 대열에 진입했지만 다른 선진국에 비해 문화예술의 부흥이 미흡한 것이 사실이다. 그렇다고 예술 지원 제도가 미흡한 것은 아니다. 앞으로 정부와 기관, 교육 기관 그리고 예술가들이 함께 고민해야 할 부분이다.

7. 영국에서의 사고

첫 학기가 시작되고 얼마 후 사실 위험한 사고가 있었다. 런던이라는 도시의 특성상 자전거를 타고 다니는 것이 매력적인 도시이다. 지금의 총리인 보리스 존슨, 당시 런던 시장도 자전거를 타고 다니면서 자전거 이용을 독려하는 등 시민과 가까이에서 의정활동을 했는데, 지하철에서 만나 인사를 했던 기억도 난다. 영국에는 브롬톤이라는 접는 자전거 브랜드가 있는데, 아주 작게 접혀서 대중교통과의 연계가 뛰어나고 디자인적으로도 역사적인 이 자전거에 매료되었다. 중고로 오렌지색 브롬톤을 구해서 런던 시내 곳곳을 누비며 행복한 한때를 보내고 있었을 때, 자전거를 걸어 잠그고 잠시 갤러리에 들어갔다 나왔는데 자전거를 도둑맞았다. 이후에 생각해 보니 자물쇠를 걸어 잠그기 바로 전에 나를 눈여겨보던 무리가 생각나서 '아차'싶었다. 브롬톤 자전거는 인기가 많아 중고로 팔기에 용이하기 때문에 자전거 도둑들의 표적이 되곤 한다. 그렇지만 브롬톤에 대한 열정은 식지 않아 또 다른 브롬톤 자전거를 구매하여 타고 다녔다.

그러던 어느 날 밤에 집에서 자전거를 타고 나섰는데 정신을 잃었다. 당시 기억은 집을 나섰던 것과 길바닥에 앉아서 피를 흘리면서 정신을 잃어가던 간헐적 기억밖에 남아있지 않다. 다행히 응급실로 실려가 조치를 받았지만, 한쪽 고막이 파열됐고 두개골 뒤쪽에 금이 갔다. 이후 몇 주에 걸친 회복 끝에야 학업에 복귀할 수 있었다. 형사 조사도 했지만 아직도 어떤 일이 일어났는지는 미스터리로 남아있다. 런던은 상대적으로 안전한 도시이지만 해외에 유

학을 가는 경우 지역에 따라 우리나라와는 다른 안전 개념에 유념
해야 할 부분이기도 하다.

8. 해체의 과정

다시 학업 이야기로 돌아오면 나의 작업은 1년 차 석사를 거치
면서 다른 동기들과 마찬가지로 해체의 과정을 거친다. 정신분석학
자와의 튜토리얼에서 내 이전 논문에 등장하는 독특한 경험의 학
문적 명칭을 알게 되며 이를 논문의 모티브로 삼았다. 한국에서 이
현상을 알고 싶어 여러 루트로 알아봤지만 이를 다룬 내용은
1930년대 저널에 실린 소논문이 전부였기에 행운이었다. 이전의
내 작업은 이 현상을 모티브로 현대사회의 환각을 시각화하는 것
에 몰두했다면, 현상의 본질에 대한 지식을 습득한 이후에는 세계
에 대한 인지-관계성으로 이행하게 된다. 간략하게 이사코버 현상
에 대해 설명을 하자면, 유년 시절과 십대에 경험하는 것으로 공간
과 크기에 대한 인지 혼란을 경험하는 것이다. 이를 오토 이사코버
는 갓난아기의 시각적 경험이 불현듯 나타나는 현상으로 분석을
한다. 갓난아기에게는 아직 비교 대상이 없어 공간과 크기에 대한
정의가 부재하여 감각이 혼선을 빚는 것으로 설명한다.

한편, 미학적인 측면에서는 이전에는 생각지도 못한 소재를 작품
에 담기 시작했다. 바로 전시장의 벽을 촬영하여 실물 크기의 사진
으로 제작하는 방법을 도입하기 시작했다. 이전 작업에서도 사진의
디테일에 대한 개념에 관심을 가지고 있었는데, 이를 다른 양상으
로 실험하기 시작한 것이다. 실제로 앞서 언급한 현상의 경험도 비

어 있는 천창을 바라보며 시작됐기에 연관성을 찾을 수 있었다.

나는 2000년대 초반에서 중반, 디지털 카메라가 보급되기 시작한 시점부터 그 미디어의 가능성을 일찍이 실험하기 시작했다. 수많은 사진을 파노라마로 촬영한 후, 합쳐서 초고화질의 이미지를 만드는 기법적인 면에서는 일관되지만, 벽이라는 평면을 스캔하듯이 촬영하는 차별성이 있었고 미학적으로 디테일만이 존재하는 이미지를 만들고자 한 것이다. 특히 호크니 갤러리와 학교 곳곳에서 보이는, 오랜 시간 동안 작품이 걸리고 떼어지는 반복 과정의 흔적이 남아있는 거친 표면의 벽의 디테일에서 영감을 받았다. 예술 작품과 전시 공간, 그 자체의 개념이 작품의 소재가 되면서 더 장소 특정적 개념으로 변모했으며 설치의 형태로 확장되는 실험들은 지금의 내 작업의 기반이 됐다.

9. 워크샵

예술 전문 대학원의 특수성이 있는 만큼 각종 장비와 워크샵들이 존재했다. 사진학과 내에는 필름 카메라와 중형 디지털 장비들이 구비되어 있었으며, 필름 현상과 인화가 가능한 암실이 마련돼 있었다. 당시 대형 프린터는 사진학과에 마련돼 있지 않아서 판화학과와 공동으로 프린트실을 사용했다. 내 작업은 촬영부터 인화까지 모두 디지털화되어있는 공정이었는데, 전면 디지털 사진을 다루는 학생은 동기생 중에서 유일했다. 사진 장비 디지털화의 과도기였던 셈이다. 사진 작업은 기본적으로 촬영, 현상, 인화의 단계를 거치는데 당시 전 과정이 디지털화되어있던 학생은 나 혼자였다.

졸업 전시 작품을 기준으로 모든 작업 과정에 아날로그 방식을 사용하는 학생이 2명, 영상이나 퍼포먼스 등 복합 매체를 활용하는 학생이 6명, 나머지 학생들은 아날로그와 디지털이 결합된 형태였다. 여기서 아날로그와 디지털이 결합된 형태라는 것은 촬영은 대형 필름 카메라로 촬영을 하고, 현상된 필름을 스캔해 디지털화 되어있는 C타입 람다 프린트를 한다거나 잉크젯 프린트를 하는 것을 말한다. C타입 프린트라는 것은 기존 약품에 인화가 되는 것을 말한다. 람다 프린트라는 것은 장비 회사의 이름을 지칭하는 것인데, 화학적 반응으로 인화되는 것은 동일하지만 필름 원본에서 추출한 빛이 아닌 디지털 이미지가 직접 인화지에 이미지가 인화되는 것을 말한다. 학과 내에서 C타입 인화를 할 수 있는 환경이었지만, 지난한 과정이 동반됨에도 결과물은 같기 때문에 학생들이 선호하지 않았다. 하지만 아날로그 흑백 인화 방식인 젤라틴 실버 프린트 방식은 특정한 인화지의 미학적인 차별성 때문에 유효하다고 할 수 있다. 이 작업 방식을 사용했던 동기 학생은 인화 과정에서 자신의 몸을 포토그램 방식으로 활용한 작품을 제작했다.

학과에는 카메라와 렌즈 등 촬영에 관련된 장비실이 따로 마련돼 있었다. 이를 대여하고 정비하는 업무를 담당하는 담당자가 따로 존재했으며, 네 개의 촬영 스튜디오와 조명 장비들을 관리했다. 학과 외적으로는 필요에 따라 타 학과의 워크숍들을 사용할 수 있는데 디자인계열의 시설도 이용할 수 있고, 목재 워크숍도 유용하게 이용하던 기억이 난다. 장비나 워크숍 시설들을 이용하기 위해서는 학기마다 개설되는 사용 방법과 지침 숙지 프로그램들을 이

수한 후에 사용하는 경우도 있다. 메인 목재 워크샵에는 학생들이 도면을 그려서 가져가면 오브제를 만들어 주기도 하며 학교에서 진행하는 전시에 필요한 조각대 및 파티션도 전부 소화해 낸다.

10. 주영한국문화원에서의 전시

1년 차 초기에 주영한국문화원에서는 당시 다양한 학교에서 유학하고 있던 한국 학생 작가들의 기획 전시를 준비하고 있었다. 이 전시에 참여하면서 다른 학교의 한국 유학생들과 교류가 시작됐고, 이후 한국 작가 커뮤니티를 이루어 다양한 전시도 기획했다. 참고로 나의 경우 영국으로 유학을 했던 선후배나 지인도 없었던 상황인데 주영한국문화원 전시 덕분에 지금도 활발히 활동하는 한국 작가들 및 큐레이터들과 동료가 될 수 있었다. 주영한국문화원 전시의 출품작에서는 이전에는 시도하지 않았던 사진 설치의 방법론을 실험했다. 전시 장소를 전시 이전에 촬영하여 그 장소에 설치했다. 이후 이 작품이 내 사진 설치의 시초가 되었고 벽을 촬영하는 작업과 함께 발전시켜 나갈 수 있는 기반을 마련한 뜻깊은 전시였다.

11. 졸업 작품 전시

벽을 촬영하는 작업은 'History of'라는 제목으로 2년 차 석사에 진행했고, 졸업 작품 전시에도 이 작업을 선보였다. 런던에서의 졸업 작품 전시는 특별한 의미를 갖는다. 앞서 소개한 'Secret' 전시처럼 각 학교의 졸업 전시에는 미술계 인사들과 시민들이 미래의 젊은 작가의 작품을 보기 위해 모이는 축제가 되곤 한다. 실제로 디자인 계열의 졸업 전시에서 스카우트가 이루어지기도 하고 계약이 성사되기도 한다. 내가 졸업하기 1년 전에는 제품 디자인의 졸업 전시 중에 한국 학생이 올해의 디자인 수상을 하기도 했었다. 다양한 기획자나 갤러리에서 방문해 신진 작가를 발굴할 수 있는 최상의 플랫폼이기 때문에, 학생에게는 긴장과 설렘이 남다른 전시인 것이다. 또한 각 학과에서는 다양한 인사를 졸업 전시에 초대하여 성대한 오프닝을 진행하기도 하며, 각 학과와 연관성을 갖는 기관에서 여러 상들이 수여되기도 한다. 우리 학과에서도 여러 상이 마련돼 있었는데 각종 재단에서 지원하는 포상부터 장학금, 프린트 업체에서의 프린트 지원, 전시 기회를 주는 갤러리에서 주는 상까지 다양한 시상식이 전기 기간 중에 이어졌다.

사진학과 같은 경우 매체의 특성 때문에 도록에 신경을 많이 쓴다. 졸업 전시와 도록 디자인 컨셉의 기획도 학생들이 주도한다. 전년도 학생들은 고무줄로 묶인 페이지들이 하나씩 분리돼 각 학생의 포스터로 변신하는 다소 파격적인 디자인을 선보인 바가 있었다. 이때 도록 디자인은 시각디자인학과와 협업한 것으로 알고 있다. 우리 졸업 전시 도록의 기획은 독특한 디자인보다 그 내용적인 측면에서 실험적인 형식을 채택했는데, 두 분의 철학자와 협업을 기획했다. 우리 학과에서 초청 강의를 몇 차례 가진 스페인 출신이자 자크 데리다의 제자인 알렉산더 가르시아 더트만과 들뢰즈와 데리다의 명맥을 이어가는 프랑스의 장-뤽 낭시가 도록의 텍스트에 참여했다. 이 기획만으로도 주목을 많이 받았는데 두 철학자들이 유명한 예술가들과의 협업도 많이 했고, 예술 대학에서 인용이 많이 되는 텍스트를 집필한 인물들이었기 때문이었다. 두 개의 파트로 나눠진 우리 기획의 첫 번째 파트는 다소 엉뚱한 발상으로 보일 수도 있는데, 졸업 학생들의 작품 이미지를 아무런 설명이 없이 두 분에게 전달하고 그 이미지에 대한 평론을 부탁하는 형식이었다. 두 번째 파트에서는 우리 학과의 학과장이 답신을 하는 형식이었다. 일방적으로 의미를 작가가 부여하기 보다는 수신자의 입장에서 기호학적인 실험을 기획한 것이었다. 그래서 'Picking up/Bouncing Back'이라는 제목으로 졸업 도록이 제작됐다. 졸업 전시는 학교 내의 굴벤키안 갤러리에서 진행이 됐다. 각 학생의 작업 특징이 상이한 만큼 기획서를 제출하여 필요한 공간을 확보할 수 있었다. 어떻게 보면 자리싸움이 치열할 것 같다는 예상을 할 수 있지만 우리 동기들은 한 명도 전시 자리 배치에 분란이 없었다. 지난 이야기이지만 학과에서 합리적인 절차와 이해가 있었기에 가능했던 것 같다. 당시 졸업 전시에 참여했던 동기생 중에 현재 절반 이상이 작가로 활동하고 있으며 모두 세계 곳곳의 문화예술과 교육 분야에 종사하고 있다.

12. 유학의 끝

졸업 이후 당시 영국에서는 학위 과정을 마치고 2년간 더 일을 하며 머무를 수 있는 졸업 후 취업 비자를 신청할 수 있어 대부분의 외국 학생은 이를 선택했다. 나는 한국으로 귀국해, 학위 과정 동안 인연을 맺은 갤러리와 한국 작가 그리고 동기 학생들을 중심으로 작품 활동을 십여 년 동안 이어갔다. 그동안의 모든 과정도 유학의 일환이지만 작가로 성장하는 과정에 더 가깝기 때문에 RCA 석사의 경험에 조금 더 한정하여 글을 작성했다. 유학에 대한 경험의 기억을 더듬어 가다 보니 학업 이외의 영국과 유럽의 문화에 대한 경험들도 새록새록 하지만 다음 기회에 나눌 수 있길 기대한다. 그리고 10년이 지난 기억들이 정확하지 않을 수 있어 세밀한 부분에서는 오류가 있을 수 있음도 양해해 주길 바란다.

김보민 박사

[학력]

·한국외국어대학교 TESOL 석사

·영국 Institute of Education, University College London TESOL 석사

·한국외국어대학교 TESOL 박사

[경력]

·한국외국어대학교, 경인여자대학교, 경기과학기술대학교 강사

·주니어 헤럴드 ENIE 강사

·현재 한국외국어대학교 외국어교육연구소 초빙연구원

[저·역서]

·내 아이와 영어산책: 영잘알 부모의 슬기로운 영어공부법

·FLEX 영어 필수 어휘

김보민

나의 런던대학교 유학기

1. 들어가는 글

유아교육을 전공하고 영문학과에 편입하여 3학년을 마친 시점이었다. 모든 것이 재미없고 '무엇을 해야 하나, 무엇을 할 수 있나'하며 혼란스러운 시기를 보내고 있었다. 말레이시아의 쿠알라룸푸르에 가서 몇 년 살아보지 않겠냐고 아빠가 조심스레 제안하셨다. 영어, 말레이어 그리고 중국어 등 다양한 언어도 배워보고 재미있는 경험을 해보고 오라고 하셨다. 그렇게 떠난 쿠알라룸푸르에서 나는 2018년 2월에 박사 학위까지 받은 내 인생 전공인 테솔을 결정할 수 있었다.

열대 국가이자 다양한 인종(말레이계, 중국계, 인도계 등)이 모여 사는 말레이시아가 지닌 다양한 문화뿐 아니라 그 속의 작은 영국을 경험하고 나서 영국이라는 나라가 궁금해졌고 그곳에서 공부해보고 싶은 생각이 들었다. 그 생각이 들자마자 한국으로 돌아와 학부를 졸업했으나 여러 가지 이유로 영국으로 바로 가지 않고, 테솔을 공부할 수 있는 한국외국어대학교 테솔학과 석사 과정에 입학해 2008년에 졸업했다. 그리고 박사 과정에 진학해 2013년에 수료했다. 그 후 드디어 영국 런던대학교 테솔학과 석사 과정에 입학해 2014년에 졸업을 하고, 한국으로 돌아와 논문을 마무리한 후 박사 학위를 받았다. 쿠알라룸푸르에서 한국으로 돌아와 학부만 마치고 바로 영국 유학을 가지 않고 먼 길을 돌아 박사 과정을 마치고 나서야 런던대학교에서 공부할 수 있었다. 하지만 그 시간이 헛되지 않았음을 영국에서 석사 학위 논문을 쓸 때 그리고 한국에 돌아와 그것을 발판으로 해 박사 학위 논문을 쓸 때 비로소 알 수 있었다. 왜 그 시간이 필요했는지 말이다. 그 과정이 어떠했는지, 부끄럽지만 그 이야기를 해보려고 한다.

런던대학교

2. 영국 유학 준비

영국 대학교 석사 과정은 1년 안에 수업도 듣고 논문도 써야 해서 한국에서부터 학문적으로 준비해 두지 않으면 논문 주제 선정 및 진행이 늦어질 수 있다. 더불어 전공과 관련해 경력을 쌓아두면 학업 계획서를 쓸 때나, 논문 주제 선정 시 큰 도움이 된다. 내가 했던 학문적 준비와 경력은 아래와 같다.

가. 학문적 준비
1) 석사 과정

석사 과정을 시작하자마자 정적 요인 중 학습자 불안감에 관심을 갖게 됐다. 학부 때와는 달리 모든 텍스트를 영어로 읽고, 논문을 쓰고, 발표를 해야 했기 때문에 나 스스로 영어에 대한 언어 불안감이 무척 증가했다. 그래서 자연스럽게 제2언어 학습 이론 중 학습자 불안감에 관심을 갖게 되지 않았나 생각한다. 이 주제에 흥미를 갖고 과제를 언어 불안감을 포함한 정적 요인 쪽으로 쓰려고 노력했고, 논문 및 저널 역시 이것과 관련한 것들을 읽으려고 했다. 이러한 노력은 2008년 '제2언어 불안감에 대한 학습자와 교사의 관점 비교'라는 제목의 석사 논문으로 이어졌다.

2) 박사 과정

2010년, 박사 과정을 시작한 이후에는 정적 요인 중 동기에 관심을 갖고 코스워크 과제를 동기 쪽으로 쓰려고 노력했다. 이외에 관심 있는 소주제들은 연구해 국내 및 해외 학회에서 발표했다. 발표한 주제들은 다음과 같다. '말하기 전 글쓰기가 어떻게 말하기에 영향을 미치는가', '발음 수업에 있어서 과업 중심 수업에 대한 학습자의 관점', '과정 중심 글쓰기가 학습자의 내재적 동기에 미치는 영향'이다. 신기하게도 소소하게 발표했던 이 주제들은 영국에서의 석사 논문과 한국에서의 박사 논문 주제를 선정하는 데 큰 도움이 됐다.

방학 중에는 코스워크 중에 찾아 뒀던(코스워크 중에는 수업 및 과제를 해야 하므로 시간이 없다) 동기에 대한 논문, 저널, 그리고 책 등을 읽고 나만의 연구 노트에 정리해 뒀다. 박사 과정을 시작하자마자 박사 논문 주제는 무엇으로 하면 좋을지에 대해 계속 고민하고 논문을 찾는 등의 작업을 했다. 동시에 대학생들을 가르치면서 학생들이 영어 말하기 못지않게 영어 글쓰기에도 관심이 많고, 잘하고 싶어하지만 어떻게 해야 하는지 모른다는 사실을 알게 됐다. 어떻게 하면 학습자의 글쓰기 실력과 글쓰기에 대한 동기를 증가시킬 수 있을지에 대해 고민했다. 관련 논문 등을 읽으면서 과업 동기라는 개념을 발견하고 이것을 제2언어 글쓰기에 연결하면 좋을 것이라는 생각을 했다. 이러한 아이디어는 영국과 한국에서 각각 석사와 박사 논문으로 확장 및 발전시킬 수 있었다. 영국에서는 한국 대학생들의 과업 동기와 쓰기에 대해 알아봤고, 한국에 와서는 과업 조건과 텍스트 타입이 한국 대학생들의 과업 동기와 쓰기에 어떻게 영향을 미치는지 알아봤다.

나. 경력

몇 군데 대학에서 교양 영어를 가르쳤고, 외국어 교육 관련 대학교 부설 연구소에서 간사 일을 하며 학문적인 일과 행정적인 업무를 함께 했다. 또한 플랙스 센터 관련 업무, 경시대회 문제 출제, 주니어 헤럴드 영자신문을 이용한 영어 수업 관련 업무 등을 통해 전공과 관련한 다양한 경력을 쌓고자 했다.

다. 어학연수

막상 유학할 때는 읽고, 쓰느라 사실상 영어로 말하는 시간은 생각보다 더 적다. 함께 유학한 친구들끼리 우스갯소리로 유학할 때 되려 영어 말하기 실력이 줄지 않았냐고 이야기하곤 했다. 나는 한국에서 유학을 준비하던 시절, 주한영국문화원에서 대화를 나누는 수업 위주로 듣고 학교 근처에서 프리토킹 새벽반을 들으며 영어 말하기 감을 유지하려고 했다. 마지막으로 학기 직전에 유니버시티 칼리지 런던의 학기 전 영어 수업을 수강했는데 발표나 토론하는 스타일을 배우는 데 도움이 됐다.

3. 영국 유학기

나의 유학기는 사실 단순하다. 매일 내가 정한 시간표에 따라 생활하고자 했다. 그게 다다. 그 시간표는 다음과 같다.

시간	해야 할 일
07:00	일어나기
07:10-08:50	아침 산책 및 아침 식사
09:00-12:00	오전 공부
12:10-13:50	점심 식사
14:00-17:00	오후 공부
17:10-17:50	저녁 산책 및 휴식
18:00-19:00	저녁 식사
19:10-20:50	저녁 공부
21:00	잠자리에 들기

*수업 참여 시간은 제외

*매수 수요일과 일요일에는 미사 참례

*아침과 저녁 산책 시간에는 그날 해결해야 할 과제나 에세이, 논문에 관한
큰 그림을 머릿속으로 그렸다.

시간표

매일 아침저녁으로 산책했던 타비스톡 스퀘어의 어느 봄날

영국 석사 과정은 총 3개의 학기로 나뉜다. 각 학기마다 내가 했던 일은 다음과 같다.

가. 1학기

내가 듣는 세 과목의 수업 준비 및 에세이와 논문 제안서 작성에 집중했다. 10주간의 1학기가 끝나자마자 에세이 3개와 논문 제안서를 제출했다. 이 시기는 유학 생활을 시작하는 단계이므로 허둥지둥 할 수 있어 중심을 잘 잡고 본인의 공부 스타일에 따라 계획을 잘 세우는 것이 중요한 것 같다.

내 방 벽면 .
(논문과 에세이에 관련된 것에 대한 아이디어를 적어 두었다.)

나. 2학기

두 과목의 수업 준비 및 에세이와 논문 초안 작성(연구 환경 및 참여자 섭외 등 포함)을 했다. 2학기가 되자마자 지도 교수가 배정되어 튜토리얼을 가졌다. 매번 튜토리얼을 하기 하루 전에 지도 교수에게 내일 미팅에서 무엇을 이야기 할 것 이고, 내가 무엇을 하고 있는지, 그리고 무엇을 했는지를 작성해 보냈고 그 다음날 미팅을 진행했다. 그러면 지도 교수는 내가 한 것에 대한 코멘트를 줬고 다음 튜토리얼까지 그것을 반영해 논문을 수정해 갔다. 지도 교수와의 튜토리얼에 들어가기 전에는 항상 에스프레소를 확! 들이키고 갔다. 나올 때는 다리가 풀려서 비틀비틀 걸어 나왔다.

내 방 바닥에 놓인 논문
자료들

다. 3학기

2학기가 끝나자마자 2주간 자료 조사를 하러 잠시 한국에(미리 실험 준비를 해둠) 다녀왔다. 짧은 한국행을 마치고 런던으로 돌아가 소중한 데이터를 분석하고 본격적으로 논문과 3학기에 수강했던 마지막 학기에 대한 에세이를 써서 제출했다. 그리고 나니 드디어 짧지만 길었던, 행복했지만 지옥 같았던 런던대학교에서의 석사 과정이 끝났다.

영국에서의 석사 논문은 끝났지만 나는 한국으로 돌아오자마자 박사 논문의 큰 방향을 지도 교수와 수정하고 논문 데이터를 수집하기 시작했다. 그리고 2018년 2월 박사 학위를 받았다.

바로 나온 따끈한 논문

4. 나가는 글

이른 아침마다 기숙사 앞 공원에서 들려오던 새소리, 비가 오는 날 우산을 쓰고 타비스톡 스퀘어을 걸으며 깊은 생각을 했던 순간들, 윔블던으로 가기 위해 기차를 타러 가던 워털루 기차역, 학교 앞 작은 호텔 커피숍의 당근 케이크와 커피, 매주 미사를 드리던 웨스터민스터 대성당과 뉴먼 하우스 등. 이것들은 유학 생활 중 나를 위로해 주었던 소소한 것들인데 이제 막 유학 생활을 시작하는 사람들도 자신을 위로하는 것들을 찾아보길 바란다. 더불어 지금도 어딘가에서 유학 준비로 힘겨워하고 있을 친구들에게 내 경험을 적은 이 글이 조금이나마 도움이 되고 위로가 되면 기쁠 것 같다.

김보라 박사

[학력]
· 서울시립대학교 영어영문학 학사
· 서울시립대학교 영문학 석사
· 영국 King's College, University of London 영어교육·응용언어 석사
· 미국 University of Southern California 교육학박사

[경력]
· 코리아타임즈 국제교류원 수석연구원
· NE능률 교육팀 과장
· 웅진 Compass Publishing 자문위원
· 서울디지털대학교, 극동대학교 강사
· 천안상명대학교 국제문화커뮤니케이션센터 연구교수
· 현재 서울시립대학교 자유융합대학 객원교수

[저·역서]
· The Speaking Test Book

김보라

오랜 기다림, 그리고 꿈으로의 한 발자국

1. 들어가는 글

벌써 영국 유학을 마친 지 10년 남짓한 시간이 흘렀다. 책의 한 부분을 쓰기 위해 꺼내 본 오랜 기억과 당시의 일기장, 사진 등을 통해서 본 유학 생활 속 20대의 나와 런던은 여전히 그 존재만으로도 찬란하게 빛나고 있다. 조금씩 선명해지는 기억을 묘사하는 작업은 힘들었던 것은 조금 퇴색하고, 기뻤던 일들은 더 진한 추억으로 남기는 과정인 것 같다. 유학을 준비하면서 느꼈던 불안과 설렘, 낯선 도시에서의 생활, 유학을 마치고 나서의 삶 등과 같은 나의 소회가 이 짧은 글을 통해 잘 전달될지 모르겠다. 하지만 누군가가 내 글을 읽고 영국 유학에 대해서 고민하던 부분들이 적게나마 해결되고, 또 다른 미래를 준비해 나갈 용기를 얻을 수 있기를 바라며 이 글을 쓴다.

2. 유학을 결심하다

아직 본격적으로 학과 수업을 들어본 적도 없으면서 영어영문학과에 입학하자마자 나는 교수님들을 따라다니며 "유학은 어떻게 갈 수 있나요?"라는 질문을 던지곤 했다. 한편으로는 어이가 없을 법하지만, 그런 나를 보며 교수님들은 친절하게 공부란 무엇인지, 또 그 연장선에 있는 유학이란 무엇인지에 관해 설명해주셨다. 사실 학창 시절을 돌아보면, 나는 특출나게 학업에 뛰어나거나 통찰력이 있는 편은 아니었던 것 같다. 다만, 문학을 좋아했고 소위 말하는 '엉덩이가 무거워' 끈질기게 탐구할 자세만큼은 갖추고 있었다는 것이 장점 아닌 장점이었다.

그 당시 교수님들이 조언해주신 것들은 크게 세 가지로 정리할 수 있다. 첫째, 본인의 역량이다. 이 부분에서는 당시 나에 대해 교수님들이 판단하실 수 있는 부분이 적어, 전반적인 대학 4년간의 학업에 대해서 여러 가지 조언을 해주셨다. 둘째는 가정의 경제적인 여유이다. 돌이켜보면 이 부분에 대해서 내가 정말 무지했다는 생각이 많이 든다. 외국에서 공부하기 위해서는 장학금을 받는다고 해도 다른 부대 비용이 정말 많이 필요한데, 이 조언이 내게 크게 와닿지 않은 이유는 당시 용돈 외에 금전적인 계획을 세워본 적이 없는 데다 천만 원 단위가 넘어가는 숫자에 대한 감각이 없기도 한 탓이겠다. 마지막으로는 가족 혹은 친척 중에 내가 공부하고자 하는 학문 분야에서 고등 교육 종사자가 있는지에 관한 것이었다. 이 부분 또한 최근 박사 과정을 통해 그 중요성을 다시 깨닫는 계기가 있었다. 부모님 혹은 가까운 친척 중에 유학했거나 고

111

등 교육 기관에 종사하고 있는 사람이 주위에 있다는 것은 단순히 혈연이나 지연의 문제를 떠나, 가까이에서 내가 하는 공부의 '과정'을 이해해주고, 앞으로 무엇을 전공해야 하는지, 내가 관심 있는 분야 중에서도 어떠한 접근법이 혹은 주제가 앞으로 사회에서 필요할지, 그리고 미래를 위해서 석/박사 과정 중에 어떠한 것을 준비해야 할지 등에 대해서 조언을 얻을 기회를 가진다는 의미이기도 하다. 이렇게 20살에 철없이 시작된 유학이라는 막연한 꿈은 27살이 되어서야 비로써 이루어지게 된다.

현실감이 없던 내가 교수님들의 조언을 실감하고 유학이라는 단어가 내포하고 있는 진짜 의미를 알게 된 것은 학부 4학년 2학기였다. 이때가 돼서야 나는 유학이 혈혈단신으로 공부를 하러 외국에 가는 것만이 아닌 이주를 위한 비자 취득, 외국 대학 입학을 위한 다양한 시험 준비, 원서 지원비 준비 등을 비롯한 많은 조사와 준비가 필요한 과정이고, 이 준비만으로도 상당한 비용이 든다는 것을 알게 되었다. 넉넉하지 않은 형편의 나에게는 유학 준비를 시작하는 것조차 많은 용기와 여러 희생이 요구되었다. 더군다나 인문/사회 분야 전공자에게는 국비를 비롯한 한국에서의 지원 혹은 외국 대학 내의 장학금 종류가 그렇게 많지 않았다. 마지막에는 '유학은 사치구나'라는 생각까지 들게 되었다. 특히 처음에는 미국 유학을 준비했었기 때문에, 더 큰 비용과 긴 절차가 시작부터 나를 지치게 했던 것 같다.

대학을 졸업하기 전에 이미 취업해서 근무하고 있던 나는 현실을 직면하고 곰곰이 생각한 끝에 시간을 쪼개 퇴근 후에 유학 학원에 가서 본격적으로 어학을 비롯한 유학 준비를 시작했다. 매일 아침 7시에 집을 나와서 오후 6시에 퇴근을 하고, 저녁 10시가 넘어서야 학원 문을 나서는 생활이 3개월 정도 이어졌을 즈음이었다. 나는 스스로가 언어적으로도, 학문적으로도, 유학 비용과 같은 현실적인 측면에서도 아직 준비되어 있지 않음을 인정하게 되었다. 아직 추웠던 그때, 저녁 10시가 넘어 전철을 타고 집으로 돌아오는 길에 둘렀던 목도리를 방패 삼아 지하철 밖에 보이던 한강을 바라보며 울었던 기억이 여전히 생생하다.

드라마에서 종종 집안의 반대로 헤어지게 되는 남녀가 '유학 가는' 상황이 등장한다. 하지만 드라마처럼 '갑자기 유학 가게 됐어' 하는 상황은 현실에서 찾아볼 수 없다. 유학 준비를 위해서는 본인이 공부하고 싶은 국가, 도시, 대학, 전공, 이주까지의 전 과정 등에 대해 다양한 매체를 통해 여러 방면으로 검색해 보고 시간을 들여 알아보는 것이 성공적인 유학 생활을 이끄는 초석이 된다. 실제로 제자 중에서 그토록 원했던 유수의 학교에 갔지만, 날씨가 안 맞거나 문화가 너무 달라서 적응을 못 하고 1년 내로 돌아오는 경우가 종종 있었다.

유학이 좌절된 후, 두 달 정도의 시간이 흐르고 더 공부를 미룰 수 없었던 나는 동 대학원 영문과에 지원하게 된다. 학부생 때는 막연하게 '유학' 그리고 '영문학' 전공을 생각했다면, 한국에서의 대학원 생활은 무슨 공부를 어떤 식으로 할 것인가, 공부를 마친 후에는 어디로 유학을 갈 것인가에 대해 구체적으로 준비하는 계기가 되었다. 혹자는 그렇게 바라던 유학을 못 갔으니 많이 낙심했겠다고 생각할 수도 있으나, 한국에서의 석사 생활은 나에게 충분한 만족감을 주었다.

먼저 한국 석사 과정에서는 내게 조금 더 학문적인 영어를 접하고 구사할 기회들이 주어졌다. 학부에서 영어영문학을 전공했어도 한 과목당 한 학기에 서너 개 정도의 작품을 읽을 뿐이라서 다양한 작품들을 접하거나 영어 발표를 경험해 볼 기회는 많지 않았다. 돌이켜 생각해 보니, 대학원 석사 과정 수업에서 다뤄지는 방대한 분량의 논문 읽기와 작품 분석 연습, 영어 발표 등은 내가 석사와 박사 유학을 조금 더 수월하게 할 수 있는 토대가 됐음을 알 수 있었다. 또, 학부 과정에서 아무리 공부를 많이 한다고 하더라도, 자신이 공부하고자 하는 분야가 정확히 어떤 것인지에 대해 탐구하거나 그 분야에 대한 전문성을 갖추기는 어렵다. 실제로 영국에서 유학하던 당시, 본인이 생각한 것과 수업 내용이 달라서 석사 수업에 집중하지 못하고 자퇴를 하거나 코스만 끝내고 논문을 쓰지 못한 영국인 학생도 있었다. 하지만 한국 석사 과정에서는 내가 관심 있는 분야뿐만 아니라 다른 분야까지 두루 살펴볼 기회가 있었고, 다양한 시각을 배우고 여러 가지 방법으로 접근할 기회를 줬다. 예를 들어 영어영문학의 경우, 크게 영문학, 영어학, 영어교육학 등과 같은 하위 분야로 나뉜다. 내가 한국에서 전공한 영문학은 또다시 영국 문학과 미국 문학으로 나뉘거나 희곡, 소설, 산문, 시, 비평 등과 같은 다양한 분야들이 있다. 연구 분야를 정한다고 끝이 아니라, 연구 방법도 생각해야 한다. 나의 경우, 하나의 주제를 정해서 다양한 작품들을 분석할 것인지 아니면 한 명의 작가를 선택해서 작가의 다양한 작품을 분석할 것인지 등과 같은 여러 선택지가 있다는 것은 한국에서의 석사 과정을 통해 알게 되었다. 더불어 한국 석사 과정에서는 단순히 문학만을 다루는 것이 아니라, 역사학, 교육학, 철학, 미학, 건축학, 종교학 등 문학과 밀접하게 관련된 다양한 학문 분야를 배울 수 있었다. 이러한 바탕은 후에 박사 과정에서 학제 간 연구를 수행하는 데 많은 도움이 되었다. 어쩌면 혹자는 현실을 바꿀 수 없으니 순응한 것 아니냐고 생각할 수도 있겠지만, 한국에서 석사를 하는 시간을 통해서 학문적으로 그리고 인간적으로 조금 더 성숙해진 후에 영국 유학을 간 것이 많은 도움이 되었다고 생각한다.

특별한 경우가 아니라면, 학부 수업만으로는 어떠한 전문 분야를 결정해야 하는지 감이 오지 않는 경우가 많다. 경제적으로 여유가 있고 없고를 떠나서, 이런 상태에서 유학을 가는 것은 개인적으로 그렇게 현명한 방법은 아니라고 생각한다. 공부뿐만 아니라 생활적인 측면에서도 적응해야 하는 것들이 너무나 많기 때문이다. 그래서 나는 후배들과 제자들에게 유학 전에 한국에서 석사 과정을 경험하는 것을 추천한다. 한국에서 석사를 하는 것의 이점은 다음과 같다. 첫째, 공부하는 것이 내 적성에 맞는지를 시험해 볼 수 있다. 후배들과 제자들의 유학 상담을 하다 보면, 취업하는 것에 자신이 없거나 막연한 동경으로 석사 유학을 가고 싶어서 고민하는 경우가 있다. 하지만 그러한 모험을 하기에는 해외 유학은 기회비용을 비롯하여 절대적인 준비 시간, 개인의 노력, 경제적 비용 등이 너무나 많이 소모된다. 둘째, 내가 정말로 공부하고 싶은 분야는 무엇인지를 탐구해 볼 기회가 있다. 앞에서 설명했던 것처럼, 문학에도 정말 많은 하위 분야가 있다. 석사 과정은 관련 분야를 조금 더 넓고 학부 과정보다 약간 깊게 배운다고 생각하면 된다. 한국에서 석사를 하게 되면 다양한 전문 용어나 학계의 흐름에 대해서 한국어와 영어로 습득할 수 있다는 점에서 후에 공부에 많은 도움이 된다. 마지막으로 한국 내에 관련 분야 학회, 전문가들, 교수님들과 연결고리를 만들 수 있다. 해외에서 취업할 계획이 아니라면, 학위 과정이 끝나고 난 후에 한국 취업을 우선 고려해야 할 것이다. 이때 한국에서의 석사 과정에서 만난 인맥들은 다양한 조언과 도움을 받을 수 있는 밑거름이 될 수 있다.

총 2년의 석사 과정 중 1년이 지난 후, 나는 석사 논문 분야를 희곡으로 선택하게 된다. 내가 한국에서 석사를 할 당시만 해도 통념적으로 영문학의 정수는 셰익스피어였다. 나 역시 활자에 갇혀 있는 문학이 조명과 무대, 그리고 사람이라는 매개체를 통해 생명이 불어넣어 지는 희곡의 매력에 빠져 17세기 영국 희곡을 전공하기로 했다. 이것이 내가 영국 유학에 한 발자국 가까이 다가간 순간이었다.

3. 영국 유학 준비

출국 전, 사전 활동에는 정말 많은 것들이 필요하다. 우선 비교적 단기간(6개월 이내)에 준비할 수 있는 아이엘츠, 학업계획서, 이력서 및 추천서가 있으며 이것은 본 장의 후반부에 다루기로 하겠다. 이 장에서는 장기적인 준비가 필요한 재정과 언어적인 측면 그리고 마음가짐이 중요하다고 생각해서 먼저 다루기로 한다.

가. 출국 전: 재정, 언어, 그리고 마음가짐

사실 유학에 관해 이야기하는 책에서 돈에 대해 너무 많이 언급하는 것 같아 마음이 좋지 않다. 하지만 내가 영국 유학을 시작하고 박사 학위를 마치기까지 금전적인 부분 때문에 어려움이 있었고, 평범한 가정의 재능있는 학생들이 더 많이 학문의 길을 꿈꾸는 데 조금이나마 도움이 됐으면 하는 심정으로 최대한 구체적인 정보를 제공하고자 한다. 먼저 등록금 측면에서 이공계라면 대부분 자금이 확보된 실험실이나 프로젝트 단위로 연구생을 뽑는다. 학교 혹은 지도 교수에 따라 장학금을 받을 기회가 있으며, 생활비 지원까지 되는 경우도 종종 찾아볼 수 있다. 인문/사회학의 경우, 한국에서 국비 지원 혹은 사립 장학 재단의 도움을 받아 유학을 가거나 유학 가는 학교 자체 내에서 장학금을 제공해 주는 경우가 있다. 그렇지 않으면 자비로 등록금과 생활비 등 기타 부대 비용을 부담해야 한다. 설사 장학금이 확보된다고 하더라도 이런저런 추가 비용은 항상 들기 마련이다. 예를 들자면 다음과 같다. 첫째로 학교 원서 지원비, 비자 발급 비용과 항공권이다. 원서비의 경우, 학교마다 다르나 대략 50파운드에서 80파운드 정도이다. 유학생 대부분이 어학 점수를 비롯한 기본 서류를 다 준비하면, 최대한 많은 학교에 원서를 넣어 보고자 하는데, 최소 다섯 군데에서 열 군데까지 지원한다고 가정한다면 원서비로만 족히 백만 원 정도가 지출된다. 당시의 환율도 결코 무시할 수 없다.

학교에 합격한 후에도 다양한 비용이 발생하는데, 그 처음이 바로 학생 비자 신청비이다. 영국 학생 비자 신청 비용은 2021년 6월 기준으로 350파운드 정도가 지출된다. 다음으로는 각종 예방 접종과 건강 관련 검사 비용이 있다. 이에 더해 개인별로 갖춰야 할 필요 물품을 구매하는 비용이 있을 것이다. 마지막으로 출국을 위한 항공권과 수화물 비용이다. 직항을 타고 간다면, 개인이 가지고 갈 수 있는 수화물의 양이 조금 넉넉한 편이긴 하다. 하지만 사계절 옷과 신발, 책, 문구류, 혹시 모를 상황을 대비한 비상식량까지 챙겨 가게 된다면 생각보다 많은 짐을 우편으로 부쳐야 할지도 모른다. 영국 현지에 도착해서도 한인 학생회의 도움이나 학교의 무료 픽업 서비스가 없다면, 기숙사 혹은 숙소까지 택시나 현지 한국인 픽업을 이용하면서 50파운드 정도의 비용이 들게 된다. 마지막으로 내가 유학한 2009년에서 2010년 당시에는 없었으나, 영국의 한인신문인 코리안 위클리에 따르면 2015년 이후 모든 유학생은 건강보험 비용으로 470파운드 정도를 부담해야 한다. 이와 더불어 생활비와 혹시 모를 비상금, 교통비 등이 필요하다. 석사 1년이 됐든 박사 5년이 됐든, 타국에서 사계절을 보내고 생활한다는 것은 여러 부대 비용이 필요하고 이런 것들이 미리 마련돼야 출국 전까지 마음 편하게 학업과 체력, 생활적인 측면 등을 준비할 수가 있다.

다음으로 언어적 측면에서 준비가 필요하다. 특히 한국인은 교과 과정에서 영국식 영어보다 미국식 영어에 더 많이 노출돼 있다. 나의 영국 영어 경험담을 말하자면, 유학 전 학부 생활 중에 장학금

을 받아 유럽을 여행할 기회가 있었다. 영문과 동기들과 동행했기 때문에 언어적인 불편함은 거의 없었는데, 다른 나라도 아닌 영국에서 문제가 발생했다. 미국식 영어를 쓰는 우리는 대부분 상점에서(심지어 세계적인 패스트푸드 체인점에서까지) 무시나 인종차별을 당했다. 한 예로, 날씨가 너무 추워 '뜨거운 물(hot[hɑːt] water[|wɔːtə(r)])'을 주문했더니, 종업원들이 키득거리다가 우리 자리로 다시 와서 "I didn't understand before. Did you order hot[hɒt]) water[|wɑːtə]?"라고 서너 번을 더 물으며 눈치를 준 기억은 아직도 생생하다. 두 번째 사건은 어학 학습 센터 수업 중에 일어났다. 킹스 칼리지 런던의 경우, 아이엘츠 조건을 충족하지 못했거나, 충족하더라도 개인이 원한다면 리포트 작성법 등 석사 과정에서 필요한 글쓰기와 토론 수업을 학기 시작 전 어학 학습 센터에서 수강할 수 있다. 한 번은 수업에서 교수님이 내 발음을 유심히 들으시더니 내게 미국인이냐고 물으셨고, 아니라는 답변을 들으시더니 'Linguistic Imperialism'이라는 책까지 주시면서 영국식 발음을 배우는 것은 어떻겠냐고 제안하셨던 웃지 못할 기억도 있다(그 책은 아직도 소장하고 있다).

나는 전공이 영문학이었고, 한국 석사 과정을 통해 영어로 글을 쓰고 발표하는 것들을 훈련하고 갔기에 씁쓸했지만 웃으며 대화를 마무리했다. 하지만 당시 공대에 다니던 친구는 하루하루가 언어와의 전쟁이었고, 결국 녹음기를 사서 매 수업을 녹음하고 다시 듣는 인고의 시간을 보내야 했다(스마트폰이 막 등장하던 시대의 이야기이다). 그뿐만 아니라 학과에서도 교수님들은 다양한 생각, 특히 아시아 출신 학생들의 의견을 듣고 싶어 하셨다. 아시아인 학생들 대부분이 소극적이고 발표에 나서지 않아 매번 나와 다른 친구 한 명이 돌아가며 발표했던 기억이 있다. 지금까지의 경험은 교수님들과 친구들이 '영국 출신'이면서 표준 영국식 영어로 간주하는 게 용인 발음에 근접한 억양을 가졌을 때의 경우이고, 교수님이 다른 유럽 국가나 아시아 혹은 스코틀랜드와 웨일스 같은 방언이 심한 지역의 출신이라면 수업 내용에 더해 언어적인 문제는 더 가중되게 된다. 그래서 시험 점수를 잘 받는 것도 중요하지만, 의사소통을 위한 다양한 글쓰기와 말하기 연습을 할 것을 추천한다(주한영국문화원에는 다양한 프로그램이 마련돼 있으니 확인해 보는 것도 도움이 될 것이다). 출국 전, 장기간으로 준비해야 하는 것의 마지막으로는 마음가짐이 있다.

"우리나라가 정치·경제·사회적으로 발전했지만, 대학을 나온 사람 중에서 학위를 받기 위한 유학을 가는 사람은 10% 남짓에 불과하고, 그렇게 유학을 간 사람 중에서 정말로 학위를 받아오는 사람은 그중 10%에 불과하단다. 몸 건강하게 목표한 바를 이루고 오길 바란다."

- 2009년, 어느 교수님의 조언 중에서 -

27살에 유학 생활을 하면서 내가 했던 생각은 '아, 23살의 나라면 못했겠구나'라는 것이었다. 유학 생활은 그냥 먹고 자고 공부하는 것만이 아니라, '먹고 자고 공부하기' 위한 사전, 사후 작업

또한 온전히 내가 감당해야 하는 것을 포함한다. 최근 들어서는 우리나라에서도 20대 학생들이 자취 생활도 하고, 취직을 위해 가족과 떨어져서 혼자 생활하는 예를 흔하게 볼 수 있다. 하지만 내가 유학할 당시만 해도 자취하는 학생들이 드물었고, 한다 해도 끼니가 제공되는 기숙사에 거주하거나 하숙을 하는 경우가 더 많았다. 나 또한 엄마를 도와 장을 보거나 음식을 해본 경험은 있어도, 그때 당시 내가 주도적으로 살림을 한 적은 거의 없었다. 하지만 유학 생활에서는 내일 당장 아침밥을 먹기 위해 피곤한 몸을 이끌고 오늘 저녁 장을 봐야만 하고, 다음 주에 학교에 멀쩡한 옷을 입고 가려면 이번 주말에 반드시 빨래를 해두어야 한다. 이렇게 사소한 일들이 막상 경험하면 생각보다 시간적 그리고 체력적으로 일상의 큰 비중을 차지한다. 피곤하고 힘들어서 끼니를 거르거나 대충 챙겨 먹는 생활을 하게 되면 건강이 나빠질 뿐 아니라, 자칫 장기간의 유학 생활에 큰 부담이 될 수 있다. 유학 생활에서 아프면 그것만큼 힘든 일이 없다. 상비약이라도 떨어지는 날에는 아픈 몸을 이끌고 약과 식료품을 사러 가야 하는 것도 나 자신이다. 그래서 정돈된 생활을 하고 시간 관리를 잘하는 습관을 기르는 것이 매우 중요하다.

날씨 이야기도 빼놓을 수 없겠다. 내가 수학한 킹스 칼리지 런던은 영국 런던(Greater London, 영국에는 지역마다 런던이라는 이름의 지역이 있어서, 우리가 알고 있는 수도 런던은 이렇게 표기한다)의 중심가에 있는 학교이다. 하지만 저녁 6시만 되면, 거의 모든 상점이 문을 닫고, 사람조차 보기 힘들다. 또한 7월, 8월을 제외한 나머지 10개월 동안은 거의 안개와 구름이 낀 잔뜩 흐린 날씨이거나 스프링클러처럼 추적추적 비가 오는 날들이 대부분이었다. 일 년 내내 으슬으슬하고 음침한 날이 계속된다고 해도 과언이 아니다. 이쯤 되면 아무리 밝은 성격의 소유자라도 우울해지기 마련이다.

뱅크가와 툴리가.
런던 도심의 거리는 여름 낮인데도 사람이 별로 없다.

이럴 때, 자신의 기분과 마음 상태를 점검하고 기분 전환을 위해 노력하지 않는다면 우울증이나 향수병 같은 마음의 병이 들 수 있으니 조심해야 한다. 마지막으로 공부에 한계가 왔을 때, 포기하지 않는 마음가짐은 유학 생활에 필수적이다. 인생도 마찬가지이지만, 유학 생활 중에도 슬럼프가 오기 마련이다. 특히 공부와 관련된 위기는 자신이 지금까지 해 온 것과 앞으로 나아갈 방향, 그리고 근본적으로 본인 자신에 대해서까지 의심하게 할 수 있다. 공부와 관련된 어려움은 수업을 듣고 참여하는 과정이나 성적 문제 등에서도 있을 수 있지만 대부분 논문 작성 과정에서 많이 발생한다. 이 주제는 뒤에 '유학 생활' 부분에서 더 자세히 다루겠지만 심리적, 신체적인 어려움이 있을 때 나의 마음을 돌아보고 잘 보듬어 줄 수 있는 마음의 회복력은 멀리 타지에서 공부하는 유학생들에게 필수라고 생각한다.

나. 출국 전 서류 준비

아마 대부분이 유학하면 미국을 떠올릴지도 모르겠다. 먼저 '왜 영국으로 유학이냐'를 묻는다면, 학문적인 전문성은 당연하고 특히 유학 준비 및 석사 과정 등 시간적인 측면에서 효율적이라는 것을 강조하고 싶다. 전공에 따라 다양한 시험과 토플을 따로 준비해야 하는 미국 유학과 달리, 대부분의 영국 대학들은 학부, 석사 성적과 아이엘츠 성적 및 학업계획서, 이력서, 추천서 등만을 요구한다. 개인적으로 아이엘츠가 수험생으로서 좋았던 이유는 연필과 지우개를 사용하는 시험지 시험이 아직도 존재하며, 말하기 영역의 경우, 시험관이 앞에 있어서 실제로 대화하듯이 시험에 참여할 수 있다는 것이다. 어학 시험의 유효 기간은 보통 2년 정도이므로, 학교에서 요구하는 기준을 확인하고 시험을 준비해야 할 것이다.

학업계획서의 경우, 내가 어떠한 분야에 관심이 있고 관련 활동 혹은 공부를 어떻게 준비해 왔는지, 그리고 영국 유학 생활 이후 어떠한 활동을 할 것인지에 대해 구체적인 예시와 함께 작성하는 것이 좋다. 개인적인 경험이 어떻게 현재 지원하는 전공과 연결됐는지, 그리고 석사(혹은 박사) 과정에서 내가 기대하는 것은 어떤 것인지를 적는 것 또한 필수적이다. 그러기 위해서는 학과에 어떠한 학위 과정이 있는지, 그 과정에는 어떠한 수업들이 있는지를 확인해야 한다. 특히 해당 학교에 재직하고 있는 교수 중 관련 분야에는 누가 재직 중이고, 어떠한 연구 및 집필 활동을 한 것에 관심이 있는지를 구체적으로 조사하여 학업계획서에 포함하는 것이 필요하다.

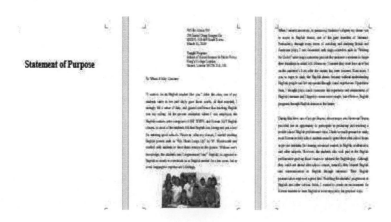

킹스 칼리지 런던에 지원할 때 썼던 학업계획서의 일부
관련 활동을 강조하고, 현장감을 더하기 위해 단체 사진을 삽입했다.
이는 전통적인 방식은 아니어서 학교, 학과마다 선호도가 다르니
주의가 필요하다.

다음으로 준비해야 할 서류는 이력서이다. 기본적으로는 현재까지 받은 학력을 고등학교 및 대학명, 학위명, 도시 및 국가 순으로 작성하고, 대학원을 졸업했다면 대학원도 같은 양식으로 적으면 된다. 순서는 역순으로 우리나라 이력서와 달리 가장 최신 것을 가장 위에 적는다. 연구 업적으로 논문이나 학회 발표 경력 등이 있다면 입학 심사에 유리하기 때문에 반드시 이력서에 포함한다. 관련 업무 경력이나 학회 경력도 함께 기재할 수 있다. 만약 실무 경력이 없다면, 전공과 관련된 수업을 쓰고 어떤 것을 배웠고 활동을 했는지를 써도 된다. 그 외에도 외부활동이나 수상 경력, 봉사활동 경력, 장학금 수혜 내용 및 전공과 연관성이 있다면 동아리 활동 등

을 적어도 된다.

다음으로 추천서는 통상적으로 석사의 경우 2명 이상, 박사의 경우 3명 이상의 지도 교수 혹은 직장 상사 등 나의 학력, 경력과 직접적인 관련이 있는 사람들로부터 받아서 제출한다. 이때 주의할 점은 교수 대부분이 학기나 연구 중에는 매우 바쁘며, 이미 졸업한 경우에는 자주 만날 수 없으므로 시간을 넉넉하게 두고 요청해야 한다는 것이다. 직장 상사 추천서는 추천인이 양식이나 언어에 익숙하지 않을 수 있으므로, 본인이 초안을 작성해서 가져가야 하는 일도 있다. 이때는 한영 대조본을 만들어, 추천인이 내용을 확인하고 본인의 의도에 맞게 수정할 수 있도록 여지를 주는 것이 필요하다. 아주 드물지만, 입학하기 위해 학교마다 반드시 포함되어야 하는 경력이나 학업 활동들이 있기도 하니, 이 부분을 추천서에 포함하고 싶다면 반드시 추천인에게 미리 알리고 기재해 줄 수 있는지를 확인하도록 한다.

내가 유학 원서를 작성할 당시에도 영국 학교에서는 이미 이메일을 통한 추천서 제출이 보편적이었다. 추천인의 이메일을 학교 지원서에 적으면, 지원자를 거치지 않고 바로 추천인에게 추천 양식이 담긴 이메일이 가는 형식이다. 이때 스팸 메일로 가지 않도록 당부를 하고, 기일을 넘기지 않도록 간격을 두고 리마인더 메일이나 문자를 보내는 것이 좋다.

학교별 원서와 함께 앞에 언급한 서류들을 포함한 준비가 되면, 이제는 정말 학교 지원만 남았다. 각 학교에서 이메일로 합격증을 보내지만, 학교 안내서, 장학금 신청서 등을 포함한 실물 합격 증

서를 집으로 보내는 학교도 있기에 합격 발표 날짜 전후로는 우편
물에도 신경을 써야 한다.

4. 영국 유학기

가. 새로운 풍경 속의 나: 적응

열심히 노력하고 준비한 것을 보상받는 것만큼 귀중한 경험은
없을 것이다. 나에게는 영국 유학이 그랬다. 약 4년 반 정도의 기
다림과 여러 준비로 조금 늦었지만, 인고의 시간은 영국으로 가는
나의 어깨를 가볍게 하고 발걸음을 경쾌하게 만들었다. 나는 마치
여행을 가듯 들뜬 기분으로 석사 유학 생활을 시작했다. 출국하기
바로 직전까지도 인수인계와 업무 처리를 병행하느라 몸이 고단했
지만 오래도록 기다려온 유학을 간다는 사실은 내 마음을 설레게
했다. 하지만 부모님은 나와는 다른 생각을 가지셨던 듯하다. 평범
한 집에서 그것도 인문학 공부라니…. 인천국제공항까지 마중 나오
신 아빠가 내가 화장실을 간 사이에 좀 말려보라고 하셨다는 이야
기는 나중에야 엄마를 통해 들을 수 있었다.

짐을 잔뜩 들고 12시간이 넘는 비행을 했지만 2009년 8월 5일,
런던에 도착한 나는 기운이 펄펄 넘쳤다. 아마 이날은 평생토록 잊
지 못할 것이다. 당시 런던에는 A형 간염이 유행이어서 한국에서
미리 해당 예방 접종을 진행하고 증명서를 모두 영어로 병원에서
출력해 왔지만, 공항에서는 아시아인을 비롯한 외국인 장기 체류자
를 따로 분류하여 X-ray 검사를 진행하고 있었다. 덕분에 약 1시
간 정도 후에야 공항 밖으로 나올 수 있었고, 애가 타는 심정으로

나를 기다리던 한국인 픽업 운전사와 만날 수 있었다. 23kg의 큰 여행용 가방 두 개와 기내용 가방 하나에 배낭을 메고, 기숙사에 도착해서 내 이름을 등록한 뒤, 책상용 스탠드 등을 대여받아 9층 방에 도착했을 때야 나는 런던에 왔음을 실감할 수 있었다. 드디어 영국 유학 생활의 시작이었다.

벽은 항상 해야 할 일과 과제 관련 메모로 가득했고,
노트북은 항상 켜져 있었다.

가방들 속 물건과 살림살이를 정리하고, 주린 배를 한국에서 가져온 햇반과 아껴서 챙겨온 기내용 고추장으로 정신없이 채우고 나니 긴장이 풀려 런던에서의 첫날 밤은 그렇게 단잠과 함께 보냈던 것 같다. 다음 날 아침 일찍부터 학생증을 발급받으러 가는 길에는 단기 여행에서 경험하지 못했던 여유와 신선한 일상이 나를 반겨줬다. 기숙사로부터 학교까지 걸어가는 오른편에는 템스강이 있는데 강물은 말할 수 없이 지저분했지만, 계절마다 바뀌는 풍경과 도시의 모습은 예쁜 기억으로 남아 있다.

한여름, 학교 가는 길에 만난 템스 강변의 버스킹과
모래 작품들은 덕에 많이 웃었다.

다행히 킹스 칼리지 런던의 캠퍼스 건물들은 대체로 템스강을 따라 걸어서 약 10~20분 정도의 거리에 모여 있으므로 찾기가 어렵지 않았다. 하지만 길치였던 나는 약 2주 정도의 시간 동안 친구들의 도움 없이는 기숙사, 교육대학원이 있는 워털루 캠퍼스, 중앙도서관 격인 몬도서관을 비롯하여 마트조차 혼자 찾아갈 수가 없었다.

길치 에피소드로 어느 날, 같은 울프슨 기숙사에 살던 한 이탈리아 친구가 함께 돌아가는 길에 꽤 많은 시간이 지났는데 왜 기숙사를 혼자 찾아갈 수 없는 거냐며 이해할 수 없다는 듯 내게 질문을 던졌다. 그때의 내 답변은 아직도 친한 친구들 사이에서 회자되곤 한다. "갈 때랑 올 때랑 왼쪽, 오른쪽이 바뀌잖아. 길을 두 개를 외워야 하는데, 아직 적응이 안 됐어." 또 다른 에피소드로는, 학교에서 유학생들에게 나눠준 조그마한 런던 지도가 있었다. 어느 날 나는 그것을 유심히 보면서 열심히 다리를 건너 기숙사에 가고 있었다. 마침 같은 다리를 건너던 기숙사 동기들이 어디에 가냐며 나에게 반가운 인사를 건넸다. 내가 그들에게 오늘은 지도를 보며 혼자 기숙사에 돌아가던 참이었다고 설명하니, 모두 입을 다물지 못하고 나만 쳐다보고 있는 것이 아닌가. 짧은 침묵 뒤, 한 친구가 어렵게 입을 뗐다. "보라, 기숙사는 반대 방향이야." 그렇게 나는 길치 런더너로서의 어렵고도 설레는 한 걸음을 시작하고 있었다.

학교 가는 길에는 템스 강뿐만 아니라 셰익스피어의 글로브 극장도 있다. 운이 좋으면, 촬영하고 있는 사람들과 유명 배우도 만날 수 있다. 사진은 영국 대표 배우 중 한 명인 콜린 퍼스.

시차, 날씨, 지리에 대한 적응은 시간이 어느 정도 해결해주는 문제들이다. 물론 때때로 극복되지 않는 우중충한 날들의 연속은 활기찬 생활을 하는 데 방해가 되긴 했지만, 유학 생활 말미에는 나름의 방법을 찾아 따뜻한 차와 함께 비스킷을 먹으며 운치를 즐기는 지경까지 이를 수 있었다. 하지만 20년 넘게 구축된 입맛과 선호 음식은 정말 다른 이야기일 것이다. 특히 나의 경우, 당시 외식에 나가서도 돌솥비빔밥을 주문할 정도로 한식에 대한 선호가 대단했다. 더군다나 영국의 음식 문화는 감자와 보리가 주식인 관계로 내 식성을 바꾸기에 무리가 있었다. 그렇다고 식초가 뿌려진 피시앤칩스를 먹으며 포기할 한국인이 아니다. 사실 한국에서 바쁘다는 핑계로 요리를 제대로 해본 적이 없는 나는 기숙사에서 처음으로 '막 만들어도 먹을 수는 있을법한 음식'들을 시도했다. 처음에는 삶은 감자와 카레, 다음에는 미역국과 스파게티, 그리고 떡볶이와 잡채, 보쌈까지. 당시에는 한국 음식 재료가 매우 비싼 관계로 양을 많이 한다거나 자주 해 먹을 수는 없었다. 친구들과 만들어 먹는 끼니들은 마치 소꿉장난하는 아이처럼 언제나 설렘 반, 두려움 반이었다. 내 주위 친구들은 다들 요리를 잘해서 어깨너머로 요리법을 배운 것이 많은 도움이 되었다.

처음에 내 요리 실력은 너무나 하찮아서
세인즈버리 테스코에서 일품요리나 과일을 사 왔다면,
후에는 다양한 시도 끝에 고춧가루를 제외한 모든 재료를
현지에서 공수하여 김치를 담그는 수준에 이르게 된다.

이렇게 어느 정도 런던에서의 생활에 익숙해지니, 본격적으로 학기가 시작됐다. 유학 생활 초반은 원래 하나의 시련을 극복하면, 성취감을 느낄 새도 없이 바로 다음 단계의 과업들이 들이닥치게 마련이다. 그것들이 정말로 내 '평범한 일상'이 되기 전까지는….

나. 낯선 곳에서의 평범한 생활: 학업

한국에서 석사까지 마치고 갔기 때문에, 실제로 내가 달라진 학업 환경에 적응하는 시간은 기숙사와 수업 건물을 찾아가는 데 들었던 시간에 비하면 비교적 훨씬 짧았다. 나중에 안 사실이지만, 킹스 칼리지 런던의 경우 보수적인 학교여서 당시에는 다른 학교에 비해 외국인 학생들을 많이 뽑지 않았다고 한다(홈페이지에 따르면, 지금도 전체 학생의 약 70%가 백인으로 구성돼 있으며, 교수진 또한 약 89%가 백인으로 구성돼 있다, 2021년 10월). 다만 영국이 유럽 연합에서 탈퇴하기 이전인지라, 영국인을 포함한 유럽의 다양한 국가에서 온 학생들의 숫자가 절반이 약간 넘었다. 아시아의 경우, 영국문화원에서 대만 중고등학교 영어 선생님들과 연계 프로그램을 운영하는 것을 위탁받아 내가 속했던 영어교육 및 응용 언어학(English Language Teaching and Applied Linguistics) 석사 과정에 약 5명 정도의 대만 학생들이 있었다. 다음으로는 태국 출신 학생들이 많았으며, 한국 학생은 나를 포함하여 네 명으로 꽤 많은 수가 함께 수학하고 있었다. 다양한 국적 출신 학생들과 수업을 들을 때 가장 어려운 점은 언어이다. 모든 수업과 토론은 당연히 영어로 이루어졌지만, 각자의 모국어에 따른 발음과 강세, 억양에 영향을 강하게 받아 때때로 정말 무슨 말을 하는지 알아듣기 힘든 친구들이 있었다. 그럴 때마다 나는 내가 쓰는 영어도 알아듣기 힘든 것은 아닌지 점검하곤 했다.

더불어 교수님들이 수업에서 유럽 문화권에서는 보편적으로 알려진 드라마나 생활 속 예시를 사용하면 그것이 무엇인지 유추하기 어렵기도 하다. 한 번은 영어 말하기 교육 수업에서 교수님이 영국에서 유명한 '닥터 후'라는 드라마의 '달렉'이라는 외계인을 예시로 들어 억양과 강세의 중요성을 설명하신 일이 있다. 다행히 나는 한국에서 해당 드라마를 봤기 때문에 이해할 수 있었지만, 대다수의 아시아 문화권 학생들은 알아들을 수가 없었다. 다행히 교수님은 몇몇 학생들이 당황한 것을 알고, 다른 예시를 들어주셨다. 하지만 학교나 수업에서 문화적 차이를 고려하지 않는다면 수업을 듣는 학생들은 피해를 볼 수밖에 없으므로, 여력이 된다면 사전에 혹은 현지에서 다양한 문화적 체험을 해보는 것도 유학 생활에 도움이 될 것이다.

내가 유학했을 당시 적었던 시간표와 계획표를 살펴보니, 학과 수업은 주 4일, 아침 9시부터 오후 4시~5시까지 진행되었고 한 학기 당 네 과목 정도를 수강하곤 했다. 나의 경우, 사전에 해당 과목 교수님의 허락을 받아서 청강하던 수업이 두 과목 정도 있어서(다행히 수강생과 달리 청강생은 과제를 하지 않아도 되었다) 수업이 조금 많았지만, 충분히 감당할 수 있는 정도였다. 하지만 돌이켜 보면, 스스로 잘했다기보다 정말 어려운 순간마다 도와주는 학우들이 있고 기꺼이 시간을 내서 내 이야기와 생각을 들어주려

했던 교수님들이 계셔서 무사히 학위 과정을 마칠 수 있었다고 생각한다. 당시에는 스마트폰도 없을뿐더러, 강의를 듣거나 대부분의 시간 동안 발표나 토론을 해야 했기 때문에 수업 시간 모습이나 활동들은 사진으로 남아 있지 않아 아쉬움이 남는다.

여러 의미로 모든 학위의 절정은 언제나 그렇듯 논문 작성인 것 같다. 나의 경우, 논문 주제가 한국 영어교육 정책이 어떻게 고등학교 영어 교과서에 반영됐는지를 연구하는 것이었는데, 여기에는 크게 두 가지 문제가 있었다. 첫째는, 교수님 중에 '교육 정책'을 전공하신 분은 있어도 '한국' 교육 정책을 알거나 연구하신 분은 없다는 것이었다. 둘째는 한국 고등학교 영어 교과서의 한국어 설명 부분을 일일이 다 번역하거나 설명해야 한다는 것이었다. 이럴 때 두 가지 방법이 있는데, 하나는 논문 주제를 바꾸는 것이고, 다른 하나는 지도 교수를 바꾸는 것이다. 안타깝게도 나는 반드시 영어교육 정책을 논문 주제로 하고 싶었고, 지도 교수를 바꿀 수도 없었다. 상황이 이렇다 보니, 영어 정책과 쓰기 교육 전문가였던 지도 교수님은 본인이 알지 못하는 분야에 대해서 내가 연구를 진행한다는 것에 대해 큰 부담을 느꼈다. 따라서 나는 먼저 지도 교수님께 내 논문의 타당성을 증명하고 논문을 지도해 주십사 설득해야 할 상황에 직면하게 되었다.

이 같은 문제를 인지한 후, 나는 예정되어 있던 과정보다 조금 일찍부터 한국의 교육 정책과 관련된 영어 자료와 기사를 찾기 시작했고, 비슷한 논문 주제나 영어교육 정책의 역사와 관련된 선행 연구 중 영어로 쓰인 것이 있는지를 살펴보는 데 시간을 사용했다.

다행히 많진 않았지만, 관련 논문들과 정부 주요 문서 중에 영어로 정리된 것들이 있었고, 나는 이러한 정보들을 정리하여 만든 자료로 짧은 개인 발표를 통해 연구 주제에 대한 허락을 받을 수 있었다. 이때, 한국 석사 과정 중에 얻은 논문 작성 비결이 영국 석사 논문을 작성할 때 정말 큰 힘이 되었다. 역시 경험해서 체득한 것만큼 큰 공부는 없는 듯하다.

이후의 시간은 정리된 자료, 논문을 전체적으로 어떤 단원으로 구성할지, 그리고 각 단원에는 어떤 인용문을 사용할지를 계획하고, 지도 교수님과 논의된 세부 제목들을 기초로 하여 실제 논문을 작성하는 인고의 시간으로 채워졌다. 나의 영국 석사 논문은 분석에 사용된 교과서를 부록에 첨부하는 바람에 전체가 약 130쪽으로 구성되었고, 실제 내가 쓴 분량은 약 63쪽 정도이다. 나의 경우 시간이 촉박했던 것은 아니었지만, 목표한 마감 일자를 맞추고 좀 더 효율적으로 피드백을 받고 수정하는 시간을 단축하고자, 한 단원이 끝나면 이를 지도 교수님께 이메일로 보내고, 교수님이 피드백하는 동안 다음 단원을 쓰는 순환 방식으로 논문 전체를 써나갔다. 큰 틀은 이미 허락을 받았던 부분이었기에 문제가 없었지만, 단원마다 한국 교육 정책에 익숙하지 않은 독자를 위한 자료를 추가하고 영-한 대조문을 써야 하는 경우들이 많아서 힘들었던 기억이 있다. 다행히도 이러한 사소한 어려움을 빼고는 전체적인 흐름과 논문 주제가 시의적절하여 큰 문제 없이 심사를 통과할 수 있었고, 이제는 정말 졸업만을 앞두게 되었다.

석사 논문
파란색 표지에 은색 글씨를 썼다.

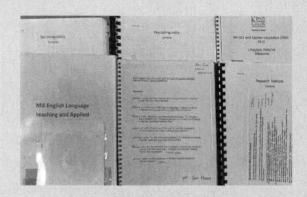

당시 수업 중에 받았던 유인물과
논문에 사용된 참고문헌을 정리한 일부.
검은색 스프링으로 직접 제본한 책은 정말 허술해서 조금만
잘못 잡아도 종이가 우르르 떨어질 수 있다.

논문 작성 팁 몇 가지를 공유하면 다음과 같다. 첫째, 해당 학교, 학과에서 요구하는 문헌 양식(MLA, APA, Chicago Style, Harvard Style 등)을 숙지한다. 몇 번째 판인지도 매우 중요하다. 각각의 양식마다 요구하는 문체, 참고문헌 작성법, 인용법, 표 및 그림 구성 등이 다르므로, 미리 숙지한다면 논문을 작성할 때 시간을 효율적으로 사용할 수 있다. 피드백을 받는 과정에서도 논문의 내용적 측면에 집중할 수 있다.

둘째, 먼저 논문의 전체 틀을 잡는다. 석사 논문의 경우, 대체로 서론 1장, 본론 3장, 결론 1장의 5장 구성으로 이루어진다. 서론은 어떠한 문제의식에서 이 연구가 출발했는가를 언급하고, 논문 전체 구성을 보여주는 장이라고 생각하면 쉽다. 즉, 지도를 놓고 이 논문이 갈 길을 독자에게 보여주는 것과 같다. 본론에서는 먼저 논문에 반드시 포함돼야 하는 이론적인 배경은 어떠한 것들이 있는지, 이러한 이론적 배경을 통해 내가 논하고자 하는 것은 무엇인지를 다루게 된다. 또한, 이러한 연구를 위해 효과적인 방법은 무엇이며, 그 방법의 타당성을 밝히는 것 또한 본문에서 다뤄지게 된다. 더불어 본론은 이 방법을 통해 누구를 대상으로 어떤 정보를 모았으며, 그것을 분석한 결과를 객관적으로 보여주는 내용까지 포함한다. 논문의 결론은 연구 결과 분석의 의미를 해석하고, 그것이 서론에서 제기된 문제의식과 어떻게 연결되며, 이러한 문제점의 해결 방법 등을 제시하는 것으로 구성된다.

셋째, 내가 읽은 책이나 기사, 학회지, 논문 등은 알파벳 순서로 정리하고, 그 내용의 중요 주장과 인용문은 해당 쪽까지 정리해 둔

다. 이 작업은 굉장히 시간이 오래 걸리기도 하고, 과연 이렇게 해서 얼마나 도움이 될지 의심이 들기도 할 것이다. 하지만 많은 논문과 서적, 학회지 등을 읽다 보면 비슷한 주장들이 많고, 나중에 가서는 주요 내용은 기억나지만, 어느 글이었는지 어느 쪽이었는지 생각이 나지 않거나 헷갈릴 때가 많다. 그러므로 정보를 잘 정리하는 습관은 논문을 쓰기 전, 참고문헌 수집을 할 때부터 시작돼야 한다.

마지막으로, 최종 심사 전에는 문헌 양식과 논문의 내용, 오타, 영어 표현 등을 전반적으로 검수해줄 수 있는 원어민에게 점검을 받는 것이 좋다. 당연히 상당한 지출을 감수해야 하지만(보통 장당 얼마로 가격을 책정하고, 논문 양식까지 점검받을 경우 추가 비용이 들 수도 있다), 논문은 대부분 학교와 도서관 시스템, 때로 국회도서관 같은 공공 도서관 자료로도 등록되어 반영구적으로 남기 때문에, '본인 작성→동기 검수(가능하다면)→원어민 검수→지도교수 검수(순서는 바뀔 수 있음)' 등의 과정을 논문 출판 전까지 반복하는 것은 필수적이다.

다. 대장정의 결실: 졸업식

유학 생활과 학위 과정의 꽃은 졸업식이라고 해도 과언이 아니다. 공식적으로 공부를 (잠시) 안 해도 될 뿐만 아니라 그동안 내가 한 길을 성실하게 걸어왔다는 증거로 사랑하는 가족들과 친구들 그리고 교수님들과 많은 동기 앞에서 인정받는 순간이기 때문일 것이다. 킹스 칼리지 런던의 교육대학(원) 졸업식은 런던 시내에서 가장 큰 공연 예술장인 바비칸 센터에서 치렀다. 동문 중 세계적인 디자이너인 비비안 웨스트우드가 제작한 졸업 가운을 입고 진행했다. 졸업식 날짜가 논문 최종 심사 기간보다 더 전에 있었기 때문에, 실물 졸업장은 한참 후에 한국으로 배송되었다.

내 석사 프로그램은 교육대학의 사회 과학 및 공공 정책(Social Science and Public Policy) 분과에 속했다.
사진에서는 잘 보이지 않지만, 당시 구입한
2011년도 졸업생 명단 티셔츠의 가운데에 내 이름도 있다.

친구들 몇 명이 나의 졸업식에 참석해 주어서 다행히 기록이 많이 있다. 무대에서 학장님과 악수를 하고 졸업장을 받는 순간은 매우 짧아서 조금 더 천천히 순간을 즐겨도 좋다. 당시 내 가운을 본 친구들이 한 말, "오징어 같아!" 그래서 모자를 쓰고 남긴 사진은 한 장뿐이다.

라. 부족한 나를 채워준 친구들

앞에서도 몇 차례 언급됐던 것처럼 유학 생활에서 가장 힘든 순간 내 곁에는 친구들이 있었다. 런던에 도착하고 약 한 달 후에 내 생일이 있었다. 생일을 핑계로 모두 함께 모여서 이야기도 나누고, 서로를 알아가는 시간을 가지고 싶었다. 나는 어학 학습 센터에 같이 수강하던 친구들에게 팟럭 파티을 해보는 것은 어떻겠냐는 제안을 했다. 모두가 흔쾌히 승낙하는 바람에 참여 인원이 예상보다 많아졌고, 결국 친한 한국인 친구들의 절대적인 도움을 받아 호불호가 크게 없는 김밥과 잡채를 15인분 정도 만들었다(아직 초보 수준의 요리 실력이었던 나는 재료 다듬기와 설거지가 주 업무였다). 약속 시각이 되자 태국 친구들은 정통 똠얌꿍을 만들어 왔고(이때부터 태국 음식 마니아가 되었다!), 이탈리아 친구들은 포도주를, 중국 친구는 달걀과 소고기가 들어간 중국식 계란탕을, 일본 친구는 완두콩을 곁들인 감자조림과 누드김밥을 만들어 왔다. 푸짐한 음식과 또래들이 모이니 시간 가는 줄 몰랐다. 늦은 시간이 되자 기숙사 경비원이 와서 해산을 시키려 했으나 우리들의 모습을 보고는 조용히만 한다면 조금 더 있다가 치워도 된다는 허락을 받았다. 저녁 모임을 파하고, 다음 날 아침에 같은 기숙사에 살던 한국 친구들끼리 모여 조촐하게 한 번 더 케이크 커팅식을 했고, 유학생이라 힘들었을 텐데 다들 고맙게도 정성 어린 선물도 건네주었다.

사진으로는 다 담지 못한 따뜻한 마음과 낙엽만 굴러가도 재미있던 순간들을 선물해준
동기, 선후배들에게 감사한 마음이다.

시간이 지나고 혼자만의 시간과 공간이 넉넉하게 확보가 되자, 나는 덜컥 외로움이 너무 크게 느껴졌다. 학기가 바빠지고 서로를 이전만큼 자주 볼 수 없게 된 것도 분명 나의 외로움에 한몫했으리라…. 그래도 바쁜 일상 속에 짬을 내서 런던 브리지를 걷고, 영감이 필요할 때는 런던 곳곳의 박물관과 미술관을 다니고, 생각이 복잡할 때는 학교 주위의 공원들을 걸을 때 기꺼이 '함께' 해준 친구들이 있어서 유학 생활이 여전히 즐겁고 아름다운 기억으로 남을 수 있었다고 생각한다.

특히 논문을 쓸 당시, 내가 약 2주 동안 자취방에서 거의 나오지 않고(당시는 기숙사 기간이 끝나서 근처에 집을 얻어 자취할 때였다) 글만 쓰고 있자, 걱정하던 몇몇 친구들이 장을 봐서 음식을 해 놓고 갔다. 친한 동생은 '나의 정신건강 및 체력 관리'를 해주 겠다면서 2박 3일 동안 함께 생활하며 억지로 운동을 시키기도 하고 산책하러 나가도록 떠밀기도 했다. 돌이켜 보면 그렇게 많은 사람의 도움으로 무사히 석사 논문을 쓸 수 있었고, 무사히 유학 생활도 마칠 수 있었다고 생각한다. 몇몇 선후배들은 10년이 지난 지금까지도 여전히 연락하며 지내고 있다. 결국, 유학 생활에서 남는 것은 대단한 지식적 성장이 아니라 어려움이 있을 때 이겨내는 경험, 내 뜻대로 안 된다고 하더라도 끝까지 포기하지 않는 인내 그리고 그런 나를 믿어주고 응원해 주는 친구들이 아닐까? 누군가 표현할 수 없을 정도로 힘들어 보일 때 손 내밀 수 있는 사람이 된다는 것, 그것이 유학 생활에서 얻을 수 있는 또 다른 배움이라고 생각한다.

  마. 취미를 갖자

  유학 생활에도 쉬어가는 시간이 필요하다. 이는 정신적으로도 또 육체적으로도 나의 상태를 점검할 기회를 준다. 세상과 소통하고 알아가는 계기를 마련해 주기도 한다. 우리가 한국에서 아무리 바쁜 삶을 살고 있다 하더라도, 주말에 피곤하지만 좋아하는 작가의 작품을 보러 미술관에 가고, 여름이 되면 가까운 곳이라도 휴가를 가는 이유는 그 잠깐의 쉼을 통해 반복되는 지루한 일상이 달라지고, 이를 통해 긍정적인 에너지와 다시 앞으로 나아갈 수 있는 용기를 얻을 수 있기 때문일 것이다. 유학 생활에서도 마찬가지다.

계속 공부만 하는 것이 아니라, 잠깐씩은 삶에 쉼을 줄 수 있는 마음의 여유가 있어야 한다.

런던으로 유학을 간다는 것은 영국뿐만 아니라 인접한 유럽 국가로의 여행을 비교적 쉽게 할 수 있는 이점을 지닌다. 사실 유학생은 학업, 시간 및 금전적 여유 등 여러 가지 측면에서 유학 기간에 여행 가는 것을 딱히 계획하지 않을지도 모르겠다. 나 또한 학업의 분량과 강도가 얼마나 될지 몰라서 유학 초반에는 먼 지방으로 여행을 가는 것이 꺼려지기도 했다. 그러나 어느 정도 학업과 학교생활에 적응하게 되자 짬이 날 때마다 혹은 과제가 끝날 때마다 나의 노력에 대한 작은 보상으로 런던 시내 곳곳을 다니곤 했다. 앞에서 말했던 것처럼 워낙 길치이기 때문에 어디를 혼자 간다는 것은 사실 내게 큰 모험이기도 했다. 하지만 무엇보다 학생의 경우, 교통비가 상대적으로 저렴하고 무제한으로 사용할 수 있는 표를 구매하면 근교까지도 갈 수 있었기 때문에, 좀 더 자유롭게 런던 주위를 돌아다닐 수 있었다.

영국의 석사 과정은 대부분 1년을 3학기로 나누는 학기제를 운영하고 있다. 학기제의 단점은 학기가 끝난 후에 바로 방학이 시작되는 것이 아니라는 것이다. 학기는 단순히 강의를 듣고 수업에 참여하는 기간이고, 방학 후 1~2주 동안 학기 중에 배운 것들을 토대로 연구를 하여 과제(대부분 리포트)를 제출해야 한다는 것이다. 방학이 4주 정도 되는데 그 중, 반을 과제에 써야 하는 유학생의 심경을 헤아려 보라! 그래서 짧은 2주의 방학 동안 날씨가 좋은 여름과 가을에는 더더욱 친한 친구들과 근교 나들이를 가곤 했다.

후에는 날씨와 상관없이 주말을 이용해 당일치기 여행을 하기도 했다. 이러한 짧은 일탈은 복잡한 머리를 식힐 수 있고 지금까지의 유학 생활을 돌아보는 여유를 주기도 한다. 만약 공부에 집중할 수 없고 마음이 싱숭생숭하다면, 낯선 곳에 가서 잠깐씩 바람을 쐬는 것을 추천한다. 아마도 공부에 찌들어서 잊고 있던 유학의 설렘을 다시금 느낄 수 있을 것이다.

정말 많은 곳을 다양한 친구들과 함께 여행한 것 같다.
주말 나들이는 복잡한 마음에 여유를 주기도 하고,
논문이 잘 안 풀리거나 힘들 때,
다시 힘내서 달릴 수 있는 휴식을 주기도 한다.

외향적인 활동을 하는 것이 부담스럽다면, 음악회 또는 연극이나 뮤지컬은 어떨까? 영국은 학생들에게 다양한 혜택을 제공한다. 특히 런던에는 다양한 문화시설과 행사가 많이 있어서 오며 가며 부담 없이 즐길 수 있는 것들이 많이 있다. 영국 국립 극장의 경우, 다양한 연극과 공연을 볼 수 있도록 5~10파운드 정도의 학생용 표와 회원권을 따로 판매한다. 사우스뱅크 센터에서도 유명한 필하모닉 오케스트라나 지휘자, 연주자를 자주 초빙하는데, 학생용 표를 판매하니 꼭 한 번 가서 수준 높은 음악을 감상하시길. 마지막으로 7~9월에 개최하는 세계적인 수준의 클래식 페스티벌인 더 프롬스는 정말 표를 구하기가 어렵다. 로열 앨버트 홀에서 열리며, 1층 무대 앞쪽의 구역에는 서거나 누워서 음악을 듣는 사람까지 다양한 사람들을 볼 수도 있다. 나도 부모님이 영국을 방문하셨을 때 가볼 기회가 있었는데, 그날 저녁은 우리 모두 아름다운 클래식에 푹 빠져 있던 기억이 생생하다.

시간과 금전적 여유가 없다면, 그림이나 스케치를 해보는 것도 좋은 방법일 것이다. 영국 유학이 처음이라면, 당신은 이미 이전에 해보지 않은 것에 도전하고 있음을 기억했으면 한다. 학업과 생활, 교우 및 지도 교수와의 관계, 미래에 대한 불확실성 등이 갑자기 마음 안에 가득하다면 들고 있던 컴퓨터 전원을 과감하게 끄고 문밖으로 나가 보라. 잊고 있던 일상의 소중함과 지금까지 애쓰며 해온 나 자신이 기특하게 느껴질 것이다.

5. 나가는 글 - 용기가 필요한 당신에게

"Nothing happens unless first a dream"
Carl Sandburg

런던에서의 시간을 거쳐 평균의 2배가 넘는 시간이 걸려도 내가 결국 박사까지 끝낼 수 있었던 것은 아마도 나의 인생을 통해서 이루고 싶은 목표가 있었기 때문이지 않나 생각한다. 처음부터 거창한 목표를 가질 수도 없고 또 가지지도 않았다. 그저 그때그때의 과정에 호기심을 가지고 다가가다 보니, '어, 문학이 재미있네' 해서 영문학 석사를 하게 되고, '문학을 통해서 영어를 가르치면 어떨까?'라는 생각으로 영국 유학을 통해 영어교육을 전공하게 되고, '조금 더 조직적으로 다양한 교육 시스템을 운영할 수는 없을까'와 같은 현장에서의 질문들이 나를 또 다른 길로 인도했고, 어느새 남은 삶 동안에는 더 많은 사람에게 "기회를 나눠주는 사람"이 되고 싶다는 소망이 내 마음에 들어왔다. 그리고 그 꿈을 향한 여정은 여전히 현재진행형이다.

어느 순간 우리는 '꿈'이 사치스러운 세상에 살게 된 것 같다. 내가 진정 무엇을 원하는지를 탐구하고 잘하는 것을 개발할 기회조차 잃어버린 채, 당장 취업을 위해 어학 시험 점수와 경력을 쌓아나가는 제자들을 보면 안타까운 마음과 한편으로는 미안한 마음이 든다. 어쩌면 그들이 사는 세상은 내가 일조해 만들어진 사회일수도 있을 테니까. 그런데도 이 책을 읽고 있다면 아직 당신의 마

150

음에는 다른 사람들이 '현실 감각이 없다'라며 나무라는 꿈이 있는 것일지도 모른다. 유학은 어떤 사람에게는 오랜 기간 준비해야 할 수도 있고, 또 누군가에게는 여러 개의 선택지 중의 하나일 수도 있다. 사실 유학을 가는 것보다 중요한 것은 당신의 마음에 영국이라는 나라가, 그리고 외국에서 공부해보고 싶다는 마음이 들었다는 것일지도 모른다. 그렇다면 시간을 들여서 내 마음을 좀 더 살펴보면 어떨까? 진지하게 자료를 찾아보기도 하고, 가볍게 유학기를 읽어보기도 하면서 가능한 것들을 실천해 나가는 것, 가능성과 개인적 소망, 그 작은 것부터가 영국 유학의 시작이라고 생각한다.

다 잊었다고 생각했던 런던의 골목길들과 그곳에 쌓인 추억들이 너무나 선명하게 다가와 글을 쓰는 내내 행복했다. 사진 사용을 허락받기 위해 연락한 동기, 선후배들. 정말 한 명도 빠짐없이 흔쾌히 이 글을 쓰는 나를 응원해 준 그대들에게 고마운 마음을 전한다. 그때의 우리가 현재의 우리와 여전히 이어져 있음에 참 감사하다. 내 부족한 글이 다른 사람의 인생에 자그마한 도움이 되었다면 그것보다 기쁜 일은 없을 것이다. 영국 유학을 준비하는 여러분의 미래에도 행복한 설렘이 가득하길 소망한다.

추신. 개인적으로 학업이나 유학에 관련된 상담이 필요하신 분은 다음의 이메일로 연락 바란다. 나의 선생님과 교수님들, 선배님들이 나에게 값없이 주었던 귀한 조언을 미약하게나마 나눌 수 있다면, 더없이 기쁘겠다(이메일: borakim0912@gmail.com).

박시은

[학력]
· 국립인천대학교 사회복지학 학사
· 국립인천대학교 사회복지학 석사
· 영국 University of Bristol 장애학 석사

박시은

코로나와 함께한 나의 영국 유학기

1. 프롤로그(유학 계기)

해외 유학은 한국에서 석사 공부를 하기로 결정했을 때부터 함께 염두하고 계획한 일이었다. 한국에서 우선 사회복지 석사를 마친 뒤에 영국에서 석사, 박사까지 공부하겠다는 원대한 꿈을 그렸다. 왜 석사를 두 번이나 하고, 왜 힘들다는 박사까지 공부하려고 하냐고 묻는다면 사실 명확한 대답을 내놓기가 어렵다.

학부 2학년을 마친 2015년에 1년의 휴학계를 냈다. 10개월 동안 영국 스코틀랜드에 있는 발달장애인 생활공동체인 캠프힐 커뮤니티에서 봉사활동을 하고 돌아왔다. 당시의 나는 외국에서 돈을 들이지 않고 오래 머물 수 있는 방법을 열심히 찾고 있었는데, 우연히 친구를 통해서 캠프힐 커뮤니티 봉사활동에 대해 알게 됐다. 미국, 영국, 독일, 인도 등 다양한 나라에 있지만, 신사의 나라 영국에 대한 환상에 젖어있던 나는 영국에 있는 캠프힐을 주저 없이 선택했다. 발달장애인과 관련된 활동에 큰 관심이 있던 것은 아니었다. 하지만 스코틀랜드에서의 10개월은 사회복지를 공부하는 나에게 귀중한 경험이 됐다. 한국에 돌아와 복학을 하고 타이밍 좋게 장애인복지론을 수강하며 '장애'에 대한 학문적인 관심과 궁금증을 키워나갔다. 장애인복지론을 가르쳐주신 교수님을 통해 존재조차 알지 못했던 '장애학'에 대해서도 알게 됐다. 장애를 개인의 문제로 보는 것이 아니라 장애인을 둘러싼 사회의 차별과 억압에 집중하는 장애에 대한 새로운 관점은 새롭고 흥미로웠다. 스코틀랜드에서 발달장애인들과 함께 생활하고 일하며 느꼈던 것들, 한국의 상황과 비교하며 혼자 던졌던 질문들을 조금 더 학문적으로 다시 생각해 볼 수 있었다.

휴학 전과 후의 내가 많이 변했을 거라고 생각했지만 나는 여전히 그냥 철없이 좋아하는 수업을 듣고, 재미있어하고 있었다. 고학년이 돼서야 학교 안을 벗어나 다른 대학 학생들과 함께하는 동아리에 가입해서 한국의 노동 문제나 인권 문제에 대해 같이 공부하고 활동도 해봤다. 취업에 대한 고민은 그저 막연히 머릿속 작은 공간 어딘가에 덮여있을 뿐이었다. 졸업 후에 '내가 과연 사회복지사가 될 수 있을까'하며 확신하지 못했고, 공무원이나 공사 준비에는 전혀 자신이 없었다.

졸업 학년이 되고 나서 당시 지도 교수님과 면담을 했다. 내가 캠프힐에 다녀와서 장애와 관련된 진로에 관심이 많이 생겼다는 이야기를 드렸더니 어느새 장애인복지론을 가르쳐 주신 교수님과 만나 뵙게 됐고, 또 어느새 대학원 진학을 결정하게 됐다. 인천대학교 사회복지학과에서 장애인복지를 전공으로 석사 공부를 하고,

영국이나 미국에 유학을 가서 장애학을 공부하는 것으로 내 당장의 진로가 굉장히 자연스럽게 결정됐다. 참 감사한 일이었다. 그래서 졸업 준비, 취업 준비로 바쁜 친구들 사이에서 나는 나름 여유롭고, 갈 곳이 정해진 평안한 졸업 학년을 보낼 수 있었다. 석사과정동안 지도 교수님이 되어주실 교수님의 연구 업무를 조금씩 도와드리기도 했다.

학부 졸업 후 석사 과정은 매우 바쁘고 빠르게 지나갔다. 사실 어떻게 수업을 듣고 공부했는지보다 지도 교수님의 연구 프로젝트에 연구 보조로 참여해서 열심히 따라다녔던 기억이 더 많이 남아 있다. 교수님을 따라 보건복지부, 서울시청도 가보고, 장애와 관련한 국제적 흐름이 어떠한지, 국내의 정책은 어떻게 변화하고 있는지, 현장의 의견들은 또 어떠한지 공부했다. 연구에 참여하는 구성원 중 가장 말단의 작은 역할을 맡았던 것 치고 보고 배운 것들이 너무 많았다. '나도 나중에 공부를 열심히 하면 교수님처럼 멋진 연구자가 될 수 있을까'하고 상상도 해본 것 같다.

석사 과정 중에 해외 유학을 함께 준비했다. 한국에서 석사를 했으니 바로 해외 박사를 지원해볼까 했지만 내 연구 능력과 영어 실력에 대한 자신감이 전혀 없었다. 사실 석사를 한 번 더 할지, 박사를 바로 지원할지 고민하는 것은 둘째치고 입학 지원할 때 필요한 공인 영어 성적조차 준비돼있지 않았다. 아무튼 결국에는 '시간이 흐르는 것에 너무 조급해하지 말고 석사를 한 번 더 하자'라고 마음먹었다. 대신 석사 기간이 1년인 영국에서 석사를 하고 그 뒤에 영국이나 미국에 박사를 지원해보기로 계획했다. 박사 기간도 영국은 3년, 미국은 4년이기 때문에 '영국에서 박사까지 얼른 끝내고 한국으로 돌아가자!'하고 야망 차게 생각했지만 내가 3년 만에 박사 학위를 마칠 수 있다고 절대 생각하지 않았다. 먼 미래에 대한 고민은 접어두고 당장의 석사 준비에 몰두하기로 했다. 사실 박사에 대한 고민은 이 글을 쓰고 있는 지금까지도 현재 진행형이다.

2. 유학 준비

입학을 위한 준비에는 크게 자기소개서, 이력서, 추천서 2개, 공인 영어 성적, 학위 관련 서류들이 필요하다. 자기소개서는 학업의 목적과 지원 이유, 관심 학문 분야 등을 2쪽 정도 분량으로 쓰면 된다. 이력서도 나의 경력과 경험을 연구와 관련된 경험들 위주로 쓰면 된다. 자기소개서와 이력서 둘 다 그렇게 길게 쓰지 않아도 되는 간단한 서류임에도 불구하고 완성하는데 7~8개월은 걸린 것 같다. 내가 지금까지 해왔던 일들을 정리하고 영어로 번역하는 일에 생각보다 더 많은 에너지가 필요했다. 실제로 앉아 쓰는 시간은 일주일 정도 걸린 것 같은데 속으로 고민하고 걱정하고, 외면하며 시간을 보냈다. 자기소개서와 이력서를 모두 작성하고, 지도 교수님과 학부 시절 동안 가까이에서 도움을 많이 주셨던 교수님께 추천서를 부탁드렸다. 너무나 흔쾌히 추천서를 써준다고 하셔서 정말 감사했던 기억이 있다. 써주신 추천서를 학교 로고가 새겨진 멋진 종이에 프린트하고, 교수님의 서명을 받아 스캔했다.

영국 대학원에 지원할 때에는 영어성적을 차후에 보내도 된다기에 영어성적을 제외한 나머지 서류들을 가지고 브리스톨대학교 장애학 석사와 바스대학교 사회복지 석사 과정에 2월 중순쯤에 지원했다. 지원한지 3일이 지난 날, 브리스톨대학교에서 합격 메일이 도착했다. 보통 합격 여부를 알기까지 한 달 정도가 걸린다던데, 너무 일찍 답장이 와서 처음에는 이게 합격 메일인지 그냥 안내 메일인지 알아보지 못했다. 결과적으로는 영어성적만 제출하면 합격이 확정된다는 축하 메일이었다. 1년 넘게 준비한 결과가 너무 빨리 나와서인지 조금 얼떨떨했다. 너무나 바랐던 결과이기도 했기에 많이 기뻤다. 바스대학교에서도 지원한지 한 달 정도가 지났을 때 합격 메일을 보내왔다. 아무튼 이제 영어성적만 만들면 유학을 떠날 수 있게 됐다.

영어성적을 만드는 일은 다른 서류들을 준비하는 일에 비해 더 길고, 불안한 여정이었다. 영국 유학을 위해서는 보통 아이엘츠를 많이 준비하는데, 나는 토플에 먼저 도전했었다. 대부분의 대학에서 토플 성적도 인정해 주고, 아이엘츠보다 토플이 점수를 내기에 더 편하다는 말도 들었고, 결정적으로 시험 응시 비용이 아이엘츠보다 저렴했기 때문이었다. 하지만 종로에 있는 영어 학원에 한 달 동안 다녀본 뒤 토플은 깔끔하게 접기로 마음먹었다. 우선 컴퓨터를 상대로 해야 하는 매우 현대적인(?) 시험이 나에게는 너무 낯설었다. 지문을 읽을 때 밑줄도 치고 동그라미도 그려가며 머리에 입력하는 아날로그 방식의 문제 풀이를 할 수 없었다. 듣기 지문을 빨리 읽고 컴퓨터에 답을 주절거려야 하는 풀이 방식에 적응하는 것도 너무 어려웠다.

하지만 한 달 동안 토플을 공부한 덕분에 내가 기본적인 영어 실력 자체가 부족하다는 것을 명확하게 깨달을 수 있었다. 아이엘 츠로 종목을 바꾸고 기본 영어 문법 수업부터 아이엘츠 과목별 수업까지 차근차근 공부했다. 토플과 다르게 아이엘츠는 수기로 읽기, 쓰기, 듣기 시험을 보고, 원어민 시험관과 말하기 시험을 본다. 토플에 비해 문제가 꼬임 없이 정직하고, 시험관과 실제 대화를 하며 유연하게 질문에 대답할 수 있는 아이엘츠가 나에게 더 적합하다는 생각이 들었다. 또 스코틀랜드에서 10개월 지냈던 경험 덕분인지(결론적으로 절대 수월하지는 않았지만) 듣기와 말하기 과목을 공부하는 게 상대적으로 수월하게 느껴졌다. 시험 준비를 위해 학기, 방학 구분 없이 야금야금 영어 수업을 들었다. 학원이 있는 강남과 인천을 오가는 데 에너지를 많이 썼지만, 조금씩 영어를 알아간다는 느낌이 들 때마다 기뻤다. 전공 공부에서 벗어난 다른 공부를 한다는 것 자체가 일상에 환기를 주는 기분이 들기도 했다. 하지만 이런 즐거움과 별개로 성적은 뜻대로 잘 나와주지 않았다. 26만원의 응시료를 4번이나 내고 나서야 겨우 필요한 성적을 만들 수 있었다. 학교에서 요구하는 영어성적을 만들지 못할 경우, 부족한 점수만큼의 성적을 대체해주는 영어 수업인 학기 전 영어 수업을 들을 수 있는데 그 영어 수업 신청 마감날, 내 아이엘츠 영어 성적이 나왔다. 시험을 4번 본 것에 모자라 400만원을 들여서 영어수업을 들어야 할까봐 얼마나 가슴을 졸였는지 모른다. 그런데 한참 뒤에 다른 석사생들에게 들어보니, 코로나 때문에 예년에 비해 지원 학생 수가 많이 줄어들었는지 학교에서 영어성적이 부족해도 합격을 시켜줬다고 한다. 조금 어이없긴 했지만, 그래도 다음

159

에 또 쓸 일이 있겠지 하고 분한 마음을 삭혔던 기억이 난다.

가까스로 만들어낸 영어성적까지 대학에 보내고 나니 이제 비자 신청과 출국 준비만이 남았다. 캠프힐 봉사에 가기 위해 비자 신청을 한번 해본 경험이 있던지라 서류 준비는 크게 어렵지 않았다. 당시 코로나 때문에 비자 센터가 오래 문을 닫았다 다시 열었는데, 혹시 발급 업무가 갑자기 또 중단될까 하는 걱정이 있었다. 하지만 감사하게도 큰 문제 없이 순탄하게 진행됐다. '이제 한국을 뜰 날이 얼마 남지 않았구나'하는 헛헛한 마음에 친구들을 만나 작별 인사를 하고, 영국에선 못 먹을 음식들을 고민해서 골라먹기도 했다. 또 영국에 가져갈 물건들도 야금야금 주문해 모아놨다. 질 좋은 면 티, 양말, 화장품, 그리고 외국인 친구들에게 줄 선물들도 준비했다. 엄마는 집된장과 볶음김치, 김, 다시 멸치와 다시마 등을 정성스럽게 포장해 주셨다. 짐이 너무 많아져서 김치를 좀 덜 가져가면 안되냐고 물어봤다가 다 가져가지 않으면 비행기 못 탈 줄 알라는 엄마의 협박에 결국 다 챙겨가게 됐다. 결론적으로 유학 생활 내내 너무 잘 먹었다. 아무튼 나의 게으른 천성은 어쩔 수가 없는지 출국 전날까지 짐을 싸지 않아서 마지막 날 밤새 짐을 쌌다.

3. 유학 시작

영국으로 떠나던 9월 28일, 코로나19 때문에 공항은 한산했고 덕분에 짐을 부치고 수속을 밟는 모든 과정이 일사천리로 진행됐다. 배웅 나와준 아빠와 밝게 작별 인사를 하고 출국장에 들어와 여유롭게 한국에서의 마지막 아이스 아메리카노를 마셨다. 유럽 여행을 갈 때는 항상 경유 비행기만 타왔는데 처음으로 런던까지 직항 비행기를 탔다. 비행기에서 비빔밥을 먹으며 12시간 만에 런던에 도착했다. 피곤하지도 않고 너무 짜릿했다. 옛 기억속 어마무시하게 북적였던 히스로 공항은 반폐업한 것처럼 너무나 조용했다. 런던에서 브리스톨까지는 학교에서 제공하는 셔틀을 타고 이동했다. 밤늦게 도착한지라 기숙사에 바로 가지 못하고 시내에 있는 호텔에서 잠을 자고 이튿날 아침 기숙사에 입소할 수 있었다. 기숙사까지도 학교에서 보내준 택시를 타고 이동할 수 있었다.

내 인생 첫 기숙사, 브리스톨대학교의 우드랜드 코트는 대학원생 전용 기숙사로, 학교 캠퍼스와 가장 가깝고 조용하고 치안이 좋은 클리프턴에 위치해있다. 기숙사 모든 방이 방 안에 화장실이 딸려있는 타입이고, 4~7명의 룸메이트와 주방을 공유한다. 나는 총 6명이 함께 사는 플랫에 배정됐고 5명의 룸메이트 모두 중국인이었다. 우드랜드 코트 자체가 유럽이나 영국에서 온 학생보다 그 외나라에서 온 국제 학생들이 많이 사는 기숙사인듯했는데, 중국 학생이 전체 학생의 절반 이상을 차지했던 것 같다. 룸메이트들과 사이가 나쁘면 고생을 한다던데 다행히도 룸메이트들과의 관계는 좋은 편이었다. 주기적으로 저녁을 함께 먹었는데, 덕분에 맛있는 훠궈와 중국 요리를 많이 먹어볼 수 있었다. 다 같이 돈을 모아 훠궈용 전기팬을 구매해서 먹을 만큼 먹을 것에 대해 본격적이고, 적극적인 친구들이었다. 특히 그 부분에서 나와 잘 맞았던 것 같다.

영국 정부에서 코로나 확산을 막기 위해 2차, 3차 봉쇄령을 내린 덕분에 나는 이듬해 4월이 되어서야 음식점에서 외식을 할 수

161

있었다. 그래서 유학 생활 동안 강제로 요리 실력을 성장시킬 수 있었다. 가장 좋아했던 단골 메뉴는 월남쌈, 떡볶이, 마라탕이었다. 아시안 식료품점에는 없는 한국 식재료가 없었다. 룸메이트들과 음식을 함께 만들어 먹기도 하고, 카레를 잔뜩 끓여놓고 며칠 내내 우려먹기도 했다. 평소에 요리하는 것을 좋아했기 때문에 큰 불편함은 없었지만 그래도 봉쇄령이 풀린 뒤 처음 식당에서 먹은 햄버거가 정말 꿀맛이었던 기억이 난다. 쌉쌀한 생맥주와 갓 튀겨나온 감자튀김을 먹으며 '역시 식당에서 남이 해준 밥이 제일 맛있구나' 싶었다. 확실히 외식 비용이 많이 비싸서 '코로나 덕분에 생활비를 많이 아꼈구나'하는 생각도 들었다.

봉쇄령 때문에 유학생으로 영국에 머물며 누리지 못한 것들은 외식 말고도 너무 많다. 내가 좋아하는 박물관이나 갤러리가 모두 문을 닫았기 때문에 항상 닫혀있는 대문을 아쉬움에 가득찬 눈으로 쳐다보며 지나갈 수 밖에 없었다. 지역 간 이동이 금지됐기 때문에 다른 유럽 나라 여행은 고사하고 런던이나 근처 도시로 짧은 여행조차 가지 못했다. 스코틀랜드에 있는 캠프힐 커뮤니티에도 방문하고 싶었지만 결국 갈 수 없었다. 오랜 기간동안 음식점과 식료품점, 약국 등 필수 사업장을 뺀 나머지는 문을 닫아야 했기 때문에 시티 센터에 나가 돌아다니는 소소한 주말 나들이도 딱히 즐길 수 없었다.

코로나 때문에 겪었던 가장 큰 제한은 역시 비대면 수업이었다. 학교 캠퍼스 안에 있는 강의실에서 수업을 받은 것이 유학 생활 총 통틀어 딱 한 번이었다. 장애학 전공 석사 과정 동기가 나 포함 6명이었는데, 영국인 3명 중에 1명만 브리스톨에 살고 있었고, 나머지 국제 학생 2명 중 1명만 브리스톨에서 지내고 있었다. 결론적으로 1년의 유학 생활 중에 실제로 얼굴을 맞대고 대화를 나누고 시간을 보낸 동기는 6명 중 중국인 학생 1명뿐이었다. 같은 공부를 하고 있는 동기들을 만나지 못한다는 것은 생각보다 큰 어려움이었다. 수업을 듣고 느낀 점, 궁금한 점, 관련된 각자의 경험 같은 자잘한 이야기들을 줌(Zoom)에서 하기엔 무리가 있었다. 수업을 마무리하며 교수님이 항상 그런 자잘한 말들을 할 기회를 주었지만, 나서서 하고 싶은 말을 하기엔 내 '아시안'다운 성격과 부족한 영어 실력이 발목을 잡았다. 사실 비대면 수업이 집중이 너무 안 돼서 수업이 끝나고 함께 나눌만한 이야기들이 떠오르지 않기도 했다. 동기들끼리 일주일에 한 번 장애학 관련 논문이나 책을 읽고 같이 이야기 하는 비대면 리딩 모임을 하기도 했다. 하지만 참여도가 저조하기도 했고 비대면이다 보니 꼭 읽어가야 한다는 책임감이 떨어져 나 또한 열성적으로 참여하지 못했다.

수업의 질을 이야기한다면, 역시 아쉬움이 많다. 석사 과정이 1년 안에 마무리되기 때문에 전공 수업이 매우 빠르고 간단하게 진행됐다. 총 3학기 중 1학기와 2학기에 전공 수업을 듣는데, 한 학기에 세 과목씩 수강 신청을 했다. 전공마다 커리큘럼이나 수업 방식, 수업 시간이 많이 차이가 나는 것 같았다. 내 전공의 경우 한 과목씩 3주 동안, 일주일 중 하루에 온종일 수업을 하는 방식으로 진행됐다. 수업의 내용도 구체적이지 않았다. 내 전공인 장애학은 사회 정책 및 법 학부에 속한 세부 전공이었다. 그래서 많은 전공 수업을 사회정책, 사회복지, 사회연구, 건강 및 웰빙 등을 전공하는 학생들과 함께 들었다. 사회연구의 철학과 디자인, 양적, 질적 방법론 같은 공통 수업을 듣고, 포괄적 연구 방법론, 장애 아동 수업과 같은 내 세부 전공에 맞춰진 수업을 들었다. 연구 방법론은 한국에서 사회복지 석사 공부를 하며 이미 들었던 수업들이었기에 영어로 된 학문 용어를 모르는 것 빼고는 어렵지 않게 공부할 수 있었다. 석사를 한번 하고 오길 참 잘했다는 생각도 들었다. 또 동시에 장애학에만 초점을 맞춘 수업이 더 있었으면 좋았겠다 하는 아쉬움이 많이 들었다.

기말 과제를 영어로 쓰는 일도 정말 고통스러웠다. 솔직하게 말하면 구글 번역기의 도움을 받지 않은 과제가 하나도 없다. 내 과제를 구글이 대신 해줬다고 말해야 할 것 같다. '그래도 한 과목을 끝내면 영어 실력이 한 단계 성장하지 않을까?'하며 스스로 기대를 했지만 6개의 과제를 모두 끝낸 지금 내 영어는 그대로인 것 같다. 오히려 기숙사 안에서 사귄 친구들과 떠들고 노느라 듣기, 말하기 실력이 는 것은 분명하게 느껴졌다. 나름 틀린 영어 문법을 수정해주는 어플도 사용해보고, 구글 번역기와 네이버 파파고 번역기로 교차 해석까지 해보며 '읽을 수 있는' 글을 썼다고 생각했는데, 내가 받은 성적들은 처참했다. 함께 받은 피드백에는 항상 문법이 매끄럽지 못하다고 지적하고 있었다. 한국에 계신 지도 교수님이 영어는 평생의 숙제가 될 것이라고 해주셨던 말이 떠올랐다.

이 글을 쓰고 있는 지금의 나는 3학기를 보내며 졸업 논문을 쓰고 있다. 3학기에도 지도 교수와 대면으로 만날 수 없다기에 기숙사 계약을 종료하고 4월 말에 한국에 돌아왔다. 줌으로 2번 만나 본 지도 교수님과 메일을 주고받으며 연구윤리위원회에 제출해야 할 신청서를 수정하고 있는 중이다. 교수님과 얼굴을 보기로 약속을 하고 논문을 준비했다면 일을 미루다가도 교수님 볼 낯이 없어 막바지에라도 코피 터지게 열심히 해갈 텐데 지금은 내 게으름에 모든 것이 잠식된 기분이다. '코로나가 이렇게 무섭구나' 싶다.

공부와 먹고 자는 생활 말고 나눌 수 있는 영국 생활 이야기는 역시 날씨 이야기일 것 같다. 9월 말 처음 영국에 도착했을 때 날씨에 대한 내 감상은 '생각보다 괜찮구나!'였다. 비는 자주 왔지만 날이 맑을 때의 햇빛은 따뜻했으며 하늘은 푸르고 예뻤다. 하루에도 몇 번씩 비가 오다 그치다 반복하는 변덕도 뭐 큰 문제는 아니었다. 하지만 연말에 가까워지면서 해도 함께 사라져버렸다. 오후 4시가 되면 해가 떨어져 캄캄했다. 당시 게으른 생활 습관 때문에 오후 12시~1시쯤에 일어나곤 했는데 밥을 먹으면 금세 해가 사라져있었다. 비가 오는 날도 훨씬 잦아지고 한국의 살을 에는 추위와는 뭔가 다른, 축축하고 으슬으슬한 추위가 찾아왔다. 아무리 안전한 지역에 살더라도 해가 지고 나면 치안이 좋지 않기 때문에 외출을 자제했는데, 자연스럽게 하루종일 기숙사 방에 처박혀 있는 생활이 이어졌다. 과제는 잘 풀리지 않고, 갈 곳도, 만날 사람도 없고, 매일 어두컴컴하고 축축한 바깥세상까지. 그래서 겨울 동안 많이 우울하고, 의욕 없이 지낸 듯하다. 종종 수백 개의 공들이 내 몸속에서 마구 튕기며 돌아다니는 느낌이 들기도 했다. 난생처음 느끼는 증세가 무서워서 기숙사에 있는 정신건강센터에 상담을 신청해 받기도 했다. 줌으로 만난 상담사는 내 이야기에 대해 '너의 상황이 충분히 힘들만 하다'라는 뻔한 리액션을 해줬다. 매일 산책을 하고, 한국에 있는 가족들에게 너의 상황을 이야기하라는 등의 해결 방법을 제시해줬다. 너무 뻔하고 당연한 상담이었지만 뻔한 말을 듣는 것만으로도 위로가 되었다.

이런 우울함은 아주 웃기게도 3월쯤이 되어 날씨가 좋아지기 시작하자 자연스럽게 사라졌다. 우울함을 좀 벗어보려 매일 오전에 나와 한 시간 동안 동네를 산책했다. 날씨가 좋은 날 길을 걷는 것만으로도 기분이 좋아지고 내 마음에 행복이 뿜어져 나오는 게 느껴졌다. 지금 돌아보면 겨울에도 강제로 아침 일찍 일어나 꽁꽁 싸매 입고 산책을 나갔어야 했나 싶다. 그래도 이제 내가 날씨를 얼마나 잘 타는 사람인지 알았고, 우울함을 해소하는 데 전문가들이 자꾸 산책을 하라는 게 진짜 효과적인 해결 방법이라는 것을 알게 됐으니 일정 소득은 있다고 생각한다.

날씨가 좋아지고 4월부터 봉쇄 규제가 차츰 완화되면서 놀러 다니기도 했다. 브리스톨과 멀지 않은 솔즈베리에 가서 세계 7대 불가사의인 스톤헨지도 구경하고, 기차를 타고 근교 바다에 놀러 가 근사한 레스토랑에서 식사도 했다. 기숙사 안에서 친해진 친구들과 차를 렌트 해 여행을 떠나기도 했다. 영영 여행 한번 못해보고 한국으로 돌아가나 싶었는데 그래도 바다도 보고 친절한 남쪽 지방 사람들도 만나 대화도 해보고 술도 양껏 마셔봐서 모두 즐거웠다.

4. 에필로그(마무리)

코로나 때문에 너무나 예외적인 생활을 했고, 석사 과정 중간에 한국에 돌아왔기 때문에 영국에서의 체류 기간이 너무 짧다. 영국에 대한 로망이나, 낭만은 진작부터 없었기 때문에 영국 사람을 많이 사귀지 못하고, 영국 문화를 많이 경험하지 못했다는 것에 대한 아쉬움은 크지 않다. 하지만 공부를 하러 멀리까지 갔기에, 그 목적을 충실히 달성하지 못한 것이 많이 아쉽다. 교수님과 동기들의 얼굴을 보며 수업을 듣지 못한 것, 말을 많이 하지 못한 것, 강제로 공부를 열심히 할 명목이 많이 줄어든 것 등 말이다. 코로나가 없었다면 나는 어떻게 성장할 수 있었을지 궁금하다. 수많은 아쉬움이 있지만, 그럼에도 영국에서 공부를 한 경험이 미래의 나에게 어떤 영향을 줄지, 또 어떤 기억으로 남을지 궁금하긴 하다.

박희양 박사

[학력]
·서울대학교 영어교육 학사
·고려대학교 북미지역학 석사
·영국 University of Warwick 영어교육 석사
·영국 University of Warwick 응용언어·영어교육 박사

[경력]
·이퓨처 연구개발팀장
·BR뇌교육 영어 교재개발·교사교육 팀장
·교육청 초중등 영어교사 직무연수
·Cambridge ESOL YLE Oral Examiner & TKT Practical 심사위원
·현재 서울대학교 교육종합연구원 객원연구원, 한양여자대학교 항공과 강사

[저·역서]
·Speed Phonics (Pearson Korea)
·어휘충전소

박희양

나이 마흔, 엄마 유학생

1. 마흔, 영국 유학을 가다

2013년, 마흔이라는 다소 늦은 나이에 감행한 나의 유학 생활은 영국 코번트리에 위치한 신흥 명문 워릭대학교 응용언어학부 영어교육학 석사에서 시작됐다. 공부에 손을 놓은 지 15년이나 되는 시점에서 만 5세가 된 어린 딸 아이의 손을 잡고 유학을 위해 비행기에 몸을 싣는다는 것은 내게 막연하고 두려운 도전이었다. 연수나 출장, 여행이 아닌 해외 장기 체류도 내게는 처음이었고 영국도 난생 처음이었다. 2013년, 그렇게 우리는 기러기 가족이 되었다. 내 이름보다 '지후맘'으로 더 자주 불렸던 나는 당시 우리 학부에서 좀처럼 찾기 힘들었던 국제 엄마 학생으로서의 정체성과 'Heeyang Park'이라는 내 이름을 다시 찾으며 유학의 기나긴 여정을 시작했다.

서울대학교 사범대학 영어교육과를 졸업한 나는 서울 모 고등학교 영어 교사로 영어교육자의 첫 발걸음을 시작했다. 2003년에 우연히 파닉스를 접하게 되면서 아동 영어 교육으로 방향을 정했고, 석사 유학을 떠나기 전 10여 년간 현장에서 활동했다. 학생 지도는 물론 교육청 영어 교사 직무 연수와 내/외국인 교사 교육, 학부모 컨설팅과 강연, 교재 저술과 편집 등과 같이 교사, 교사 교육 전문가, 컨설턴트, 저자, 편집인의 다양한 역할을 수행하며 파닉스 전문가로서 입지를 다졌다. 그러던 중 파닉스를 둘러싼 질문들이 쌓이면서 공부에 대한 필요성을 절감했고 국내 대학원 입학을 알아보기 시작했다. 그러나 공교육 교사 자격이 없는 어린 자녀를 둔 엄마가 15년의 공부 공백을 극복하면서 석사 과정을 시도하는 것은 지원부터 녹록치 않았다. 몇 달간의 시도는 절망감만 남겼고 나는 '이 나이에 공부는 무슨 공부'라며 스스로 공부에 대한 희망을 포기하고 있었다.

그러던 중 영국에서 공부하셨고 나와 같은 영어교육을 전공하신 가까운 지인께서 워릭대학교의 안나마리아 핀터 교수님을 추천해 주시며 그분의 책을 읽어보라고 조언해 주셨다. 옥스포드 출판사의 책 'Teaching Young Language Learners'를 보면서 가장 인상적이었던 점은 우리나라 학생들에 대한 언급이 꽤 있었다는 것이었다. 이것이 내게 상당히 이례적으로 받아들여진 이유는, 당시 영국을 포함한 유럽권 학자들이 저술한 책에는 유럽권 학습자가 주를 이뤘고 아시아권은 중국 학습자가 대부분이었기 때문이다. 우리나라 학습자에 대한 실례가 자주 등장한 핀터 교수님의 책을 읽으면서 공부에 대한 의지에 다시 불이 당겨졌다. 또, 우리나라에 대해 관심이 있고 조금이나마 알고 계시는 분이 지도 교수가 된다면 얼마나 좋을까 하는 기대마저 생겼다. 나는 워릭대학교 홈페이지에 들어가서 교수님의 이메일을 찾았고 용기를 내 핀터 교수님께 이메일을 보냈다. 내 이력서를 첨부하면서 파닉스 전문가로서 한국 초등학교 현장에서 광범위한 경험을 쌓은 후에 다시 공부하려는 의지를 냈다는 점을 강조했다. 놀랍게도 답장은 바로 다음날 도착했다. 빨리 만나고 싶다는 메시지와 함께.

나는 다시 의지를 냈고 무서운 추진력으로 입학 신청 절차를 시작했다. 1997년 토익 시험에서 990점 만점을 취득하고 '더 이상 내 인생에 영어 시험은 없을 것이다'하며 마음을 놓고 살았던 나는 영국 유학을 위해서 아이엘츠라는 낯선 시험을 준비해야 했다. 어디서부터 어떻게 시작해야 할지 몰라서 우선 강남에 있는 학원에 등록을 했고 필사적으로 공부했다. 운이 좋게도 한 달 만에 7.5라는 성적이 나왔다. 2013년 4월, 나는 석사 입학 신청이 받아들여졌다는 연락을 받았다.

워릭대학교 투어

2. 아이 키우기가 안전한 곳

어린 자녀를 데리고 가서 키우면서 공부해야 하는 엄마 학생으로서 주변 환경이 아이를 키우기에 얼마나 안전한지가 학교 선택의 중요한 요소였다. 런던, 캠브리지, 옥스포드, 맨체스터, 브리스톨, 리즈, 에든버러 등 수많은 명문대가 있지만 나는 조용하면서 공기가 깨끗하고 안전한 곳을 선호했다. 내 인생의 대부분을 대도시에서 보냈지만 나는 원래 번화한 곳보다 사람 없고 조용한 곳, 특히 자연이 가까이 있는 곳을 좋아한다. 서울의 내 거주지도 주변이 관악산으로 둘러싸여 있기에 간혹 나를 방문하는 친구들은 '서울에 이런 곳이 있어?'하면서 많이 놀란다. 이런 성향의 내가 엄마 유학생이 되니 더더욱 고요하고 평온한 곳을 찾을 수밖에 없었고, 이런 면에서 워릭대학교는 더할 나위 없이 좋은 주변 환경 속에 위치했다. 안나마리아 교수님을 추천했던 지인도 워릭대학교는 안전하고 조용하기 때문에 다른 도시보다 내게 적격이라며 추천해 주셨다.

워릭대학교가 역사가 50여 년밖에 되지 않은 신흥 명문이라는 것은 캠퍼스는 물론 기숙사도 몇백 년이 된 다른 학교에 비해서 시설이 좋다는 뜻이다. 홈페이지를 살펴본 결과, 가족 기숙사는 우리나라의 방 두 개가 있는 아파트와 같은 구조로서 깨끗하고 관리가 잘 돼 있었다. 가족 기숙사의 수량도 꽤 많았고 주변이 온통 자연이었다. 끝없이 펼쳐진 푸른 잔디와 조각나지 않는 하늘, 넓은 호수와 유유자적 돌아다니는 거위와 토끼들. 사진만 보더라도 신선한 공기와 평온한 일상이 그대로 전달이 돼 숨통이 탁 트이고 마음이 푸근했다. 가족 기숙사와 캠퍼스 간의 거리 또한 걸어서 15분 남짓한 가까운 위치여서 마음이 놓였다. 보통의 영국 대학교가 도시 여기저기에 단과대학이 흩어져 있는 것과 달리, 워릭대학교는 한국에서 흔히 볼 수 있는 캠퍼스 개념이었기 때문에 이동에 걸리는 시간이 다른 학교에 비해서 상대적으로 짧았다. 이 모든 것이 아이를 돌보고 등하교를 시키면서 수업을 듣고 도서관에서 공부해야 하는 내게는 상당히 유리한 환경임에 틀림없었다. 입학이 확정된 나는 가족 기숙사 신청 기간에 헤론뱅크 아파트라는 곳에 신청했고 방이 두 개인 가족 기숙사에서의 1년 거주가 결정됐다.

헤론뱅크 기숙사

만 5세가 된 내 아이는 영국 교육에 따라 초등학교에 입학해야 했다. 영국이 처음인 나는 아이를 입학시키는 것도 내가 입학하는 것만큼 신경이 많이 쓰였다. 영국은 집 주소가 특히 중요하다. 우편번호가 어떻게 되느냐에 따라서 갈 수 있는 학교, 병원 등이 모두 결정됐다. 우리나라와 마찬가지로 집 주소 근방에 갈 수 있는 학교가 정해져 있는데 그것을 캐치먼트라고 불렀다. 거기에서 내가 3순위까지 학교를 정할 수가 있는데, 자리가 없으면 자리가 날 때까지 무작정 기다려야 하는 다소 막연한 시스템이었다. 도대체 어떤 학교가 괜찮은지 전혀 알지 못하는 상황에서 내가 기댈 수 있는 곳은 지도 교수님밖에 없었다. 다행히도 지도 교수님께서 자신의 아들이 나왔던 캐넌 파크 초등학교를 추천해 주셨고, 워릭대학교 부모 학생들의 자녀들이 거의 이 학교를 다닌다고 전해 주셨다. 학교 입학 신청이 한국에서 온라인으로 되는 것이 아니었기에 일단은 영국에 도착해야 했다.

워릭대학교 석사 학기는 9월 말에 시작했지만 아이의 초등학교 입학 신청과 대기를 위해서 우리 가족은 9월 초에 영국으로 출발했다. 친정어머니께서 내가 적응할 때까지 도와주시겠다고 그 먼 곳을 함께 가주셨다. 그렇게 나의 긴장되는 유학 생활이 시작됐다.

3. 전폭적인 배려와 지지

석사 1년은 정말로 힘들고 고되고 정신이 없었다. 항상 시간에 쫓겼고 매시간 해야 할 과제들에 허덕였고 끝없이 밀려오는 발표 준비와 에세이 작성, 세미나 참석 등으로 힘들다는 말을 입에 달고 다녔다. 친정어머니께서 계셨던 3개월은 기본적인 살림과 아이의 케어에 대한 부담이 없었지만, 12월의 크리스마스 단기 방학 이후에 귀국을 하신 이후로 모든 것이 오롯이 내 책임이 됐다. 나는 감당할 수 없는 책임들에 혼자서 울기도 많이 울었다. 매번 벼랑끝에 혼자 서 있는 느낌으로 눈을 떠 천금 같은 부담감을 안고 강의실에 들어갔다. 수업이 끝나고 다른 학생들이 다양한 예체능 활동을 하고 여유로운 커피 한 잔을 즐길 때, 나는 마트에서 장을 보고 아이를 픽업했으며 집에 돌아와 저녁을 준비하고 청소, 빨래, 설거지를 한 후에 아이 숙제를 봐주고 나만의 시간을 가져야 했다. 아이가 잠에 들면 벌써 시간은 밤 9시가 훌쩍 넘어 있었다. 나는 책상에 망연자실하게 앉아서 그 다음날 수업을 위해 읽어야 할 리딩 과제들과 마감이 다가오는 에세이 서너 개의 압박 속에서, '나는 이 과정을 제대로 끝낼 수 있을까'하며 수십 번 수백 번 자문하고 좌절했다. 지금도 그때를 생각하면 숨이 가빠오고 머리가 지끈거린다. 정말로 힘들고 치열하고 바쁘고 지쳤었나 보다.

그럼에도 불구하고 나를 지켜줬던 것은 지도 교수님을 비롯한 우리 학과 교수님들과 직원들이 내게 보여준 전폭적인 지지와 응원, 배려와 이해가 아니었나 싶다. 아이 등교를 시켜야 하기에 오전 9시에 시작하는 수업과 오후 3시 이후에 끝나는 수업은 제대로 참석이 어려웠다. 다행히 중요한 필수 과목 수업들은 그 시간을 피해 있었기에 문제가 없었지만 분반이나 그룹 상담은 시간이 제각각이었다. 그때마다 교수님들은 '희양은 아이를 케어해야 하기 때문에 희양이 편안한 시간으로 선택해야 한다'라며 내게 우선적인 선택권을 주셨다. 가령 학번상으로는 목요일 4시 이후가 되어야 하는 그룹 상담을 금요일 오전 11시 시간으로 변경해 주셨다. 분위기가 조금 자유로운 소규모 세미나의 경우 심지어 아이를 데리고 오라고 배려해 주신 교수님도 계셨다. 내가 어색해하며 어리둥절한 일곱 살 아이를 데리고 조심스럽게 강의실에 들어갔을 때, 교수님께서 내게 옅은 미소를 보이시면서 강의실 한편을 가리키셨다. 거기 놓인 색연필과 종이, 각종 만들기 재료들과 얇은 영어 동화책 몇 권을 보고 뭉클한 감동을 받은 적이 한두 번이 아니다.

또한 행정적인 업무 처리를 위해 아이를 데리고 사무실을 방문할 때도 아이가 호기심을 가지고 이것저것 질문하거나 만질 때에도 모두 환하게 웃으며 대답을 해 주시고 심지어 선물도 주셨다. 석사 졸업 사진을 찍는 날에도 아이를 데리고 오라고 먼저 제안을 해주시면서 "네가 바로 우리 학부의 최연소 학생이로구나!"라며 농담을 건네주곤 했다. 머나먼 타국에서 공부하는 것은 분명 고되고 힘들고 외로웠지만 이런 전폭적인 지원과 배려를 받으면서 공부할 수 있었던 것은 분명 복되고 큰 행운이었다.

4. 영국 여행과 뮤지컬

하늘 한 번 제대로 올려다볼 겨를이 없었다고 말할 정도로 허덕이며 하루를 버텨야 하는 엄마 유학생으로서 일곱 살 밖에 되지 않은 어린아이를 데리고 다니는 여행 계획을 세울 한가한 여유가 없었다. 굳이 이유를 대자면 첫째, 내가 원래 여행을 그리 즐기지 않는다. 둘째, 주말에는 나도 쉬어야 한다. 셋째, 운전, 예매, 예약,

관광지 검색 등 뭐 하나 익숙한 거라고는 하나도 없는 곳에서 모든 것을 혼자 준비하고 실행해야 하는 것이 체력적으로나 정신적으로 스트레스이다. 넷째, 충전해야 하는 여행이 아이를 뒤치다꺼리 해야 하는 엄청난 노동으로 변하는 것이 다반사이다. 다섯째, 주말 또는 휴일 바로 다음 날은 여지없이 에세이 마감이거나 리딩 과제가 어마어마하게 많이 있었기 때문이다. 그럼에도 불구하고 영국까지 왔는데 이 좋은 기회를 그냥 흘려버리기에는 너무 아까웠기 때문에 여행이 항상 큰 숙제처럼 가슴 한편을 무겁게 짓누르고 있었다.

이런 점에서 워릭대학교에서 국제 학생들을 위해 준비하는 토요일 당일치기 여행 프로그램은 내게 큰 위안이자 감사한 기회였다. 학생뿐만 아니라 가족들에게도 해당되는 이 여행은 토요일 아침 일찍 출발한다. 2~3시간 정도 코치를 타고 영국 유명 관광지에 오전에 도착하면 자유 여행 형식으로 오후 5시 정도까지 알아서 돌아다닌다. 다시 돌아오면 밤 9시 정도에 다시 워릭대학교에 도착하는 일정으로 진행됐다. 하지만 이것도 버스 여행을 힘들어하는 어린아이 때문에 자주 하지는 못했다. 그래도 덕분에 가까운 런던을 비롯하여 브리스톨, 체스터, 옥스포드, 블랙풀 등의 관광지를 둘러볼 수 있었다. 특이한 것은 여행지의 하나로 할인된 가격에 명품 쇼핑을 할 수 있는 쇼핑의 메카인 비스터 빌리지가 있었다. 원래 인기가 많던 여행 프로그램인데 특히 비스터 빌리지를 가는 12월 프로그램은 일찌감치 마감이 되는 것으로 유명했다. 나는 쇼핑은 전혀 관심이 없는 이상한(?) 사람이었지만 그런 나도 단순한 호기심 반, 그리고 3개월 동안 나를 도와주시고 곧 귀국을 하시는 친정어머니를 위해서 비스터 빌리지에 갔던 기억이 난다. 조금만 붐벼도 정신을 못 차리는 나였기에 그 어느 때보다 피곤한 여행이었지만 항상 조용한 코번트리에서 간만에 북적이는 곳에 가니 신기하기도 했고, 내가 좋아하는 몇 안 되는 브랜드들 중에 하나인 캐스 키드슨 제품을 싸게 여러 개를 살 수 있었던 것에 나름대로 신이 났던 여행이었다.

학교에서 마련해준 여행을 몇 번 하고 나서 나는 조금씩 영국 여행에 자신감과 흥미를 가지기 시작했고, 아이를 위한 맞춤형 여행을 위해 기차를 1시간만 타고 다녀올 수 있는 런던으로 나들이를 시작했다. 거의 모든 박물관과 미술관이 공짜라니 얼마나 좋은 기회인가! 나와 아이의 체력을 생각해서 1박 2일로 일정을 잡고 런던 도서관 맞은편에 위치한 프리미어인 호텔을 예약했다. 가격이나 위치, 편의성 면에서 우리에게 그만한 곳은 없었다. 유스턴역에 내려서 한 손은 아이 손을 잡고, 다른 한 손은 여행용 가방을 끌며 한 정거장을 걸어가면 우리의 숙소가 나타났다. 숙소에 짐을 풀고 간단히 쉰 다음 하루에 하나 또는 두 군데만 계획을 정해 놓고 나들이를 시작했다. 처음에는 대영 박물관, 자연사 박물관, 트라팔가 광장과 내셔널 갤러리, 빅벤과 런던 아이, 켄싱턴 궁전 등 책과 TV에서 많이 보았던 관광지 위주로 돌아다녔다. 하지만 결국 우리 아이가 좋아해서 몇 번이고 다시 찾았던 곳은 켄싱턴 가든스의 놀이터, 하이드 공원의 서펀트 호수, 큐 식물원의 야외, 빅토리아 앤 알버트 박물관의 중앙 광장 등 그저 마구 뛰어다니며 놀 수 있는 곳이었다.

런던 여행에서 아이와 내가 둘 다 최고의 만족도를 가졌던 것은 바로 리세움 극장에서 본 뮤지컬 '라이온 킹'이었다. 아이는 한국에 있을 때 애니메이션으로 봤고, 홍콩 디즈니랜드 갔을 때 무척 짧은 버전의 뮤지컬을 본 덕에 줄거리 정도는 대략 알고 있었다. 그러나 아직 영어에 서툰 일곱 살 아이가 3시간 넘게 진행되는 뮤지컬을 제자리에 앉아서 끝까지 집중해서 볼 거라는 기대는 크게 하지 않았다. 더욱이 표를 구하지 못해 저녁 7시에 시작해서 밤 10시가 넘어서야 끝나는 회차에 봤던 터라, 솔직히 나는 아이가 중간에 잠에 들 것이라는 생각까지 미리 해뒀다. 그런데 이런 나의 예상은 놀랍게도 완전히 빗나갔다. 아이는 내가 그때까지 본 최고의 집중력으로 두 눈을 반짝이며 눈 앞에 펼쳐진 놀라운 환상의 세계에 빠져들었고 커튼콜 당시 가장 열정적으로 박수를 친 어린 청중 중에 하나였다. 그렇게 라이온 킹과 사랑에 빠진 아이는 내 석사 기간 1년 동안 총 세 번이나 같은 뮤지컬을 봤다. 가격적인 면에서 부담이 될 수밖에 없었던 영국 웨스트 엔드 본고장 오리지널 뮤지컬을 다양하게 보고 싶었던 엄마의 바람에 아랑곳하지 않고 아이는 줄기차게 라이온 킹을 요구했다. 아동 영어교육 전공이라 아동의 마음을 너무나도 잘 아는 나는 그녀의 마음을 받아줬다. 그 덕분에 아이는 뮤지컬이라는 장르에 홀딱 빠지게 되면서 라이온 킹 이외에도 '빌리 엘리어트', '위키드', '맘마미아', '마틸다'와 같은 대작뿐만 아니라 워릭대학교 아트 센터에서 수시로 이뤄지는 소규모 뮤지컬과 연극도 무척 즐거워하며 봤던 것 같다.

공부에 허덕일 수박에 없었던 나의 석사 1년이었지만 예술과 문화, 역사가 넘치는 영국에 거주하면서 국제 학생을 배려하는 워릭 대학교의 다양한 프로그램 덕분에 나도 내 아이도 문화적인 자양분을 원 없이 받았던 시간이었다.

내셔널 트러스트 여행

5. 아이 교육

영국 초등학교 공교육에 대한 지식이 전무했던 나로서는 학교에서 시키는 것을 따라가기에도 벅찼다. 내가 살았던 기숙사에서 관찰을 해본 결과 국적과 상관없이 남편이 공부를 하러 오면 아내들이 따라와서 살림과 자녀 양육을 맡았다. 아내가 공부를 하러 온 가족은 나를 포함해서 딱 두 가족밖에 없었기에 일단 우리는 소수 중에서도 극소수에 해당했다. 재미있는 것은 나도 러시아에서 온 그녀도 자녀를 데리고 왔는데 남편은 자국에 남아 있었다. 남편이 유학을 온 경우에는 아내들이 본국의 일을 그만두거나 휴직을 해서라도 따라오는데, 그 반대의 경우는 흔하지 않았다.

공부와 육아, 아이 교육을 동시에 책임져야 했던 나는 자연스럽게 아이의 교육에 대해서 별도로 대단한 것을 할 시간도 체력도 되지 않았다. 사실 맨 처음엔 등하교를 내가 직접 해줘야 하는 것조차도 버거웠다. 한국에서는 유치원 차가 등하교를 안전하게 책임지는 데 반해, 영국에서는 저학년의 경우 직접 부모 또는 법정대리인이 학교까지 데리고 가야하고 하교 때에도 학교에 정식으로 등록이 된 특정인만이 아이를 데리고 갈 수 있었다. 그 규칙을 어찌나 엄격하고 깐깐하게 지키는지 모른다. 가끔 아이가 학교에서 곧바로 친구 집에 놀러가기 위해 친구 엄마가 나 대신 아이를 데려갈 때에는 내가 등교를 시킬 때 학교 사무실에 가서 정해진 양식에 따라 서류를 작성해야 했다.

그러나 사람은 적응의 동물이라고 그것도 조금씩 적응이 됐고 확실하게 관리하는 영국 교육 시스템이 부럽기까지 했다. 공부의 선행이라는 것 자체가 없는 시스템이었기 때문에 학생들이 학교 공부에서 최선을 다하도록 하는 분위기도 마음에 들었고, 선생님들이 스스로의 직업에 대해서 가지는 자부심과 어떻게든 아이들이 배움의 즐거움을 가질 수 있도록 최선을 다해서 일하는 것에 대해서도 믿음이 갔다. 단순 주입식 교육이 아니라 오감을 통해서 직접 체험하게 하고, 교과서가 없기에 프로젝트식 수업으로 다채로운 과제를 수행할 수 있도록 교수 학습 자료를 준비하는 것도 마음에 들었다. 독서를 장려하고 글쓰기를 중요하게 생각하는 교과과정을 보면서 '역시 셰익스피어의 나라구나' 싶기도 했다. 특히 내가 제일 좋아했던 것은 학교의 환경이었다. 나지막한 건물에 어마어마한 크기로 펼쳐진 잔디 운동장, 그리고 온 사방이 자연으로 둘러싸인 아이의 초등학교는 자동차 소리보다 새소리가 더욱 가깝게 들렸고 시멘트보다 흙을 밟는 시간이 더 많았다. 수업 시간에는 협업하는 법을 배우고 정당한 방법을 통해 건전한 경쟁하는 것과 같이 하우스 시스템을 통해서 아이를 키우는 시스템도 무척 마음에 들었다. 규율을 강조하지만 자유가 있고, 교과서가 없지만 배움이 넘쳐나는 영국 공교육에 나는 전혀 걱정하거나 불안한 마음 없이 어린 자녀를 백퍼센트 믿음을 갖고 맡길 수 있었다.

영어라곤 하나도 모르던 아이를 데리고 처음 학교를 방문해 아이를 두고 교실에서 나와야 하는 시간이 되었을 때 내 소매를 잡고 놓지 않던 아이가 지금도 생생하게 떠오른다. 불안과 공포에 아이의 눈이 떨리고 눈물이 맺히는데, 선생님은 계속해서 괜찮을 거라며 내가 나가주기를 바라지만 아이는 잡고 있는 소매를 놓을 마음이 없었다. 나 역시 그런 아이의 모습은 처음이기에 어쩔 줄을 몰라 하고 있을 때, 선생님께서 어떤 아이의 이름을 부르는데 놀랍게도 한국 아이였다. 그제서야 나는 그 반에 한국에서 온 이란성 쌍둥이가 있다는 것을 알게 됐다. 한국어로 말을 걸어오는 아이를 돌아보며 아이의 손에 힘이 빠져나가는 것은 느낄 수 있었다. 당황해하던 아이는 한국말을 할 줄 아는 친구를 보며 놀라운 속도로 안정을 찾는 것이 눈에 보였고 나는 큰 안도감을 느끼며 교실을 나올 수 있었다. 나중에 안 사실이지만 아이가 다녔던 학교에는 주재원 또는 유학생 자녀인 한국 아이가 세 명 이미 다니고 있었다. 그날 이후 이들 한국 가족은 내게 없어서는 안 될 든든한 지원군이자 친구, 동료가 되어 줬다.

방과 후나 주말에 아이는 다양한 스포츠 활동을 즐겼다. 워릭대학교 스포츠 센터에서는 테니스를 1년간 배웠고, 시내에 위치한 아이스링크에서는 피겨 스케이팅을, 기숙사에서 10분 남짓한 거리에 있는 엑셀 스포츠 센터에서는 수영을 배웠다. 토요일 오전에는 한글 학교에 다녔고 일요일 오전에는 버밍엄 한인 성당 공동체에서 주관하는 미사에 2주에 한 번씩 참여했다. 2013년 당시만 해도 한인 수가 그리 많지 않은 코번트리였지만 우리 한글 학교는 무척 활발하게 진행되고 있었다. 아이 학교에서 알게 된 엄마의 소개로 다닌 한글 학교 덕분에 아이는 한국 친구들을 사귀면서 낯선 타국에서 마음을 붙일 수 있었다. 나 역시 토요일 4시간을 공부에 오롯이 집중할 수 있었다. 일요일에 다녔던 한인 성당 공동체는 기숙사에서 차로 40분 정도 가야 하는 솔리헐에 위치한 골롬반 수도

원을 빌려 미사를 보면서 커뮤니티를 유지해 오고 있었다. 이 소중한 공간이 존재함에 감사하며 잠시나마 마음과 영혼을 안식을 찾고 맛있는 한국 음식을 함께 나누며 즐거운 시간을 가지는 것은 내게 아주 소중한 힐링의 시간임에 틀림없었다.

윤선경 교수

[학력]

·영국 Queen Mary, University of London 영문학 석사

·영국 University of Warwick 번역학 박사

[경력]

·현재 한국외국어대학교 영어통번역학부 부교수

[저·역서]

·번역의 성찰

·번역

윤선경

서른 살의 선택

2004년 서른, 내가 미지의 세계로 유학을 떠났던 그 시절엔 그 선택이 내 인생을 완전히 뒤바꿔 놓을 것이라고는 조금도 예상하지 못했다. 두려움과 불안함으로 가득한 어두운 이십대의 터널을 막 지나, 어쩔 수 없이 당도한 서른 살은 너무나 당혹스럽고 감당하기에 버거운 나이였다. 돌이켜보면, 학위를 받기 위해 영국으로 떠난 유학은 사실 서른 살의 참을 수 없는 무거움에서 벗어나기 위한 도피처였고, 이유도 모르고 힘들기만 했던 나의 우울한 청춘에 대한 보상 또는 선물이었던 것 같다. 그러나 더 중요한 것은 그 선택이 지금 내 인생의 기둥이 되는 자유, 우정, 자연, 페미니즘의 소중함을 깨닫게 했고, 나의 꿈을 열어준 모험의 첫 단추였다는 것이다. 나는 여기서 그 '서른 살의 선택'을 말하고자 한다.

1. 낯선 영국에서 우정을 알다

2003년 한국외국어대학교에서 영문학으로 석사 학위를 받은 나는 선택의 기로에 서 있었다. 시집을 가느냐, 유학을 가느냐! 그러나 다행히 나의 발목을 잡아 줄 남자친구는 없었으므로(당시는 매우 애석하게 생각했지만!) 사실상 유학 밖에 없었고, 선택을 해야 했다면 '영국이냐 미국이냐'였다. 대다수 학생들이 미국으로 유학을 갔지만, 나는 미국 유학을 준비했으면서도 결국 영국을 선택했다. 아니 영국이 나를 선택했나? 영국유학박람회에 갔다가 어느 유학 에이전시 방명록에 우연히 이름을 남겼던 것이 인연이 되어 영국 유학을 떠나게 된 것이다. 그 에이전시를 통해 지원이 일사천리로 진행되었고 퀸메리런던대학교 영문과에서 제안을 받았다. 아마도 이미 석사 학위가 있었기 때문에 쉽게 제안을 받았던 것 같고, 영문과 학생들은 종종 한국과 외국에서 석사 학위를 하나씩 받았기 때문에 나는 그 제안을 선뜻 받아들였다. 그런데 그 학교는 알고 보니 책에서 볼 수 있는 영문학 석학들이 포진해있는 명성 있는 대학이었다. 생각해 보면 영국은 미국보다 훨씬 더 나의 감수성에 맞았고, 미국이 아닌 영국으로 유학을 간 것이 큰 행운이었다. 영국은 나에게 한국에서 받지 못한 사랑을 주었고, 한국에서 받은 많은 상처를 치유해줬다. 석사 유학 시절 중간에 한 번도 한국에 돌아오지 않을 만큼 나는 한국이 싫었고 그만큼 나의 고국이 아닌, 내가 선택한 제2의 나라 영국이 좋았다. 나는 공부를 마치고도 그곳에 영원히 정착해 살고 싶었다. 어느덧 한국에 돌아온 지 십 년이 다 돼가지만, 나는 언제나 영국이 그립다.

그러나 처음부터 영국이 좋았던 것은 아니다. 어학연수 경험도 없고, 해외여행이라곤 중국밖에 가 본 적 없는 순수 국내파인 내가 낯선 영국을 마냥 좋아할 수 있었겠는가. 당장 영국에 도착하는 일부터 걱정이었다. 국제 미아가 될 것 같아 '영국사랑'이라는 카페를 들락날락하며 질문하고 이미 영국 유학을 하고 있거나 갔다 온 친구, 선배들에게도 연락해서 필요한 것들을 준비해 나갔다. 그래도 '혼자' 떠나는 것은 너무 두려운 일이므로 잠을 이루지 못했고, 온갖 민폐를 끼쳐 가며 간신히 영국에 도착했다. 여행하자며 선배 언니를 졸라 같이 비행기를 탔고, 영국에 도착했을 때 친구를 마중 나오게 했고, 패닉한 나머지 친구들과 파리로 여행을 잡아 놓은 것도 취소해서 유로스타 기차표를 날려 버렸다. 나는 언어도, 지리도, 사람들도 낯선 영국에서 생존의 위협을 느꼈다. 한국에 있을 때보다 훨씬 더 주눅 들었다. 더군다나 당시 환율이 1파운드에 2300원까지 치솟았기 때문에 안 그래도 물가가 비싼 영국에서 환율의 폭등은 나를 더 움츠러들게 했고, 비싼 학비를 내주시는 부모님에 대한 죄책감은 더 커졌다. 한 번은 어쩔 수 없이 하게 된 여행에서 식당에 갔고 나는 제일 싼 3파운드짜리 음식을 시켜 먹었다. 그런데 각자 계산이 아니라 총액을 세 명으로 나눠 계산을 하게 되어, 결국 난 8파운드의 돈을 지불하게 된 것이다. 숙소에 돌아왔을 때, 나는 너무 서럽고 억울해 울었다. 지금 생각해 보면 참 웃음밖에 나오지 않는 그런 추억이지만, 여행을 마치고 간신히 기숙사를 찾아 들어갔을 땐 영원히 방 밖으로 나오고 싶지 않았다. 나는 나의 선택을 후회했다. 나 여기에 왜 온 거니?

다행히 기숙사에서 만난 친구들은 친절했고 다정했다. 태국, 중국, 대만에서 온 친구들과 은행에 가서 계좌를 개설하고, 슈퍼에 가고, 음식도 함께 만들어 먹었다. 주말엔 런던 시내에 나가 공원도 가고 쇼핑도 함께 하면서 안정을 찾아갔다. 친구들은 내가 기숙사에서 런던 시내로 방을 얻어 나갈 때에도 함께했다. 살 집을 함께 찾고 이삿짐을 날라 주기도 했다. 내가 아플 땐 다가와 손을 내밀어 줬고, 외로울 때 함께 있어줬기에 나는 친구들과 함께 그 낯선 땅에서 살아남았다. 우정은 생존에 필수적이라는 것을 난생처음으로 깨달았다. 한국에 있었을 땐, 주로 가족이나 친척이 나의 안전과 생존을 보장해줬지만, 가족들이 없는 영국에선 친구들이 나의 생존을 가능하게 했던 것이다. 친구들은 나에게 가족이었다. 비록 처음엔 영어가 서툴러 서로 의사소통하는 것이 힘들었지만, 외국에서 함께 고생하면서 동병상련으로 우리는 서로를 더 이해하게되었다. 만약 친구들이 없었다면 나의 유학 생활은 어땠을까? 어쩌면 중도에 학업을 포기했을 수도 있다. 지금의 나도 없었을 것이다. 사랑지상주의자였던 나는 우정이 인생에서 얼마나 소중한지, 나의 인생을 얼마나 풍요롭게, 행복하게 하는지 처음으로 깨닫게되었다. 서열이 존재하지 않는 평등한 인간관계, 나를 믿어주고 존중하고 지켜주는 친구는 때로는 경계가 쉽게 무너져 서로를 다치게 하는 가족, 연인보다 날 행복하게 했다. 그러나 우정은 모든 관계에서 가능하다. 가족이 친구가 될 수 있고 동료도 친구가 될 수있으며 이웃도 친구가 될 수 있다. 우정지상주의자가 된 나에게 우정의 소중함을 처음으로 알게 해 준 그 친구들에게 진심으로 감사한 마음이다. 코로나 팬데믹 상황에서 그 친구들은 잘 있는지 한번 연락해 봐야겠다.

2. 새로운 '언어'를 통해 새로운 '나'를 찾다

유학생에게 가장 힘든 것은 언어의 문제일 것이다. 나도 역시 그랬다. 히스로 공항에 막 떨어지자마자, 새로운 언어로 나를 표현하고 상대의 말을 알아듣는 것은 곤혹스러운 일이었다. 영어로 쓰인 글은 쉽게 이해할 수 있었지만, 발화되는 순간 사라지는 듣기는 이해하기 힘들었다. 특히 영어로 진행되는 대학원 수업에서 더욱 그러했다. 내가 공부한 '영문학'은 영국 사람들의 '국문학'이었으므로, 그들만의 감수성이 녹아 있는 문학에 대해 토론하는 것은 힘들었다. 한국에서 이미 석사 학위를 받았고, 유학 전 전공 원서를 많이 읽은 덕분에 수업에서 읽어야 하는 것에는 큰 어려움이 없었다. 하지만 영어로 듣고 말하고 토론하는 것은 별개의 문제였다. 수업 시간에 알아듣지 못한 적도 많았고 그럴 땐 알아듣는 척하기도 했다. 성격상 낯을 많이 가리는 것을 감안한다고 해도, 참 당황스럽고 굴욕적인 순간들이었다. 한 번은 수업 이후 과 학생들과 카페에서 만났는데, 한 마디도 들리지 않았고 한 마디도 말할 수 없는 것이었다. 그러한 감정들은 수업 전과 수업이 있는 당일에 심했다. 매주 수요일 수업마다 스트레스가 정점을 찍었고, 한 번은 그 스트레스를 풀기 위해 초콜릿을 너무 많이 먹다가 배탈이 나기도 했다.

그러나 언어의 문제는 나에게 불편과 곤혹스러움만을 준 것은 아니다. 나의 정체성을 확장하고 바꾸는 데 중요한 수단이 되었다. 돌이켜 보면 한국에서 난 불행했고 우울하며 주눅 들어 살았기에 영국 유학은 나를 바꿀 수 있는 최고의 기회였다. 나는 새로운 세상을 만난 것이다. 언어와 정체성은 서로 연결되어 있다. 특히 언어와 문학을 전공하는 나는 언어에 매우 예민하여 새로운 언어를 배우면 새로운 내가 될 수 있을 것 같았다. 언제부턴가 친구들, TV, 사전을 통해 새로운 언어를 즐겁게 적극적으로 공부하기 시작했다. 한국에서 배운 잘못된 영어 표현들을 다시 배우고, 내 머릿속의 한국어 단어를 영어로 표현하기 위해 매일 매일 번역하는 번역가가 되었다. 사전은 내가 가장 아끼는 친구가 되었고, 서점에 가면 언제나 사전 코너에 가서 몇 시간이고 자리를 떠나지 않았다. 노트북을 열면 제일 먼저 영어사전이 나를 반겼다. 새로운 표현을 배우면 새로운 내가 되어가는 것 같았다. 새로움은 나에게 두려움과 스트레스를 줬지만, 모든 것이 낯선 영국에서 나는 새로움을 거부할 수가 없었으므로 오히려 새로움을 내 삶의 일부로써 적극적으로 받아들이기 시작했다. 아이처럼 새로운 언어를 배우며 새로운 세상을 받아들이고 새로운 나를 만들어나갔다. 나의 한국어 자아는 희미해져 가고, 영어 자아, 아니 지금 생각해 보면 한국어 자아와 영어 자아가 함께 존재하는 '번역'된 하이브리드 자아가 생성되고 있었다. 나는 한국인도 영국인도 아닌 그 '사이' 어딘가에 존재하는 '새로운' 내가 좋다.

영어로 글을 쓰는 것은 특히 힘들면서도 재밌었다. 국내파로서 영어 문법은 누구보다 잘 알고 있어 문법에 맞는 글을 쓰는 것은 가능했지만, 외국에 살아본 경험이 없어 자연스러운 영어 표현을 쓰는 것은 또 다른 문제였다. 다행히 학교에 외국인을 위해 영어로 글을 쓰는 것을 도와주는 글쓰기 센터가 있었고 거기서 한 영국인 작가 선생님을 만나면서 영어 글쓰기를 본격적으로 배우기 시작했다. 매주 글을 써가면 선생님이 첨삭해 주셨고, 나는 왜 틀렸는지를 이해하며 영어 글쓰기 실력을 키워나갔다. 어떤 외국인 학생들은 처음엔 모국어로 썼다가 영어로 번역하기도 하지만, 나는 처음부터 영어로 글을 썼다. 바늘로 한 땀 한 땀 바느질을 하듯이, 캄캄한 동굴에서 더듬더듬 그림을 그리듯이, 인형 눈을 하나씩 하나씩 붙이듯이, 천천히 긴 호흡으로 정성을 다하여 글을 써나갔다. 사전을 찾으면서 단어 하나를 쓰는데도 많은 시간이 걸렸지만 시간이 아깝다는 생각을 하지 않았다. 그 느린 과정이 즐겁기만 했다. 그러면서 영어와 한국어 글쓰기가 서로 다르다는 것을 알게 됐다. 영어 글쓰기는 논리적이고 반복을 싫어하며 드라이한 표현을 좋아하지만, 한국어는 정황적이고 분명하지 않은 표현이 많으며 반복을 어느 정도 허용하고 감정이 드러나는 표현들이 많았다. 나는 종종 영작 선생님에게서 반복과 구체적이지 않은 묘사들에 대해 지적받았다. 드디어 논문을 쓰는 학기가 시작됐다. 정신분석학자이자 페미니스트로 유명하고, 종종 TV에도 등장하는 자클린 로즈가 나의 석사 지도 교수가 된 것은 엄청난 행운이었다. 그녀는 수업에서도, 지도를 해 줄 때도, 너무나 멋있는 교수였고 지금까지도 나의 롤모델이다. 섹시하고 아름다우면서도 카리스마가 있으며 명석한 두뇌의 소유자였다. 런던 지하철 테러로 시끄럽던 2005년 여름, 나는 그녀의 지도를 받으며 칼 마르크스가 책 '자본론'을 집필했던 유서 깊은 대영도서관에서 나의 작은 논문을 완성했다.

3. 자연을 여행하고 자유를 만나다

영국엔 언어 이외에도 나의 정체성에 영향을 줄 수 있는 것들이 많았다. 특히 영국의 자연은 날씨에 예민한 나에게 중요한 역할을 했다. 웅장하고 거대한 규모의 자연이 아닌 아기자기하고 예쁜 자연이라 할 수 있는데, 한국과는 다른 방식으로 아름다웠다. 영국의 수도인 런던은 분명 대도시이지만 많은 공원이 있고, 대부분의 집은 아파트가 아닌 정원이 있는 주택이어서 회색 빌딩과 아파트가 가득 들어찬 서울보다 훨씬 더 푸르렀다. 나는 거기서 처음으로 여우도 보고 고슴도치도 보았다. 새를 즐겨 보는 취미가 생겼고 새가 지저귀는 소리는 노래처럼 즐거웠다. 영국의 시골은 정말 동화 속의 그림처럼 아름답고 푸르고 또 푸르렀다. 한국에선 산책을 많이 하지 않았지만, 영국에서 산책의 매력을 알게 되었고 매일매일 혼자 또는 친구와 함께 산책하였다. 봄엔 시인 윌리엄 워즈워스가 칭송해 마지않던 노란 수선화가 곳곳에 피어나고, 데이지가 들판을 하얀 눈밭으로 만들었다. 여름은 영국에서 가장 아름답고 싱그러운 계절이었고 무덥거나 모기가 극성을 부리지 않았다. 왜 셰익스피어가 소네트 18번에서 사랑하는 사람을 여름에 비유했는지 알 수 있었다. 비가 많이 오는 것으로 유명한 영국에서, 여름은 비가 거의 오지 않으며 서머타임으로 밤 9시까지도 환해서 저녁 이후의 시간을 여유롭게 보낼 수 있었다. 겨울에도 잔디는 푸르고 푸르기에 잔디밭을 걷는 것은 즐거운 일이었다. 영국의 자연을 느끼며 거닐었던 이 모든 추억이 아주 오랫동안 내 마음에, 내 몸에 기억될 것이다.

영국 생활에 어느 정도 적응이 됐을 때, 나는 혼자서 카메라를 들고 런던 시내로 나가 공원에도 가고 서점에도 가는 여유가 생겼다. 맛있는 과일, 간식을 사들고 리젠츠 공원으로 가서 누워있고 책 읽고 하는 시간은 정말 행복했다. 혼자서 때로는 친구들과 템스 강을 따라 정처 없이 걷다가 피곤하면 벤치에 앉아 쉬고, 지루하면 거리에 진열돼있는 중고 도서들을 들춰보고, 테이트 모던 미술관을 들러 걷는 것은 소소한 일상의 기쁨이었다. 또한 혼자 레스토랑에서 파스타도 시켜 먹으며 그 시간을 음미했다. 한국에선 혼자 밥을 먹느니 차라리 굶겠다고 생각했고, 혼자서는 아무것도 하지 못했다. 나는 혼자일 때, 우울했고 무력했고 초라하게 느껴졌기 때문에 이러한 변화는 놀라웠다. 일과 후 혼자서 파스타를 만들어 와인을 마시는 여유를 갖게 되고, 나다움을 찾아가기 시작했다. 주눅 들고 소심하고 겁 많던 나는 가족에게서, 한국 사회에서 멀리 떨어지자 안전함과 자유로움을 느꼈다. 한국에선 언제나 쫓겼고 나에게 소소한 일상은 존재하지 않았으며 오직 해야 할 일과 의무밖에 없었던 것 같았다. 나는 영국에서 여유를 알게 된 것이다.

여유는 자신감으로 이어졌고, 나는 처음으로 여행에 도전했다. 앞서 말했듯이, 한국에 살 때 새로움에 극도로 불안감과 스트레스를 느껴서 여행은 나의 인생과 동떨어져 있었다. 다람쥐가 쳇바퀴를 돌듯이 집, 학교, 과외 집만 다니던 나였고, 설사 가게 되더라도 친구 손에 억지로 끌려가는 여행이었다. 그런 내가 친구나 선배를 만나러 파리, 헝가리, 이탈리아 등으로 기꺼이 여행을 가기 시작한 것이다. 여러 나라의 새로움에 매료되고 그곳의 사람들과 만나 즐거운 시간을 보냈다. 이렇게 여행의 즐거움을 알자, 나는 난생처음 혼자 하는 여행을 가기로 결심했다. 석사 논문을 제출하고 한껏 여유가 생긴 나는 당일치기로 가까운 도시로 여행을 떠났는데, 런던에서 남쪽으로 조금만 내려가면 나오는 해안 도시 브라이튼이었다. 자유분방하고 예술적이며 동성애자들이 많은 그 도시를 혼자 돌아다니며 여러 건축물과 아기자기한 가게들을 신기한 눈으로 바라보았다. 혼자 커피도 마시고 바다도 바라봤다. 거기서 난 자유를 만난 것이다.

　이러한 자유는 여성으로서의 자유와도 연결되었다. 나는 오랫동안 가부장적인 한국 사회에서 여성으로서 차별받고 안전에 위협을 느꼈지만, 그것이 존재한다는 사실조차 몰랐다. 학교에서 영어 글쓰기를 가르쳐 주시는 영국인 선생님의 집에 방문했다가 선생님이 설거지를 하시는 모습을 보고 문화 충격을 받았다. 나는 한국에서 60대의 남자가 부엌에서 요리를 하거나 설거지를 하는 모습을 한 번도 본 적이 없기 때문이다. 가부장적인 집안에서 아빠도 남동생도 부엌에서 일을 하지 않았다(요즘은 두 분 다 집안일을 하시지만!). 한 번은 수업 시간에 영국인 여자애가 겨울인데도 어깨가 훤히 드러나는 옷을 입은 것을 보고 '문란한 아이겠구나'하고 가부장적인 시선으로 바라봤다. 그런데 그 애가 케임브리지대학교 영어영문학과를 나왔다는 것이다. 그 사실을 알고 나는 망연자실했다. 한국에선 저런 옷차림을 하는 아이는 분명 성적으로 문란하고, 문란한 아이는 공부도 못한다고 생각하는 편견이 있기 때문이다. 이외에도 그 애는 나와 밥 먹을 때면 낮술을 마시기도 하고 옛 무덤이 있는 교회에 날 데려가 구경을 시켜줬는데, 지금 생각해 보니 나를 페미니즘과 자유로 이끌었다. 나는 남들의 시선에 신경 쓰지 않고 미니스커트를 입고 거리를 활보했다. 이러한 경험들이 모여 젠더 문제에 눈을 뜨기 시작했고, 여성을 억압하는 가부장제에 비판의식을 갖게 됐다. 나는 현재 페미니즘 번역을 연구하고 가르치며, 나의 나라 한국에서 남자든 여자든 서열 없이 함께 서로 존중하고 살아가는 평등한 사회를 만들어 나가는 데 힘을 보태고 싶다.

4. 선택하고 성장하다

영국에서 찾아온 우연 중 내 인생을 가장 많이 바꿔 놓은 것은 바로 은희경의 소설 '새의 선물'을 번역한 것이라 할 수 있다. 그 책을 통해 나는 현재 전공하고 있는 문학 번역을 알게 된 것이다. 수업을 듣는 두 학기가 지나고 논문을 써야 하는 마지막 학기에 나는 논문은 안 쓰고 아르바이트 일을 급하게 찾기 시작했다. 그런데 어떤 링크를 따라가다 대산문화재단의 한국 문학 번역 지원 웹사이트에 온 게 아닌가. 부리나케 지원을 준비했고, 운 좋게도 공동 번역자와 내가 영어로 번역한 '새의 선물' 영어 번역이 선정됐다. 그 일에 너무나 몰두한 나머지 석사 지도 교수로부터 '너 논문 안 쓰니'라는 독촉을 받을 정도였다. 퀸메리런던대학교를 졸업한 이후, 박사 학위를 밟는 것이 엄두가 안 났고, 부모님께 또 학비 지원을 부탁할 수도 없어서 나는 영국에 남아 번역을 하며 나의 자유로운 시간을 최대한 연장하고자 했다. 그러나 번역과의 인연은 훗날 박사 학위로 이어지고 영문학에서 번역학으로 전공을 바꾸는 계기가 됐다. 석사를 마친 지 2년이 지나, 번역학의 석학인 수잔 바스넷의 지도 학생이 돼 워릭대학교에서 번역학 박사 과정을 밟게 된 것이다. 그리고 나는 현재 한국외국어대학교에서 문학 번역을 가르치고 있다. 한국에서 보기 드문 전공인 '문학 번역'은 나의 운명이며, 내가 만약 영국 유학을 선택하지 않았다면 그 운명을 만나지 못했을 것이다. 지금의 나는 존재하지 않을 것이다. 그렇다고 해서 나는 영국을 유토피아로 미화하고 싶지는 않다. 그 나라도 많은 문제가 있고 일례로 인종차별을 당하기도 했다. 다만 영국에 첫발을 내디디면서 힘든 일도 많았지만, 많은 기회와 인연을 만났다는 점을 이 글을 통해 보여 주고 싶었다. 우정, 페미니즘, 자유, 여유, 나다움을 알게 된 것이다. 그사이 나는 분명 성장했고, 날새롭게 태어나게 한 그 서른 살의 선택에 감사하다.

이태영 교수

[학력]

·홍익대학교 건축학과 학사

·영국 Architectural Association School of Architecture, Diploma, ARB/RIBA
Part2

·영국 University of Westminster, Postgraduate Diploma, ARB/RIBA Part3

[경력]

·Tonkinliu Architects, London

·Amanda Levete Architects, London

·P.A.C, Singapore

·S.O.S, Seoul

·현재 국립인천대학교 도시건축학부 조교수, 영국건축사, 영국왕립건축가협회 정회원,
법무부, LH, 경기도시공사, 과천도시공사, 시흥도시공사 기술자문위원

이태영

세계 최고의 건축학교가 있는 영국으로

1. 프롤로그

처음 영국행 비행기에 오른 게 2006년 9월이었으니 벌써 10년
도 훨씬 지난 얘기다. 졸업 후 유학보다 실무 경력을 먼저 쌓기로
했던 당초 계획을 갑자기 변경한 탓에 졸업한 지 반년이나 지난
애매한 시기에 한국을 떠나게 됐다. 유학을 선택하는 이유는 다양
하겠지만 내 전공인 건축 설계 분야에서는 건축가로 성공하려면
유학이 필수인 것처럼 여겨지던 시절이 있었다. 80년대 중후반부
터 경제 성장과 해외여행 자유화 등으로 유학이 활성화되는 분위
기였고, 90년대 중후반부터 그분들이 귀국해 건축가 또는 교수로
서 국내 건축계에 도드라진 활동을 보이기 시작했다. 내가 학부에
재학 중이던 당시 전임 교수님 대부분과 현업에 계신 강사님들이
유학파 출신이었다. 그분들의 경험담을 전해 들으며 세계적인 유명
건축가들을 배출한 몇몇 학교들에 대해서는 동경의 감정이 들기도
했다. 좋은 학교에서 공부를 더 하겠다는 이유 외에도 유학을 통한

경험의 확장이 좋은 건축가로 성장하는 밑거름이 될 것이라 믿었기 때문에 막연했던 유학의 꿈을 실천에 옮길 수 있었다.

2. 유학 준비하기

많은 사람이 유학을 계획하고 있다면 먼저 타임라인을 짜는 것이 중요하다고 말한다. 내가 경험한 영국 건축 유학을 기준으로 설명하자면, 입학 지원 시기인 12월 말에서 1월 초를 타임라인의 기준으로 잡고 지원에 필요한 것들을 차곡차곡 준비하도록 역으로 계획하면 되겠다. 대학에 따라 요구 사항에 차이가 있겠으나 공통적으로 작품 포트폴리오, 영어성적, 추천서, 자기소개서, 졸업(학적) 및 성적 증명서가 지원을 위한 제출물이 될 것이다. 이 가운데 포트폴리오와 영어성적은 가장 중요하면서도 단기간에 준비하기 어려우므로 타임라인의 가장 앞단에 두는 것이 중요하다. 이상적으로는 방학마다 이전 학기의 설계 결과물이 완결된 형태가 되도록 꾸준히 정리하는 습관을 지니면 좋겠지만 학부 저학년의 경우 디자인 툴 활용 능력 등 여러 면에서 어려움을 느낄 것이다. 늦어도 졸업 학년이 시작되기 전 겨울 방학에 최종적인 포트폴리오 레이아웃을 계획하면서 그전까지의 작품들을 보완하고 정리하자. 그렇게 하는 것만으로도 훨씬 수월하게 본격적인 유학 준비 과정을 거칠 수 있을 것이다. 언어 능력이 뛰어난 사람이 아니라면 영어성적 또한 단기간에 준비하기에 어려운 부분이지만 타임라인 상 포트폴리오보다 뒤에 두는 것이 좋다. 원하는 대학으로부터 입학 허가를 받지 못해서 다시 도전하는 일이 생기는 경우 대개 2년 정도의 유예 기간으로 영어성적을 다시 활용할 수 있기 때문이다. 물론 학교마다 차이가 있을 수 있으니 미리 확인하자. 그 후에 추천서, 자기소개서 등은 상대적으로 짧은 기간에 준비할 수 있는데, 주목받을 수 있는 내용이 되도록 하는 것이 중요하다. 세부적으로 어떻게 준비해야 할지는 워낙에 많은 정보를 접할 수 있을 테니 생략한다. 나머지 각종 증명서의 경우, 졸업이야 하게 될 것이고 성적은 유학을 계획하고 있는 사람이라면 꾸준히 관리하고 있었을 테니 굳이 어떤 조언이 필요하지는 않겠다. 이 정도가 대략적인 유학 준비가 될 텐데 나의 경우 달라도 너무 다른 과정을 거쳤다.

2006년 9월, 정확히는 9월 4일로 기억하는데 그때 나는 어떤 대학으로부터의 입학 허가도 없이 영국행 비행기에 올랐다. 앞에 서술된 타임라인대로면 그해 2월 중순에 학부를 졸업했으니, 지원 절차가 순조로웠다면 9월 말 입학을 위해 대략 두세 달 전에 비행기를 탔어야 했다. 하지만 당시 나는 런던의 한 어학원에서 소개해 준 홈스테이 가정집의 주소만 손에 쥐고 포트폴리오도 영어성적도 없이 늦어도 한참 늦은 유학길에 올랐다. 보통의 경우와 달리 입학 허가도 없이 현지 사설 어학원에서 영어 공부를 하며 대학원 지원 준비를 결심했을 때 부모님께서는 당연하게도 걱정하시며 반대하셨다. 하지만 그때나 지금이나 여전한 고집스러운 성격으로 두 분을 설득해 허락을 받을 수 있었다. 어떤 배짱이나 믿음이 있었는지는 몰라도 부모님을 설득해 일을 벌여놨으니 원하는 대학에 꼭 입학 허가를 받아야겠다는 절실함으로 비행기에 올랐다.

3. 영국 정착기 - 어학연수 기간

그런 긴장감을 안고 9월 초에 런던에 도착했다. 12월 말부터 입학 지원 시즌이었기 때문에 적응을 핑계로 여유 부릴 틈이 없었다. 한국을 떠나기 전 지원 절차에 필요한 각종 서류와 추천서 등은 미리 준비하였고, 지원 예정 학교인 AA스쿨과 바틀렛건축대학의 중간쯤에 있는 사설 어학원을 다니며 영어 공부와 포트폴리오 준비를 시작했다. 처음 4주간은 어학원에서 연결해준 런던 외곽 5구역에 있던 가정집에서 홈스테이를 했는데 중심가인 1구역에 위치한 어학원까지는 너무 먼 거리여서 그 후 런던 북쪽의 2구역 끝자락에 있는 킬번으로 이사했다. 처음에는 킬번이라는 이름만큼 무섭고 낯설었는데 지어질 당시와 그대로인 나무틀에 홑겹 유리로 된 창과 벽돌조 외관의 오래된 집들이 모여 나름의 독특한 풍경을 볼 수 있는 곳이었다. 한때는 아일랜드 사람들이 많이 살았다는데 언제부턴가 다양한 인종과 문화가 어우러진 곳으로 변한 곳이기도 했다. 런던의 집값, 교통비를 포함한 일반적인 물가는 1구역에 가까울수록 높은데, 당시 2000원을 넘나드는 높은 환율과 한정된 생활비로 감당할 수 있는 집들은 대개 런던 중심과는 거리가 멀었다. 아주 외곽으로 가지 않는 이상 런던 중심 근처 대부분의 주거 형태는 하나의 집을 여러 사람이 공유하는 방식이 일반적이었다. 거실, 주방, 화장실 등을 공유하고 자신만의 공간은 작은 방 하나가 전부인데 보통 90~100만원을 월세로 부담해야 했다. 워낙에 비싼 월세를 내고 나면 항상 생활비가 빠듯할 수밖에 없었다. 우리나라의 천원샵 같은 파운드샵을 적극 이용하고 종종 점심 도시락을 챙겨가기도 했다. 알뜰히 생활할 수밖에 없었던 그때를 회상하면 그 또한 즐거운 추억거리이자 그마저도 마땅히 감사할 경험이었다. 이처럼 비싼 물가로 소문난 런던에서 추억의 첫 자취 집(방으로 사용하는 거실과 두 개의 방, 작은 주방과 화장실)에서 두 명의 직장인(영국인, 독일인)과 함께 살았다. 내 방은 가장 작은 싱글룸이었는데, 고시원보다 조금 큰 정도로 책상에 앉아 의자를 뒤로 빼면 프레임도 없는 싱글 매트리스에 닿을 정도였다. 게다가 오래된 집이라 단열이 제대로 될 리가 없었고 겨울이면 나무 프레임의 홑겹 유리창과 페인트마저 벗겨진 벽을 통해 외부의 냉기가 계속 흘러들어와 집안에서도 두꺼운 옷을 입어야만 했다. 처음 맞는 영국의 음습한 겨울에 적응하는 것은 그나마 옷을 더 걸치면 되었지만, 어느 날 밤부터 주방과 방안의 작은 쓰레기통 주변에서 바스락거리는 소리가 들리기 시작했다. 소리의 주인공이 비스킷, 면 등의 부식을 갉아 먹고 여러 번 흔적을 남기더니 어느 날부터 대범하게 모습을 드러내기도 했다. 그때부터 새로운 집을 찾기 시작했고 다행스럽게도 훨씬 깨끗하고 아늑한 집으로 금방 이사할 수 있었다. 유학기를 꺼낼 때마다 빠지지 않는 에피소드 중 하나이다.

런던 킬번의 거리 풍경과 내 자취 방

4. 입학 준비 과정

낯선 환경에 적응하고 입학 준비도 하면서 지원 예정이던 학교들(AA스쿨, 바틀렛건축대학)에 자주 들렀다. 때때로 오픈된 강의를 수강할 수 있었고, 재학 중인 학생들의 작품을 감상할 기회도 있었다. 오기 전 걱정했던 것과 달리 현지에서 입학을 준비하는 '선경험, 후지원' 방식은 나름 괜찮은 결정이었다. 같은 건축 전공이라도 학교마다 뚜렷하게 다른 교육 방향과 분위기가 있는데 직접 보지 않고는 그러한 차이점을 읽어내기가 어렵기 때문이다. 낮에는 어학원에서 영어 공부를, 저녁에는 포트폴리오를 준비하는 일상을 반복하니 어느덧 지원 시기가 다가왔다. 나의 경우 운이 좋게도 지원한 세 학교(최종적으로 네덜란드의 델프트대학교에도 지원했었다) 모두에서 입학 허가를 받았는데 현지에서 직접 학교의 분위기, 프로그램의 특성을 파악하고 학교 관계자뿐만 아니라 재학생들로부터 얻은 정보들 덕분에 나에게 가장 적합한 학교를 선택할 수 있었다.

사실 전부터 가장 선호했던 AA스쿨로부터의 입학 허가는 의외였다. 1차 서류 심사를 통과하고 2차 면접 때 얼마나 긴장을 했던지, 준비한 발표도 매끄럽지 못했고 면접관의 질문에도 만족스럽게 답하지 못했다. 인터뷰를 마치고 학교 정문 앞에 있던 벤치에 앉아 허탈감에 울컥했던 그때의 기억이 지금도 생생하다. 그런데 앞서 얘기했듯이 결과는 뜻밖이었다. 게다가 한국에서 학사를 마친 경우 대개 2학년 또는 3학년으로 입학을 허가하는데 4학년으로 제안을 받는 예상 밖의 결과를 얻었다(영국의 건축학 교육과정은 한국과 다른데 크게 3학년까지를 학사 과정, 4학년과 5학년이 대학원 과정과 동등하다고 보면 된다. 뒤에 추가 설명을 좀 더 자세히 하겠다). 최종 면접 당시를 다시 회상해보면 내가 면접관에게 인상적이었을 만한 이유가 두어 가지 정도 있었던 것 같다. 하나는 다른 보통의 해외 지원자들과 달리, 미리 런던에 와서 영어를 공부하고 오픈 강의를 들으며 현지 생활과 공부를 위해 준비된 모습을 보인 점이다. 게다가 지원을 앞두고 여러 차례 학교를 방문해 이런저런 질문을 많이 했던 탓에 면접관과 동석했던 학교 사무실 담당자는 '아, 너구나!' 하며 나를 알아보기도 했다. 그리고 어수선했던 발표와 달리 먼 이국땅에서 온 나의 엉뚱하면서 당돌한 질문과 건축에 대한 진지한 고민이 자연스럽게 녹아든 진솔한 대화가 면접관에게 인상적으로 남았던 것 같다. 입학 허가를 받은 다른 두 학교 사이에서 잠시 고민 후 최종적으로 AA스쿨을 선택했다. 한국을 떠나기 전부터 여러 면에서 1순위로 생각했던 곳인데 현지에서 직접 보고 듣고 느끼고 나니 더욱 확신이 들었다. 다만, 한 가지 해결해야 할 문제가 있었다. 4학년으로 입학하기 위해서는 조건이 있었는데, 개강 전까지 건축사등록위원회로부터 개인적으로 심사를 받고 영국 왕립 건축가 협회 ARB/RIBA 파트1를 취득해야만 했다. 만약 그게 힘들다면 파트1 마지막 학년인 3학년으로 입학하고, 이어서 파트2 과정인 4, 5학년에 진학할 것을 권유받았다. 그해 개강 전까지 개인적으로 준비해서 파트1를 취득하기에는 부족한 시간이어서 다음 해 4학년 진학을 목표로 입학 유예를 결정하였다. 그렇게 우선 한국으로 귀국하였다가 우여곡절 끝에 결국 다음 해 3학년으로 입학하였다.

5. 유닛 인터뷰

2008년 9월 말, 일주일간의 오리엔테이션을 마치고 유닛 인터뷰로 AA스쿨에서의 본격적인 유학 생활이 시작됐다. AA스쿨은 설립 초기부터 독특한 교육 시스템을 운영했는데, 지금은 다른 여러 대학에도 도입된 유닛 시스템이 대표적이다. 유닛은 건축설계를 위해 특화된 교육 시스템이다. 대부분의 우리나라 건축학과에서는 학년별 동일 주제로 설계 스튜디오를 공동 운영하는 것과 달리, 각 유닛은 담당 교수의 성향과 관심에 따라 다양한 주제를 갖고 독립적으로 운영된다. AA스쿨에는 파트1에 해당하는 인터미디어트 프로그램(2, 3학년)과 파트2에 해당하는 디플로마 프로그램(4, 5학년)을 위한 유닛들이 있다. 두 개 학년 범위에서 서로 다른 학년의 학생들이 10~12명 정원의 같은 유닛에 속하게 된다. 같은 교수의 유닛이라고 해도 매년 다른 주제로 진행되기도 하므로 학생들은 본인이 원하는 유닛에 지원하기에 앞서 각 담당 교수들의 유닛 소개 발표에 꼭 참석해야 한다. 발표 후에는 간단한 다과회가 있다. 여기에서 학생들과 담당 교수들은 자연스러운 분위기에서 격식 없는 대화를 나누기도 하고 올해의 유닛 주제나 운영 방식 등에 대한 질의응답을 통해 구체적인 정보를 교환하기도 한다. 이튿날에는 이른 오전부터 유닛 인터뷰가 진행되는데 교수와 학생 간의 상호 매칭 방식으로 유닛이 결정된다. 따라서 학생들은 유닛 인터뷰가 진행되는 동안 본인에게 일어날 수 있는 여러 가지 경우의 수를 신중하게 저울질해야 한다. 미리 1순위부터 3순위까지 원하는 유닛을 선택한 학생들은 각자의 인터뷰 시간을 배정받게 되고, 이때부터 본격적인 눈치작전이 시작된다. 인기가 많은 유닛의 경우 학생들이 몰리게 되는데, 인터뷰를 마치고 결정이 보류된 상태에서 차순위 유닛의 자리마저 다른 학생에게 빼앗길 수 있기 때문이다. 모든 인터뷰가 끝난 후에도 자신의 유닛이 결정되지 못한 학생들은 별도의 조정 과정을 거치게 된다. 그 결과 본인이 원하지 않던 유닛에서 고달프게 한 해를 보내거나 그마저도 여의치 않다면 아예 다음 해 유닛 인터뷰까지 학교를 쉬어야 하는 경우도 생긴다. 이처럼 유닛 인터뷰는 앞으로 1년의 학교 생활을 결정하는 출발점으로 학년말 최종 심사만큼이나 중요하다. 그래서 이날의 학교는 복도마다 긴장된 표정으로 줄지어 본인의 인터뷰 순서를 기다리는 학생들로 인해 그 공기마저 평소와 다르다. 운이 좋은 학생이라면 일찌감치 1순위 유닛으로부터 제안을 받아 여유 있게 남은 하루를 즐길 수 있겠지만 그런 학생들은 많지 않다.

6. 파트1

'선택하고 선택받는' 인터뷰를 통해 AA스쿨에서 처음 속하게 된 유닛은 인터미디어트 유닛2이었다. 건축가이자 엔지니어인 담당 교수의 지도로 최신 디지털 기술이 접목된 건축디자인방법론을 탐구하고 구조적 해법을 연구하여 실제 규모로 제작까지 할 수 있는 유닛이었다. 최종 결과물은 파빌리온(이동 가능한 임시 구조물)이었는데, 대략 12m×12m×6m 규모의 구조물이 매년 6월 중순에 오픈하는 작품전 기간 동안 학교 앞 베드포드 광장에 설치된다. 이렇게 설치된 파빌리온은 일반인들에게 공개되고 건축 및 디자인 관련 미디어에 소개되기도 했다. 첫 번째 학기에는 디지털 기술을 이해하고 학습하는 워크샵과 디자인의 컨셉을 제안하는 작업들이 개별적으로 이뤄졌다. 두 번째 학기부터는 몇 개의 컨셉 위주로 팀을 구성해 디자인으로 발전시키는 작업을 진행했다. 학교 앞에 실제로 지어진다는 점 때문에 가장 많은 관심을 끄는 프로젝트 중 하나였는데, 최종 디자인 선정을 위한 심사는 다른 유닛의 학생, 교수, 학교 관계자들도 참여한 가운데 공개 발표 방식으로 이뤄졌다. 물론 다른 유닛에서도 학기말 심사를 공개하는 경우가 많은데 개인적 관심사에 따라 다른 학생들의 작품을 볼 수 있는 것은 배움의 기회이기도 했지만, 이듬해 유닛 선택을 위해 미리 정보를 얻을 기회이기도 했다. 기쁘게도 그해 최종 디자인은 내외부 심사위원의 만장일치로 내가 포함된 팀의 안이 선정됐다. 그렇게 선정된 최종안은 에이럽에서 파견된 구조 엔지니어의 도움을 받아 실물 제작이 가능한 보다 자세한 계획으로 발전됐다. 설계 막바지 단계에는 관련 건축법규가 고려된 디자인 수정과 보완뿐만 아니라 시공 계획, 예산 확보도 함께 이뤄졌다. 건축물 설치 허가를 위한 관공서 협의와 금전 또는 재료의 후원사 모집에도 학교 관계자의 도움을 받아 학생들이 직접 참여했다.

최종 디자인 선정을 위한 공개 발표

마지막 학기에는 잉글랜드 남서쪽 학교 소유의 훅 파크 캠퍼스에서 실물을 제작하고 학교 앞 현장으로 옮겨와 최종적으로 조립, 완성했다. 나무숲이 우거진 훅 파크 캠퍼스에는 각종 기계 장비와 연장이 구비된 대규모 작업 공간뿐만 아니라 숙박 및 식사 시설도 있었다. 주말 외출을 제외하면 약 두 달의 시간 동안 유닛의 모든 학생이 함께 숙식하며 육체노동의 값진 경험과 함께 많은 추억을 쌓을 수 있었다.

혹 파크 캠퍼스의 작업 공간

건축가가 축소 모형이 아닌 건축 규모의 실물을 직접 만들 기회는 거의 없기 때문에 지금까지도 굉장히 특별한 경험으로 간직하고 있다. 그해 전시 기간 내내 많은 관심을 받았던 파빌리온은 여름이 끝날 때 즈음 분해되어 고향인 혹 파크로 옮겨져 한동안 먼지에 덮여있어야만 했다. 그러다가 다음 해 경매를 통해 새로운 주인을 만나게 된다. 프랑스 남부 몽펠리에 지역에 별장을 소유한 주인이 별장 앞에 펼쳐진 자신의 포도밭에 우리가 디자인한 파빌리온을 설치하고 싶어 했다. 여름 방학이 시작되자마자 나를 포함한 몇몇 학생은 다시 파빌리온을 설치하기 위해 프랑스로 날아갔다. 일주일간의 재설치가 끝나고 런던 도심 한복판에서 자연으로 돌아가 평온을 되찾은 듯 몽펠리에의 포도밭에 서있던 파빌리온의 모습이 생생하다.

프랑스 남부 포도밭의 파빌리온

7. 독특한 평가 제도

AA스쿨에서 학생들은 매 학년 소속된 유닛에서 그해의 특정 주제로 디자인(설계) 프로젝트를 수행하는 것 외에 건축역사 및 이론, 건축기술, 건축 표현, 건축 실무 관련 과목을 수강하고 에세이와 보고서 등의 과제를 제출해야 한다. 나도 그랬지만 학생들은 공통적으로 건축역사와 같은 이론 과목들의 에세이 과제에 부담이 컸다. 주제를 알아서 정하기도 쉽지 않았지만 논리적으로 생각을 전개해 논문에 가까운 글을, 그것도 외국어로 쓰기 위해서는 많은 노력이 필요했다. 그나마 다행이라면 에세이 과제의 경우 다른 과목과 달리 해당 학기가 끝나기 전까지 주제를 확인받은 후 새 학기가 시작되는 첫 주에 최종 제출하면 되므로 대략 4주간의 방학 기간을 활용할 수 있었다. 학생들은 세 학기 사이마다 있는 두 번의 방학 동안 재충전의 시간을 가진다. 그러나 여유로운 시간을 즐기는 것은 잠시뿐이었고 에세이 과제와 씨름하며 지난 학기 설계 프로젝트를 보완해야 했다. 그러다 보면 길지도 않은 방학이 어느새 끝나버리는데 이처럼 중간 방학이 순식간에 사라지는 경험은 졸업 때까지 반복됐다. 이론 과목의 경우 제출한 과제물로 평가 받고 설계 과목은 발표심사(학기말 심사 2번과 마지막 학기의 최종 심사)를 통해 평가받는다. 학교의 독특한 평가 제도에 대해 덧붙이자면, AA스쿨에서는 학점제도가 아닌 패스(자세히는 하이 패스, 패스, 로우 패스) 또는 페일로 과목별 평가가 이뤄졌다. 그런데 여기서 모든 학생을 두렵게 만드는 것은 누구나 가차 없이 페일을 받을 수 있고 그 확률이 꽤 높다는 것이었다. 특히 설계 프로젝트에 대한 심사는 굉장히 엄격한 편인데, 평소에 꾸준히 좋은 평가를 받아 온 학생이라도 최종 심사에서 떨어질 수 있다. '테이블'이라고 불리는 최종 평가에는 담당 교수 두 명 외에 네 명의 외부 교수로 구성된 6인의 심사위원이 참석한다. 담당 교수 2인의 뒷받침이 아무리 훌륭하더라도 그 학생이 평소에 어땠는지 모르는 외부 위원 4인이 동의하지 않는다면 최종적으로 페일 할 수 있다. 그래서 학생 어느 누구도 유닛 인터뷰에서부터 최종 심사까지 긴장의 끈을 놓을 수 없었다. 페일하면 다음 학년으로 진급할 수 없고 다시 1년을 다녀야 하며, 두 번 연속 페일하는 경우에는 더 이상 학교에 다닐 수 없었다. 패스/페일 제도는 낮은 학점으로라도 졸업은 가능한 학점 제도와 달리 심리적 압박감이 대단했다. 특히 파트1의 마지막인 3학년과 파트2의 마지막인 5학년의 최종 심사는 학교 자체의 최종 리뷰 외에 건축사등록위원회에서 선정한 외부 심사위원단으로부터 별도의 심사를 한 번 더 받아야 했다. 보통의 경우 학교 자체의 학년 승급 심사가 더 엄격한 편이기 때문에 최종 리뷰를 통과하면 건축사등록위원회 심사는 무난히 통과하는 편이나, 간혹 기준을 충족하지 못해서 페일하는 학생들도 있었다. 이런 학생들도 역시 다음 과정으로 넘어갈 수 없었다.

8. 여름 방학을 보내는 법

첫 1년과 파트1 심사를 포함한 최종 심사를 성공적으로 마치고 드디어 여름 방학을 맞을 수 있었다. 6월 초부터 8월 말까지의 여름 방학을 보내는 방법은 다양하다. 빡빡한 학업을 소화하느라 지친 심신을 가족과 온전한 휴식을 취하며 재충전하거나, 유학 중인 나라나 그 이웃 국가들을 여행하며 학기 중에는 엄두도 못 냈을 여행자의 기분을 느껴볼 수도 있다. 유학의 의미가 단지 학업적 가치에만 있는 것이 아니라 경험적 가치에도 있음을 나뿐만 아니라 많은 사람이 공감한다. 그런 면에서 나는 상대적으로 긴 어학연수 동안 이미 다양한 경험을 했던 만큼 유학 기간 두 번의 여름 방학을 좀 더 계획적으로 보내기로 했다. 앞서 얘기한 것처럼 내가 바랐던 유학은 단지 학위 취득만을 목적으로 한 것이 아니라 현지에서의 실무 경력을 통해 국제적인 건축가로 성장하는 것이었고, 여기에는 영국 건축사 자격 취득이라는 목표도 포함돼 있었다. 당시 영국의 경제 상황은 좋지 않았는데, 비유럽권 출신으로 현지 경력이 없는 구직자가 비자와 언어 문제의 핸디캡을 가지고 일자리를 찾기란 참 어려운 일이었다. 졸업 후 취업하기 위해서는 나름의 경쟁력이 있어야 한다고 판단한 나는 본격적인 구직 시장에 뛰어들기 전에 현지 회사에서 실무 경력을 쌓기로 계획했다. 하지만 학기 중에 일까지 한다는 것은 생각할 수 없었기 때문에 방학 기간을 최대한 활용해야 했고, 그만큼 가족과 친구들을 만나러 한국에 다녀올 시간을 줄여야만 했다. 첫 여름 방학을 앞두고 지인의 소개로 현지 설계 사무소와 인터뷰 할 기회가 있었다. 운이 좋게도 파빌리온 프로젝트가 이미 잘 알려져 있었고 리드 디자이너로서 의미 있는 역할을 했던 만큼 생각보다 어렵지 않게 기회를 잡을 수 있었다. 바로 며칠 후 일을 시작했고 두 달가량 현지 프로젝트를 함께하며 맺은 인연은 그다음 여름 방학에도 자연스럽게 이어졌다. 이

러한 실무 경험은 졸업과 동시에 원하던 설계 사무소에 채용되는
데 큰 도움이 됐다.

9. 파트2

AA스쿨에서의 3년 중 가장 힘들었던 시기를 꼽으라면 디플로마
과정의 첫 학기였다. 한국에서의 짧은 휴식 후 새 학년을 시작하는
설렘도 있었지만, AA스쿨을 대표하는 디플로마 과정을 앞둔 부담
감도 만만치 않았던 기억이 난다. 지난해와 마찬가지로 새 학년의
시작은 유닛 인터뷰였는데, 다행히 이번에도 1순위로 원하던 유닛
이었던 디플로마 유닛2로 들어갈 수 있었다. 담당 교수는 브라질
출신의 건축가였는데, 부의 불균형과 소외계층 등에 대한 사회 문
제 해소를 위한 건축적 접근법을 몇 년간 유닛의 주제로 삼고 있
었다. 주제를 보면 알 수 있듯이 건축설계에는 디자인 결과물뿐만
아니라 사회 문제를 이해하고 나름의 분석적 독해를 위해 깊이 있
는 연구 과정이 요구됐다. 여기에 더해 건축의 역사나 이론 등 보
다 본질적인 영역에까지 비평적 분석을 통해 스스로 독창적 주제
를 발견하고 설득력 있는 결과물을 제안하는 것이 디플로마 과정
에서 추구하는 건축교육의 방향이었다. 담당 교수는 학생이 선택한
주제를 발전시켜 최종 디자인 결과물에 이르기까지 때로는 자극적
인 비판과 비난(?)을 섞어 거칠고 집요하게 묻고 되묻는 강도 높은
트레이닝을 반복했다. 자신의 설계 프로젝트를 두고 공격과 방어의
순간이 학기 내내 이어졌다. 이러한 시간을 거치며 창의적이면서도
견고하고 논리적인 작품으로 발전할 수 있었다. 이러한 과정을 통

해 비판적 통찰력과 창의적 실험 정신을 지닌 건축가로서 성장하도록 하는 것이 AA스쿨에서 추구한 건축교육의 목표이고, 건축가이자 교육자로서 나도 가장 중요하게 생각하고 있는 부분이다. 그동안 겪어보지 못한 스트레스와 압박감을 느끼며 매주 2회 담당 교수와의 개별 튜토리얼(트레이닝)이 이뤄졌다. 튜토리얼 전날은 물론이고 그 외에도 밤샘 작업을 하며 보내는 날이 많았다. 하지만 꾸준한 속도로 대학원 학위 논문을 쓰듯이, 1년 동안 한 프로젝트를 깊이 있게 다루기 위해서는 적당한 휴식을 겸하는 것도 중요했다. 학기 중에는 튜토리얼이 끝나면 최소한 반나절이라도 긴장감과 스트레스에서 벗어난 시간을 가지려고 했다. 학교에서도 쉴 수 있는 공간은 있었다. 평소 쉼터이자 다양한 목적으로 쓰이던 학교 2층의 카페 겸 바는 금요일 오후가 되면 실내뿐만 아니라 밖으로 이어진 야외 테라스까지 저마다 마실 것을 손에 들고 유쾌한 시간을 보내는 학생과 교수들로 북적였다. 그렇게 시작된 자리는 편의점만큼이나 흔한 학교 밖 펍으로 이어지기도 하는데 때론 다음날이 걱정될 정도로 자리가 길어지기도 했다. 물론 그날의 달콤한 시간이 길어지면 며칠 후 어김없이 다가올 튜토리얼 준비를 위해 그만큼 더욱 부지런히 주말을 보내야 했다.

AA스쿨 2층 바의 일상적인 모습

파트1에서의 1년은 2학년 학생들과 유닛을 구성하게 되었는데 디플로마 첫해는 졸업을 앞둔 5학년 학생들이 유닛 메이트였다. 두 개 학년의 학생들이 같은 유닛에서 1년 내내 같이 지내다 보니 서로 도움을 주고받기도 하지만 미묘하게 견제하거나 경쟁하는 분위기가 만들어지기도 했다. 특히나 심사 외에 학기 중에도 공개 발표와 같이 각자 실력을 비교하게 되는 경우가 빈번했는데 학생들은 진지하게 서로의 발표를 경청하거나 조심스럽게 다른 의견을 교환하기도 했다. 그러다가 드물게 담당 교수가 칭찬을 아끼지 않는 작품이 나올 때면 부러움, 질투, 자기 질책 등 복잡 미묘한 감정이 느껴지기도 했다. 반대로 자신의 작품에 대한 담당 교수의 비평과 질책을 공개적으로 들어야만 하는 상황도 있는데, 민망하고 자존심 상하는 기분을 감추려고 애써 덤덤한 척 해야 했다. 특히 디플로마 과정에서는 추구하려는 건축에 대해 자신의 목소리를 당당히 내는 것이 중요하다. 이 점을 잘 이해하지 못했던 학기 초반에는 담당 교수로부터 쓴소리를 참 많이도 들었다. 담당 교수와 학생들 사이에서 자신의 실력을 증명하려면 직접적으로 보이는 결과물이 훌륭하거나 뛰어난 언변과 논리로 다소 부족한 부분을 보완할 수 있어야 하는데 어느 것 하나 완벽하질 않았으니 주눅 드는 상황이 빈번했다. 이런 경험에 비춰보면 유학을 소위 '좋은' 학교로 가는 이유는 여러 가지인 듯하다. 훌륭한 교수진과 유명 건축가들의 특강, 완벽히 갖춰진 장비와 경험해보지 못한 독특한 교육방식도 중요하다. 하지만 무엇보다 많은 영감과 자극을 주고 자신을 한계까지 다그치게 한 것은 열정과 실력을 갖춘 동료 학생들이었다. 나보다 뛰어난 학생들 속에서 혹독한 상황을 겪으며 다방면에서 배우고 성장할 수 있는 시기였다.

10. 유닛 여행

치열함으로 가득한 학기 중에도 건축 답사의 일종인 유닛 여행은 학생들이 가장 고대하는 시간 중 하나였다. 그때의 사진첩을 넘겨보니 코로나로 인한 지금의 현실이 비교돼 자유롭게 여행하던 그때가 더 그리워진다. 학생들은 그해 각 유닛의 주제에 따라 서로 다른 곳으로 제각기 유닛 여행을 가는데 때로는 극지방권의 나라로, 때로는 아프리카권의 나라 등으로 대륙을 넘나들며 일주일 이상의 장거리 여행을 하기도 했다. 내가 속했던 세 유닛 가운데 첫 번째 유닛은 실물 제작을 위해 잉글랜드 동남쪽 훅 파크 캠퍼스에서 한동안 지내야 했던 만큼 별도의 유닛 여행이 없었다. 디플로마 과정인 4, 5학년 때는 각각 브라질과 인도로 유닛 여행을 다녀왔다. 4학년 디플로마 유닛2의 경우 담당 교수가 브라질 출신으로 사회문제에 관심이 많았기 때문에 학생들은 유닛 여행을 통해 파벨라라고 하는 브라질 도심의 빈민촌을 방문했다. 지역의 NGO 단체들과 현장을 둘러보며 이곳에 필요한 건축은 무엇일지에 대해 함께 고민해 볼 수 있었다. 심각한 빈부격차와 불안한 치안으로 소문난 브라질로 유닛 여행을 가려니 학생뿐만 아니라 학교에서도 걱정이 많았는데, 발생 가능한 위험한 상황을 본인 스스로 책임져야 한다는 서약서를 제출해야 했다. 특히 프로젝트를 위해 방문해야 했던 파벨라는 공권력 보다 지역 범죄 집단의 영향력이 큰 곳으로 알려져 있었다. 그래서 외지인이 함부로 돌아다녀서는 안 되고 사전에 NGO 단체를 통해 방문 허락을 받아야 했다. 물론 학생으로서 지역 환경 개선을 위해 방문 허락을 받는 것은 어렵지 않았으나 항상 가이드의 안내를 받으며 단체로 움직여야 했다.

철길 사이에 고립된 파벨라의 전경

5학년 때 디플로마 유닛17에서의 유닛 여행 목적지는 인도의 몇몇 도시였다. 디플로마 유닛17에서는 건축적 규모를 넘어 도시 계획 및 설계의 범위를 다뤘다. 특정한 사회적 이슈를 배경으로 실험적인 도시설계를 제안해야 했던 만큼 초기 계획도시 중 하나이며, 건축·도시디자인으로 명성이 높은 인도 찬디가르와 아메드바드 등을 방문했다. 당시의 건축가가 그린 이상 도시가 현실의 벽 안에서 어떻게 실현되고 변화해 왔는지 확인할 수 있었다. 방문한 도시에 대한 기억 외에 인상적이었던 것은 공항에 도착해 숙소로 이동 중에 보았던 풍경이었다. 도심으로 이어진 한적한 고가도로를 통과하면서 먼 야경을 여유 있게 바라볼 때였다. 그 순간 고개를 내려 고가 아래쪽을 보니 어두침침한 조명 아래 차들과 가축, 사람들이 빈틈없이 뒤엉켜 있어 도로의 형태를 알아볼 수 없을 지경이었다. 운전자에게 물어보니 고가도로는 통행료가 비싸서 대부분 아래 일반도로를 이용한다고 했다. 깔끔하게 정돈된 고가도로가 한적한 이유가 있었다. 기본적인 인프라마저 대중화되지 못한 부의 불평등 수준이 가늠되는 순간이 기억에 많이 남았다. 다른 나라로 유닛 여행을 다녀오면서 개별 건축물뿐만 아니라 지역의 사회, 문화, 경제로 시야를 확대해 많은 질문을 스스로 던져볼 수 있었다. 학부 시절에 경험한 국내 고건축이나 유명 현대 건축물 위주의 건축 답사와는 그 성격이나 의미가 여러 면에서 달랐다. 익숙하지 않은 곳으로의 여행은 늘 생각의 깊이를 더하게 한다. 하루빨리 자유롭게 맘 편히 여행할 수 있는 날이 다시 오기만을 기다린다.

11. 졸업

졸업을 위해서는 총 세 번의 심사를 받아야 했는데, 학교 자체의 테크니컬 심사와 디플로마 최종 심사, 그리고 건축사등록위원회의 파트2 심사였다. 순서대로 심사가 진행되는데 해당 심사를 통과하지 못하면 다음 심사로 넘어갈 수 없었다. 학교 도서관을 심사 장소로 활용했는데 여러 개의 테이블이 띄엄띄엄 떨어져 있어서 동시에 여러 명을 심사할 수가 있었고, 문이 달린 한쪽 벽면 너머에는 학생들의 대기 공간이 있었다. 순서가 되면 1년 내내 준비한 결과물(포트폴리오, 모형 등)을 들고 배정된 테이블로 갔다. 우리 유닛의 담당 교수 2인과 4인의 외부 교수가 졸업 예정자의 최종 발표를 기다리고 있었다. 이런 테이블이 정렬돼있는 도서관 내부의 광경은 엄숙한 느낌이 든다. 6인의 심사위원 앞에서 대략 20분간 준비된 발표가 이어졌다. 1년 내내 진행한 프로젝트이기도 하고 몇 날 며칠을 준비한 발표인데도 어느 순간 긴장이 고조돼 정신이 아득해질 수도 있었다. 이럴 때면 긴장하고 있을 학생들을 배려해 최대한 부드러운 분위기를 연출해주는 테이블도 있었지만, 몹시도 날선 공방이 오가는 테이블도 있었다. 파트2 심사 때는 외부 건축가가 심사위원으로 참여하는데 때때로 유명 건축가가 심사위원으로 배정되어 더욱 긴장되는 심사도 있었다. 나의 경우 요코하마 터미널을 설계한 FOA(Foreign Office Architects)의 대표 건축가가 심사위원으로 참석했는데 다행히도 매끄럽게 모든 발표와 심사가 마무리될 수 있었다.

2011년 6월, 모든 과정을 마치고 드디어 졸업했다. 후련함과 행복감이 더 컸던 졸업식 날, 갑작스러운 폭우가 내렸다. 그 바람에 제대로 된 기념사진이라곤 겨우 몇 장 밖에 건질 수 없었지만 그나마 단체사진을 찍는 동안에는 비가 잠시 멈춰 준 것을 다행으로 생각했다. 궂은 날씨에도 멀리서 와준 가족과 기쁨을 나누는 졸업생들 사이로 묵묵히 과제준비를 위해 지나쳐가는 표정이 대비되는 날이었다.

비 오는 날의 졸업식

12. 나가는 글

어학연수와 유학을 하고 직장인으로 살다가 2013년 말에 떠날 때까지 영국에서의 7년, 그리고 싱가포르로 이직해 2017년 말에 귀국하고 인천대학교에 부임한 지 벌써 3년 반. 기억해 내기 어려운 일들이 훨씬 많았을 시간인데 엊그제 일같이 선명하기도 하니 기분이 묘하다. 이번 기회를 통해 옛날 사진첩을 들춰보고 앳된 얼굴의 나를 발견하고 나서야 오래전 일들이었음을 실감하게 된다. 기억을 더듬어 써 내려간 것보다 아무리 노력해도 떠오르지 않는 흐릿한 기억들이 더 많았을 것이다. 옛날로 돌아갈 수 있다면 어느 시점이 좋겠냐는 질문을 받을 때 한 번도 그 시절을 먼저 떠올린 적이 없는 걸 보니 힘든 기억이 많았나 보다. 하지만 지금 생각해도 유학을 떠난 그때의 결정은 옳았고 그로 인해 수많은 행복한 순간들이 있었다. 몇 년의 생생한 젊음과 바꿔야 했지만 아깝지 않은 소중한 시간이었다. 예전과 달리 유학 관련 정보들을 쉽게 얻을 수 있음에도 어떤 결정을 내릴지 고민하며 찾아오는 학생들이 종종 있다. 그럴 때마다 굳이 강조하지 않아도 쉽지 않은 길이라는 걸 이미 잘 알고 있으리라 짐작하며 기회가 있으면 무조건 가라고 조언한다. 그만큼 고생할 가치가 있는 경험이라 덧붙인다. 그리고 건축 공부를 위해 떠나는 유학인 만큼 학교 안에만 머물지 말라는 당부도 잊지 않는다. 여행도 많이 하고 졸업 후에는 어떻게 해서든 현지 회사에 취업해 실무 경험도 쌓기를 당부한다. 건축은 결국 우리의 삶과 사회를 다루는 학문이기 때문이다. 나의 얕은 경험과 희미한 기억들로 쓰인 짧은 글이 영국 유학을 꿈꾸는 누군가에게 도움이 되기를 바란다.

전지혜 교수

[학력]

·연세대학교 사회복지학 학사

·연세대학교 사회복지학 석사

·영국 London School of Economics and Political Science, University of London 사회정책학 석사

·미국 University of Illinois at Chicago 장애학 박사

[경력]

·고려대학교 보건대학원 연구교수

·한국장애인개발원 정책연구실 부연구위원

·현재 국립인천대학교 사회복지학과 부교수

[저·역서]

·수다 떠는 장애

·한국에서 장애학 하기

·장애 인문학 등

전지혜

나의 영국 유학기

1. 들어가며

세계적으로 코로나가 확산되고 변이 바이러스로 인한 어려움이 가중되는 현시점에서, 코로나 시대 이전의 영국 유학기를 쓴다는 것이 독자들에게 어떤 의미로 다가갈지 모르겠다. 원고 부탁을 받고 나서 18년 전의 영국 유학기가 유물처럼 느껴지지 않을까 하는 생각도 들었다. 그럼에도 언젠가는 여러 나라 친구들과 기숙사 식탁에 둘러앉아 문화 차이를 느끼고, 런던에서의 색다르고 다사다난한 하루하루를 나눴던 그 시절이 모두에게 다시 되돌아오기를 바라면서 옛 추억을 조금이나마 꺼내 보고자 한다. 영국 유학을 준비하는 이들에게는 유학이 생각보다 힘들지 않을 수도 있다는 용기를 주고, 또 나와 비슷한 시기에 영국에서 유학한 이들에게는 공통된 추억 하나를 반추해 보는 계기가 되면 좋겠다.

기숙사에서 학교 가는 길에 보이는 풍경

2. 런던정치경제대학교

처음부터 영국 유학을 계획하지는 않았다. 사회복지나 사회 정책을 공부하고자 했고, 선배들이 유학 갔던 곳을 보니 영국, 독일, 미국 등 다양했다. 여기저기 온라인 정보와 선후배를 통해서 그나마 언어 장벽이 적을 듯한 영어권 국가로 범위를 좁히고 원서를 썼다. '학교가 너를 뽑는 것이지, 네가 학교를 고르는 것은 차후의 일이다'는 조언대로, 여러 학교에 원서를 내려고 애썼다. 당시 안소니 기든스의 '제3의 길'이 국내에서 인기를 얻었던 터라, 해당 교수가 재직하던 런던 정치경제대학교도 원서를 썼다. 영어권 국가 중에서 사회정책학으로도 유명했던 런던정치경제대학교는 정보를 찾아볼수록 더욱 가고 싶은 곳이었다. 런던 한가운데 위치했고 경제와 정책 쪽에 특화된 대학이었으며 대도시에 위치해 있어서 여러 경험을 할 수 있다는 점도 큰 매력이었다. 그 매력에 이끌려 결국 합격도 했고 '사회 정책 및 계획'이라는 전공으로 석사를 마쳤다. 2003~2004년의 일이었다. 안소니 기든스는 만나지 못했지만, 논문과 참고문헌 속에서 영문 이름 표기로만 접했던 학자들을 직접 만난다는 것 자체로 유학은 내 학문적 기대감을 충분히 채워줬다.

학교 입구

3. 함께 한 친구, 메리

청춘의 시기에 가장 좋았던 것은 좋은 친구들과 함께했던 기억이다. 인생은 만남의 연속이라고 하듯이, 영국 유학은 내게 참으로 많은 새로운 만남과 이별을 준 시기였다. 지금 돌아보면 그만큼 세상을 보는 눈도 커지고 사람을 품는 마음도 넓어진 것 같다. 학교에서는 다양한 국적의 친구들을 사귈 수 있었다. 같은 전공에 30명의 석사 과정생이 있었는데, 나와 일본인 1명을 제외하고는 모두 유럽과 미국에서 온 친구들이었다. 일본인 친구마저도 스위스에 있는 국제기구에서 10년을 근무하고 온 친구였기에, 런던이 정말 낯선 세계로 느껴진 것은 나뿐이었던 것 같다.

안 들리는 영어로 인한 스트레스, 가끔은 한국에서 공부했던 내용이기에 다 이해되는 것 같은 자만심, 글을 쓸 때 문장 표현력의 부족에서 오는 좌절감 등으로 울고 웃었던 기억이 난다. 그럴 때마다 정말 운이 좋게도 좋은 친구가 힘이 되었다. 메리. 올드한 감성의 이름이지만 잊을 수 없는 나의 친구다. 같은 석사 과정에 들어온 메리는 당시에 나이가 60살이 넘었다. 타임지 기자로 오래 일했고, 남편과 이혼 후 새로운 인생을 시작하는 기념으로 석사 과정에 진학했다고 했다. 아시아에서 온 어린 25살의 나에게 다가와 "안녕, 난 메리야. 너랑 나랑 여기서 아웃사이더인 것 같은데, 우리 같이 잘해볼까"하고 첫인사를 건네던 그녀가 아직도 생생하게 기억난다.

도서관도 같이 다니고 밥도 같이 먹으며, 세대도 다르고 영국인과 한국인으로서 문화적 배경도 다른 우리는 학교라는 매개체를 통해 친구가 됐다. 각자의 상황에서 외로운 시기에 서로를 필요로 했을지도 모르겠다. 석사 과정을 마칠 때 메리는 낡은 차를 한 대 끌고 오더니, 영국 일주를 하자고 했다. 젊은 시절 한 어른이 자신을 여행시켜준 기억이 있는데, 그 마음의 빚을 나에게 갚는다면서 말이다. 그렇게 나와 메리는 석사 과정을 마칠 즈음 영국 일주를 했다. 논문 마무리를 뒤로한 채, 영국 북부 지역을 2주간 돌았다. 내 생애에 잊을 수 없는 여행이었다. 영화 '해리 포터'의 배경이었던 스코틀랜드의 산악 지대와 북부 해안가의 수많은 퍼핀들을 봤다. 묵었던 B&B 숙소 역시 농장에서부터 여왕의 별장 같은 곳에 이르기까지 모두 새로운 경험이었다. 영국에서 석사를 하면서 바로 미국으로 박사 과정을 준비하던 나를 응원해주고, 자기소개서 등의 많은 서류들을 하나하나 검토해주고, 힘들 때 서로를 챙기며, 영국 일주 여행까지 함께 했던 메리를 잊을 수 없다. 미국 일리노이주립 대학교로부터 4년간의 생활비를 포함한 전액 장학금과 함께 박사 과정 합격증을 받은 날에도 나와 메리는 함께 끌어안고 웃었다. 템스 강에서 배를 타고 그리니치 천문대를 다녀온 날이 마지막 만남이었는데, 직설적인 화법밖에 안 되는 부족한 영어 실력으로 인해 "다음에 우리가 만날 때, 네가 죽었으면 어떡하지?"라고 묻고는, 눈물 어린 눈으로 서로 쳐다보며 웃었던 기억이 난다.

영국 북부 여행 중에 찍은 퍼핀

　유학이란 내가 나고 자란 곳을 떠나 미지의 이질적인 공간에서 첫발을 떼는 일이었다. 그 과정 속에서, 두려움에 대응하는 용기와, 낯섦에 대한 도전과, 지난한 학업에 대한 견딤과, 그리고 지독한 외로움 속에서 발견하는 우정이 있었다. 그 속에서도 가장 보석처럼 빛나는 유학의 의미가 무엇이냐고 묻는다면, 나와 다른 지구상 저편 누군가와 친밀한 우정을 나눌 수 있는 인생의 귀한 경험을 선물 받는 것이라고 답하겠다. 40대 중반이 된 현재, 전공 분야의 전문가이자 후학을 양성하는 교수로 너무나 바쁜 나날을 보내고 있지만, 훗날 나도 60대 어느 즈음에 우리나라로 유학 온 누군가에게 여행을 권하며 메리에게 받은 큰 선물을 전해줄 수 있는 아름다운 사람이고 싶다.

4. 친구들과 함께 한 '주중 학업, 주말 경험'

영국에서는 정말 많은 사람들과 교류했다. 외로움에 대한 발버둥이었을까? 유학을 가기 전부터 온라인상에서 런던에 대해 이것저것 문의하며 한인 교회 한 곳을 알게 되었다. 뉴 몰든 지역에 있었기에 런던에서 다소 거리가 있었지만 공항 픽업 등 초기 정착할 때부터 도움을 받았다. 자연스럽게 그 교회에 다니게 됐고, 당시 어학연수를 와있던 많은 한국인 친구들도 사귈 수 있었다. 너무나 좁은 이민 사회, 유학생 사회였기에 말과 행동을 조심해야 하기도 했지만 외로운 타지에서 즐거운 주말을 보낼 수 있다. 물론 기숙사 룸메이트들과도 재밌었다.

기숙사 친구들과 식사를 기다리며

기숙사 룸메이트 친구들과 기숙사 방에서 내다본 마당

　그들과 함께한 주말 활동이 내 유학기 대부분의 추억이기도 하다. '주중 학업, 주말 휴식과 경험'이 내 유학 생활의 시간표였다. 1년이라는 소중한 시간을 당시 최고 인기였던 드라마 '대장금'이나 보면서 보낼 수는 없었다. 결국 주말에는 무엇을 하든 뭔가 의미 있는 일이나 새로운 경험을 하기로 스스로 계획했다. 교회 친구나 학교 친구들에게 계획을 알리고, 주차 별로 함께 할 사람을 모았다. '주말 런던 투어 모임'을 조직해서 여행 책자에 없는 곳을 두 명만 모여도 가보자고 추진했다. '프랑스 2박 여행', '야간 코치 타고 에든버러 다녀오기', '할인 티켓으로 주말 런던 뮤지컬 보기', '친구네 가서 파자마 입고 밤새 수다 떨기' 이런 식의 단기 주말 이벤트도 계속했다. 당시 저가 항공사는 3달러짜리 야간 항공권도 팔았던 기억이 난다. 젊음을 무기로 여행인지 고행인지 모르고 씩

씩하게 많이도 돌아다녔다.

5. 세상에 대한 궁금증, 살면서 그냥 알게 되는 것들, 그리고 유학을 권하는 이유

놀기만 한 것은 아니다. 그렇게 여러 사람과 세상을 만나면서, 역사를 느끼고 몸소 배웠다. 영국 음식이 왜 맛이 없는지, 프랑스 음식은 왜 맛있는지, 영국의 들판에 양이 왜 많은지, 마르크스의 묘지는 왜 런던에 있는지, 당시 캠던 타운은 왜 여행 책자에 자세히 안 나오는지, 엘리펀트 앤 캐슬이라는 예쁜 이름의 동네는 왜 우범지대로 낙인 됐는지, 런던의 지하철을 왜 튜브라고 부르는지, 런던 이층버스는 왜 작고 좁은지, 영국이라는 작은 나라가 왜 세계사에 큰 영향력을 갖고 있는지, 왜 영국에서 '해리 포터'와 같은 상상력 넘치는 작품이 나올 수밖에 없었는지 등 정말 많은 궁금증에 대해서 나만의 생각을 정리하고 답을 찾아갈 수 있었다. 살면서 알게 되는 수많은 크고 작은 정보들이 뇌리에 체계화되면서, 나만의 의견과 생각을 정리하게 된 것이다. 블로그 활동을 하거나 그 생각들을 책으로 정리하지는 않았지만, 한국에 있는 친구들에게 싸이월드를 통해 새로운 세계에 대한 경험과 생각들을 전했던 것 같다.

그냥 런던에 산다고 해서 모든 이들이 호기심과 궁금증에 대한 답을 찾는 경험을 한다고 보지는 않는다. 내가 사회과학도 특유의 생각이 많은 특징이 있기 때문일 수도 있고, 이왕이면 따뜻한 세상을 바라는 사회복지 전공자의 시선에서 여러 생각의 교차점들이

모여 어떤 시각과 의견을 만들어내는 것일지도 모른다. 그러나, 만약에 이 글을 유학을 고려하는 사회과학도나 인문학적 공학자가 되길 바라는 누군가가 읽는다면, 꼭 유학을 가보라고 권하고 싶다. 사회과학이나 공학은 대표적인 문이과의 실용 학문이기 때문이다. 실용 학문일수록 더 넓은 세계와 사람을 만나고 삶의 모습을 보는 것이 새로운 제도나 기술을 한 단계 나아가게 한다고 생각한다. 이제 너무나 발전해서 더 이상 새로운 것이 세상에 나오기 힘들다고 하고, 온라인의 발전으로 인해 물리적 공간을 이동해 유학을 하기보다는 온라인으로 정보를 습득하면 된다고 이야기하는 사람들도 물론 있다. 하지만 온라인이나 지면 또는 화면상의 정보를 통해 알수 없는 삶의 진짜 모습이 바로 그곳에 있다. 그 모습을 보고 교류하고 공감하면서 보다 나은 기술과 제도적 진보를 꿈꾸고 계획하는 것이 가능하리라 생각한다. 다른 전공도 마찬가지겠으나 공학도나 사회과학도에게 꼭 유학을 권하는 이유이다.

런던에서 살면서 그냥 알게 되거나 느끼는 것들 이외에도, 그곳에서 사회정책학을 공부했기 때문에 생각의 지평이 깊어지는 화두들도 있었다. 지식이 거래되는 학교는 왜 자본의 힘을 외면하는 척하는지, 런던의 빈곤 문제가 얼마나 심각한지, 민영화 또는 공공화의 이분법적 담론이 세계를 어떻게 변화시키는지, 기초연금이 노인의 생활과 가족 관계를 어떻게 바꾸는지, 런던 대학생의 등록금 투쟁 맥락이 우리랑 어떻게 다른지, 토니 블레어가 제3의 길을 택한다고 하고 국민의 지지를 받다가 왜 달걀 투척을 받는지, 왜 일부 영국인들이 런던을 영국이 아니라고 하는지, 아시아인은 영국으로 유학을 가는데 왜 영국인들은 아시아로 영어 교사를 하러 떠나오는지, 런던의 80대 노인이 네일아트샵에 왜 매주 케어를 받으러 가는지, 베버리지의 보편적 복지는 영국에서 어떻게 변질되었는지, 제도적 이상향이라고 여겼던 영국 보건 서비스의 실제는 어떠한지, 이민자들의 삶이 어떠한지, 아파트가 왜 런던에서는 주로 공공 임대 주택인지, 전화를 받는 사람에게도 왜 전화 요금이 부과되는지, 이민자와 계급의 문제를 자본주의 사회는 어떻게 이용하는지 등 사회과학도로서 런던의 다양한 삶의 모습을 관찰하고 접하고 공부하면서 앎의 깊이를 더해갔던 기억이 난다.

지금도 이렇게 당시의 논점이 생생하게 떠오르는 것을 보면, 그 1년의 유학은 내 인생에 값진 경험과 생각을 키운 시기였던 것 같다. 기숙사 친구들과 함께 하루의 일과를 나누면서 영국의 사회 시스템과 현상을 논의했다. 때로는 이해하고 때로는 분노도 했다. 서로가 보낸 하루를 지지해 주며 주방에서 함께 요리하던 장면들이 기억난다. 모두 낯선 세계에 대해 느끼는 저마다의 경험 차이와 런던의 사회 시스템에 대한 각자의 경험과 평가를 나눴던 시간이었다.

학교 근처의 풍경
거리 모습과 이층버스

6. 런던 유학을 준비하는 이들에게

유학길에 오르기 전, 추천서를 써주신 분으로부터 유학 생활에 장벽이 되는 것이 네 가지라고 들은 적이 있다. '건강, 영어, 돈, 외로움'이라고 말이다. 돈은 빠듯하게나마 미리 준비했고, 건강이나 외로움도 문제없다고 생각했다. 영어가 가장 큰 걱정이었을 뿐. 그러나 현실은 진심으로 4개 모두 장벽이었다. 그럼에도 좋은 사람들의 지지에 힘입어, 내 청춘의 호기심과 도전 정신과 버티는 힘으로 유학을 잘 마쳤던 것 같다. 특히 나를 이끄시는 하나님과 한국에서 기도로 응원해 준 가족들 덕분이라고 생각한다.

유학 경비가 없었기에 장학금을 찾고, 과외 아르바이트로 유학 경비를 모았던 힘든 시간들도 있었다. 박사 과정만큼은 학교의 장학금을 받아서 가리라 결심했고, 그래서 미국으로 또 새로운 유학의 여정에 올라야 하기도 했다. 18년이 지난 현재, 사람들이 영국과 미국 중에 어디가 좋냐고 묻는다, 두 곳에서 유학을 경험했기 때문일 것이다. 장학금은 솔직하게 미국이 좀 더 많다. 그러나 끌리는 곳으로 유학지를 정하라고 이야기하고 싶다. 그리고 인생은 낯선 세계에 도전하면서 풍성해진다고 말하고 싶다.

마지막으로 한 가지 더 이야기하자면, 나는 태어나면서부터 왼쪽 팔이 없는 신체적 장애가 있다. 유학을 통해 장애도 삶의 다양한 모습 중 하나라고 생각하게 됐다. 다양한 세계를 접하면서 나를 있는 그대로 인정하게 된 것 같다. 자아관, 세계관, 인간관도 넓히고, 전공 분야에 대한 깊이 있는 지식도 가지게 되는 경험이라면, 인생에 한 번쯤 해볼 만하지 않을까 한다. 이 글을 읽으면서 영국 유학을 고려하는 인생 후배들에게 전한다. 유학은 넓은 세상과 자신을 마주할 기회라고 말이다.

정영옥 박사

[학력]
· 영국 University of Oxford 아동발달과 교육 석사
· 영국 University of Warwick 영어교육 석사
· 영국 University of Warwick 응용언어·영어교육 박사

[경력]
· 한국교육개발원 영재교육연구센터 부연구위원
· 현재 고려사이버대학교 아동영어학과 외래교수, (주)옥스윔에듀 대표

[저·역서]
· Effective Approaches to Teaching English Writing
· 내 아이와 영어 산책: 영잘알 부모의 슬기로운 영어공부법

정영옥

옥스포드에 서다

1. 들어가며

금방이라도 비가 올 것 같은 흐린 날이면 구름이 잔뜩 낀 영국의 하늘이 지금도 가끔 떠오른다. 영국의 신, 구 명문사학이라고 할 수 있는 워릭대학교와 옥스포드대학교에서 유학 생활하기 전까지는, 나는 영국을 동전이나 지폐에서 볼 수 있는 여왕이 현존하는 나라이며 버킹엄 궁전이나 내셔널 갤러리 등이 있는 유명한 여행지의 나라로 알고 있었다. 2005년 여름까지는 딱, 그 정도였다. 세계적인 석학들이 모이는 옥스포드대학교는 당연히 나와는 상관없는 먼 세상의 이야기였다. 2009년, 옥스포드대학교의 교육학과에 '아동 발달과 교육'이라는 석사 과정이 처음으로 개설됐을 때, 나는 13명의 첫 입학생 중 한 명이 되어 있었다.

2. 워릭대학교의 석사, 박사 과정

나는 대학을 졸업하고 영어 교육과 관련된 업무를 하다가 영국

246

으로 공부하러 떠난 늦깎이 유학생이었다. 지금 돌이켜 보면 영국에서의 유학 생활이 한 해로 끝나지 않을 줄 알았더라면 직장인이었던 내가 유학길에 나서기는 쉽지 않았을 것이다. 나의 영국 유학은 워릭대학교에서 앞서 유학 중이었던 남동생의 전화 한 통으로 시작됐다. 그 당시 나만의 교육 철학으로 영어교육 기관을 운영하고 싶은 생각을 하고 있었기 때문에, 영어의 본고장인 영국에서 세계 영어교육의 흐름을 공부하면 더 폭넓은 시야를 가질 수 있을 것 같았다. 특히, 영국의 석사 과정이 1년이라는 점은 무엇보다 큰 매력이었다.

실제로 영국 유학을 결정하는 일보다 석사 과정을 준비하는 일이 나에겐 큰 파도를 헤쳐가는 험난한 여정과 같았다. 처음으로 영어로 작성해 본 지원서와 학업 계획서, 교수님과 직장 상사에게서 받은 추천서, 은행 재정 증명서, 학기 전 영어 수업, 어학시험, 비행기, 기숙사 등으로 이어지는 일련의 출국 준비는 흡사 단기 프로젝트를 수행하는 과정과 유사했다. 그렇게 일과 병행하느라 시간에 쫓기면서 사전 준비를 간신히 마칠 수 있었다. 영국을 향해 출국하던 날, 인천국제공항에 도착하고 나서야 입학 허가증을 놓고 왔다는 사실을 깨닫고 망연자실했지만 주저앉아 있을 수만은 없었기 때문에 집으로 되돌아갔다. 출발부터 비행기를 놓치는 난관에 봉착하자 순간 영국 유학이 큰 불안으로 다가왔다. 지구 반바퀴를 돌고 버밍엄 공항에 도착했을 때, 마중을 나온 남동생의 얼굴을 보고 안도의 한숨이 나왔다. 그렇게 워릭대학교에서의 석사 과정은 극적으로 시작됐다. 세계 각지에서 모여든 동기들의 다국적 영어와 투박

한 영국 영어, 그리고 낯선 음식과 날씨 등에 적응하는 데 꽤 시간이 걸렸다. 하지만 주위를 살필 겨를도 없이 도서관에서 과목별로 3~4장이 넘는 리딩 리스트의 책을 찾아 읽어야 했고, 마감일에 맞추어 과제를 제출하느라 고군분투하는 나날이 이어졌다.

나는 대학이나 기업, 또는 정부에서 장학금을 받은 유학생들과 달리 일하면서 모은 돈으로 유학길에 오른 자비 유학생이었다. 영국의 비싼 물가와 학비로 인해 내 통장이 가벼워지는 데 오래 걸리지 않았다. 그럼에도 영국에서의 석사 과정은 돈으로 환산할 수 없을 정도로 무척이나 흥미진진했으며, 이러한 배움의 열망과 충만감은 자연스럽게 나를 박사 과정이라는 또 다른 모험으로 이끌었다.

워릭대학교 재학 당시

3. 옥스포드대학교의 석사 과정

2009년 3월의 어느 날, 도서관에서 박사 논문 작성이 한창일 때 남동생은 옥스포드대학교의 교육학과에 '아동 발달과 교육'이라는 석사 과정이 신설된다고 일러주었다. 당시에 나는 박사 논문을 4월까지 마무리하고, 6월에 제출하면 10월에 논문 심사를 마치고, 12월에 최종본을 제출한 후 바로 귀국한다는 야심만만한 계획을 세워두고 있었다. 그 일정에 따라 밤낮없이 논문 작성에 열을 올리고 있었다. 그런 나에게 또 다른 석사의 시작은 상당히 비상식적으로 여겨졌고, 게다가 TV에서나 본 적이 있는 옥스포드대학교는 동화 속의 요정들이 사는 곳처럼 비현실적으로 느껴져 현실감이 없었다. 유학 생활 중에는 언제든지 변수가 생길 수 있어서 멘탈 관리가 중요함은 이미 여러 경험으로 알고 있었지만, 이런 뜻밖의 상황에 놓이면 신속한 대처가 어려웠다. 여느 대학원생처럼 그 시절의 나 또한 과제와 더불어 석사와 박사 논문을 쓰는 시간은 항상 부족했고, 석사를 한 번 더 지원하는 일은 꿈에서도 결코 생각해 본 적이 없었다.

하지만 석사 지원 마감일이 얼마 남지 않은 상황에서 나는 스스로에게 깊게 자문해 볼 여유도 없이 바로 지원서와 학습 계획서를 작성하기 시작했다. 옥스포드대학교의 교육학과에 신설되는 석사 과정을 시작하기 위해 마감일을 코앞에 두고 지원서를 작성하는 일이 누구에게나 주어지는 기회는 아니라고 생각했다. 사실 일생일대의 기회일지도 모를 일이었다. 지금 생각해 보면 참으로 무모한 도전이었다. 그럼에도 조상님의 보살핌 덕분이었는지 지원서는 통과됐고 5월에 인터뷰를 위해 옥스포드로 출발하게 됐다. 그 무렵에 나는 '숨 쉬는 시간만 빼고 논문을 쓴다'라는 말처럼 박사 논문에 온 정신을 집중하고 있었다. 게다가 논문 심사에서 수정 사항이 많을 경우, 옥스포드대학교에서 석사 과정을 시작하기가 어려울지도 모르는 상황이었기 때문에 주어진 입학 인터뷰의 기회만으로도 무척 들떠있었다.

입학 담당관이자 석사 논문을 지도하셨던 테레지나 누네 교수님은 워릭대학교의 박사 과정에 있던 내가 옥스포드대학교에서 석사 과정을 제대로 시작할 수 있을지 그리고 이런 상황을 어떻게 극복할 것인지를 무척 궁금해하셨다. 교수님은 30년이 넘는 교수 생활에서 나와 같은 경우는 처음이라며 나의 이야기를 듣고 싶어 하셨다. 결말이 예견된 드라마처럼 나는 입학 인터뷰가 있던 날에 너무 긴장했고, 문을 닫고 나오는데 무슨 말을 했는지 기억이 나지 않았다. 돌아오는 차 안에서 부족한 나 자신을 자책했던 그 날의 헛헛한 마음이 여전히 빛바랜 기억으로 남아있을 정도이다. 무언가를 열심히 설명했지만, 기억이 사라진 인터뷰였음에도 내가 입학의 작은 희망을 가질 수 있었던 이유는 워릭대학교에서 나를 오랫동안 지켜보신 키스 리차드 교수님과 쉴라 릭슨 교수님의 추천서가 있었기 때문이었다. 두 교수님의 추천서는 나를 단단하게 받쳐 줄 태산과 같을 것이라는 믿음이 있었다. 워릭대학교에 박사 논문을 제출하고, 옥스포드대학교의 또 다른 석사 과정의 입학 여부를 기다리는 시간은 좀처럼 흐르지 않았다.

어느 날 문 앞에 놓여 있던 입학 허가서를 확인하는 순간, 나는 구름 위로 떠오르는 기분이었다. 기쁘고 놀란 마음을 가라앉힌 후, 나는 입학이 결정된 이유가 무엇일까를 곰곰이 생각해 보았다. 아마도 교수님은 내가 석사와 박사를 해온 과정과 이를 바탕으로 박사 논문을 정해진 타임라인에 맞추어 반드시 끝낼 것이라는 나의 열정에 후한 점수를 주셨는지 모른다는 생각을 했다.

4. 입학 지원서와 학업 계획서

워릭대학교의 석사와 박사, 그리고 옥스포드대학교의 석사를 지원하기 위해 총 3번의 입학 지원서와 학업 계획서를 작성했다. 제한된 글자 수에 맞춰 학업의 목표와 계획을 일목요연하게 표현해야만 하는 상당히 고된 기술적인 글쓰기 과정이었다. 최종적으로 입학 허가서라는 고지를 점령하기 위해서는 우선 영어라는 언어의 장벽을 넘어야 했고, 논리적이면서 구체적인 내용으로 채워야 했다. 이런 전초전은 입학 허가서를 거머쥐고 있는 담당자로부터 승리의 깃발을 쟁취해야 하는 전투와 같았다. 입학 허가서를 받아든 순간에는 그 모든 노력의 결과물들이 행복하게 읽을 수 있는 러브레터로 변하기 때문에, 단어 하나하나를 신중하게 선택했고 지루한 수정 과정을 온전히 견뎌내야만 했다.

워릭대학교의 석사 과정에 지원하면서 처음으로 영어로 입학 지원서와 학업 계획서를 작성하는 일은 뜻대로 풀리지 않는 실타래와 같았다. 그럼에도 우리나라의 영어교육의 현황, 영어를 가르친 경험과 교육계의 해결 과제 방안, 석사 과정을 통해 탐구하고 싶은 부분을 언급하면서, 마음을 다잡고 '나는 이미 학업 준비가 되어 있다'라는 확신을 강하게 피력했던 것이 적중했던 것 같다.

옥스포드대학교의 석사 과정을 위한 지원서를 작성할 때는 '아동 발달과 교육'이 처음으로 개설되는 과정이었기 때문에 어디에 주안점을 두고 작성해야 할지 기준을 정하는 일이 관건이었다. 나만의 한 가지 분명한 기준은 경험이 많은 입학 심사관의 궁금증을 유발할 수 있으면 반은 성공이라는 것이었다. 워릭대학교에서 박사 과정 중에 학교 근처에 있던 그랜지 팜 초등학교에서 자원봉사 활동을 했던 경험을 전략적으로 활용했다. 옥스포드대학교의 입학 추천서를 써 주신 쉴라 교수님이 해당 초등학교의 감독관이셨는데, 영국의 아동 교육에 관심이 많던 나를 도우미로 추천해 주셨다. 교수님의 추천서와 범죄 경력 신원 증명서 등의 서류들을 미리 준비해야 했지만, 외국인인 내가 유학생의 신분으로 영국의 초등학교를 관찰했던 기회는 큰 행운이었다. 3년 동안 매주 목요일에 초등학교 준비반에서 읽기 활동을 지원하거나 야외 활동을 지도하는 봉사 활동은 영국 초등학교의 안팎을 관찰할 수 있었던 의미 있는 시간이었다. 이는 의도치 않게 옥스포드대학교의 입학 지원서와 학업 계획서를 작성할 때 구체적인 사례를 제시하는데 필요한 밑거름이 되었다. 영국 초등학교에서의 교실 관찰을 바탕으로 한국과 영국 아동의 숫자와 언어 학습 과정의 유사점과 차이점을 기술했고, 아동 발달과 교육에 있어서 다양한 동서양의 시각이 필요함을 강조한 부분이 관심을 끌었던 것 같다.

그랜지 팜 초등학교에서 자원봉사 활동 시절

5. 석사 논문 준비 과정

2009년, 전 세계에서 모인 13명이 아동 발달과 교육이라는 석사 과정을 시작했다. 1~2학기에는 '아동 발달과 가정과 교육 기관에서 아동의 발달'이라는 전공과목과 '교육 연구 기초'라는 연구 과목을 수강했고, 3학기에는 관심 분야에 따라 그룹으로 나뉘어 본격적으로 논문을 작성하기 시작했다.

운 좋게도 입학 담당관이셨던 테레지나 교수님이 나의 논문 지도를 담당하셨고, 정기적인 미팅을 통해 연구 주제를 발전시켜 나갔다. 워릭대학교에서는 '영어 교육'이라는 큰 주제에서 '영어 글쓰기 지도'라는 소주제를 선정하고, 관련 선행연구를 살펴보고, 연구 주제를 선정하는 과정에서 논문 지도 교수님과 이견을 좁히는 데에 시간이 많이 소요되지 않았다. 그러나 옥스포드대학교에서는 '아동 발달'과 '교육'이라는 대주제에서 소주제를 선정할 때 교수님과의 이견을 조율하는 데 생각보다 시일이 걸렸다. 그 당시 나는 우리나라의 빈곤층 아동의 언어와 사회성 발달에 관심이 많아서 성북구의 한 지역센터장과 이미 연락을 주고받고 있었다. 그러나 교수님은 나의 영어지도 경험을 바탕으로 연구 주제를 선정하는 것이 연구의 가치를 높일 수 있을 것이라는 현실적인 조언을 해주셨다. 관련 선행연구를 살펴보고 교수님과 주기적인 미팅을 거듭한 결과, 비로소 한국어와 영어의 합성어 인식의 연관성을 탐구하는 연구 주제를 선정할 수 있었다.

귀국 후에 연세대학교 교육대학원에서 논문 작성에 관한 강의를 한 적이 있는데 그때 국내의 대학원에는 논문 작성이나 연구 방법과 관련된 강의가 많이 개설되어 있지 않음을 알게 됐다. 나는 워릭대학교와 옥스포드대학교에서 연구 방법과 논문 작성에 관련한 강의를 수강할 수 있었고, 덕분에 논문을 작성하는 고된 시간을 상당히 줄일 수 있었다. 이 점은 영국 유학의 큰 장점이고 혜택이었다고 생각한다.

6. 석사 논문 작성 과정

옥스포드대학교의 석사 논문을 지도해 주신 테레지나 교수님은 '형태소 지도를 통한 리터러시 향상'과 '아동의 읽기와 철자' 등 다수의 책과 논문을 저술하셨다. 나는 교수님이 담당하신 4명의 석사 논문 지도 학생 중에서 유일한 한국 학생이었다. 교수님은 아동의 문자 학습에 관심이 많으셨고, 영어를 가르쳤던 나에게 한국어에 대해 많은 질문을 하셨다. 교수님의 관심 분야와 연결되고, 나의 배경과 관련 있는 한국어에 관한 다양한 질문을 하셨던 것은 어쩌면 너무 당연한 일이었을 것이다. 교수님은 한국어의 자음, 모음부터 교수 학습 방법, 교재, 교육 과정 등에 대해 다양한 관심을 보여주셨고 이는 나를 무척 당황하게 했다. 나는 교수님의 무수한 질문 세례에 정신이 혼미해지기 일쑤였고, 답을 해야 할 때마다 모국어인 한국어에 대한 이해가 부족함을 뼈저리게 절감했다. 이와 같은 이유로 우리말 공부를 시작하는 다소 아이러니한 상황에 이르렀다.

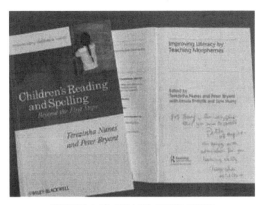

테레지나 누네 교수님의 저서와 격려문

석사 논문에 필요한 자료 수집을 위해 한국에 다녀오는 길에 국내 유아교육 기업에서 제작한 한글 자음, 모음 포스터와 숫자 포스터를 구하여 교수님께 선물한 적이 있다. 우리말의 낱소리가 어떻게 생겼고, 어떻게 소리 나는지 그리고 소리가 어떻게 조합되는지를 설명하는데, 역설적이게도 영어의 파닉스 수업을 하는 듯한 착각이 들었다. 그 순간이 뇌리에 각인되어 그 후로도 가끔 그날이 떠오를 때가 있다. 교수님은 우리말이 매우 과학적이며 소리가 무척 아름답다고 감탄하셨다. 이후 세미나에서도 한글을 소개하면서 선물이라고 하기에 너무나도 조촐했던 그 포스터들을 천진난만하게 보여주며 자랑하셨다. 돌이켜보면 모국어인 한국어와 외국어인 영어의 발달 과정의 상관관계를 알아보는 나의 연구의 핵심이 여기에 있었다. 테레지나 교수님은 아마 인터뷰를 했던 날부터 이미 큰 그림을 그리고 계셨던 것 같다.

연구 주제를 정하고 연구 질문을 구체화하면서 자료 수집을 위한 장소를 정하는 일은 또 다른 고민거리였다. 그러던 어느 날 동기들과 교육학과 사무실로 향하던 길에서 만난 작은 동양인 여성으로부터 뜻밖의 도움을 받게 됐다. 우리에게 먼저 반갑게 인사를 건넨 그 동양인 여성은 심리학과의 정미령 교수님이셨다. 한국에서 온 늦깎이 유학생인 나를 고생한다며 무척이나 반겨주셨다. 일부러 시간을 내어 차나 점심을 같이하거나 일상생활이나 학업에 관한 소소한 이야기를 들어주셨다. 내가 자료 수집을 위한 기관을 알아보는 중이라는 이야기를 들으시고 경기도의 초등학교 한 곳을 소개해 주셨다. 일이 많은 학교장의 허가를 받는 일은 쉽지 않을 것이라고 하셨지만, 교수님의 배려는 가뭄의 단비와도 같았다. 교수님은 학계에 기여할 수 있는 좋은 연구논문을 작성하라는 당부도 잊지 않으셨다. 좋은 연구논문을 작성하기 위해서는 풍부한 자료 수집이 중요했고, 알맞은 장소를 찾는 일은 매우 중요했다. 다행히 교장선생님은 나의 연구에 관심이 많으셨고 자료 수집을 위한 일정을 조율해 주셨다. 테레지나 교수님과 정미령 교수님의 조언과 지원은 내가 가진 역량보다도 더 가치 있는 연구논문을 완성하는 데 따뜻한 자양분이 되었다.

7. 석사 논문 제출

박사 논문과 비교해서 석사 논문은 분량은 적지만 상대적으로 짧은 시간에 작성하기 때문에 여러모로 아쉬운 점이 많이 남는다. 그럼에도 논문 작성의 과정이 동일하게 고달픈 시간인 것은 분명하다. 석사 논문이든 박사 논문이든 논문을 작성하는 동안에는 혼자서 결정해야 하는 일이 상당히 많아서 때로는 외로운 길에 혼자 서있는 듯했다. 그렇지만 주변의 도움 없이 혼자서는 갈 수 없는 동행의 길이기도 했다. 그런 면에서 나는 운이 좋았다. 주변의 애정 어린 큰 도움으로 워릭대학교와 옥스포드대학교의 석사 논문이 모두 우수 논문으로 선정됐다. 그 결과는 땀과 눈물의 결실이었고, 큰 영광이었다.

끝이 나지 않을 것만 같았던 워릭대학교에서의 첫 번째 석사 논문은 키스 교수님의 격려로 무사히 마무리할 수 있었다. 유쾌하고, 공감 능력이 뛰어나신 교수님은 논문이라는 괴물과 힘겹게 씨름하던 나에게 '아서왕의 검'과 같았다. 옥스포드대학교의 테레지나 교수님은 차분하고, 호기심이 많고, 어머니와 같은 자애로움으로 힘겨운 길을 함께 걸어주셨다. 물론 두 분 모두 원칙에 충실하셨고 때로는 엄격하고 단호했기 때문에 이런 부분을 어려워하는 동기들도 있었다. 그러나 나는 성실하게 노력하는 제자를 거두려는 교수님들의 실질적인 조언을 '피해야 하는 공'이라고 생각하지 않았다. 이런 점에서 교수와 제자가 튜터와 튜티로서 신뢰 관계를 형성할 수 있도록 지원하는 튜터링은 영국 고등 교육의 특징이자 효과적인 시스템이었다고 생각한다.

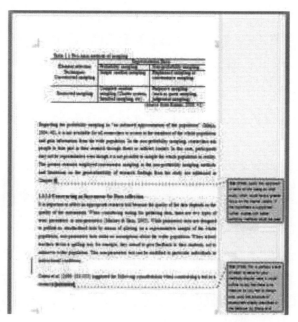

테레지나 교수님의 논문 피드백

　나는 과제나 논문을 작성할 때, 책을 읽고 생각이 정리되는 대로 학과 담당 교수님이나 논문 지도 교수님에게 수시로 메일을 보냈다. 이와 같은 전략은 내가 성실하게 학업에 임하고 있음을 보여주는 증거이기도 했고, 나를 좀 더 지원해 달라는 무언의 압박이기도 했다. 특히, 교수님이 담당하는 학생 수가 많을 경우, 교수님의 한정된 시간을 나에게 좀 더 집중하도록 관심을 유도하기 위해서는 보다 계획적으로 일정을 운영해야 했다. 나의 존재를 적극적으로 알리는 노력은 유학이라는 정글에서 나의 생존율을 높이는 훌륭한 전략이었다. 그 결과, 교수님과 연구에 관한 충분한 이해를 형성할 수 있었고, 마무리 단계에서는 특별히 수정해야 할 사항이 많지 않아 시간을 상당히 절약할 수 있었다.

특히 과제나 논문의 파트를 해당 교수님에게 보내기 전에 항상 교정을 받았다. 과제나 논문은 일반적인 글쓰기가 아닌 학술용 글쓰기이기 때문에 사전에 교정을 받아 가독성을 높이는 것이 실질적으로 중요했다. 교정을 요청하는 3~4일을 일정에 반영하느라 과제나 논문을 서둘러 마무리하는 수고가 필요했다. 교정 비용이 들긴 했으나, 이와 같은 노력으로 마감일에 앞서 안전하게 과제와 논문을 제출하여 마음의 짐을 덜 수 있었다.

8. 영국에서의 생활

박사 과정을 시작할 무렵 버밍엄대학교에서 학사 과정을 시작한 큰 조카도 워릭대학교의 가족 기숙사에서 함께 살았다. 나와 큰 조카의 안전을 책임졌던 남동생은 국립인천대학교 영어영문학과의 정채관 교수로 나의 석사와 박사 과정의 숨은 멘토였다. 세 명이 모두 유학생이었던 그 당시에 학업 이외의 집안일은 논문 작성과는 다른 차원의 큰 숙제였다. 빠듯한 학과 일정에 더해진 집안일이라는 거인에 맞서 싸우는 것은 체력적으로 꽤 힘들었다. 그러나 정신없이 바쁜 유학 생활에서 남동생과 큰 조카는 힘들 때 의지할 수 있는 버팀목이 돼주었다. 공원 산책이나 장보기, 선데이 런치 등을 함께 하면서 막막한 유학 생활을 견딜 수 있도록 한 원동력이었다. 옥스포드대학교에서 석사를 시작하기 전에 건강에 갑작스러운 이상으로 수술을 받고 몸과 마음이 매우 지쳐있었음에도 첫 학기를 무사히 시작할 수 있었던 힘의 원천은 가족들의 응원과 믿음이었다.

졸업 사진 촬영 및 워릭대학교 기숙사

과제나 논문이 잘 풀리지 않을 때는 학교를 오가는 길에 옥스팜과 같은 중고 가게를 가거나, 주말에 카부츠 같은 중고 시장에 가곤 했다. 동화책을 구경하거나 사서 모으는 일은 나의 소소한 취미였다. 현지 아동들이 읽는 책들을 구경하면서 다양한 책의 형태와 디자인을 살펴보는 일은 무척이나 즐거웠다. 그 당시 수집한 책들 가운데 일부는 귀국 후에 주변에 나눔 했고, 일부는 내 책장의 한 칸을 차지하고 있다.

때때로 학교를 벗어나 국내외의 학술대회에 참가하면서 다양한 경험을 쌓기도 했다. 동생과 큰 조카까지 동행하느라 경비가 부담되어 여행을 대신해 학회에 다녀왔지만, 연구 내용을 발표하거나 저명한 연구자들의 강연을 들을 수 있는 순례의 길이기도 했다. 크리스마스나 부활절과 같은 휴일에 발표 준비를 하는 일은 과제나 논문 준비와 일정이 맞물려 생각보다 버거운 일이었다. 그러나 학술대회의 개최지에 따라 한국, 영국, 미국 등을 오가며 다양한 주제로 연구하는 신, 구 연구자들을 만나는 일은 시간을 내어줄 만한 충분한 가치가 있었다. 또한, 학술대회 발표장에 설치돼 있던 도서 전시관을 둘러보며 신간이나 희귀본을 구경하는 일도 상당히 재미있었다. 그러한 관심이 귀국 후에 교재 개발 프로젝트에 참여하게 된 것은 어쩌면 자연스러운 일이었다.

학회 발표 준비 및 방문

옥스포드대학교에 재학 당시에는 학교에서 30여 분 떨어진 거리에 있는 위틀리라는 작은 마을에서 살았다. 캠퍼스의 가족 기숙사에서 생활했던 것과 달리 장거리 통학으로 몸은 피곤했지만, 버스에서 하루를 정리하는 시간이 좋았다. 길을 지나가는 각양각색의 사람들을 구경하는 것도 재미있었고, 이층버스에 앉아 해 질 무렵에 소 떼가 있는 들판과 붉은 하늘을 바라보는 일도 제법 운치가 있었다.

버스 정류장에서 교육학과로 가는 길에 옥스포드대학교 공원이 있다. 이른 아침에 안개 낀 공원을 가로질러 가는 길은 이상한 나라의 앨리스가 된 느낌이 들 정도로 이질감이 느껴지곤 했다. 점심시간이나 수업 후에 드넓은 공원을 동기들과 거닐던 시간은 아마도 내가 영국에서 누린 최고의 호사였을 것이다. 다양한 국적의 동기들과 잔디밭에 한가로이 누워 맑은 하늘을 올려보다가 뜬금없이 대한민국의 여권이 세상에서 가장 좋은 만능 여권이라거나, 고추장은 건강에 좋다거나, 결혼 후에도 여자가 남편의 성을 따르지 않는 것이 남녀평등의 시작이라는 등 주제를 가리지 않고 끊임없이 이야기를 나누었다. 옥스포드대학교의 나의 동기들은 어린 나이에도 진지하게 세상을 탐구하고자 타향살이를 선택한 12명의 용감한 탐험가들이었다.

옥스포드대학교 재학 당시 생활 모습

9. 마무리하며

어느 날 영국에서 걸려 온 전화 한 통으로 시작된 유학 생활은 나의 가치관을 크게 바꿔 놓았다. 그 시간의 낯선 경험은 나를 무한 경쟁 구도의 교육관에서 벗어나도록 이끈 전환점이 되었다. 영국의 워릭대학교와 옥스포드대학교에서의 생활은 나에게 '원칙 없이 나아가는 것은 무너짐으로 향하는 허망한 길'이라는 단순한 사실을 되새기는 깨우침의 시간이었다.

귀국 후에 한국교육개발원 영재교육연구센터, 연세대학교 교육대학원, 이중언어교육연구소 등을 거쳤고, 현재는 고려사이버대학교 아동영어학과에서 강의하면서 옥스윅에듀를 운영하고 있다. 15년 전 영국 유학 시절에 시작된 질문에 대한 답으로, 아동영어학습자에게 풍부한 언어 입력을 위한 읽기와 논리적이고 창의적인 쓰기 지도의 효과성을 연구하고 있다. 나는 영국에서 배운 '원칙에 충실한 느림의 미학'을 실천하는 삶을 살아가기를 원한다. 태어나는 순간부터 태블릿을 사용하는 요즘 아이들을 앞으로 어떻게 교육해야 할 것인지에 대한 고민을 하면서 정답이 아닌 해답을 얻고자 나는 다시 현장에 서 있다.

채충만

·중앙대학교 약학대학 약학사

·영국 London School of Hygiene & Tropical Medicine 이학석사

[경력]

·고려대학교 안암병원 야간약사

·가톨릭대학교 여의도성모병원 야간약사

·SK디스커버리 의약정보팀 주임

·한국국제협력단 다자협력인도지원실 대리

·현재 질병관리청 감염병관리과 역학조사관

채충만

내 삶의 선물 같은 시간

1. 영국 유학을 결정한 이유

내가 처음으로 영국 유학에 대해 관심을 갖게 된 것은 29살이 되던 2016년 봄이었다. 대기업을 1년간 열심히 다니다가 어느 날 그 안에서 성공한 분들의 모습이 내가 원하는 나의 미래가 아니란 생각에 한참 벚꽃이 예쁘게 폈던 봄에 회사를 그만뒀다. 처음에는 그 당시 '욜로' 열풍이 불면서 많은 청년들이 해외여행을 갔고, 나도 회사 생활을 하면서 모은 약간의 돈으로 1년간 세계 일주를 할 생각이었다. 여행 계획을 세우면서 문득 욜로의 의미인 '오직 한 번 사는 삶(YOLO, You Only Live Once)'에 대해서 다시 생각해 보게 됐다. 단순히 지금 하고 싶은 것을 하는 것이 욜로가 아니라 한정된 내 삶을 어떤 이야기로 채울 것인지 고민하는 것이 욜로의 핵심이라는 생각이 들었다.

내가 찾은 내가 원하는 삶의 답은 '공간적 제약 없이 세계 어디서든 많은 사람들에게 좋은 영향력을 주는 삶'이었다. 공간적 제약

270

없이 일하기 위해서는 영어가 필요했고, 세계 어디서든 일하기 위해서는 세계적으로 내 역량을 증명해 줄 수 있는 학위가 필요했다. 그러던 중 먼저 영국에 공중보건 석사 과정 유학을 간 친구를 통해 영국 유학에 대해 알게 됐다. 나는 약대를 졸업하고 병원, 약국, 제약 회사에서 일하면서 자연스럽게 공중보건에 관심이 생겼다. 영국에는 이 분야에서 우수한 대학교들이 상당수 있었다. 석사학위 기간이 1년이어서 다른 국가의 석사 과정에 비해 경제적으로도 부담이 덜했다. 나는 학비와 생활비 등을 모두 포함하여 5500만 원 정도가 들었다. 한국의 일반적인 대학원 학비가 2000만 원 이상이라고 할 때, 영국에서 졸업 후 1년간 경제 활동을 할 수 있다면 한국 대학원 진학과 비교해도 경제적으로 괜찮은 선택일 수 있다.

2. 영국 유학 준비 과정
가. 준비 기간 일상

여러 고민들을 하다 보니 시간은 한여름을 지나 8월 말이 돼있었다. 영국 유학을 준비하기 위해서는 돈과 시간이 필요했다. 부모님이 계신 지방에 내려와 근처 약국에서 주중에는 아침 8시부터 저녁 6시 반까지, 토요일에는 오전 8시부터 오후 2시까지 일하기 시작했다. 약국에서 일하는 동안에는 퇴근 후에 회사 일을 신경 쓸 필요가 없었고, 야근이 없어 퇴근 이후 시간을 확보할 수 있었다. 반면, 10시간이 넘는 시간 동안 1시간 정도를 제외하고는 한겨울에도 등에 땀이 맺힐 정도로 계속 서서 움직여야 해서 퇴근 이후에는 녹초가 되곤 했다.

체력 문제를 해결하기 위해 퇴근을 하자마자 차 안에서 고구마와 닭가슴살 샐러드를 먹고 저녁 7시부터 수영을 했다. 8시 30분 정도에 수영장에서 나와 바로 집에 가면 바로 잠들 것 같아 사람이 없는 카페에서 11시 마감시간까지 영어 공부를 하고 지원 서류를 작성했다. 토요일과 일요일에도 오후에는 3시간 정도 영어 공부와 유학 준비를 했다. 약국에서 일을 시작한 2016년 8월 말부터 2017년 5월까지는 특별한 일이 없으면 비슷한 일정으로 유학 준비를 했다.

나. 대학원 지원 과정

2016년 9월경, 정보를 얻을 목적으로 토요일 오후에 영국유학 박람회에 다녀왔다. 몇몇 대학교의 부스에 방문했는데, 영국 내에서 공중보건 분야로 유명한 대학교가 아님에도 불구하고 내 출신 대학과 학점으로는 어렵다는 답변을 받았다. 참고로 내 학점은 4.5만점에 3.38이며, 이후에 석차를 확인해 본 결과 120명 중 50등 정도였다. 만약 내가 박람회에서 들은 내용만으로 영국 유학을 포기했다면 그 이후의 수많은 값진 경험과 추억들은 없었을 것이다. 유학박람회에 참여한 입학 담당자나 유학 업체들도 모든 분야와 학교에 대해 잘 알 수는 없다. 이 책의 독자들도 박람회나 업체의 의견을 참고는 하되 판단은 꼭 스스로 하길 바란다.

영국 학교들은 학력 사항도 중요하게 보지만, 대학원의 경우 많은 학교들이 지원자가 어떤 경험과 경력을 갖고 있는지를 중요하

272

게 본다. 특히 내가 전공한 공중보건 분야는 그런 경향이 더 강하다. 다양한 국가의 공중보건 체계에서 의사, 약사, 간호사, 행정가, 활동가 등 각기 다른 역할로 일한 경험을 통해 서로에게 배울 수 있는 기회를 제공하기 위해서이다. 즉, 학교 입장에서는 지원자가 학교의 교육과정을 얼마나 성공적으로 마치는 지도 중요하지만, 다른 학생들은 갖지 못한 경험과 통찰력을 공유함으로써 학교의 교육 프로그램에 얼마나 기여할 수 있는지가 더욱 중요한 것이다.

나는 병원과 약국, 제약 회사 등 약사로 비교적 다양한 경험을 갖고 있었고, 같은 해에 입학한 한국 국적의 다른 학생 중 약사는 없었다. 다른 학생들과는 다른 차별성을 갖는 것은 지원 과정에서 특히 중요하다. 영국의 경우 한국처럼 지원 기간의 시작과 끝을 정해서 지원서를 접수한 뒤 그중 가장 뛰어난 순서대로 뽑는 것이 아닌, 지원이 시작된 후 본인들의 기준을 충족하면 합격시키고 정원이 다 차면 지원이 종료되는 시스템이다. 학교 입장에서는 학생들이 서로에게 배울 수 있도록 다양성을 고려해야 한다. 지원자가 아무리 뛰어나도 같은 전공과 경험, 국적, 성별 등을 가진 다른 지원자가 이미 지원해서 합격했다면 합격 가능성은 낮아질 수밖에 없다. 따라서 영국 유학을 마음먹었다면 지원이 시작되는 10~11월경부터 다음 해 1~2월 사이에 지원을 마무리하는 것이 유리하다.

나는 11월 말에 지원 서류 작성을 완료해서 12월 말에 대학 지원을 완료했다. 추천서는 이전 직장 팀장님과 학부 시절 교수님께 요청드렸으며, 11월에 미리 연락 드리고 12월에 추천서를 받았다.

교수님의 추천서에서는 나의 학업 능력을 보여주고, 팀장님의 추천서에서는 업무 경험과 태도를 보여주고자 했다. 나는 공중보건과 관련은 적지만 A+과 A를 받은 강의들을 맡았던 교수님이신 의약화학 교수님께 추천서를 부탁드렸다. 학교마다 추천서 제출 방법은 조금씩 상이할 수 있는데 스캔해서 웹페이지에 업로드하기도 하고, 학교 측에서 추천자의 공식 메일(학교 또는 직장 메일)로 추천서 요청 메일을 보내 답장을 받기도 한다.

지원 서류의 작성 과정에서 작성한 내용의 문법이나 문맥 등의 검토를 받기 위해 유학원 등이 제공하는 서비스를 이용하는데, 런던 내에 있는 주요 대학교에 지원할 경우에는 비용이 비싸다. 대부분의 경우 동일한 자기소개서와 이력서로 여러 학교에 지원하기 때문에 비용이 저렴한 학교를 유학원 서비스를 이용해 지원하면서 문맥 및 문법을 검토 받은 후 나머지 학교는 직접 지원하는 것이 경제적일 수 있다. 내가 지원한 학교는 런던위생열대의학대학원, 유니버시티칼리지런던, 에든버러대학교, 요크대학교, 버밍엄대학교 등 다섯 곳이었다. 에든버러대학교와 요크대학교, 버밍엄대학교 등 세 개 대학에 대한 서류 검토 서비스를 받은 후 런던위생열대의학대학원과 유니버시티칼리지런던은 홈페이지를 통해 개인적으로 지원했다.

지원한 다섯 곳의 대학교 중 개인적으로 1순위, 3순위, 그리고 5순위로 생각한 런던위생열대의학대학원, 에든버러대학교, 버밍엄대학교에서 합격 통보를 받았고, 그중 런던위생열대의학대학원에 진학했다(런던위생열대의학대학원의 경우 영문 학교명인 London

School of Hygiene and Tropical Medicine의 약자인 LSHTM 으로 주로 불린다. 한글 이름이 길고 앞으로 자주 언급되므로 이후 에는 편의상 LSHTM으로 표기한다).

각 학교마다 원하는 학생의 경험과 구성이 다를 수 있어 이름이 더 알려진 학교라고 떨어지거나 덜 알려진 학교라고 붙는 것은 아 니다. 지원 학교를 선정하는 과정에서 학교 전반의 명성 등도 중요 한 요소이지만, 해당 분야에서 각 학교의 명성과 졸업생들이 주로 어디에서 활동하는지도 중요하다. 예를 들어 WHO의 경우 현재 사무총장과 각 지역 사무소장들 중 LSHTM에서 석사 학위를 받은 인물들이 많다. 따라서 석사 이후에 진출하고자 하는 분야나 단체 가 명확하다면 링크드인 등을 통해 해당 분야 또는 단체에서 일하 는 사람들이 주로 졸업한 학교가 어딘지 확인해 보는 것도 좋다.

다. 영어 공부 과정

나는 영국 유학을 가기 전까지 해외에서 영어 공부를 해본 적이 없었다. 대한민국의 영어 교육만 받은 내 또래 80년대 후반생들은 아마 대부분 초등학교 3학년에 뜻을 모르는 영어 노래를 처음 학 교에서 불러보고, 중학교에 들어갈 때 아주 기초적인 문장을 배웠 으며, 수학 공식 외우듯 영어를 외워 수능을 봤을 것이다. 읽기와 듣기는 수능과 대학교 이후 영어 시험을 통해 훈련하더라도 말하 기와 쓰기는 하는 것 자체가 생소했다. 영국 유학을 결정한 2016 년 8월에 내 상황이 그랬다. 영어 실력을 확인하기 위해 2016년 10월에 처음 본 IELTS 시험 점수는 절망적이었다. LSHTM에 입학하기 위해서는 전체 점수 7.0 이상과 과목별 점수 6.5 이상이 필요한데 듣기, 읽기, 말하기, 쓰기 순으로 7.0, 6.5, 5.5, 5.0점을 받아 전체 6.0점을 받았다.

일 때문에 절대적인 공부 시간이 부족했기 때문에 일을 하면서도 전날 저녁에 종이에 적어 둔 영어 단어를 주머니에 넣어두고 시간이 날 때마다 외웠다. 듣기는 아침, 저녁으로 차 안에서 'BBC 6minute English'등의 앱을 반복하면서 듣고 따라 말했다. 읽기의 경우 제약 회사에서 일할 때 영어 논문들을 시간에 쫓기며 읽어야 했기 때문에 시험 스타일에 적응하니 금방 점수가 나왔다. 말하기는 '바이토킹'이라는 전화 영어 업체에서 주 3회 20분씩 수업을 받았다. 수업료가 비싸기는 했지만, 말하기의 경우 단기간에 점수를 올려놓고 이후에는 감을 유지하는 것이 낫다고 판단했다. 문제는 쓰기였다. 한국에서 영어를 배우면서 영어로 한 문단 이상을 써 본 적이 없었고 어디서부터 시작해야 할지, 누구에게서 배워야 할지도 감이 안 왔다. 처음에는 쓰기 인터넷 강의를 들었고 도중에 답답해서 필리핀 국적의 강사와 화상으로 하는 첨삭 강의도 들어봤다. 다음 해 3월과 4월에 시험을 한 번씩 봤다. 읽기와 쓰기는 만점에 가까운 점수를, 말하기는 6.5점을 받았으나 쓰기는 여전히 6.0점이었다. 지원한 학교로부터 합격 통보는 2월에 받았는데 영어 성적 때문에 입학을 미뤄야 할 수 있겠다는 걱정이 커졌다(대부분의 영국 대학은 합격하더라도 1년간 입학 유예가 가능하다). 결국 5월에 약국을 그만두고 서울로 올라와 영어 학원을 다니면서 시험을 한차례 더 봤으나, 쓰기 점수는 여전히 6.0점을 받았다.

이때부터 쓰기 공부 방법을 모범 답안의 문단을 통째로 외우는 것으로 바꾸고 250자 모범 답안을 외우기 시작했다. 한 문장을 안 보고 쓸 수 있게 되면 두 번째 문장을 쓰면서 외우고, 두 번째 문장을 안 보고 쓸 수 있게 되면 첫 번째와 두 번째 문장을 한 번에 안 보고 써보고, 그게 가능해지면 세 번째 문장을 외우는 식으로 앞에서부터 문장을 누적해가면서 한 문단을 외웠다. 문단별로도 동일한 과정으로 앞에서부터 누적해가면서 외웠고, 하루에 2~3개 정도의 모범 답안을 외울 수 있게 됐다. 제한된 시간 안에 답을 작성해야 하기에 시험장에서 고민한 내용을 쓰기보다는, 외웠던 문장과 글의 흐름이 무의식적으로 나오도록 하는 것이 효과적이었다.

마침내 6월에 본 시험에서 전체 점수는 7.5점, 과목별 점수는 듣기, 읽기, 말하기, 쓰기 순으로 8.0, 7.5, 7.0, 6.5점으로 대학원 입학에 필요한 점수를 받을 수 있었다. 결과는 좋았지만 내 시험 준비 방법은 효율적이지는 않았다. 시험을 5번 정도 보면서 응시료만 100만 원 이상을 썼고, 특히 쓰기 공부 과정에서 다양한 방법을 찾으면서 수업료를 쓰기도 했다. 독자분들은 내 경우와는 다르게 처음부터 학원을 다니고 모범 답안이라고 할 수 있는 글들을 외우는 등 시험에 적합한 방식으로 접근해서 좀 더 효율적으로 원하는 점수를 받기를 기원한다.

익숙하지 않은 언어와 전달 방식(말하기, 쓰기)을 배우는 것은 고통스럽고 쉽지 않다. 만약 그것이 시험 점수를 받기 위한 것이라면 더더욱 지치고 지루할 것이다. 고통스럽고 지치는 것이 당연한 것이니 나만 부족하다거나 유독 고통스럽다고 생각하고 포기하지 않았으면 좋겠다. 대부분의 사람들이 할 수 있다면 나도 할 수 있다는 마음가짐으로 한 걸음씩 내딛다 보면 원하는 곳에 도착해 있을 것이다.

라. 영국에서 머물 숙소 구하기

대학원 합격 소식을 2월에 듣고 4월쯤부터 숙소를 고민하기 시작했다. 결론적으로 나는 런던대학교의 기숙사에 머물렀고, 기숙사를 선택한 첫 번째 이유는 시간과 돈이었다. 런던은 중심부인 1구역부터 바깥쪽인 6구역까지 구분되어 있는데 LSHTM을 포함한 런던대학교 대부분의 학교들이 1구역에 위치한다. 외곽으로 갈수록 숙소비용이 저렴해지지만 지하철인 튜브의 요금이 구역의 경계를 기준으로 추가된다. 따라서 아침식사와 저녁식사를 제공하는 경우 매달 150만 원, 식사를 제공하지 않는 경우 100만 원 정도 되는 기숙사비도 걸어서 통학이 가능하다면 합리적이라고 생각했다(참고로 버스의 경우 이동거리와 상관없이 동일한 요금을 지불하기 때문에, 만약 어느 정도의 통학시간은 감수할 수 있고 학교와 숙소 사이에 편리한 버스 노선이 자리 잡고 있다면 상대적으로 외곽의 숙소도 좋은 선택일 수 있다).

기숙사를 숙소로 선택한 두 번째 이유는 다양한 친구들과 교류할 수 있다는 점이었다. 특히 런던대학교 기숙사의 경우 LSHTM 뿐만 아니라 런던정치경제대학교, 킹스칼리지런던, 소아스, 유니버시티칼리지런던 등 런던대학교 소속의 다른 학교 학생들과 공유하기 때문에 기숙사에서 다른 전공을 하는 친구들을 사귀기 좋다. 인터넷을 통해 대부분의 지식을 접할 수 있는 시대에 살면서 굳이 비싼 돈을 내고 영국까지 가는 큰 이유 중 하나가 대학원 동료들과 대화를 나누면서 다양한 경험을 쌓고 글로벌 네트워크를 만드는 것이기 때문에 기숙사에 머물기로 결정했다.

4~5월경에 학교로부터 기숙사 안내 메일을 받은 후, 7월에 런던대학교에 소속된 여러 기숙사 중 통학 거리와 가격을 고려하여 희망 순위를 제출했고, 8월에 기숙사를 안내받았다. 나는 킹스크로스역 근처의 지어진 지 2년 정도 된 가든 홀이라는 기숙사에 머물렀다. 대영박물관 근처에 있는 LSHTM까지는 걸어서 20분 거리였고, 내셔널 갤러리나 영국 도서관, 버킹엄 궁전, 빅벤 등 주요 관광지와 중심지를 한 시간 이내에 걸어갈 수 있어 주말에도 문화생활을 즐기기에 적합했다.

마. 영국에 챙겨가면 좋을 것들

비자 발급이나 건강검진, 입학 절차 등은 대부분 인터넷과 학교의 안내를 통해 확인 가능하고 무엇보다 매년 조금씩 변화하는 내용이 있을 수 있기 때문에 여기서 언급하지 않는다. 대신 내가 영국에서 머물 동안 '한국에서 준비해왔으면 좋았을 텐데'했던 것들을 몇 가지 이야기해 보고자 한다.

라면 포트: 만약 영국에서 기숙사에 머물기로 했고, 기숙사 내에 조리를 할 수 있는 부엌이 없는 경우 라면 포트가 매우 유용하다. 한국에서는 라면을 별로 먹지 않더라도 딱히 맛있지 않은 영국 기

숙사 음식을 계속 먹다 보면 라면이 먹고 싶을 때가 있다. 그럴 때마다 컵라면을 사서 먹다 보면 끓인 라면이 정말 먹고 싶을 때가 있다. 막상 영국에서 라면 포트를 사려고 보면 한국에서 8000원 남짓인 라면 포트가 영국에서는 3~4만 원 정도 한다. 학생의 생활비로 라면 몇 번 먹자고 쓰기에는 아까운 금액이다. 석사 기간의 2/3가 지난 시점에서 기숙사 내에 부엌이 있는 공간으로 옮겼고 결국 한국에 올 때까지 라면 포트는 사지 않았지만 아직까지 기억에 남는 것을 보면 있었으면 참 좋았을 물건이다.

도시락 통: 영국 유학기에 자꾸 음식과 관련된 내용이 나와서 당황스럽겠지만 진심이다. 한국에서는 얼마 안 하는 밀폐 용기가 영국에서는 생각보다 비싸다. 학교에 점심 도시락을 싸오는 친구들도 많았고 무엇보다 카페테리아나 근처 식당에서 먹는 음식이 맛과 가성비 모두 만족스럽지 않기 때문에 밀폐 용기를 챙겨 가서 도시락을 싸 다니는 것도 좋다. 아침은 가볍게 먹고 저녁은 많이 먹는 영국의 특성상 저녁 음식은 대부분 남기게 되는데, 전날 저녁에 기숙사 음식을 미리 밀폐 용기에 나눠 담아서 냉장고에 보관했다가 다음날 점심에 먹으면 불필요한 지출을 줄일 수 있다. 어차피 밖에서 사서 먹는다고 맛있는 음식을 먹을 수 없다면 그 돈이라도 아껴서 문화생활을 하거나 아예 맛있는 레스토랑에 한 번씩 가는 것을 추천한다.

양말이나 기본 티셔츠: 전통적으로 영국의 섬유 산업이 유명하지만, 값싼 가격에 양질의 품질을 누리기에는 우리나라 제품이 좋다. 특히 양말 등과 같이 굳이 비싼 것을 살 필요가 없는 제품의 경우 영국 제품은 생각보다 잘 늘어났다. 따라서 큰 부피나 무게를 차지하지 않는 양말이나 속옷, 기본 티셔츠의 경우 캐리어 공간에 여유가 있다면 한국에서 많이 챙겨가는 것도 좋은 선택이다.

콘센트 변환 플러그 및 멀티탭: 한국에서 노트북이나 휴대폰 등을 챙겨가서 사용하게 될 텐데 영국의 콘센트 모양은 한국과 다르다. 콘센트 변환 플러그와 멀티탭을 2개 정도 챙겨가면 숙소에서 대부분의 전자기기를 편하게 이용할 수 있을 것이다. 도서관에서 노트북 전원을 연결하는 등 휴대용으로 갖고 다니는 것을 고려해 여유분을 추가로 들고 가는 것도 좋다. 여러 콘센트 방식으로 변환 가능한 플러그를 챙겨가면 방학이나 연휴에 다른 국가로 여행할 때도 유용하게 활용할 수 있다.

3. 영국 유학 과정
가. 대학원 과정

대학원 과정에 대해 소개하기 전에 간단히 내가 LSHTM에서 공부하면서 느낀 영국 대학원의 장점을 이야기해 보고자 한다. 첫 번째 장점은, 연구할 때 교수와 다른 연구자들이 대학원생이라고 학생으로 대하지 않고 한 명의 연구자로 대해준다. 이 분야에서 유명한 학교 중 하나이며, 분야 특성상 이미 의사나 약학 박사 등 박사에 준한 학위가 있거나, 또는 해당 분야에서 이미 경력과 명성을 어느 정도 갖춘 대학원생들이 많은 것도 한 가지 이유일 것 같다. 두 번째 장점은 수업 전에 제공하는 읽기 자료와 강의, 세미나가 굉장히 유기적으로 돼있어 단순히 지식을 외우는 것이 아니라 생각하는 방법을 배우고 실제로 적용 가능한 실용적인 학문을 배울 수 있다는 점이다.

대부분의 영국 석사 학위 과정은 1년 동안 3학기로 구성되어 있다. 내가 공부한 LSHTM의 경우 한 학기는 10주로 구성되어 있고 학기 사이에는 3주의 방학이 있다. 학기 중간에는 리딩 위크라는 일주일의 자습 시기가 있으나, 보통 이 시기에는 많은 학생들이 공부를 하기보단 여행을 가거나 문화생활을 즐긴다. 나도 1학기와 2학기의 리딩 위크에 다른 유럽 국가를 여행했다. 첫 학기가 시작되기 일주일 전에는 외국에서 온 학생들을 대상으로 런던 생활과 계좌 개설, 우리나라의 주민등록증 개념인 BRP 수령 방법 등에 대해서 안내하는 오리엔테이션을 진행하고 학사 일정과 관련된 사항도 하루나 이틀 정도에 걸쳐 안내하는 시간을 갖는다.

보통 이 시기에 다양한 친구들을 사귀기에 좋다. 어울리는 그룹이 만들어지기 전이고 모두가 들어오고 싶었던 대학원에서 새로운 친구를 만나는 것에 기대를 갖고 있기 때문이다. 서로 친해질 수 있도록 학교 측에서 맥주와 음식을 제공한다. 물론, 여러분의 등록금에 포함되어 있을 것이다. 또한 이 시기에 중요한 한 가지는 첫 학기에 들을 선택 과목을 선정하는 것이다. LSHTM의 경우 첫 학기에 총 6과목을 듣는데 이 중 기초통계학, 기초 보건경제학, 기초

역학, 사회 연구원론 등 4과목은 필수이며, 이외에 2과목을 선택할 수 있다.

나는 보건시스템과 공중보건 이슈를 선택했는데, 이 외에도 보건 프로모션, 보건 경영 등 다양한 선택지가 있다. 첫 학기 선택 과목은 학기 시작 일주일 이내에 확정해야 하기 때문에 상당히 혼란스러울 수 있다. 과목 안내서만으로는 정보가 제한적이므로 기존의 졸업생을 링크드인 등으로 찾아서 물어보는 것도 한 가지 방법이다. 1학기에 들은 여섯 과목에 대한 평가는 바로 이뤄지지 않고, 모든 수업이 끝난 다음 해 6월 초에 시험을 본다. 시간이 꽤 흐르기도 하고 한 번에 6과목에 대한 시험을 보는 만큼 수업을 들으면서 시험을 대비해 자료를 잘 정리해두면 좋다.

첫 학기 시작 후 5주가 지나면 리딩 위크다. 이 시기에 세부 전공을 정해야 하는데, LSHTM 공중 보건 전공은 세부 전공이 환경보건(Environment & Health), 보건경제(Health Economics), 보건 프로모션(Health Promotion), 보건서비스관리(Health Services Management), 보건서비스연구(Health Services Research), 공중보건(Public Health) 등이다. 세부 전공별로 2학기부터 들어야 하는 필수 과목이 있고 보통 2학기와 3학기에 걸쳐서 들을 수 있는 다섯 과목 중 두 과목은 필수 과목이다. 전공마다 필수 과목에 배정된 시간이 조금씩 다르다 보니, 필수 과목과 시간이 겹쳐 듣지 못하는 선택 과목이 생길 수 있다. 따라서 원하는 수업을 듣기 위해서라도 세부 전공 선택은 중요하다. 나는 영국에 가기 전부터 백신 등의 비용 효과 예측 등에 관심이 있었기 때문에 보건경제를 세부전공으로 선택했다.

보통 첫 학기에 관심 분야 등에 따라서 학교에서 교수나 연구원을 멘토로 지정해 준다. 멘토로부터 런던 생활과 같은 일상적인 것부터 선택 과목 선정이나 졸업 논문을 위한 교수 선정 등 학업적인 것에 대한 다양한 조언을 받을 수 있다. 만약 졸업 논문을 쓰고자 하는 분야와 멘토의 연구 분야가 유사한 경우 멘토를 지도교수로 해서 논문을 쓰는 경우도 있다. 보통 1학기가 종료될 무렵부터 졸업 논문을 위한 지도 교수 선정이 필요한데 만약 본인이 논문을 쓰고자 하는 명확한 주제나 자료가 있을 경우 해당 분야를 연구하는 교수나 연구자를 학교 홈페이지에서 찾아 논문 지도를 해줄 수 있는지 연락해 보면 된다. 만약 논문을 쓰고자 하는 주제가 명확하지 않은 경우에는, 학교 측에서 제공하는 논문 지도 의사가 있는 연구자와 주제 리스트를 참고하여 연락하면 된다.

크리스마스 직전에 1학기를 마치고, 약 3주간 방학이 지나면 2학기가 시작된다. 2학기에는 총 네 과목을 듣는데, 첫 5주간 두 과목을 듣고 리딩 위크 후 다른 두 과목을 5주간 듣는 방식이다. 수업은 월요일부터 수요일 오전까지 한 과목을 연속으로 듣고, 수요일 오후부터 금요일 오후까지 다른 한 과목을 듣는 블록 강의 방식으로 진행된다. 따라서 주어진 시간 동안 밀도 있게 특정 과목에 집중할 수 있다. 각 과목에 대한 평가는 수업이 끝날 때 제출하는 과제로 이뤄진다. 과제를 통해 5주간 습득한 지식을 연습해볼 수 있고 연구 분석이나 정책 보고서와 같이 실무에서 수행해야 하는 것들을 제출하기 때문에 졸업 후 관련 일을 할 때 참고하면 많은 도움이 된다.

　3학기는 10주 가운데 첫 5주 동안 한 과목만 들으면 돼서 상대적으로 개인이 활용할 수 있는 시간이 많다. 그러나 1학기 방학부터 2학기 초반에 선정한 지도 교수와 미팅을 가지면서 논문을 작성하고, 3학기를 마치면 1학기에 들었던 여섯 과목에 대한 시험을 봐야 한다. 그러니 이때 주어진 개인 시간을 충분히 효율적으로 사용해야 한다. 보통 1학기에 파티를 진행하는 런던 내 다른 학교와 달리 LSHTM는 3학기가 시작하기 전에 학교에서 주최하는 파티가 진행된다. 3학기부터는 새로운 친구를 만날 기회가 거의 없고 그동안 친해진 친구들과 좋은 추억을 만들 수 있으니 참석하는 것도 좋다.

　3학기를 마치고 6월 초에는 1학기 여섯 과목에 대한 시험을 본다. 만약 영어로 시험을 보는 것에 익숙하지 않다면, 시험 전에 스스로 모의고사처럼 연습을 충분히 하는 것이 좋다. 시험 후 9월 초까지 남은 시간에는 논문을 쓰는데, 이 시기에 한국으로 돌아와서 논문을 써도 된다. 실제로 내 기숙사 동료 중 런던정치경제대학교에 다니는 한 친구는 6월에 귀국해서 국내에서 논문을 제출했다. 특히 LSHTM은 온라인으로 논문 제출을 완료하기 때문에 굳이 논문 제출을 위해 영국에 머물 필요는 없다. 나는 8월 말까지 영국에 머물면서 논문 작성을 했고, 9월에는 아이슬란드 여행을 하면서 논문을 최종 제출했다. 사실상 여행 전에 초안 작성을 마치고 여행 중에 최종 수정을 한 것이기는 하지만, 낮에 4~5시간씩 운전하고 밤에 논문 작성을 마무리하는 것이 쉽지는 않았다. 다만,

체력적으로 충분히 자신이 있다면 아이슬란드의 고요한 밤공기를 즐기면서 논문을 쓰는 것도 인생에 몇 없는 기억에 남을 인상 깊은 경험이기도 하다.

나는 인플루엔자 백신 효과의 모델링과 비용 효과 분석에 관심이 많았고 마침 학교 측에서 제공한 목록 중 인플루엔자 백신 관련 주제를 연구하는 연구자가 있어서 연락했다. 내가 연락한 연구자는 마크라는 이름의 교수로 감염병이나 백신 효과의 수학적 예측 모델링 분야에서 세계적으로 인정받는 과학자이다. 일주일에 3일은 LSHTM에서, 다른 3일은 홍콩과학기술대학교에서 강의하고 나머지 1일은 비행기 안에 있을 정도로 바빴다. 그는 LSHTM의 정교수인데 연락 후 첫 미팅에 부교수인 캐서린과 연구원인 니콜라스가 함께 참석했다. 영국의 대학 시스템은 우리나라와 달리 강의 교수와 부교수, 정교수가 피라미드 형식으로 구성돼있어 교수 중 정교수의 직위를 가진 수는 정말 극소수다. 당연히 마크는 굉장히 바빴기 때문에 연구의 큰 방향성을 잡아주고, 실질적인 연구는 부교수인 캐서린과 연구원인 니콜라스와 함께 진행했다.

앞서 언급한 대로 석사 논문을 작성하면서 마크와 캐서린, 니콜라스 모두 나를 학생이 아닌 한 명의 연구자로 대우했고, 적극적으로 방향을 제시하기보다 내가 준비한 자료와 아이디어를 듣고 함께 고민하며 의견을 줬다. 석사 과정 이후 한국에 돌아와서 코이카에서 근무할 때 그들은 내 석사 논문을 발전시켜 저널에 실어보자는 메일을 줬고, 퇴근 이후 시간을 활용해서 추가 연구를 진행해 미국 질병통제예방센터에서 발행하는 SCI 저널인 신종감염질환

286

(Emerging Infectious Disease)에 논문을 게재했다. 물론 논문의 내용이 중요하지만, 좋은 학교, 좋은 연구자와 함께 연구를 하는 것은 분명히 좋은 저널에 논문을 게재하는 데 도움이 된다고 생각한다. 그간의 연구를 통해 쌓인 저자와 학교에 대한 신뢰도가 논문을 평가할 때 반영될 수 있다고 보기 때문이다.

LSHTM에서의 시간은 지식을 배우는 시간이었다기 보다 세상과 다양한 정보를 해석하는 시각을 훈련하는 과정이었다. 한국에서는 대학원을 경험해 보지 않아 직접 비교는 어렵겠지만 유학을 가기 전까지 한국에서 경험해 보지 못했던 것이었고, 수업을 듣고 공부하는 시간과 논문을 쓰는 시간까지도 정말 행복했다. 매일 시간이 가는 것이 정말 아쉬웠다. 모두가 같은 경험을 할 수는 없겠지만 이 책을 읽는 독자분들 중 영국 유학을 계획하고 있는 분들이 있다면 성공적으로 준비해서 내가 영국 유학을 통해 느꼈던 긍정적인 감정들을 느껴볼 수 있길 기원한다.

나. 영국에서의 생활

나는 학교로부터 걸어서 20분 거리의 가든 홀이라는 기숙사에 머물렀다. 기숙사에서도 학기 초에 여러 행사들을 하는데 이때 기숙사 친구들을 사귀기 쉽고, 식사 시간에 친구를 통해 다른 친구를 소개받으며 친해지다 보면 기숙사 안에서 학교만큼 다양한 친구들을 사귀게 된다. 내 경우, 영국에 도착한 지 3주 정도 뒤에 친구들과 한국 음식을 해먹는 자리를 마련했는데 어쩌다 보니 십여 명의 친구들이 모이는 대규모 행사가 돼버렸다. 이후에도 1~2달에 한 번씩 함께 음식을 해먹는 자리를 만들었고 어느 날부터 내 별명은 '마스터 셰프 채드(Chad)'가 돼있었다.

금요일 저녁에는 내 영어 이름인 채드를 따서 '챗 채드(Chat Chad)'라는 모임을 만들었다. 사람이 많이 모이는 날에는 10명 정도, 적게 모이면 2~3명이 기숙사에 모여서 맥주 한 병 마시며 다양한 이야기를 나누는 시간이었다. 기숙사에는 다양한 국가에서 와서 다양한 학교의 전공을 하는 친구들이 있다 보니 이러한 시간을 통해 내 생각과 경험을 넓힐 수 있었다. 참석하는 친구들의 국적만 해도 한국, 중국, 일본, 대만, 미얀마, 싱가포르, 말레이시아, 인도, 영국, 프랑스, 독일, 스웨덴, 세네갈, 미국, 캐나다, 브라질, 콜롬비아 등으로 다양했다. 전공도 보건, 경제, 경영, 인권, 젠더, 외교, 역사 등으로 다양했다. 예를 들어, 한국과 일본, 중국의 관계에 대해 다른 대륙에 사는 친구들의 시각을 통해 들어보거나, 난민 캠프 내 인권 문제를 보건, 젠더, 역사적인 관점에서 논의하는 시간을 갖는다. 이 과정에서 여러 현상에 대한 다양한 측면을 고려해 보게 되고, 관련 주제에 대해 영어로 논의하는 연습도 할 수 있다.

주말에는 친구들과 주변 관광지에 놀러 가거나 혼자서 시간을 보낼 때는 주로 내셔널 갤러리에 있었다. 런던 내에 있는 박물관이나 미술관은 대부분 무료로 개방돼있다. 미술책에서 보거나 한국에서는 특별전이 있을 때만 볼 수 있었던 그림들을 40분 정도만 걸으면 볼 수 있었기 때문에, 주말에는 기회가 있을 때면 내셔널 갤러리에서 시간을 보내곤 했다. LSHTM의 경우 대영박물관 후문에서 걸어서 1분 거리이기 때문에 대영박물관도 자주 방문할 수 있다. 정문 쪽은 관광객들이 많아 붐비는 반면, 후문은 사람들이 잘 몰라서 기다리지 않고 들어갈 수 있으니 참고하면 좋을 것 같다.

일요일에는 하이드 공원 옆에 있는 성공회 교회를 갔는데, 영국 성공회 교회의 경우 반을 나눠서 다양화했다. 내가 간 교회는 목사님께서 청바지를 입고 나와서 한 손은 주머니에 넣고 테드 강연을 하는 것처럼 자유롭게 설교를 했다. 영국 여왕의 대관식이 진행된 웨스트민스터 대성당의 예배는 가톨릭의 미사와 비슷한 느낌이었는데 웨스트민스터 대성당과 내가 다니는 교회가 모두 영국 성공회 소속이라는 것에 굉장히 놀랐다. 여기서 한 가지 팁은 웨스트민스터 대성당의 경우 주중에 관광 목적으로 가면 들어가기 위해 돈을 내야 하지만, 주말에 예배를 드리러 가면 무료로 입장 가능하다는 것이다. 무료로 입장도 가능하고 영국 성공회의 전통 예배 양식을 경험해 볼 수 있으므로 주말에 가보길 추천한다.

런던은 전 세계 사람들이 모이는 만큼 다양한 행사가 많이 진행된다. 이벤트 등을 확인할 수 있는 다양한 앱을 활용해서 다양한 축제에 참여하거나 체험 활동을 해보는 것도 좋다. 저렴한 가격에 영국의 다양한 술을 맛보거나, 운하를 통과하는 배를 타고 저녁노을을 즐기는 등 다양한 추억을 만들 수 있다.

유학 과정에서 빼놓을 수 없는 것이 여행인데, 유럽 내에서는 첫 비행기나 마지막 비행기 등 시간대가 조금 불편한 항공편은 굉장히 싸게 구입이 가능하다. 예를 들어 간혹 런던에서 독일이나 프랑스로 가는 9.99파운드 가격의 비행기 표를 구할 수 있다. 이 경우 공항으로 가는 교통비가 비행기 푯값보다 더 나오기도 한다. 나는 리딩 위크와 방학을 활용해서 독일, 프랑스, 스페인, 이탈리아에 갔다. 유학을 마치고는 스웨덴, 아이슬란드, 미국을 거쳐서 귀국했다. 특히 런던에 오래 있다 보면 지루하고 맛없는 영국 음식에 지칠 때가 있는데, 프랑스나 스페인의 유명하지 않은 소도시의 저렴한 숙소에서 일주일 정도 머물면서 맛있는 음식을 먹는 것도 방법이다. 나는 프랑스 보르도에서 먹은 맛있는 음식과 와인이 영국 음식의 피로감을 녹여줬던 기억이 난다.

4. 나가는 말

"유능한 사람이 되기보다 함께하고 싶은 사람이 되는 것이 중요하다" 영국 유학을 준비할 당시 추천서를 받으러 갔을 때, 학부 교수님께서 해주신 말씀이다. 한국 분들은 대부분 근면 성실한 편이기 때문에 대부분 학업적으로 좋은 결과를 보이지만, 먼 영국까지 유학을 가는 목적이 단순히 지식과 좋은 성적만을 얻는 것이 아니라고 생각한다. 함께 공부하고 연구한 이들과 어울리면서 주변 사람들에게 훗날 함께 일하고 싶은 유능하고 유쾌한 사람으로 기억되는 것이 유학 생활의 궁극적인 목표가 되어야 하지 않을까 생각된다. 특히 인간관계와 추천인이 중요한 서구권에서는 좋은 커리어를 만들기 위해서라도 인간관계가 중요하고 영국 유학은 그런 좋은 관계들을 만들기에 최적의 기회가 아닐까 생각한다.

영국에서의 유학 과정은 내 인생에서 가장 즐거웠던 시기이기도 하며 그때 배운 것들은 지금도 일뿐만 아니라 일상생활에서 큰 도움이 된다. 이 글을 읽는 독자분들도 반드시 원하는 것을 이뤄서 인생이라는 책에 만족스러운 한 페이지를 채우길 기도한다.

영국 유학을 준비할 때 도움을 주신 중앙대학교 약학대학 민경훈 교수님, SK케미칼 이혜경 팀장님 감사합니다. 덕분에 인생에 선물과 같은 시간을 보낼 수 있었습니다. Thanks to Mark Jit, Katherine Atkins and Nicholas Davis for sharing your insight and experience that navigates me in professional and human aspects. Thank Sai, Dongkyung, Sejin, Jihee, Edmond, Queena, Jay, Ying, Brian, Natalia, Anna, Clara, Adriana, Yuki, Mari, Kyoko for sharing the best memory in London. 항상 지지해 주고 기도해 주는 가족들과, 내 삶의 동반자 이효선 덕분에 꿈을 향해 계속 나아갈 수 있었습니다. 감사합니다.

이완기 교수

[학력]
- 서울대학교 영어교육 학사
- 서울대학교 영어교육 석사
- 영국 University of Leeds 영어평가 석사
- 영국 University of Manchester 영어평가 박사

[경력]
- 한국교육개발원 연구원
- 한국초등영어교육학회 회장
- 한국영어평가학회 회장
- 서울교육대학교 영어교육과 교수
- 서울교육대학교 부총장
- 현재 국립인천대학교 글로벌창의영재교육연구실 초빙연구위원

[저·역서]
- 초등영어 교육론
- 초등영어 평가론
- 영어교육 방법론
- 영어평가 방법론
- 시험을 위한 영어공부, 사용을 위한 영어공부
- 영어속의 문화, 문화속의 영어

이완기

사표 내고 유학 가다

1. 들어가는 글

처음 집필 의뢰를 받고 영국에 유학한 지 30년도 더 지난 지금. '그 옛날 얘기가 무슨 소용이 있겠나?', '공부 스타일도 시스템도 많이 달라진 지금, 유학을 꿈꾸는 젊은이들에게 도움이 될 게 있을까?', '결국 자기변호나 자기자랑한다고 욕만 먹을 게 아닌가?' 하는 생각이 먼저 들었다. 한참 후, 나의 글을 읽고 도움을 받는 사람이 한 사람이라도 있다면 그게 보람이 아니겠느냐는 주관자의 격려에 한번 용기 내어 보기로 했다.

기초지식과 원천기술이 거의 없는 우리나라에서, 선진 외국에서 공부한 사람들이 거의 전분야에서 주도적·지도자적 역할을 하고 있는 것은 현실이고 사실이다. 외국 유학의 핵심적 이점은, 풀 타임 학생의 경우 공부의 절대량이 훨씬 많다는 점과 시야가 넓어진다는 점, 사고가 유연해진다는 점 등이라 할 수 있다. 나의 것과 다른 이질적인 문화, 요소들을 상당 기간 동안 직접 접촉하다 보면, 자기 시야와 사고가 커지고 확장될 수밖에 없다. 그만큼 문제에 대한 확실한 자기 생각을 갖게 되고, 더 큰 문제해결력을 갖게 되며, 사안을 주도적으로 파악할 수 있는 능력을 얻게 된다. 물론 이런 이점들이 반드시 외국 유학을 해야만 생기는 것이라고 주장하는 것은 절대 아니다. 유학을 가지 않고 국내에서 공부한 사람도 그러한 역량을 얼마든지 기를 수 있다는 것을 말씀드리면서 이 글을 쓰고자 한다.

유학엔 두 가지 부류가 있는 듯하다. '돈 많은 유학'과 '돈 없는 유학'. 돈 많은 유학은 주로 부모의 덕택으로 돈에 대한 어려움 없이 유학을 하기 때문에 공부에 대한 절실함이 좀 덜하고 학문적 연구에 진정한 관심이 부족한 경향이 있는 듯하다. 대개 귀국하여 부모의 사업을 이어받거나, 자신의 사업을 시작하기 위한 준비 과정으로 인맥을 형성하거나 견문을 넓히는 정도로 생각하는 듯하다. 반면 돈 없는 유학은 유학을 계층 상승의 사다리로 활용하고자 하는 욕구가 크게 작용하는 듯하다. 돈이 없기 때문에 유학에 대한 절실함이 대단히 크고, 또 빨리 끝내고 싶은 욕구도 매우 큰 것 같다.

돈 많은 유학이나, 돈 없는 유학이나 모두 진정한 학문적 욕구를 충족시키려 하는 사람도 분명히 있을 것이다. 공부란 재미를 느낄 수 있을 만큼 충분히 많이 하기 전에는 별로 재미가 없고 지루하고 어렵다. 반면, 공부하는 것 자체에 재미를 느낄 정도가 되면 '앎의 희열'을 알게 되고 그로 인해 공부를 지속하게 된다. 돈 많은 유학을 해도 공부에 재미를 느낄 정도가 되면 열심히 공부하여 학문적 욕구를 충족시키는 사람도 있을 것이다. 이 견해는 나의 관찰에 의하면 그런 듯하다는 정도의 소견이니 부디 일반화하여 오해하지 마시기를 바란다.

나는 산업혁명의 발상지로 잘 알려져 있는 영국 중부의 맨체스터대학교에서 영어 말하기 평가로 박사 학위를 받았다. 유학 가기 전 5년 반을 근무했던 한국교육개발원에서 '라디오를 통한 전국 중고등학교 영어듣기평가'를 주도적으로 만들고 시행했던 것이 영어 평가에 관심을 갖게 된 계기가 되었다고 생각한다. 처음 갔던 리즈대학교에서는 영어의 듣기, 말하기, 읽기, 쓰기의 네 기능 평가로 석사 학위를 받았고, 이어서 맨체스터대학교에서 '외국어로서의 영어 말하기 평가'로 박사 학위를 받았다. 영어 말하기 평가는 우리나라에서는 내가 너무 일찍 공부한 편에 속해서 공부한 지 20여 년이 지나서야 근래의 국가영어능력평가시험을 개발할 때 겨우 조금 활용할 수 있었다. 지금은 그 시험도 정치적 객사의 비극을 겪고 말았지만⋯.

나의 영국 유학은 마치 군 특수부대의 군사 작전 같은 것이었다. 가장 짧은 기간에 학위를 쟁취하는 것이 내 작전의 목표였다. 처음부터 그런 생각으로 시작했고 그렇게 했다. 지금 30여 년 전을 되돌아보니, '내가 어떻게 그렇게 할 수 있었을까'하는 생각이 들기도 한다. 참 다행이었던 것은 매우 규칙적인 생활 덕분에 유학 기간 내내 별달리 아픈 적이 없었다는 것이다. 무서운 집념과 집중은 나에게 아플 시간을 주지 않았던 것 같다. 요즘 젊은 사람들은 분명 비현실적이라고 여길 것이다. 그러나 실제로 있었던 일이다. 나는 가난한 상태에서 돈 없는 유학을 했던 터라 과거를 회상해보면 상당히 감상적으로 흐를 것 같다는 생각이 든다. 가급적 자제하겠지만 독자들께서는 잘 이해해 주시기를 부탁드린다. 다만, 과장이나 왜곡은 하지 않을 것이며 있었던 일을 그대로 기록해 두고 싶은 심정이다. 나의 글은 유학 지원의 절차나 준비 등 행정적인 절차는 생략하고, 내가 유학을 가게 된 동기나 실제 유학 생활 등에 대해 개인적으로 겪은 일화를 중심으로 이야기를 전개하고자 한다. '이렇게 공부한 사람도 있구나'하는 정도로 받아들여주기를 바라고, 내 이야기를 통해 누군가 어떤 작은 도움이라도 받을 수 있다면 정말 큰 기쁨이고 감사한 일일 것이다.

2. 영국 유학 동기

가. 대학교 졸업 후 회사로 나가기 싫었다

내가 영국 유학을 결심하게 된 동기를 말하기 전에 먼저 그 배경에 대한 설명이 좀 있어야 할 것 같다. 나는 고등학교 때 이과반 소속이었는데 성적이 서울대 법대나 의대에 갈 수준은 못 되었다. 서울에 갈 형편도 못 돼 살던 곳에 있던 부산대학교 기계설계과에 입학했다. 도저히 만족할 수가 없어서 첫 학기만 다니고 휴학한 상태에서 바로 서울대 입시 준비를 했다. 심리적인 불안감이 높은 상태에서 가정 형편상 돈이 가장 적게 드는 단과대학을 택하는 것이 최선이었다. 그 당시 서울대 사범대는 전 학생에게 등록금을 장학금 형태로 지급했고 졸업 후 2급 정교사 자격증과 함께 전국의 중고등학교 교사로 의무 배정하는 특혜를 주었다. 계속 가난했던 나에게 최소한 그냥 먹고 살아갈 수는 있는 길을 안내할 것으로 보였다. 또한, 영어 과외를 할 수 있어서 당장 학비를 내고 생활비를 벌 수가 있을 것 같았다. 내가 대학을 다닌 70년대 초반에는 우리나라에 이렇다 할 산업, 즉 회사가 별로 없었다. 내 기억에 그 당시엔 대학 졸업 후, 특히 공대 졸업 후에는 취업하기가 참 어려웠다. 회사들이 별로 없었기 때문이다. 대학교 4학년 때 D사에 선취업한 친구에게 회사에서 무슨 일을 하냐고 물으니, 9층 사무실에서 1층에 1대밖에 없는 복사기에 서류들을 복사해 갖다주는 일과 와이셔츠 단추 구매를 담당한다고 했다. 아직 대학을 졸업하지 않은 신입사원이 할 수 있는 일이라는 게 뭐 특출한 게 있었겠나 싶기도 했지만, 이 이야기를 들으니 회사에 가고 싶은 생각이 들지 않았다. 그래서 그 당시 제도에 따라 자동으로(?) 중학교 교사가 되었고, 대학원에도 가게 되었다.

나는 영어교육과를 졸업했지만 영어 실력이라는 게 '정통종합영어'에 나오는 문법 실력이 거의 전부였고, 듣기, 말하기, 읽기, 쓰기 등의 구사력은 형편없는 수준이었다. 그냥 중학교에서 교과서를 문법에 맞게 번역해서 영어를 아주 잘하는 양 폼을 재면서 가르치는 일이 내 하루하루의 삶이었다. 가끔씩 노랑머리 외국인을 보면 나도 저들과 영어로 이야기하고 싶다는 생각을 했고, '나중에 유학을 가야지'하는 생각을 막연하게 했던 것 같다. 그 당시 그 막연했던 생각은 꼭 이루어야겠다는 의지가 담긴 꿈은 아니었고, 그냥 희망사항 정도였다. 그러나 그 희망은 7년 후에 실현되기에 이르렀다. 그 과정을 살펴보자.

나. 전국 중고등학교 영어듣기평가를 만들어 시행했다

서울 시내의 한 고등학교에서 근무하다가, 1983년에 한국교육개발원의 한 부서였던 교육방송부(지금은 EBS로 독립)에 연구원으로 채용돼 근무했다. 가자마자 맡은 일은 그 당시 힘세었던 대통령의 지시로 '전국 중고등학교 영어듣기평가'를 제작해서 라디오 방송을 통해 전국적으로 시행하는 일이었다. 세계적으로도 전례가 없던 라디오를 통한 영어듣기평가를 만들기 위해 외부의 대학교수들을 모셔다 회의를 했다. 그 회의 결과를 바탕으로 나와 동료 한 사람이 그냥 겁도 없이 문제를 만들어서 원어민을 동원해 녹음했다. 그리고 그 녹음을 라디오 방송을 통해 전국으로 송출하는 일을 했다. 영어듣기평가가 방송되는 시간에 몇몇 학교에 직접 나가 참관하면서 문제가 없는지, 개선해야 할 점은 무엇인지 등을 파악하고 현장 교사들로부터 건의를 받아 오기도 하였다. 그때 만들었던 영어듣기평가의 문항 유형들이 현재의 대학수학능력시험 듣기평가에 많은 부분 그대로 사용되고 있다. 나는 우리나라 영어듣기평가의 개척자였던 셈이다. 이때 나는 '영어평가'라는 것에 조금 더 관심을 갖게 되었다.

다. 부족한 영어실력 때문에 자존심이 상했다

내가 교육방송부에서 주로 하는 일은 다음과 같았다. 중고등학교 영어 교과서의 진도에 맞춰 방송 프로그램으로 제작할 내용의 구조를 먼저 계획했다. 그에 따라서 교육방송 TV에 출연하는 스튜디오 티처(한 프로그램당 한국인 교사 1명과 원어민 강사 1명으로 구성)가 써오는 방송 원고의 오류를 바로잡았다. 녹화를 할 때는 지켜 앉아서 스튜디오 티처가 설명을 제대로 하는지, 자막이 정확하게 나가는지 등을 점검했다. 실수를 지적하기 위해 내가 'NG!'라고 외치면 담당 PD는 매우 기분 나빠 했다. PD와 연구원 사이에는 긴장이 좀 있었다. 그런데 PD는 말도 안 되는 부스러기 영어로 원어민에게 수정 지시를 하곤 했다. 소위 '정확한 영어'를 모토로 삼고 있던 나에게 그 PD의 영어는 그냥 무시의 대상이었지만, 신기하게도 원어민은 잘 알아듣고 수정을 잘해나갔다. 그런데 나는 그런 영어를 사용할 엄두를 내지 못했다. 그렇지만 '내가 직접 영어로 유창하게 지시하면 얼마나 좋을까'하고 생각만 했다. 이제 영어를 잘하려면 유학을 가야겠다는 생각이 굳어져 가고 있었다. 그러나 내가 처한 현실은 그냥 막막했다. 이미 결혼해서 두 아이를 두고 있었고, 전세살이를 벗어나지 못하는 월급쟁이에 불과했던 것이다. 그래도 직장에 나가서 업무에 부딪히면 아무래도 유학을 갔다 와야겠다는 생각이 자주 들곤 하였다.

라. 고등학교 후배가 상사로 올 거라는 소문이 불편했다

그렇게 근무하고 있던 차에, 내 고등학교 후배가 미국 유학에서 돌아오면 나의 상관이 될 것이라는 말들이 사내에 떠돌았다. 선배가 고등학교 후배 밑에 배치된다는 게 참으로 걱정스러웠고 치욕스럽기까지 했다. 나도 유학을 갔다 와야겠다고 또 막연하게 생각했다. 그 후배는 기관의 유급 휴직이라는 지원을 받아 유학을 마치고 돌아왔지만, 그 당시의 관행대로 대학교수로 직행하게 되어서

나의 상사가 되는 일은 없었다. 사실, 당시엔 대학에 자리 얻기가 지금보다는 훨씬 쉬웠다. 석사 학위만 갖고 대학에 자리를 얻은 후, 야간제 대학원 박사 과정에 진학해 박사 학위를 받는 일이 아주 흔했다. 전국의 대학들이 서서히 기지개를 켜고 발전을 위한 몸부림을 치기 시작했던 때였기 때문이었을 것이다.

마. 영국문화원장과의 만남이 나를 영국으로 가게 했다

주한영국문화원에는 3년마다 새로운 원장이 부임하는데, 관례대로 한국교육개발원과 교육방송에 부임 인사차 방문한다는 소식을 들었다. 그 신임 원장이 오는 시각에 나의 선배, 동료 연구원은 출장을 핑계 대고 외부로 나가버렸다. 영어로 기관을 소개하고 안내하는 것이 버거웠던 것이다. 혼자 남게 된 나는 어쩔 수 없이 그분과 맞닥뜨리게 되었다. 그야말로 멘탈이 붕괴되었다. 만나서는 몇 가지 외워둔 표현만 반복해 쓰면서 기관에 대해, 방송 장비 등에 대해 설명하는 일을 겨우 해내었다. 그분은 내가 참 안쓰러웠는지 돌아갈 때 자신이 지금 체류하고 있는 호텔의 전화번호를 알려주며 한번 찾아오라고 했다. 영어로 전화를 걸어 본 적이 없었던 나는 매우 겁이 났다. 할 말을 종이에 몇 자 적어서 떠듬떠듬 말을 해 약속 시간을 잡고 광화문의 어느 호텔 1층 다방에서 만났다. 그분 말씀 중에 내가 영국으로 유학을 가게 된 결정적인 한방이 있었다. 그분 말씀이, 미국은 원래 이민 국가여서 미국으로 이민 온 사람들을 대상으로 ESL 중심 영어교육을 지금도 하고 있고, 영국은 제국주의 국가여서 언어와 문화가 다른 식민지 국가에 영어를 심는 EFL 중심 영어교육을 해왔다는 것이었다. ESL은 주변 사람들이 일상적으로 영어를 사용하는 환경 속에서 쓰이는 영어를 가리키고, EFL은 주변 사람들이 일상적으로 영어를 사용하지 않는 환경에서 쓰이는 영어를 가리킨다. 그때 이런 걸 모르고 있었던 나는 한방 세게 얻어맞은 것 같은 느낌이 들었다. 1980년대 초반은 우리나라에 ESL, EFL의 개념이나 구분이 아예 없었던 시절이었다. ESL 중심 영어교육은 영어를 배우면서 '지금 당장' 써먹는 것을 전제로 가르치고 배우지만, EFL 중심 영어교육은 지금 당장 써먹을 수 있는 환경이 없기 때문에 '나중에' 써먹을 것을 전제로 가르치고 배운다. 그래서 주변 사람들이 일상적으로 영어를 사용하지 않는 우리나라에서 '지금 당장' 써먹을 것을 전제로 하는 ESL 중심 영어교육을 한다면 기대하는 효과가 나타날 리가 없다. '현재 우리나라 영어교육의 '고비용, 저효율'의 원인이 ESL 방식 영어교육의 실행에 있는 것이 아닌가'하는 생각을 하고 있다. 우리나라는 교실에서 배운 영어를 교실 밖에서 당장 써먹을 수 있는 환경이 결코 아니다. 조금씩 변화하고 있지만, 근본적으로는 거의 변하지 않는 상황이고 환경이다.

지금은 이름도 기억하지 못하는, 새로 부임한 그 영국문화원장과의 만남에서 나는 그분의 말은 대충 알아듣기는 했지만 내 의사를 제대로 말하지는 못했다. 그래도 그분은 나를 잘 이해하는 것 같았다. 이때 나는 유학을 간다면 반드시 영국으로 가리라고 마음을 굳혔다. 유학이라 하면 미국 유학을 떠올리던 시절이었다. 지금도 그런 경향이 있지만. 영국 유학은 상당한 도전이었다. 물가가 매우 비싸다는 소리는 들었는데 유학에 대해 물어볼 사람이 주변에 없었으며, 가는 데만 몇 주씩 걸리는 종이 편지를 통해서만 정보를 얻고 소통했던 시절이었다. 지금 40대 이하의 사람들은 그런 불편한 세상을 상상하지 못할 것이다.

바. 거의 모든 분야는 해외 박사가 주도한다는 것을 발견했다

또 한 가지, 이 말은 덧붙이지 말까 하다가 다 까놓고 솔직히 이야기 하는 것이 이 글의 취지이고 나의 성격이기도 해서 욕먹을 각오를 하고 덧붙이고자 한다. 내가 유학 가기 전 무렵에는 박사 학위 소지자들이 별로 많지 않아서 '박사'라고 하면 대단하게 느껴졌고, 사실 대단들 했다고 생각한다. 그런데 요즘은 국내외 대학에서 학위를 받은 박사가 너무 많아지고 흔해져서 박사만 뽑는 곳도 있고, '너도 박사냐?'하는 소리도 듣게 되기도 한다.

나는 직장에서 주어진 일만 열심히 하고 조용히 살아가고 있었는데, 어느 순간 우리나라 각 분야에서 주도적이고 주체적으로 활동하는 사람들은 대부분 외국에서 유학하고 온 박사들이라는 것이 눈에 딱 들어왔다. 극소수의 영역을 제외하고 대부분의 영역에서 중요한 일(사업)의 주도자는 외국 박사, 특히 미국 박사들이라는 것을 발견하고는 나도 유학을 갔다 와야겠다는 생각을 강하게 품게 되었다. '앞으로 박사라는 타이틀이 없으면 구실을 못하겠구나' 하는 생각을 했었던 것 같다. 사실 국내에서 박사 과정을 공부하면 그 나이에 직장 없이 풀 타임으로 공부만 할 수 있는 사람이 얼마나 될 것인가? 대부분 직장에 다니면서 파트 타임으로 박사 과정 공부를 한다. 현실이 이렇다 보니, 해외에 나가서 한국과 관련된 잡다한 관계를 다 끊고 몇 년 동안 집중적으로 전일제로 공부하는 사람에 비해 우선 학습량이 절대적으로 적을 수밖에 없다. 학습량이 많은 것, 이것이 외국 학위 소지자들이 각 영역을 주도하고 있는 이유들 중의 하나임에 틀림없다. 이것은 내가 직장 생활을 하다가 풀 타임으로 몇 년간 공부를 해본 경험에 비춰 볼 때 맞는 말이라고 본다. 이것도 내가 영국 유학을 결행한 이유에 속한다(이 말에 혹시 상처를 받을 분도 있을지 몰라 매우 조심스럽다).

3. 영국 유학 준비

가. 대학원 지도 교수는 '그럼, 유학 가지마!'라고 했다

유학을 마음에 두고 영국에서 수학한 경험이 있는 한국의 대학원 지도 교수님께 상담을 신청해서 유학을 가고 싶다고 말씀드렸더니, 3가지를 물어보셨다. 질문 1: "자네는 책 읽기를 무엇보다 좋아하는가?" 답변 1: "그렇지는 않습니다." 질문 2: "집에 돈이 많은가?" 답변 2: "아닙니다. 가난합니다." 질문 3: "그럼, 돈이 부족해도 잘 참아낼 수 있는가?" 답변 3: "그것도 좀…." 하면서 말끝을 흐리자, 교수님은 '그럼, 유학 가지마!'라고 웃지도 않으시고 말씀하셨다. 세 가지 조건에 하나도 맞지 않는데 유학을 가겠다고 하니 한심하게 생각하셨을 것으로 보인다. 내 기억에 그 교수님은 책 읽기를 유난히 좋아하셨던 것 같다. 그 당시는 군사정부 시대라서 학내에서 학생 데모가 심할 때면 교수들에게 교정에 나가 학생 지도 명목으로 데모를 말리는 일을 시키곤 했다. 한 번은 교수님을 만나려고 연구실 앞에서 기다리고 있는데, 교수님은 매우 힘이 빠지고 지친 표정으로 인사도 받지 않고 연구실로 들어가 버리셨다. 데모 학생 지도에 불려 나갔다가 최루탄 냄새만 맡고 돌아오시는 길이었다. 한참 기다리다가 약속을 하고 왔으니 문을 똑똑 두드린 다음 아주 조심스럽게 들어갔다. 그때 교수님은 그 와중에 의자에 기대어 무슨 책을 읽고 계셨다. '아! 저렇게 책 읽기를 좋아해야 교수가 될 수 있는거구나'하는 생각이 들었다. 그날은 지도도 별로 받지 못하고 그냥 집으로 돌아왔다.

나. 직장의 노동조합이 나의 휴직을 반대했다

그렇게 2~3년이 지난 후 이제 더 늦기 전에 결정을 해야겠다는 생각이 들었다. 편지나 소포로 받은 영국 대학의 소개 책자와 지원서 양식을 받아서 살펴보고 학교와 전공 분야 등을 숙지해 나갔다. 5개 정도의 대학을 마음에 두고 있었는데, 그 당시 내가 근무하던 한국교육개발원에는 사내 노동조합이 생겨나서 경영진과 여러 면에서 충돌하기 시작했다. 아마 1986년경이었을 것이다. 노조의 주장 중 아주 강력한 것은 연구원들이 해외 유학을 가면 기관에서 유급 휴직을 해 주지 말라는 것이었다. 혜택받고 유학 갔다가 끝나고 돌아와선 계속 근무하지 않고 대학으로 가버린다는 것이 반대의 이유였다. 실제로 그 당시엔 그러했다. 많은 대학들이 발전의 계기를 마련해가고 있어서 대학교수 자리가 많이 나고 있었기 때문이었다.

내가 유학을 가려고 하는 시기에 노조에서 강력히 반대하고 나섰기 때문에 나에게 상당히 우호적이었던 원장님도 '어쩔 수 없다, 휴직을 허락해 줄 수가 없으니 사직을 하고 가라'라고 했다. 처자가 있는데 사직을 하고 가라니! 참 서운했지만 최고책임자의 입장에 내가 뭐 어쩔 수가 없었다. '사직을 하면 어떤 일이 벌어질까, 처자식을 데려갈 돈은 없는데 처자식은 어떻게 하나, 유학을 가면 얼마나 걸려서 끝낼 수 있을까' 등 여러 고민에 밤잠을 잘 수가 없었다. 사직하면 월급을 못 받는다. 유학 가면 큰 돈을 써야 한다. 처자식 의료보험 혜택도 없어진다. 정말 희망이 없었다. 유학을 포기하는 수밖에 없었다. 체념하고 망각하려고 마음먹었지만, 스멀스멀 자꾸만 떠오르는 유학 생각에 괴로운 나날을 보내야 했다. 그 괴로움을 떨쳐 내야 했다. 어느 순간 나는 '이대로 주저앉을 수는 없다. 해보자!'라는 생각을 하게 되었다. 사직을 하고 유학을 가기로 결심했다. 그야말로 '죽기 아니면 까무러치기지 뭐!' 이런 생각을 했던 것 같다. 나는 한번 결심하면 꼭 하는 스타일에 속한다.

다. 처자를 부모님께 의탁하고 홀로 떠났다

부산에 사셨던 아버지께 유학 가겠다는 것과 관련된 문제들을 자세히 말씀드렸다. 영국 유학을 딱 3년만 가려고 하니 저의 처자식을 좀 맡아달라고 부탁드렸다. "그거야 문제없다. 내가 먹여 살려 줄게, 그런데 돈은? 아버지가 형편이 안 되는데….", "전세금도 빼고, 퇴직금도 보태고 해서 하려고 합니다." 이것을 아내에게 말

306

하기 전에 아버지께 말씀드렸다. 아버지가 처자식을 맡아 주신다고 하니 아내를 설득하고 이해시키는 것만 남았다. 며칠을 고민하다가 아내에게 나 혼자 유학을 가야겠다고 말을 꺼냈다. 의외로 크게 놀라지 않았다. 내가 처자식을 데리고 갈 형편이 안 된다는 것을 그동안 살아오면서 잘 알고 있었나 보다. 부산의 아버지 집 2층을 내준다고 하면서 거기 가있으라 하니 많이 안타까워 했지만 큰 소리 내지 않고 승낙했다. 남편 없는 시집살이가 뭔지 잘 몰랐음에 틀림없었다. 나중에 들은 이야기지만, 아버지 집에 내 아들, 딸 또래의 조카들이 여럿 몰려오면 내 아이들이 기를 못 펴고 언어맞기도 했다고 한다. 아내는 그런 걸 보면서 조카들을 야단치지 못하고 참아낼 때가 가장 힘들었다고 한다. 정말 아내에게 미안하고 속 아프고 고맙고 감사할 뿐이다. 내 박사 학위는 아내의 그런 희생이 없었다면 단연코 불가능했다는 걸 잘 알고 있다. 현직에 있을 때 대학원 학생들이 나의 유학 생활에 대해 물어보곤 했는데, 처자식을 두고 혼자 유학 갔다고 하면 정말 믿지 못하겠다고 했다. 요즘 세상엔 불가능한 이야기라며 외계인 보듯 나를 보았던 눈길들이 눈에 선하다.

라. 가장 중요한 사전 준비는 영어 구사력 확보이다

유학을 가기 전에 해야 할 사전 준비는 상당히 많고 하나 하나가 매우 중요하다. 유학 생활 자체보다 오히려 사전 준비가 더 중요하다고 생각한다.

학교, 학과, 지도교수 정하기가 첫 번째 과제일 것이다. 특히 자기 분야의 저명한 지도 교수를 찾아 학교를 선택하고 지원하는 것이 제일 좋다고 생각한다. 그 분야에서 저명한 다양한 이유들이 분명히 있기 때문이다. 기본적으로 지도 교수와는 사이가 참 좋아야 한다(뒤에 나오는 나의 경험 참조).

다음으로는 영국에서의 생활 준비, 즉 기숙사, 셋집 등 숙소와 식사에 얼마나 비용이 들지를 미리 계산해서 준비해야 한다. 돈 많은 유학은 이런 걱정을 할 필요가 없겠지만, 돈 없는 유학이라 해도 어느 정도의 돈 마련은 필수 선행 조건이다. 정말 무일푼으로 유학을 갈 수는 없는 것이다. 비행기 값, 등록금, 숙식비 등에 대해서는 어느 정도 계획이 서 있어야 할 것이다. 특히, 한국 내에서나, 영국에서 얻을 수 있는 학비 지원 장학금이 있는지를 철저히 조사해서 지원해 보는 것이 좋다. 인문/사회계 쪽에는 장학금이 매우 적은데, 아무튼 되는 대로 찾아보는 것이 좋다.

마지막으로, 영어 구사력이 부족하면 많은 문제에 부딪히게 되고, 문제들을 신속하게 해결하지 못한다. 영어가 안 되면 박사 공부를 해나가는데 시간도 훨씬 더 오래 걸린다. 영어 구사력은 유학 가기 전에 가급적 높게 갖춰야 한다. 특히 듣기 능력이 부족하면 처음부터 엄청난 시련을 겪게 될 것이다. 영어 말하기 능력이 충분하지 못하면 자기 생각을 온전히, 제대로 전달하지 못하고 오해를 초래할 수도 있다. 영어 비원어민은 대개 영어로 자기 생각을 확실히, 충분하게 전달하지 못하고 대~충 전달하는 수준에 머무르는 경우가 많기 때문에 생활의 여러 측면에서 손해를 보는 경우가 많다. 읽기, 쓰기 능력이 부족하면 박사 공부를 해 나가면서 매일같이 어려움과 좌절감에 부딪히게 될 것이다. 한국에서 아이엘츠 시험에서 6.5 이상을 받으면 영국의 대학 수학이 가능한 것으로 되어 있다. 영어 관련 분야는 7을 넘어야 받아주는 곳도 많다.

이런 경우를 본 적이 있다. 맨체스터 공대에 H그룹에서 파견 보낸 이공계 석사 과정 한국인 학생이 있었다. 한국에서 좋은 대학을 나오고 좋은 회사에 다니고 있어서 자존심이 꽤 강했던 것 같았다. 그런데 수업 시간에 교수님의 강의 내용이나 지시 사항을 정확하게 파악하지 못할 정도로 영어 구사력은 별로였다. 거기서도 항상 한국인들만 찾고 그들과만 어울려 다녔다. 공대는 전공 분야별 수업이라 다른 한국 학생이 교실에 없었고 모두 외국인들이었다고 한다. 그런데 지난 수업에서 교수가 지시했던 숙제 내용이 무엇인지 정확히 파악하지 못해 숙제를 못한 채 다음 주 수업에 들어갔다. 자신의 발표 차례가 되어 숙제를 안 해왔다는 것이 드러났고, 교수님으로부터 1차 경고를 받았다. 물론 다음엔 꼭 해오겠다고 말하였다. 그러나 그다음 주도 역시 숙제의 내용이 정확하게 무엇인지를 몰라서 한참 헤매다가 숙제를 정확하게 하지 못하고 또 수업에 들어갔다. 담당 교수는 학생이 자기가 한 말을 지키지 않는다고, 감히 거짓말을 한다고 상당히 화를 내었다고 한다. 그 학생은 교수에게 찍힌 것이다. 결국 그 학생은 회사 돈으로 석사 과정 유학을 와서는 불합격하고 회사로 되돌아갔다. 어떻게 되었을 것인가? 학교 식당 등에서 한국 학생들을 만나면 그 친구 이야기로 다들 걱정을 했었는데, 그 후 소식은 잘 모른다. 참 난감한 상황이 벌어졌을 것이다.

이 학생은 자신의 영어 구사력이 낮은데도 자존심 때문이었는지, 두려움 때문이었는지 다른 외국인 학생들에게 숙제의 내용을 물어보지 않았던 것이 큰 화근이었다고 생각한다. 외국에 처음 나간 한국인이 영어 잘 못하는 게 뭐가 큰 수치라고 동료에게 물어보지도 않고 혼자 끙끙거리다가 불합격의 불명예를 안게 되었을까? 아마 '설마 불합격까지야!'라고 생각했을지도 모른다. 영국에서 공부할 때에는 한국에서처럼 정이나 안면, 체면 등을 내세워서는 안 된다. 이런 이야기를 덧붙이는 이유는 유학을 가기 위해서는 영어 구사력이 매우 중요하다는 것과 지도교수의 힘이 대단하다는 것을 보여주기 위해서이다. 사실 어떤 이유로든 학생 자신의 귀책으로 지도교수에게 한 번 찍힐 때마다 졸업이 1년씩 늦어진다고 생각하면 될 것이다. 하나의 경고가 될 것으로 본다.

사람들은 영국 유학을 위한 사전 준비로 제일 중요한 요소는 돈이라고 말할 것이다. 맞다. 돈이 없으면 아예 갈 수조차 없으니까. 그러나 자기 돈 한 푼도 없이 영국 유학 가는 것을 생각하는 사람은 없을 것이다. 어느 정도 이렇게 저렇게 하면 되겠다는 생각을 가지고 영국 유학을 시도할 것이다. 그렇게 영국 유학을 갈 수 있는 정도가 되는 사람의 경우에 무엇보다 중요한 것이 영어 구사력이다. 영어가 되면 많은 문제가 보다 쉽게 해결되고, 공부도 더 쉽게 할 수 있고, 결과적으로 유학 기간을 단축할 수가 있다. 영어가 안 되면 뭐 하나 고장이 나더라도 주변의 한국 사람을 찾아야 한다. 항상 불안하고 자신감 없이 생활하게 될 수밖에 없다. 그렇지만 영어가 되면 운 좋게 돈이 되는 기회를 맞닥뜨릴 수도 있다.

영어가 안 되면 첫 1~2년은 아무것도 이루는 것 없이 돈은 돈대로 쓰면서 그냥 지나가 버린다. 학위 공부를 돈으로 하는 것인가? 말로 하는 것인가? 말로 하는 것이다. 그러니 영어 구사력을 먼저 확보해야 한다. 실제로 영어 구사력이 좀 부족해도 현지에 가서 빨리 극복하는 사람들이 대부분이고, 또 영어 사용이 그렇게 많이 필요하지 않은 사람도 있을 것이다. 나의 전공이 영어 분야라서 더욱 이런 생각을 하는지 모르겠다.

마. 준비 실패는 실패 준비다

나는 학생들에게 "준비 실패는 실패 준비다"라는 말을 자주 한다. 인생사 모든 것이 준비가 잘 돼 있으면 성공 가능성이 크고, 준비가 안 돼 있으면 실패할 수밖에 없는 것이다. 목표를 정했으면 준비하는 데에 상당한 시간과 노력을 진지하게 투자해야 한다. 슬렁슬렁, 대충대충 준비하면 시간이 오래 걸려도 별로 준비가 되질 않는다. 준비도 제대로 해야 한다.

나는 국내 대학원 석사 과정에 다녔기 때문에 직장 생활을 하는 중에도 전공 공부는 조금씩 계속하고 있었다. 사실 정확하게 뜻도 모르면서 원서로 된 전공 서적들을 그냥 공부했던 것 같다. 책의 앞부분에서 전문 용어의 개념을 정확하게 파악하지 못한 채 뒤로 넘어가면 전체 내용이 모호해지는 것을 많이 느꼈다. 그래도 공부를 계속한다는 생각에 뿌듯하게 한 권, 또 한 권 독파해 나갔다. 사실 그 내용에 대해서는 아는 것도 아니고 모르는 것도 아닌 모호한 상태에 있었다. 그렇지만 이것은 나중에 유학을 가서 접하는 내용들과 많이 겹쳤기 때문에 아주 큰 도움이 되었다. 유학을 준비하는 사람은 먼저 한국어로 된 자기 분야의 개론서, 용어 해설 등에 관한 책을 먼저 읽고 영어로 된 전공 서적을 읽어나가길 바란다. 그게 영어로 쓰인 전공 서적을 보다 명확한 개념을 가지고 공부해 나갈 수 있고, 이해도를 높이는 길이라고 본다. 나의 경우엔 그 당시에 한국어로 된 전공 서적들이 별로 없기도 했었지만, 영어과 출신이라고 영어 원서를 그냥 읽어나갔다. 남들 보기에 다 잘 알고 읽는 듯한 시늉을 했지만, 사실 용어의 개념들이 명료하지 않아서 시간과 열정을 정말 많이 낭비했던 것 같다. 참고가 되길 바란다.

바. 리즈대학교에서 석사 공부를 다시 했다

리즈대학교로 가기 1년 반쯤 전에 다행히도 주한영국문화원에서 제공하는 3개월 단기 프로그램의 지원을 받아서 스코틀랜드의 에든버러대학교에서 개설한 'Advanced Certificate of Language Testing'이라는 프로그램에 참여할 기회가 있었다. 영어듣기평가 문제를 개발하고 시행한 경험을 토대로 주한영국문화원이 비용을 지원하는 영어평가 단기 과정에 지원해서 선정되었다. 그 과정은 에든버러대학교의 박사 과정에 재학 중이었던 학생에게 거의 전적으로 운영을 맡겼던 것 같았는데, 그냥 그렇게, 상당히 부실하게, 그 과정을 마치고 돌아왔다. 그런데 배운 것은 별로 없었지만 처음 해외에 3개월 정도 체류한 경험은 나에게 굉장한 용기와 투지를 심어줬던 것 같다. '안되는 게 어딨어? 그냥 하면 되는 거지.' 이런 생각이 나의 머리를 가득 채웠다.

한국에서 석사 과정을 했지만 영국에 가서 다시 석사 과정을 해야 할 것 같았다. 한국에서의 석사 과정 공부가 스스로 그렇게 만족스럽지 않았기 때문이다. 5개의 영국 대학 석사 과정에 편지를 보내 학교 안내서와 지원서 양식을 한 달 이상씩 걸려서 받았고 틈틈이 검토했다. 안내서와 지원서 양식을 보내준 5개의 대학원 모두에 지원서와 학업 계획서를 보냈다. 한참 후에 세 군데 대학원 과정에서 입학 허가서를 받았다. 지원서에는 학교 장학금에 지원할 수 있는 공간이 있어서 지원한다고 표기하였다. 그런데 오직 리즈대학교에서만 학비 일부가 보조되는 장학금을 주겠다는 통지를 받았다. 그러니 다른 대학 입학 허가서는 안중에도 없게 되었다. 그냥 리즈대학교에 가기로 마음을 정했다. 그땐 리즈대학교가 어디에 있는지, 어떤 대학인지도 잘 알지 못한 상태였다. 한국에서는 88올림픽을 한다고 난리였는데, 나는 홀로 영국으로 갔다.

사. 상상도 못한 새로운 수업 방식에 패닉되었다

리즈대학교에 가서 첫 수업에 들어가니, 수업 방식이 매우 낯설었다. 담당 교수가 수업 계획표에 따라 매주 리딩 리스트를 한 장씩 나누어 줬다. 대략 15권 정도의 책이 나열돼 있었다. 가능한 한 많이 찾아서 읽고 그다음 주 수업에 와서 토론을 하라는 것이었다. 도서관에 가니 리스트에 있는 책들이 거의 다 이미 대출되고 없었다. 겨우 1권 정도 구해서 읽고 그 다음 수업에 들어갔다. 교수는 그 주 수업 계획의 주제에 관한 요지를 간단히 설명하고는, 학생들에게 'What do you think about it?'라고 물었다. 그리고 학생을 차례대로 지명했다. 영국 학생들이나 영연방권 학생들은 영어로 잘도 대답을 했다. 'Good, that's a good point.'라고 하면서 그다음 학생에게 'How about you?'라고 물으며 점점 나에게로 다가왔다. 나는 얼굴이 거의 사색이 돼가며 어쩔 줄 몰랐다. 드디어 내 차례가 됐는데, 나는 '음~' 소리도 내지 못하고 고개를 숙이고 말았다. 한참 있다가 다른 학생에게로 차례가 넘어갔다. 사실 학생들의 대답 내용도 정확하게 알지 못했다. 다들 뭔가 한마디씩 하는데 아무 말도 못하고 바보가 된 나 자신이 정말 비참했다. 아니 교수라는 사람이 뭘 가르쳐 주지는 않고 자꾸 차례대로 질문만 해내는 방식이 정말 부담스러웠다, 또 교수가 원망스러웠다. 지금은 한국에서도 토론식 수업을 하는 것이 일반적이지만, 그 당시까지 내가 알고 있던 수업 방식이란 건 오로지 교수(교사)가 모든 걸 설명하고 '가르쳐 주는' 방식이었다. 학기 초 패닉 상태에 빠졌던 기억이 이젠 새롭게 추억된다.

아. 리즈대학교 집중 석사 공부는 확고한 기초가 되었다

그러나 나중에 깨닫게 된 것은, 석사고 박사고 간에 가장 중요한 것은 어떤 사안에 대해 '네 생각이 뭐냐?'를 확실하게 갖게 만들어 줘야 한다는 것이었다. 어떤 문제에 대해 자기 생각이 없다면 그렇게 높은 수준의 공부를 할 필요가 없다는 것이 내 생각이 되었다. 그래서 나는 근무한 대학에서 수업 시간에 학생들에게 '네

생각이 뭐냐?'고 자주 묻곤 했다. 그렇게 묻는 이유는 어떤 문제에 대해 네 생각이 생긴다면 바로 그것이 학습이고 공부라고 강조하며 설명했다. 학생들은 이런 질문에 익숙해짐에 따라 신기하게도 잘 적응해 주었고 그 방식에 호응해 주었다. 지금도 '내 생각을 갖는다'는 것은 공부하거나 사회생활 할 때에 매우 중요한 일이라 믿고 있다.

다음 날부터 수업이 끝난 후 도서관에 맨 먼저 달려가 책을 확보해서 읽기 시작했다. 내용을 좀 알고 수업에 들어가니 조금씩 자신감이 생기고 한두 마디씩 말을 하기도 했다. 그런데 어느 날 리딩 리스트에 있는 전공 분야의 책들이 도서관의 한 10평 정도 되는 방의 4면에 따로 가득 비치돼 있는 것을 발견했다. 매일 그곳에 가면서 '여기 이 방에 있는 책을 모두 다 읽으리라'라고 결심했다. 석사 과정으로 1년을 공부하면서 전부 다는 아니지만 거의 다 읽은 것 같다. 이때 읽었던 책들은 나중의 박사 과정 공부에 결정적인 밑바탕이 됐고, 튼튼한 토대가 되어 주었다. 박사가 끝난 후 교수가 되고 나서도 석사 과정 때 읽었던 책들이 지속적으로 영향을 주었다고 믿는다. 책을 상당량 읽고 보니 거의 모든 이론이나 실제, 여러 학자들의 주장이 상호 연결돼 있다는 것을 알게 됐고, 내 분야에 대한 어떤 '내 생각'을 갖게 되었다.

4. 영국 유학기
가. 맨체스터대학교 입학 사전 인터뷰는 절망적이었다
리즈대학교에서 석사 과정이 절반 정도 지났을 때 나는 박사 과정에 지원하고자 여러 정보를 찾았다. 리즈대학교에도 내 전공 분야의 석학이 있었지만, 그분은 곧 은퇴하기 때문에 나를 학생으로 받을 수 없다고 하여 맨체스터대학교에 대해 알아봤고, 먼저 지원하고 싶다는 편지를 보냈다. 얼마 후, 인터뷰를 한 번 하자는 연락을 받고 맨체스터에 갔다. 먼저 내게 구체적으로 무슨 분야를 연구하려는지 물었다. 지금 리즈대학교에서 동일 분야로 석사 과정을 하고 있는 중이라고 말했더니, 박사 과정에 바로 입학은 안 된다고 했다. 리즈대학교에서 석사를 끝낸 후에 맨체스터대학교에서 석사 과정으로 시작하고, 그것이 성공적이면 박사 과정으로 전환하라는 것이었다. 왜 박사 과정에 바로 입학이 안 되냐고 따지듯이 물으니, '한국에서 석사 과정을 영어로 이수했느냐, 석사 논문을 영어로 썼느냐'라고 묻기에 아니라고 했더니, 그건 인정하지 못한다고 했다. 그럼 리즈대학교에서 지금 석사를 하고 있다고 하니, 내가 그곳에서 석사를 받을 수 있을지 없을지를 확신할 수 없다고 했다. 참 실망이었다. 그래서 '나는 석사 학위가 3개씩이나 필요하지 않다, 나에게 필요한 것은 박사다'라고 했더니, 석사 이후에 박사로 전환하는 방법 아니면 받아 줄 수 없다는 쌀쌀한 기운의 최종 통보를 했다. 이층버스를 타고 리즈로 돌아오면서 정말 실망하고 절망했던 기억이 지금도 생생하다. 그 후에 생각해 보니 그 인터뷰 당시 내 영어 구사력이 부족해서 나 자신을 충분히 설명하지 못해서 그랬던 게 아닌가 하는 생각을 하게 되었다.

나. 할 수 없이 석사 학위를 3개 갖기로 마음 먹었다

나는 다른 대학을 찾아봤다. 런던 쪽은 모든 것이 너무 비싸고 대도시라 생활하기가 참 어렵겠고, 다른 지역 대학에서는 마땅한 전공 지도교수를 찾기가 어려웠다. 그래서 여러 고민 끝에 결국 잉글랜드 중부의 이름난 대도시인 맨체스터에서 석사를 하고 박사를 하기로 마음을 정했다. 인터뷰했던 분이 내가 공부하기에 따라 석사를 다 끝내기 전에 박사로 전환할 수도 있다는 말을 해줬기 때문이다. 리즈대학교에서 석사를 마치고 맨체스터대학교에 가 학생 휴게실에서 여러 나라 학생들과 이런저런 이야기를 나눴다. 내가 리즈대학교에서 석사를 하고 왔는데 다시 석사에 들어왔다고 말하니, 모두들 한심하다는 듯이 말도 안 된다는 반응들을 보였다. 마다가스카르에서 온 학생은 나보다도 훨씬 열악한 조건임에 틀림없었는데 당당하게 박사 과정에 들어왔던 것이다. 나는 정말 억울하고 숨이 막힐 듯 괴로웠다. 그 친구는 마다가스카르 국비 장학생이라고 했고, 나보다 훨씬 더 영어로 말을 잘 한다는 인상을 받았다. 나는 한국인 특성 그대로 말은 잘 안 하고 잘 웃어주기만 하는 스타일이었다. 영어도 잘 못하면서 나댄다는 인상을 주기 싫었고 틀린 영어를 써서 망신당하기가 싫었기 때문이다. 한국에서 '정확성' 중심으로 영어 교육 하는 것의 폐해라고 볼 수도 있을 것이다. 얼마 동안 그렇게 학교에 다니다가 지도교수에게 찾아가서 내 억울한 심정을 이야기 하고 도와달라고 했더니, 그럴만도 하다고 생각하셨는지 방법을 알려주셨다. 맨체스터대학교의 대학원위원회에 청원서를 쓰라는 것이었다. 나는 며칠에 걸쳐서 내 사정을 설명하며 빠른 시일 내에 박사로 전환 시켜 줄 것을 청원했다. 그리곤 묵묵히 공부를 계속했다. 그렇게 한두 달 정도 흘렀는데 대학원위원회에서 편지가 왔다. 박사 연구 계획서를 제출하고, 인터뷰 날짜를 잡자는 것이었다. 또 고심 끝에 연구 계획서를 다시 쓰고 인터뷰를 했는데, 매우 날카롭게 질문들을 했던 것 같았다. 따로 내 지도교수에게도 의견을 묻는 것 같았다. 또 몇 주 후에(영국의 느림보 행정이란!) 드디어 박사 과정으로 전환되었다는 편지를 받았다. 이제까지 했던 석사 공부를 그대로 박사 과정 공부에 인정해주었다. 이제야 정식으로 박사 후보생이 되었다. 그때부터 나는 발바닥에 땀이 날 정도로 열심히, 성실히 공부했다. 아침에 도서관 문이 열기를 기다려 입실하고는 닫을 때까지 월요일부터 토요일까지, 즉 주 6일 동안 매일 매일 같은 일을 규칙적으로 반복했다. 일요일엔 빨래도 하고, 슈퍼나 시장에도 가야 했지만, 좀 일찍 끝나면 오후에 또 도서관에 갔다. 어떤 작전을 앞에 둔 집중 군사 훈련 같았다. 오전 8시에 도서관에 들어가서 맨 먼저 뉴스위크, 타임, 이코노믹스 등 시사 잡지를 딱 1시간씩 읽고 단어 정리를 하고 나서, 오전(8~12시), 오후(1~6시), 저녁(7~12시) 모두 도서관에서 공부만 했다. 매일 14~15시간 정도씩 매우 규칙적으로 공부했다.

가끔 맨체스터 유나이티드 축구팀이 홈경기를 하면 시내 전체가 들썩들썩 하는데 나는 그게 뭔지도, 왜 그러는지도 몰랐다. 관심을 두지 않았다. 오로지 공부에만 집중했다. 빨리 공부를 끝내고 한국의 가족에게로 돌아가야 했기 때문이다. 밤늦게 숙소에 돌아와 피곤한 육신을 이끌고 축축한 침대에 기어들어가면 어느새 가족 생각에 뜨거운 눈물이 흐르곤 했다. '그냥 한국에 돌아갈 좋은 핑계

318

가 없을까? 몸이 아파서 돌아왔다, 교통사고가 나서 돌아왔다, 아니면 참 좋은 새 직장을 구했다' 등등 여러 가지를 생각해 보기도 했다. 그래도 그건 아니었다. 그럴 때마다 '나는 왜 여기 와 있나?'라는 말을 되씹었다. 결연한 마음으로 '그래, 오로지 박사 하러 왔지'라고 속으로 되뇌며 잠들곤 했다. 그러면 다음 날이 또 시작되었던 기억이 정말 새롭다.

다. 박사 공부: 대충 아는 것은 모르는 것이다

내가 박사 과정 공부를 한 방법은 비현실적으로 들릴지도 모르지만, 내가 실제로 했던 것이었기 때문에 혹시 참고가 될 수도 있을 것 같아 간략히 써보고자 한다.

나는 전공 서적이나 논문을 읽을 때 항상 요약 노트를 갖고 다녔다. A4 사이즈의 400쪽 짜리 줄 노트를 사서, 책(논문)을 읽을 때마다 책(논문) 제목, 저자 이름, 출판사, 출판 연도를 맨 위에 먼저 써 놓았다.

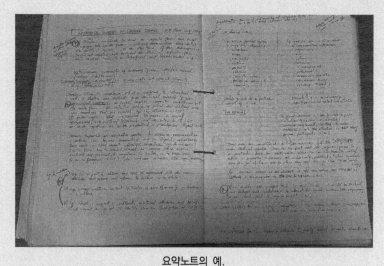

요약노트의 예.
(왼쪽 사진의 예를 보면, 왼쪽 맨 위에 사각형이 쳐진 부분에
Fundamental Concepts of Language Teaching(책 제목). H. H. Stern(저자
이름) OUP*(출판사). 1983(출판 연도)를 적어 두었다.
*OUP = Oxford University Press

〈참고〉 요약노트 만들기(필자의 경험)

① 먼저 20cm×5cm 정도 되는 직사각형 플라스틱 조각을 만들어서, 책이나 논문의 아랫 문단을 가린 채 윗 문단을 차례대로 읽어 내려가다가, 중요하다고 생각되는 문장, 어구, 영어다운 표현 등을 만나면 그 플라스틱 조각을 대고 밑줄을 긋는다.

② 책의 한 챕터, 논문 전체를 읽고 난 다음엔 시간을 내어, 밑줄 쳐진 부분을 모두 준비된 요약 노트에 손으로 옮겨적는다. 이때 반드시 출처의 쪽수를 적어 둬야 한다. 손으로 눌러쓰는 것이 힘들지만, 믿음이 가는 방법이라 나는 계속 손으로 썼다.

③ 나중에 소논문을 쓸 때나, 학위 논문을 쓸 때, 논지를 생각하고 정리하면서 요약 노트를 앞뒤로 몇 번이고 뒤적이면서 인용해야 되겠다 싶은 부분에 빨간색 사인펜으로 入이라고 표시해 두었다. 그 부분은 이미 한번 써 먹었다는 뜻이다.

④ 요약노트에서 가져다 쓴 요약 어구들을 나의 말로 잘 엮어서 논문 쓰기에 사용했다. 이런 방식은 출처를 항상 쉽게 찾을 수 있고, 같은 내용을 적어도 5~6번 정도 반복해서 읽을 수 밖에 없기 때문에 읽은 내용을 완전히 이해하는데 큰 도움이 되었다.

그다음엔, 읽을 책이나 논문을 찾아 필요한 부분을 모두 복사했다. 나는 책에 밑줄을 긋는 습관이 있는데, 도서관 책은 밑줄을 그을 수 없어서 논문은 대부분 복사해 내 것으로 만들었고, 책의 경우에는 필요한 챕터들만 복사했다. 책 한 권 전체를 복사해 주지 않았던 걸로 기억한다. 내 것으로 만든 그 복사본을 정독하면서 중요한 부분에 밑줄을 긋고, 그것을 되뇌면서 요약 노트에 옮겨 적고 그 요약 문장의 끝에 쪽수를 괄호 속에 적어 뒀다. 이 쪽수는 나중에 원본에서 찾을 때 매우 소중한 자료가 된다. 이런 정보를 먼저 적어두는 것은 나중에 인용하거나 활용하려고 할 때 그 출처를 빨리, 확실하게 찾기 위해서였다. 위의 사진에서 중간중간에 빨간색으로 '入'자로 표시해 둔 부분은 내가 소논문을 쓸 때나, 박사 논문을 쓸 때 활용했다는 표시이다. 다른 글에 중복 인용을 하지 않기 위해 표시해 둔 것이다.

이렇게 책(논문)을 읽으면서 요약 노트에 꼭꼭 손으로 직접 기록해 나간 것은 정말 많은 이점이 있었다. 나는 기본적으로 '확실히 알지 못하면 모르는 것이다'라는 공부의 자세를 갖고 있다. 책(논문)을 처음 읽으면서 한 번, 요약 노트에 옮겨 적으면서 또 한 번, 나중에 활용하기 위해 두세 번, 이렇게 요약된 내용을 거의 5번 정도 반복해서 익히면 완전히 나의 것이 되는 것을 느꼈기 때문이다. 학술적 전문성을 가진 전공 내용을 설렁설렁 빨리빨리 많이 읽어서 대충대충 안다는 것은 정말 쓸모없는 것이다. 전공 내용을 다른 사람(학생)에게 설명했을 때 상대방이 잘 이해하지 못한다면 그

것은 대개 설명하는 사람이 그 내용을 확실히 알지 못하는 채 설명을 했기 때문이다. 이런 경우 자신은 설명을 잘 했는데 상대방이 잘 못 알아듣는다고 탓하는 것이 보통이다. 대학 강의 시간에 많은 학생들이 강의 내용을 어려워한다면 그것은 십중팔구 교수 자신이 확실히 잘 알지 못하는 것을 강의했기 때문이다. 이 경우 교수는 대개 '아주 어렵지? 원래 어려운 내용이야!'라고 말하면서 자신의 부실한 앎을 임기응변으로 덮어버리고 넘어간다. 한참 후에야 접하게 된 아인슈타인의 명언인, "남이 알아듣기 쉽게 설명을 하지 못한다면, 그건 자신이 그 내용을 충분히 잘 알지 못하기 때문이다"라는 말은 정말 진리임에 틀림없다. 전공 분야를 확실하게 아는 것은 소설, 잡지 등을 다독하여 상식이 많아지고 세상 지식이 풍부해지는 것과는 다른 차원의 문제이다. 이렇게 육필로 정리한 전공 요약 노트는 3,000쪽 정도 되는데, 내가 박사 공부를 한 증표이고 나의 소중한 보물이다. 나는 박사 공부를 하는 동안 공부의 재미, 앎의 희열을 자주 느꼈고 그런 희열이 나를 돈 안 되는 학문의 길로 이끌었다고 보고 있다.

라. 정말 좋은 지도교수님을 만났다 - 정말 큰 행운이었다

영국에서 박사 과정 지도교수는 학생의 생사여탈권을 쥐고 있다. 모든 것이 지도교수에게 달려있다 해도 과언이 아니다. 미국처럼 정해진 강의도 없고, 정해진 시험을 봐야 하는 것도 아니다. 공부 진행도, 논문 작성 시작도, 나중에 구술시험이나 논문 심사도 지도교수의 판단에 전적으로 의존할 수밖에 없다. 그래서 입학할 때 고

려하는 입학 자격을 매우 중요하게 보는 것 같았다. 나의 경우는 영어 교사 경력(2년)과 연구소에서의 연구 경력(5년 반)에 가점을 준 게 아닌가 하고 생각하고 있다. 박사 연구 계획서와 이전 관련 경력, 사전 인터뷰 등으로 대개 입학 여부를 결정하므로 박사 과정 입학 허가서 받기가 쉽지 않은 편에 속한다. 내가 맨체스터대학교에 입학할 때 나에게 석사부터 하라고 했던 것을 보면 짐작할 수 있을 것이다. 내가 다닌 대학에서는 1개의 전공에 박사생을 1년에 1~2명을 뽑거나, 전혀 뽑지 않는 경우도 있었다.

나의 지도 교수님이신 웨스트 교수님은 영어 평가의 실무적 전문가로 유럽, 남미의 여러 나라에서 초빙돼 영어 평가 시스템을 구축하러 다니던 꽤나 잘 나가는 사람이었다(너무 존경해서 '님'자를 붙여야겠다). 그래서 항상 매우 바빴다. 지도 교수로서 나와 첫 미팅을 했을 때, 'What can I do for you?'라고 물었다. 나는 무슨 말인지 이해가 안 되어서 멍하게 있으니, 'How often do you want to meet me?'라고 물었다. 'How often'이라는 말을 듣자마자 그때 딱 생각난 표현이 "As often as possible"이었다. 그렇게 대답했더니 껄껄 웃으면서 'Really?'하는 표정을 지었다. 그리고 덧붙이기를, '동양의 학생들은 지도 교수를 가급적 만나지 않으려고 하는데 너는 참 특이한 놈이다'라는 식의 말을 했던 것으로 기억된다. 교수님이 "Well then, OK!"하면서 미팅은 끝났다.

마. 나는 지도교수 제도를 최대한 활용하였다

한국에서 학부 수업을 할 때 어느 교수님이 수업 중에 하신 말

324

씀이 생각났다. 미국에 유학 가서 빨리 졸업하고 싶으면 '지도 교수를 괴롭혀야(?) 한다'는 말씀이었다. 자주 찾아가라는 뜻이었다. 그래서 나는 자주 찾아 가기로 결심했다. 그리고는 지도 교수 면담 전용 노트를 한 권 준비해서 배낭 속에 넣어 두었다. 도서관에서 책을 읽다가 질문할 사항, 명료하지 않은 용어의 개념 등을 그 면담 전용 노트에 질문 1, 질문 2. 질문 3, …. 이런 식으로 주욱 적어 두었다. 질문이 다섯 개 이상 쌓이면 지도 교수 연구실로 전화를 해서 찾아가겠다고 통보하고 찾아갔다. 특별히 요일이나 시간대가 정해진 게 아니었다. 'As often as possible'을 승낙하셨으니까. 찾아가면 안부 인사를 하고는 그 면담 노트를 꺼냈다. 책을 읽다가 잘 모르는 것들을 적어왔다고 말하고 순서대로 질문을 했다. 지도 교수님은 성의껏 대답해 줬고, 그 대답 내용을 질문에 맞춰 면담 노트에 메모했다. 그렇게 두세 달 동안 질문과 면담을 하다가, 어느 날은 내가 질문한 것에 대해 '그건 다음에 만날 때 설명해 줄게'라고 말씀하셨다. 그 다음번 면담에서 나는 '지난번에 교수님께서 이번에 만나면 말씀해주신다'고 했던 것을 처음부터 물었다. 지도 교수님은 매우 당황하셨다. 잊어버리고 있었던 것이다. 그날은 새로 준비한 질문만 하고 면담을 끝냈다. 지도교수님은 아마 내가 매우 집요한 놈이고, 호락호락한 놈이 아니라고 생각하셨을 것이라 생각한다. 나는 박사 과정 생활을 주욱 그런 식으로 하였다. 나중에 가서는 내가 먼저 '저 그러면 일주일에 한 번씩 오겠습니다. 어느 요일이 좋으신가요?'라고 물었다. 다이어리를 보시곤 '목요일 2시'라고 하셔서 박사 논문이 끝날 때까지 교수님이 해외

출장 가실 때를 빼고는 거의 일주일에 한 번씩 꼭 만났다. 지도 교수와의 잦은 만남은 나에게 너무나 큰 혜택이었고, 보람이었고, 기쁨이었다. 나중에는 인간적으로 친해질 수밖에 없었다. 교수님 집에 자주 초대해서 저녁도 먹여주고, 캠퍼스 내에 있던 기숙사에 다시 데려다주기가 힘들면 교수님 집에 재워주기도 하셨다.

바. 지도교수님의 논문 지도는 감동 그 자체였다

박사 논문을 한 챕터씩 써서 정해진 시간에 가져다드리고, 정해진 시간에 또 만나러 가서 코멘트를 들었다. 그런데 정말 놀라운 것은 종이에 인쇄한 나의 영어를 빨간 볼펜으로 일일이 고쳐주셨다는 것이다. 적절한 단어로 바꿔 옆에 써 주시고, 문장과 문단의 순서를 조정해 제안해 주시고, 전체적 논평을 끝에 꼭 자필로 적어 주셨다. 그러면 나는 그 수정들이 표시된 초안을 갖고 도서관에 가 '왜 단어를 이렇게 고쳤을까, 왜 문장 배치를 이렇게 고쳤을까'를 생각하면서 하나씩 하나씩 면밀하게 공부했다. 영국 원어민 대학교수의 글이란 나 같은 비원어민 학생으로서는 도저히 쫓아가기 어려운 경지였다. 정말 내 글이 명료해지고 좋아지는 것을 느끼면서 정말 큰 기쁨에 빠져들었다. 이렇게 모든 챕터를 하나씩 작업해 나가면서 나는 '영어의 구조가 이렇구나', '영어의 어감이 이렇구나' 하는 것 등 영어다운 영어가 어떤 것인가를 어렴풋이 느낄 수 있었다. 나의 영어 실력은 이때 이후부터 좀 탄탄해지기 시작했다고 생각한다.

지도 교수님이 너무 너무 고마웠다. 논문 전체 챕터를 마칠 때까지 빨간 볼펜으로 표시를 해 가면서 3번을 읽어주셨다. 아마 이 놈을 빨리 내보내는 수밖에 없다고 생각하셨는지도 모른다. 내가 교수님의 지도가 너무 고마워 예의를 갖춰서 진지하게 반응하니, 나의 논문 수정에 더 열과 성을 쏟으신 게 아닌가 하는 생각을 한다. 그래서 그때까지 정통종합영어 문법만 좀 알던 나의 영어는 정말 많이 좋아졌고 또 영어로 글쓰기에 자신감이 생기기 시작했다. 사실 나에게 영어는 여전히 어려운 언어라서 지금도 영어를 썩 잘하지는 못하지만, 한국인이 영어로 쓴 글을 읽고 고치는 일은 좀 하는 편에 속한다.

나는 그때 한국에 돌아가서 만약 교수가 된다면 학생들을 이렇게 지도해야겠다고 마음을 먹었다. 그렇지만 지금 되돌아보면 그 지도 교수님의 반의 반도 못한 것을 잘 알고 있고 부끄럽게 생각한다. 교수님 지도 상황을 이렇게 자세히 기록하는 것은, 박사 과정 지도 교수가 이런 사람도 있다는 것을 세상에 알리고 싶기 때문이다. 나와 같이 정말 좋은 지도 교수님을 만나는 행운을 누린 유학생도 많이 있을 것이다.

나의 박사 학위증 사본

또 한 가지의 배려. 어느 날 연구실로 찾아갔더니 내가 영어 평가 전공자로서 나중에 필요할 것이라 생각하셨는지, 케임브리지대학교 지역시험 연합(University of Cambridge Local Examinations Syndicate, UCLES)에 근무하는 친구분께 전화를 해서 나를 거기에 보낼테니 케임브리지 영어 시험이 어떻게 만들어지고 운영되는지를 좀 보여주면 좋겠다는 부탁을 했다. 나는 그 자리에서 듣고 있었는데 먼 한국이라는 나라에서 온 불쌍하게 생긴 박사 후보생인 나를 소개하고 일정을 조율해 주셨다. 나는 떨리는 마음으로 케임브리지대학교에 찾아갔다. FCE (First Certificate in English) 같이 세계적인 명성을 갖고 있는 최고의 영어 시험인 케임브리지 시험을 만들고 채점하는 과정까지 다 관찰하고 질문도

할 수 있는 기회를 얻었다. 시험 개발자들 회의에 관찰자로도 참석할 수 있게 해 주었다. 일주일 동안 머물면서(그곳에서 숙소도 제공해 줬다) 그곳의 채점자 훈련 과정에도 참여할 수 있었다. 대규모 상업적 평가가 어떻게 운영되는지에 대해 어느 정도 파악할 수 있게 되었다. 그때의 경험이 한국에 돌아와서도 정말 큰 도움이 되었다. 그곳에 있을 때 처음으로 케임브리지대학교의 캠퍼스를 구경했는데, 그냥 입이 떡 벌어져 버렸다. 이런 고색창연한 대학 도시의 그 멋진 건물들을 처음 본 나로서는 이게 대학이 맞나 싶었다. 도시의 아름다움에 완전히 빠져서 귀국 후 대학에 근무하면서 얻은 첫 번째 연구년을 케임브리지에서 보냈다. 정말 행운이 아닐 수 없었다.

   사. 박사 논문이 끝난 후의 일화

   지도 교수님에 대한 고마운 마음은 정말 글과 말로 형언할 수 없었다. 논문이 다 끝나고 귀국 일정을 잡고 있던 터에 선물을 하나 하고 싶었다. 평소에 낡은 구두를 신고 다니는 것을 본 터라 구두 한 켤레를 선물하기로 마음먹었다. 교수님의 신발 사이즈를 알 수가 없어서 시내의 '클락스'라는 구두가게에 가서 중상급 정도의 구두를 가리켰다. 우리나라의 상품권 제도를 생각하며, 구두값을 미리 지불할 테니 영수증을 써주면 나중에 다른 사람이 와서 맞는 사이즈의 구두를 픽업하도록 하면 안 되겠냐고 가게 주인에게 물었다. 안 된다고 했다. 참 이상했다. 또 사정하듯 물으니 법으로 안 되게 돼있다고 했다. '야, 이런 것도 법을 지키냐?'하는 생각을 했지만 어쩔 수 없었다. 그래서 교수님 연구실로 전화를 해서 시내에서 저를 잠깐 만나시면 좋겠다고 하니 왜 그러냐고 계속 물으셨다. 외국인인 내가 시내에서 어떤 문제가 생겼나 싶어서 차를 몰고 달려오셨다. 사실은 논문도 다 끝나고 교수님 지도가 너무 너무 고마워 선물을 하나 하고 싶다고 하면서 팔을 붙들고 가게 안으로 들어갔다. 한사코 안 들어가려는 교수님을 이끌고 들어가서 디자인과 사이즈를 고르라고 했다. 몇 개를 짚어보시더니 "I really can't take this. I don't wear such expensive ones"라고 말씀하시면서 밖으로 나가버렸다. 따라 나와서 사정을 했지만 저 멀리 걸어가버리셨다. 같이 걸어가면서 하시는 말씀이, '그런 선물 안 해도 된다. 난 절대로 받을 수 없다'고 하셨다. 그리고는 박사 학위 취득을 다시 한 번 축하해 주셨다. 자신은 한국에 대해 잘 모르니 한국에 돌아가면 한국의 사정을 설명하는 책을 한 권 보내달라고 하셨다. 그리고 주변의 식당으로 가서 점심까지 사 주셨다.

나는 정말 선물을 하고 싶었지만, 한사코 사양하시는 교수님이 좀 서운하기도 했다. 그렇지만 교수님과의 이 일화는 나에게 깊은 감명과 교훈을 줬다. '나도 이렇게 살아야지'하고 생각했다. 그러나 내가 교수 생활을 하면서 학생들의 선물과 식사 대접을 많이 받았던 것은 교수님의 가르침을 실천하지 못한 못난 제자임을 보여주는 것이다. 지금 생각하니 참 부끄럽기도 하다.

아. 학비는 이렇게 충당했다

리즈대학교 석사 과정의 학비 1년 치는 장학금과 자비로 충당했다. 생활비는 사실 기숙사에 혼자 살면서 시장에서 재료를 사다가 직접 만들어 먹으면 그리 많이 들지 않아서 쉽게 해결할 수 있었다. 우리나라는 기본 생활품인 식료품이 너무 비싼데, 이건 정말 잘못된 것이다. 영국에서는 시장에서 파는 식료품 재료들이 한국보다 훨씬 쌌다. 지금도 그런지 모르지만.

박사 과정 첫해엔 전세금 등 한국에서 가져온 돈으로 학비를 충당했다. 뼈가 저리게 아까운 돈이었다. 공부에 열중할 수밖에 없었다. 문제는 다음 해 등록금을 어떻게 해결하느냐였다. 영국 내에서 찾아보니 이미 박사 과정에 들어와 있는 나에게는 해당되는 것이 아무 것도 없었다. 런던 소재의 영국문화원 본부에 편지를 보내 문의해 보니, 주한영국문화원에 문의해 보라는 답장을 받았다. 그래서 응모 시기에 맞춰 주한영국문화원에 장학금 지원서를 보냈다. 장학금 지급 조건으로 서류 심사 외에 인터뷰 과정이 따로 있었다. 인터뷰를 하러 한국에 나오라는 것이었다. 나는 중간에 한국에 나갔다 올 항공료를 부담하기 어려웠다. 그래서 지도 교수님께 자초지종을 이야기했다. 지도 교수님은 나에게 매우 동정적인 이해심을 갖고 있었다. 자신이 주한영국문화원에 국제전화를 해서 전화로 인터뷰를 하면 안 되겠냐고 물어봐 주겠다고 했다. 교수님이 설명을 잘 하셨는지 주한영국문화원에서 전화 인터뷰를 허락해줬다. 그 당시에 국제전화는 너무 비쌌고 그나마도 통화 음성의 왕래에 시간차가 났다. 상대방의 말이 들려오는 데 시간이 한참 걸려 내가 한 말과 엉켜들어가는 수가 많았다. 내 기억에 한국의 집에 안부 전화를 하려고 1파운드 동전 세 개를 준비해서 전화기에 넣으면 딱 1분 만에 다 소진되곤 했다. 국제전화도 학교 전화를 이용할 수 있게 지도 교수님이 주선해 주어서 그럭저럭 전화 인터뷰를 했다. 며칠 후에 다행히도 나는 장학금 지급 대상자로 선정되었다는 연락을 받았다. 날듯이 기뻤고 정말 고마웠다. 장학금은 그 다음 해 등록금 전액에서 약간 모자라는 수준이었다. 너무 큰 도움이 되었다. 나는 박사 과정 시작한 지 딱 2년 3개월 만에 학위를 받았기 때문에 등록금을 두 번만 냈다. 지도 교수님은 그 당시 맨체스터대학교 대학원 140년 역사에서 내가 두 번째로 빠르게 박사 학위를 마쳤다는 말을 나에게 해 주셨다. 실감이 나지 않았다.

중간에 현장 조사를 명목으로 한국에 3개월 정도 나와 있었는데, 나중에 학교에 신청하니 3개월분의 학비를 환불해 주었다. 그 돈은 정말 오랜 가뭄 끝에 온 단비 같은 것이었다. 그 돈이 정말 고마웠다. 영국은 정말 정직하고 당당한 나라라고 생각하고 있다.

자. 오랜 준비가 학업 시간을 단축시켜줬다

나는 36세에 유학을 갔는데, 박사를 좀 빨리 할 수 있었던 것은 사전 준비가 좀 돼 있었기 때문이라고 생각한다. 한국교육개발원에 근무하면서 서울대학교 대학원에 다녔는데, 쉬지 않고 조금씩 전공 공부를 했고, 근무처가 대규모 연구소이다 보니 연구 방법에 대한 이해를 넓힐 기회가 있었다. 실제로 연구 보고서를 매년 2~3권씩 써냈어야 했기 때문에 유학을 가기 전에 연구 방법에 대해서는 좀 알고 있었다. 그래서 영국에 가서는 처음부터 박사 논문 연구와 연결할 수 있는 방법을 항상 염두에 두고 전공 책 읽기를 했던 것 같다. 도서관에서 하루에 14~15시간 내외의 읽기 공부를 통해 논문 주제로 무엇을 할 것인가, 방법은 어떻게 할 것인가에 대한 생각이 상당히 빨리 든 것 같다. 그래서 좀 자신감을 가지고 지도 교수에게 말할 수 있었던 것 같다. 박사 학위를 빨리 끝내야겠다는 집념과 공부에 대한 열정이 대단했다고 회상한다.

그러나 그보다 더 중요하고 핵심적인 것은 지도 교수의 의지였던 것 같다. 지도 교수님은 처음에 '아휴! 귀찮게 구는 이놈 빨리 내보내야겠다'고 생각하셨다가 내 논문 초안을 읽으면서부터 '정말 제대로 된 박사를 만들어야겠다, 그것도 가능한 한 빨리'라고 생각하셨을 것으로 생각한다. 그렇지 않았다면 내 논문을 3번을 읽고 수정 지시해 주지는 못했을 것이다. 지금 생각해도 지도 교수 잘 만난 것은 정말 행운이었다.

해외 유학의 큰 장점은 현지의 문화를 직접적으로 익히고 견문을 넓히는 것인데, 나는 학위를 빨리 끝내고 가족에게 돌아가야 한다는 일념 때문에 그 고상한 영국 문화와 유럽 문화를 익히고 즐기는 것은 나중으로 미루기로 마음먹었다. 'I'll be back again'을 되뇌며 살았다. 빠른 시간 내에 학위만 달랑 받고 돌아왔기 때문에 영국에 대해, 유럽에 대해 별로 아는 게 없었다. 이 전략은 성공적이었다고 생각한다. 그 후에 연구년 1년을 케임브리지에서 보냈고, 영국에서 열리는 수많은 학술대회와 세미나 등에 적극적으로 참여했으며 또 대학과 대학원의 제자들을 데리고 한 달씩 수학여행을 다녀오기도 했다. 박사 학위를 받은 후 좀 편한 마음으로 영국에 가고, 또 유럽에 가니 뭔가 더 많은 것들이 좀 더 잘 보이는 것 같았다. 시인 고은의 "내려갈 때 보았네 올라갈 때 보지 못한 그 꽃"이란 시가 이 경우에 딱 들어맞는 것 같다. 코로나19 이전에는 거의 매년 영국에 갈 일이 생겨서 다녀오곤 했다. 아직도 많이 부족하지만, 유학 당시에 마음먹었던 문화에 대한 갈증은 상당히 풀린 것으로 본다.

5. 나가는 글

"박사!" 박사 학위 수여식에 참석해서 학위를 받고 보니 뭐 별거 아니네 하는 생각이 먼저 들었다. 나라는 사람이 확 변하거나 위대해지거나 하는 것도 아니었다. 나는 그냥 그대로였다. 다만, 혼자 가서 어렵게 공부했기에 나를 도와준 사람들 생각이 주욱 떠올랐다. 첫 번째는, 이렇게 영국에서 박사 학위까지 받을 수 있게 나를 낳아 준 부모님 생각이 먼저 났다. 태어나지 않았다면 내가 어떻게 이런 박사 학위까지 받을 수 있었겠나 하는 생각을 실제로 했다. 두 번째는, 아이 둘을 데리고 남편 없는 시집살이를 한 아내의 자기희생에 눈물이 났다. 지금까지 아내는 그 남편 없는 시집살이에 대해 한 번도 공치사하지 않았다. 유학 가 있는 동안 내 가정은 여러 가지가 비정상이고 어려웠지만 잘 이겨내줘서 정말 정말 고마웠다. 세 번째는 아무런 생색냄이 없이 그냥 나를 이끌어주신 지도 교수님이다. 이루 말할 수 없는 고마움을 평생 간직하고 살고 있다.

나는 기본적으로 '공짜를 바라지 않는다'는 삶의 자세를 갖고 있다. 'Everything's got its price'라고 믿기 때문에, 좋은 것을 얻기 위해서는 정당한 대가를 지불해야 한다고 믿는다. 일례를 들면, 언젠가 미국 라스베가스와 마카오에 갔을 때 그 화려하고 큰 도박장들을 두루 구경하기는 했지만 직접 도박을 하지는 않았다. 같이 간 사람들의 권유에도 나는 하지 않았다. 재미로 그냥 해볼 수도 있었겠지만 안 했다. 도박하지 않는다는 자세는 지금도 유지하고 있다. 공부를 하는 것도 공짜를 바라서는 안 된다는 생각에서 이 말을 덧붙였지만, 사실 되돌아보면 나는 사회로부터 '공짜'의 혜택을 참 많이 받고 살아온 것 같다. 대학 다닐 때 4년간 수업료 면제, 영국에서 석사와 박사 과정 때 받은 장학금, 지도 교수님의 그 지도 조언들, 그 이후 교수 생활하면서 받은 수많은 혜택들…. 공짜를 바라지 않았지만, 공짜로 얻은 게 너무 많다. 정말 감사한 마음으로 살아가고 있고, 이 사회에 갚아야 할 빚으로 생각하고 있다.

또 내가 명심하면서 살고 있는 명제는, "다른 사람을 진정으로 너그럽게 대할 수 있으려면 먼저 자기 자신이 강해야 한다"는 것이다. 자신이 강하지 않은 상태에서의 유순함은 비굴함으로 이어지기 쉽기 때문이다. 나는 이 말을 제자들에게, 내 자식들에게도 수시로 하고 있다.

또 한 가지 내가 제자들에게 자주 하는 말은, 우리가 학교에서 공부하는 것들은 거의 전부가 외국에서 온 것들인데, 이 외국의 지식을 이식(移植)하지 말고 접목(接木)해야 한다는 생각을 확고히 가지고 공부하라는 것이다. 자연계, 기술계 쪽은 아마 많이 다를 거라 생각하는데, 인문계, 사회계, 교육계 쪽에는 맞는 말이라 생각한다. 우리는 지금도 어쩔 수 없이 선진국의 학문을 배워 올 수밖에 없는 처지에 있다. 그런데 외국에서 배운 것을 그냥 그대로 우리나라에 옮겨 심으면 된다고 생각을 하는 사람이 유학하고 온 사람들 중에 의외로 많아 참 안타까운 때가 많다. 사회, 문화, 가치관, 환경과 토양이 완전히 다른 곳에서 나온 학문과 문물을 그냥 우리나라에 옮겨다 심으면 그것이 제대로 작동할 것인가? 되돌아보면, 외국에서 차용한 여러 제도나 학문적 이론들이 우리나라에서 제대로 작동하지 않아서 생긴 피해와 낭비가 얼마나 많은가? 선진국의 학문과 문물은 우리의 사회, 문화, 가치관, 환경과 토양을 고려하여 만든 것이 결코 아니다. 우리나라에 그대로 잘 맞을 거라고 생각하는 것은 문제에 대한 '자기 생각'이 확립되지 않았기 때문에 생기는 것이다. 유학해서 선진국의 좋은 것들을 배워 온 사람들은 그것들을 우리나라의 실정에 맞게 접붙이기해서 개량된 형태의 이론과 문물이 나오도록 해야 할 것이다. 그것이 이 사회에 실질적으로 기여하는 방법이라 생각한다.

박사 학위를 받고 한국에 와서 생활하면서 '내가 박사를 안 했다면 지금 어떻게 살고 있을까'하는 생각을 자주 했다. 박사를 받은 후의 나의 삶은 많이 달라졌고 업그레이드됐다. 박사를 안 했다면 평생 후회 속에 살았을 것이다. 어려웠던 결심의 순간에 그냥 포기했다면….

지금 유학을 꿈꾸는 사람들에게는 별로 와닿지 않을 이야기일 수도 있지만, 한 가지 덧붙일 이야기가 있다. 참고가 되길 바란다. 많은 경우에 유학이 끝나고 귀국해서 대학교수가 돼서 하는 일을 보면, 전공 분야의 학문 탐구나 새로운 학문 경향을 쫓아가기 보다는 돈이 들어오는 프로젝트에 참여하는 데에 열중하게 된다(회사로 진출한 사람들의 사정은 잘 모른다). 유학하느라 돈을 벌지도 못하고 쓰기만 했기 때문에 귀국하면 돈에 쪼들리기 마련이다. 우선 살 집도 구해야지, 해마다 전세비 올려줘야지, 아이들 사교육비도 만만치 않지, 양가 집안 대소사 챙겨야지 등등. 대학교수 월급으로는 한참 부족해서 어쩔 수 없이 돈을 버는 일에 관심이 쏠릴 수밖에 없게 된다. 유학을 하고 박사를 따고 대학교수가 돼 고상한 척해도 하나의 생활인임에 틀림없다. 그렇게 몇 년을 돈 되는 프로젝트에 매달리다 보면 자기 전공 분야의 새로운 이론이나 신간 서적 등이 낯설어진다. 책을 사서 책꽂이에 꽂아두고는 몇 년씩 들춰보지도 못하는 경우가 많다. 이렇듯 해외 유학을 하고 박사가 돼도 결국 돈 문제로부터 자유로울 수가 없는 것이다. '돈'은 참 그렇다. 남 말 하듯 했지만 결국 나의 이야기이다.

각설하고, 영어에 이런 말이 있다. "누가 하기 전까지는 모든 것은 항상 불가능해 보인다." 돈 없는 유학은 사실상 불가능해 보인다. 그러나 지금 돈 없는 유학을 꿈꾸는 후배님들! 내가 돈 없는 유학을 하고 왔다는 사례를 보였으니까 자신도 가능하다고 생각하고 '준비 실패는 실패 준비'라는 것을 명심하면서 시도해 보길 적극 권한다. 우리나라에서는 아직도 많은 학생들이 선진국에 유학을 갔다 와야 한다. 우리나라엔 거의 모든 분야에서 '기초'라는 것이 없거나 빈약하기 때문이다. 노벨상을 못 받는 걸 보면 알 수 있지 않은가. 유학을 잘 끝내고 돌아오면 보다 개인적으로는 업그레이드된 삶을 살 수 있고, 나름대로 사회에 작지만 견실한 기여를 할 수 있는 기회를 많이 가지게 될 것이다.

"영국은 그 안에 있을 때보다
떠나오면 자꾸만 생각나는 곳이다."

홍선호 교수

[학력]

·한국외국어대학교 영어학 학사

·한국외국어대학교 영어학 석사

·한국외국어대학교 영어학 박사수료

·영국 University of Essex 언어학 박사

[경력]

·서울교육대학교 언론사 주간교수, 산학협력단장, 기획처장

·현재 서울교육대학교 영어교육과 교수, 서울교육대학교 국제어학원장,

한국초등영어교육학회 부회장, 한국생성문법학회 학술이사

[저·역서]

·영어통사론 입문

·초등영어교육과 영어학

·교사들을 위한 언어학 입문

·영어문장구조

·4차 산업혁명과 미래 영어교육 등

홍선호

나의 에식스 유학기

1. 들어가는 글

에식스대학교는 1960년대에 설립된 영국의 아홉 개 대학 중 하나로, 1964년에 개교했고 현재는 세 개의 캠퍼스로 이루어져 있다. 주 캠퍼스는 영국에서 가장 오래된 도시인 콜체스터의 위븐호 공원에 자리 잡고 있다. 주 캠퍼스 외에, 로턴에 있는 이스트 15 연기 학교와 남부 에식스의 사우스엔드온시에 사우스엔드 캠퍼스가 있다. 현재 에식스대학교는 에식스주를 대표하는 대학으로 성장했다.

에식스대학교는 여타 오랜 역사를 가진 영국 대학교들에 비해 비교적 근대에 설립된 대학임에도 불구하고 많은 저명인사를 배출한 대학이기도 하다. 이 대학을 졸업한 저명인사 중에 노벨상 수상자로는 2010년에 노벨 경제학상을 수상한 크리스토퍼 피사리데스 박사와 1987년에 노벨평화상을 수상한 오스카르 아리아스 전 코스타리카 대통령이 있다. 미국 뉴욕주 맨해튼의 옛 세계 무역 센터가 위치해있던 자리에 재건한 건물인 제1세계 무역 센터를 설계한 건축가 대니얼 리버스킨드는 대학원에서 비교학 건축사와 건축이론을 공부했다. 그리고 네 편의 영화 '해리 포터' 시리즈와 세 편의 영화 '신비한 동물사전' 시리즈의 영화감독 데이비드 예이츠가 에식스대학교 동문이다. 또한 현재 참여연대 공동대표를 맡고 있는 진영종 교수와 주 코스타리카 대한민국 대사관의 윤찬식 대사도 나와 같이 에식스대학교에서 유학했고, 각각 영문학과 인권을 연구했다. 그 외에도 정치, 문화, 예술, 인권, 환경 등 기타 여러 분야에서 영국을 비롯한 세계 여러 나라에서 활동하고 있는 많은 동문을 배출했다.

에식스대학교는 인문·사회과학 분야에서 매우 우수한 대학으로 관련 분야의 우수한 연구 기관들을 소유하고 있다. 대표적인 연구소로 사회 경제 연구소, 데이터 분석 연구소, 인권 센터 등이 있다. 특히 인권 센터는 이 분야 세계 최초 기관들 중의 하나로 국제적으로 인권 문제에 많은 기여를 하고 있다.

2. 영국 유학 동기

나는 영어 공부를 하면서 영어 문법에 관심이 많았다. 그래서 대학에서 영어를 전공하면서 영어학개론, 영문법, 통사론, 의미론, 화용론, 음운론, 영어사, 사회언어학 등 영어학과 관련된 과목들을 주로 들었다. 그러던 중, 3학년 때 내가 언어학자로의 길을 걷게 된 특별한 강의를 접하게 됐다. 그때 당시만 하더라도 영문학과 영어학을 공부를 하는 많은 학도들에게 있어 우선시 되는 주요 관심 분야는 의사소통 중심의 영어보다는 정확한 문법에 기반한 문법 중심의 영어 공부였다. 영문법 관련 책을 읽고 많은 문법 지식을 쌓아, 그 지식을 활용하여 어려운 영어 구문을 잘 이해하고 설명할 수 있는 능력을 기르는 것이 영어 공부의 목적이었다. 그래서 이와 관련한 영어 구문 문법을 가르치는 통사론 과목이 학생들에게 많은 인기를 끌었다. 영어과에서 대략 100명에 가까운 학생들이 이 과목을 신청했고, 나도 그중 하나였다. 바로 그때 나를 언어학의 길로 인도한 은사인 이선우 교수를 만나게 된다.

이선우 교수

당시 그는 미국에서 유학했고, 미국의 저명한 언어학자인 촘스키의 생성문법 이론을 연구한 40대 후반의 열정을 가진 언어학자였다. 영문법 책을 통해 문법에 대한 지식을 쌓아 어려운 구문을 이해하고 설명할 수 있는 능력을 갖추는 것이 영어학을 공부하는 목적이라고 오랫동안 생각해 왔던 내게 그가 강의한 촘스키의 생성문법 이론은 커다란 충격이었다. 그가 전달한 생성문법 이론의 골자는 인간은 다른 동물과 달리 언어 능력(언어 습득 장치)을 가지고 태어나서, 문법을 애써서 배우지 않아도 자연스럽게 배우게 된다는 것이었다. 따라서 문법은 공부하는 것이 아니라, 이미 내재된 문법을 깊이 있게 이해하고 어떻게 활용할 것인지가 영어학과 영어 교육의 주된 연구 목적이 되어야 한다는 것이다. 결국은 그동안 그토록 공부한 기존의 영문법과 영어학 지식이 실제로 영어를 습득하는 데 전혀 도움이 되지 않는다는 내용이었다. 다시 말해, 인간은 언어 환경에 자연스레 노출되면, 언어를 습득할 수 있는 내재된 문법 능력을 가지고 있어서, 이 능력을 활용하도록 노력만 하면 되는 것이다. 이것이 가능한 것은 모든 인간이 언어를 생성할 수 있는 생물학적 기관을 태어날 때부터 가지고 있고, 모든 인간의 언어는 이 기관을 통해 같은 원리로 생성이 된다는 것이다. 그래서 우리는 문법을 따로 배울 필요 없이, 자연스럽게 단어와 단어를 조합하여 어구를 만들고 문장을 만들게 된다는 것이다. 단지 겉으로 드러난 언어에 따른 어순, 의문문 구조, 주어 생략 등의 통사적 문법의 차이는 기능어와 내용어를 서로 앞에 놓을 것인가 뒤에 놓을 것인가 하는 순서의 차이, 의문문에서 의문사를 문장 앞으로 보낼 것인가 평서문 자리에 그대로 놓을 것인가 하는 의문사 이동의 차이, 그리고 담화 속에서 주어나 목적어를 생략할 것인가 항상 그대로 명시적으로 쓸 것인가 하는 차이가 언어마다 보이는 표면적 차이이다. 이러한 차이를 매개변인으로 보고 언어의 차이는 이 매개변인에 의해 비롯된다. 그러니 언어를 배우는 것은 언어에 대한 문법 또는 언어학적 지식을 공부하는 것과는 전혀 상관없고, 이러한 생득적 언어 능력 기관을 잘 사용하도록 하는 것이 언어 습득에서 중요하다는 것이다.

1990년 당시, 이 강의를 듣고 무척 큰 감동을 받았다. 그런데 한 가지 특이한 점은, 그때 이선우 교수는 미국에서 유학하였음에도 촘스키의 생성문법을 소개하는 데 있어 영국인 언어학자인 라드포드 교수의 '변형통사론', '변형문법'이라는 책을 통해 생성문법 이론을 소개했다. 라드포드가 저술한 책들의 가장 인상적인 특징은 우리가 믿기 어렵고 상상하기 어려운 인간의 뇌에 내재된 이 언어 능력이라는 인간의 언어와 관련한 기관의 실제적 존재와 운용 체계를, 정말 적절한 영어 예문과 설명을 통해 너무도 잘 이해가 가게 기술하고 있다는 점이다. 나는 놀랍게도 이 책을 통해서 그 어려운 생성문법 이론에 너무도 쉽게 설득당했다. 나는 이 이론을 더 공부하고 싶어졌다. 이후 모교의 대학원에서 석사를 졸업하고, 박사 과정을 수료했다. 당시 모교에는 생성문법뿐만 아니라 전통문법, 기능문법, 구조문법, 문법화, 의미론, 음운론, 음성학, 영어사, 사회언어학 등을 전공하신 교수님들이 많이 계셨는데, 나는 이분들의 강의를 들으면서 진정한 언어학에 대한 학문적 눈을 뜨게 되었다.

1990년대 중반, 내가 모교에서 박사 과정을 할 당시 생성문법 이론에 대변화가 한참 일어나고 있었다. 그것은 최소주의 이론의 등장이었다. 1950년대에 촘스키의 변형생성문법 이론 등장 이후 한국의 많은 학자들이 이 이론을 연구하고자 미국으로 유학을 갔었고, 1980년대에는 한국에서 생성문법에 대한 관심이 고조됐다. 그런데 1995년 촘스키가 최소주의 이론을 정리한 '최소주의 프로그램'을 출판한 이후 이 이론을 연구하던 많은 생성문법 학자들의 수가 급격하게 줄어들었다. 그 이유는 그동안에도 많은 가정과 가설을 통해 이론을 검증을 해 오던 수많은 학자들에게 최소주의 이론은 기존의 생성문법 이론에 더 강도 높은 추상성과 난이도를 더했기 때문이다. 이는 그동안 수많은 도전에 직면했던 언어학자들에게 절망을 주었을 수도 있다. 아이러니하게도 최소주의 이론은 그 추상성 때문에 최대의 설명이 필요하게 되었고, 이 분야를 연구하던 학자들의 수를 급감시켰다.

그런데 앞서 잠깐 언급하였듯이 흥미로운 점은, 당시 미국 유학을 다녀온 많은 교수들이 생성문법의 이론적 기반인 변형생성문법부터 최소주의 이론에 이르기까지 이 분야 강의를 할 때 주교재로 영국인 언어학자인 라드포드의 저서들을 가지고 강의를 했다는 것이다. 학부 때 변형문법을 배울 때도 그렇고, 대학원에서 최소주의 이론을 배울 때도 그렇고, 미국에서 공부한 이선우 교수를 비롯한 많은 국내 대학의 교수들이 이 영국인 학자의 저서를 가지고 생성문법이론을 소개했다. 그렇다. 라드포드의 저서는 우리가 직면한 생성문법 이론, 특히 최소주의 이론이 가지고 있던 높은 이해의 장벽을 뛰어넘는 데 필요한 장대와 같은 역할을 했다고 할 수 있다. 나는 결국 미국인 언어학자 촘스키의 생성문법 이론의 기반인 변형생성 문법과 최소주의 이론을 연구해가면서, 이 영국인 학자의 저술에 푹 빠져들었다.

3. 영국 유학 준비

영국 유학을 떠나기로 결심한 것은 2000년, 즉 새 밀레니엄이 시작되던 해였다. 당시만 해도 영어학과 언어학을 공부하러 해외로 유학을 간 선배 교수들은 99%가 미국으로 가던 시기였다. 그런데 나는 아이러니하게도 미국에서 공부한 내 은사의 강의 덕분에 영국인 학자인 라드포드 교수의 생성문법 이론을 접하게 됐고, 이 영국인 학자의 연구에 관심을 갖게 됐다. 그리고 마침내 영국 유학을 떠나기로 결심했다.

그러나 영국 유학을 결심한 이후부터는 어떻게 준비해야 할지 난감했다. 유학을 다녀온 대부분의 선배 교수들이 미국에서 공부했기 때문에 영국 대학교에 대한 정보를 얻기가 쉽지 않았다. 그러던 중, 하늘이 도왔는지 같은 지도 교수님 아래에서 생성문법 이론을 공부하던 선배들 중 한 분이 영국의 라드포드 교수의 지도하에 석사 학위를 마치고 왔다. 현재 중앙대학교에 계시는 예선희 교수이다. 나는 선배의 도움으로 영국의 대학원 석사와 박사 제도 등에 대해 정보를 얻었고, 주한영국문화원에 방문하여 영국 유학에 대한 상담을 받았다. 그리고 라드포드 교수가 있는 영국의 에식스대학교에 입학하기 위한 입학서류를 받아 작성했다. 입학 지원서, 연구 계획서, 추천서 등을 준비했다. 그런데 준비하는 과정에 또 다른 예상치 못한 난관을 맞이했다. 영국 대학교에 입학하기 위해서는 영어 능력을 입증할 영어시험의 결과를 제출해야 했는데, 미국 유학 시 필요한 토플 등과는 다른 유형의 시험을 준비해야 한다는 것이었다. 바로, 영연방국가의 대학교와 대학원 입학에 필요한 아이엘츠 시험의 결과를 제출해야 했다. 그런데 아이엘츠 시험은 당시만 해도 무척 생소했고, 선택형 지필 시험 유형의 토플에는 없었던 영어 글쓰기와 말하기 능력을 직접 평가하는 방식이 포함돼있었다. 이런 시험을 전혀 경험하지 못한 이들에겐 무척 당황스러운 일이었다. 듣기와 읽기 영역에서도 선택형 문항 이외에 직접 기술을 해야 하는 문항들이 포함돼있어서, 실질적인 영어의 네 기능(듣기, 읽기, 쓰기, 말하기)을 평가하는 형식이었다. 2000년에만 해도 아이엘츠에 대한 정보를 얻을 수 있는 곳이 거의 없었고, 이 시험에 대한 정보를 얻을 수 있는 곳과 시험 응시 장소가 주한영국문화원과 주한호주대사관으로 국한돼 있었다. 그렇게 나는 다시 주한영국문화원에 찾아가게 됐다. 2000년 가을 학기에 시작하는 박사과정을 준비해야 하는 나로서는 시험을 준비할 시간이 절대적으로 부족했다. 지금은 2006년에 재응시 규정이 수정되면서 시험을 본 이후에 본인이 원하면 언제든지 재응시가 가능하지만, 당시만 해도 한 번 시험을 본 이후에는 재응시가 3개월 이후에나 가능했다. 4월까지는 모든 서류를 영국 대학에 보내야 했던 내겐 한 번의 시험 결과가 매우 중요했다.

따라서 당시 30대 초반에 대학에서 학생들을 가르치던 강사였던 나는, 내 신분을 떠나 주한영국문화원 아이엘츠 실전 준비반을 신청해 영국 유학을 준비하는 대학생들과 함께 실제 시험 한 달 전부터 수업을 수강했다. 그런데 생각보다 다행스러웠던 것은 영국인 원어민 강사의 발음이 그렇게 생소하진 않았다는 것이다. 특히, 강의를 하던 영국인 원어민 강사가 아이엘츠 인터뷰 시험관으로 일한 경험이 풍부했다. 또, 전반적인 시험 특징을 알려줬고 쓰기와 말하기 시험을 어떤 방식으로 준비해야 할지에 대한 이해를 하는 데 많은 도움을 줬다. 에식스대학교 언어학과 박사 과정에서 요구하는 점수는 6.5였는데, 생소한 이 시험에서 이 점수를 단번에 얻는 것이 쉬운 일은 아니었다. 그런데 인생을 살다 보면 길이 있고 인연이 있는 듯하다. 실전 준비반 등록은 정말 탁월한 선택이었다. 모의시험을 풀어보면서, 익숙하지 않은 쓰기와 말하기 영역의 시험 방식을 이해하게 됐고, 특히 영국인 강사의 영국식 억양과 발음에 어느 정도 익숙해진 덕분에 말하기에서 아주 높은 점수를 받아서 만족할 만한 시험 결과를 얻었다. 그해 3월에 에식스대학교의 박사 과정에 필요한 모든 서류를 갖추어 보냈다. 그리고 마침내 6월에 에식스대학교로부터 박사 과정에 등록하라는 기쁜 소식을 들었다.

　에식스대학교에서 연락이 오기 전까지 이 모든 유학 준비 과정을 한국의 박사 과정 지도 교수였던 이선우 교수와 전혀 논의하지 않고 있었다. 왜냐하면 정말 어느 날 갑작스럽게 한 결심이었고, 정신없이 짧은 시간 동안 준비를 하다 보니 주변의 지인들과 자세한 논의를 할 여유가 없었기 때문이었다. 게다가 그 결과를 장담하기 어렵다보니 박사 논문을 지도하던 지도 교수와는 더욱 이러한 준비를 상의하기가 어려웠다. 또, 나는 이미 박사 과정을 수료하고 영어의 문장구조 내에서 주어, 목적어, 보어 등의 논항에 부여되는 격에 관한 주제로 논문을 준비하고 있었다. 따라서 논문을 지도하던 지도 교수의 입장에서는 내가 영국으로 유학을 떠나겠다는 말을 전했을 때 무척 당황스러운 일이었을 것이다. 그런데다 모두들 미국으로 유학을 가는데 나는 영국으로 가겠다고 하니 더욱 의아해하셨을 것이다. 내가 기억하기로는 유학을 반대하지는 않으셨는데, 첫 말씀이 "왜 유학을 영국으로 가는가?"였던 것으로 기억한다. 나는 내가 영국으로 유학을 가는 이유로 지도 교수가 통사론 시간에 생성문법 이론을 소개하실 때 강독하신 '변형문법'의 저자인 라드포드 교수에게 가서 관련 이론을 더 공부 해보고 싶어서라고 했다. 지도 교수는 깊은 생각 끝에 기쁘게 허락을 해주셨다. 그리고 그해 여름 같이 공부하던 대학원생들과 함께 나를 위한 송별 저녁 식사 모임을 준비해 주셨다. 아울러 공부하면서 책을 사 보라고 100달러를 주셨다. 나는 깊은 감동을 받았다. 아마도 당시 내 지도 교수의 마음은 영국 영화 '빌리 엘리어트'에서 발레에 재능 있는 빌리를 더 성장시키기 위해 로얄발레스쿨로 보내던 윌킨슨 선생님의 마음이었을 것이다. 이 영화는 내가 영국 유학을 떠나던 2000년 9월에 영국에서 개봉했다. 영화의 윌킨슨 선생님처럼 나의 지도교수도 제자와의 이별에 아쉬운 눈물을 보였다. 내가 빌리처럼 대단한 재능이 있는 것은 아니었지만, 나는 참 운이 좋게도 지도교수인 이선우 교수를 비롯하여 많은 좋은 언어학자들을 스승으로 두었고, 이분들이 보여준 언어학에 대한 열정이 나의 유학에 많은 힘이 되었다. 지금은 대부분 은퇴하셨지만, 내게 대학과 대학원에서 영어학을 가르쳐 주신 나의 윌킨슨 선생님들인 이선우, 양인석, 박순함, 정국, 김재민, 이상기, 이응호, 조재영. 김기홍, 심재일, 신명섭, 이성하, 김광섭, 박정운, 김원식, 채희락, 홍종화, 박순혁 교수에게 나를 언어학의 세계로 이끌어 주시고 동료가 되게 해 주신 것에 깊은 감사의 마음을 전한다.

4. 영국 유학기

나는 대학원 석사 과정을 다니던 1992년 가을에 입대하여 1994년 겨울에 병장으로 만기 제대했다. 1995년 가을 학기에 복학하기까지 시간적 여유가 있어서 호주로 3개월 동안 여행을 떠났다. 당시 후임들로부터 전역 선물로 받은 작은 군용 가방 하나를 메고 호주의 남부 도시인 퍼스, 애들레이드, 멜버른, 캔버라, 시드니 등의 도시에 있는 호주의 대학들을 돌았다. 강의를 청강하고, 그곳의 교수들과 만남도 가지면서 자연스럽게 유학에 관심을 갖게 됐다. 그러던 중, 시드니대학교에 연구 교수로 오셨던 서울대학교 국어국문학과의 이상억 교수를 만났다. 그는 국어 음운론 학자였지만 미국의 일리노이대학교에서 음운론을 전공한 언어학자였다. 그는 내게 호주보다는 한국과 미국에서 공부할 것을 권장했다. 이유는 생성문법 이론을 연구하고 있는 좋은 언어학자가 한국과 미국에 더 많다는 것이었다. 나는 그의 조언대로 한국으로 돌아와 석사 과정에 복학했고, 박사 과정까지 수료했다.

영국 유학에 있어 나의 첫 해외 경험이었던 호주에서 3개월간의 여행은 해외 생활 정착에 많은 도움이 됐다. 무엇보다도 낯선 타국에서의 생활에 적응하는 것이 처음이 아니라는 데서 오는 경험적 자신감이 큰 소득이었다. 호주나 영국 모두 한국에서 비행기로 11시간이 넘게 걸리지만 호주는 거의 시차가 없는 반면에 영국은 한국보다 9시간이 늦고, 호주는 한국과 계절이 반대인데 영국은 한국과 계절 주기가 거의 비슷하다는 것이 히스로 공항에 발을 디뎠을 때의 영국에 대한 첫 느낌이었다. 그리고 영국 유학을 떠나면서 나름 걱정을 덜 했던 이유 중의 하나가 당시 런던대학교와 에든버러대학교에서 박사 과정을 하고 계시던 동문 선배들이 계셨다는 것이었다. 모두들 나와 비슷한 생각으로 영국 유학을 오셨고, 이제는 같은 길을 가는 동료가 되었다. 2000년 9월 영국에 첫발을 딛던 당시, 런던대학교에서 박사 과정을 하고 있던 정현성 선배 부부가 공항까지 마중을 나와서 에식스대학교까지 갈 수 있도록 안내해줬다. 낯선 곳에서 받은 첫 도움은 유학 생활 시작에 든든한 믿음을 심어줬다. 현재 정현성 교수는 한국교원대학교에 계신다. 그리고 에든버러대학교에서 박사 과정 중이던 윤원희, 고 박은미 선배 덕분에 가난한 유학 시절에 이분들을 보고 싶다는 핑계로 스코틀랜드를 방문해 구경할 수 있었던 듯하다. 윤원희 교수는 현재 계명대학교에 있고, 박은미 교수는 밀턴의 '실낙원'으로 박사 학위를 받은 후 국립경상대학교에 교수로 임용된 지 1년이 안 되어 위암으로 돌아가셨다. 인생은 가끔 참 덧없음을 느끼게 하고, 안타까움과 그리움을 남긴다. 이분들은 영국 유학 생활에 든든한 형이며 누 님이자 동료였다. 낯선 이국땅에서 이렇게 인연을 갖고 있었던 사 람들을 만나고 도움을 받았다는 것은 축복이 아닐 수 없다. 나는 이들에게 무척 감사한 마음을 갖는다.

일반적으로 영국 대학의 박사 과정은 튜토리얼 형식이다. 미국이 나 한국의 대학원 박사 과정과 달리 코스워크가 없고, 지도 교수와 박사 과정생의 일대일 또는 그룹 세미나를 통한 지도 형식으로 진 행된다. 그런데 에식스대학교 박사 과정은 달랐다. 1년간 석사 과 정생들과 같이 들을 수 있는 코스워크 강의를 수강하고 2년 차에 지도교수를 정하는 토트 과정과 처음부터 지도 교수를 정하여 연 구를 시작하는 리서치 과정으로 나뉘어 있다. 그리고 대학원 석사 과정은 미국과 한국처럼 16주가 한 학기인 학기의 2년 과정이 아 니라, 주로 10주 단위의 3학기 또는 4학기의 1년 과정으로 이루 어져 있다. 영국에 유학을 오기 전에 많은 대학과 학원에서 강의하 며 어렵게 등록금을 벌어 유학을 온 나는 그냥 바로 라드포드 교 수의 지도로 리서치 과정을 시작하기 보다는, 다른 여러 저명한 언 어학자들의 강의를 듣고 싶었다. 그래서 토트 과정을 신청하고 동 시에 라드포드 교수가 매주 진행하고 있는 박사 과정 세미나에 청 강생으로 참석했다. 당시 에식스대학교에는 언어학과의 전임 교수 진이 40여 명 정도였는데, 이 중 이론 언어학을 하는 교수들이 거 의 20명 정도였다. 이들로부터 언어학 이론 전반의 강의를 들었다. 최소주의 이론, 어휘기능문법, 핵중심구구조문법 그리고 제1언어습 득과 제2언어습득이론, 언어철학 등 박사 과정 동안 마틴 아킨슨,

로버트 D. 보슬리, 더그 아놀드, 비비안 쿡, 하랄트 클라젠, 클라우디아 펠저, 로저 호킨스, 마이크 존스, 이기 로카, 루이자 새들러, 앤드류 스펜서 등 언어학 책에서 보았던 많은 언어학자들의 이론 강의를 직접 들을 수 있는 좋은 기회를 가졌다. 이분들의 수업에서 나는 자유로운 토론과 논쟁을 통해 열정을 느끼며 언어학적 유희를 누렸다. 그리고 매주 라드포드 교수의 리서치 과정 박사 과정생들과 함께하는 세미나에 참석했다. 촘스키와 관련 언어학자들의 연구 논문과 이들 박사 과정생들의 연구 논문에 관련해 라드포드 교수 연구실에서 토론했다. 나는 토트 과정을 듣고 있던 두 번째 학기 중에 라드포드 교수의 박사 논문 지도 학생 제안을 받았다. 그는 내게 자신과 함께 연구하고 싶다면 1년 토트 과정을 듣는 것도 중요하지만, 연구를 빨리 시작하면 더 빨리 졸업을 할 수 있다며 리서치 과정으로의 전환을 제안했다. 그렇게 나는 토트 과정 중간에 그의 박사 학위 논문 지도 학생이 되었다. 하지만 리서치 과정으로 전환하고 나서도 위에 언급한 언어학자들의 강의를 계속해서 청강하였다.

라드포드 교수의 리서치 과정은 우중충하고 변덕스러운 영국 날씨를 잊을 만큼 매우 훈훈한 분위기에서 자유로운 발표와 토론이 진행되었다. 라드포드 교수는 매주 목요일 오후 3시부터 약 3시간 동안 그의 연구실에서 세미나를 진행했고, 그 시간 동안 와인과 커피를 준비해줬다. 덕분에 나는 4년 동안 많은 종류의 와인을 맛보았다. 우리는 주로 와인을 마시며 최근 언어학에 관련된 논문들에 대해 토론했다. 또, 커피를 마시며 정신을 다시 바로 잡고 매주 돌아가면서 각자가 준비한 일만 자 정도의 에세이를 발표한 후 토론했다. 그동안 한국에서 교수의 강의를 듣고, 저널에 실린 학자들 논문의 핵심을 찾아 내용을 이해하던 공부 방식에서 연구자들이 직접 쓴 논문을 허심탄회하게 비판하며 대안을 찾아 논쟁하고 토론하는 새로운 공부 방식의 세계를 접하게 된 것이다. 우리는 가끔 세미나 후에 따로 박사 과정 학생들끼리 캠퍼스 안에 있는 펍에 찾아가 맥주 한 잔을 하며 2차 토론을 이어가곤 했다. 당시 우리는 눈을 뜨고 있는 동안은 거의 언어학만 생각했던 것 같다.

에식스대학교는 10월 1일에 개강을 하고 대학원은 가을, 겨울, 봄의 세 개 학기로 구성돼 있으며 석사는 매 학기 10주의 코스 워크 이후에 4주의 에세이 과제 기간을 갖는다. 박사 리서치 과정의 경우에는 주로 10주 동안 지도 교수와 개인 미팅을 통해 논문 지도를 받는다. 학기 말인 10주째에 항상 지도 교수와 학과장이 참석해 논문 지도 상황을 점검하는 연구위원회 회의를 가졌다. 여기서 학생은 지도 교수의 논문 지도에 관해 어려운 점이 있으면 서면 또는 인터뷰를 통해 의견을 제시할 수 있다. 지도 교수와 학생의 성향에 따라 10주 동안 몇 번 만나지 않는 경우도 있다. 내 지도 교수의 경우에는 지도 학생들과의 토론을 좋아했고, 다행히 우리는 매주 미팅을 가졌다. 따라서 박사 논문의 주제를 빨리 정할 수 있었고, 논문을 준비하고 진행하는 데 있어 많은 조언을 받을 수 있었다. 그러나 모든 것이 순조로웠던 것은 아니다. 나는 한국에서 내 박사 학위 논문의 주제로 연구하던 격문법을 계속 연구하여 박사 과정을 빨리 마무리하고 싶었다. 그런데 라드포드 교수는 나의 기존 연구 주제보다 더 흥미로운 주제가 있다며 새로운 연구 주제를 제안했다. 당시 그의 제자 중에 아주 뛰어난 일본인 학생이 있었는데, 이 일본인 친구가 수동태의 목적어 이동, 상승동사의 주어 이동과 같은 논항 이동으로 논문을 쓰고 있었다. 이 일본인 제자를 지도하면서 라드포드 교수는 구문의 이동에 많은 관심을 갖고 있었다. 내게는 의문문의 wh-의문사와 같은 의문사 이동 즉, 비논항 이동에 관한 연구를 해보면 좋을 것 같다고 제안을 한 것이다. 청천벽력과 같은 소리였다. 일주일 정도 고민할 시간을 달라고 했다. 많은 고민 끝에 지도 교수가 관심을 갖고 있는 연구를 하면 더 많고 좋은 조언을 받을 수 있을 듯하여, 결국 논문의 주제를 영어와 한국어의 wh-의문문에서의 wh-의문사 이동에 관한 비논항 이동을 주제로 정하고 연구를 시작했다.

2000년 가을 라드포드 교수와 첫 만남

　나는 지도 교수와 지도 학생들과의 미팅 이외에 당시 인문대학
학장이었던 마틴 아킨슨 교수와 라드포드 교수 그리고 그들의 박
사 과정 학생들과 함께하는 생성문법 연구 모임에도 참석했다. 생
성문법에 관한 최근 연구 논문을 토론하는 연구모임으로, 이 모임
을 통해서 나의 이론적 기반을 탄탄하게 해줄 새로운 조언자를 얻
을 수 있었다. 아킨슨 교수는 수학과 철학 학사, 심리학 석사, 그
리고 언어학 박사를 한 학자였다. 언어학적 이론을 분석하고 비판

하는 데 있어 수학적 논리를 갖고 접근하는 학자였고, 기본 개념과 이들의 관련성을 중요시하였다. 그는 최소주의가 등장하면서 끊임없이 쏟아지는 촘스키의 새로운 이론적 개념에 의문을 제기했고, 그의 새로운 개념들이 기존의 개념과 어떤 면에서 장점을 가지고 있는지, 그리고 개념과 개념들 간의 문제점은 무엇인지를 논리적으로 분석하고 비판하며 대안을 제시하였다. 나는 그의 연구 방식에 무척 매료됐고, 항상 촘스키의 새로운 이론 개념을 쫓아가던 연구자에서 조금이나마 비판적 접근을 하는 연구자로 성장할 수 있었다.

2016년 에식스대학교에 연구 교수 방문 때 아킨슨 교수와 함께

박사 과정 첫해는 토트 과정을 통한 강의 참석, 지도 교수와의 논문 지도 모임, 그리고 생성문법 연구 모임 등으로 매주가 정신없이 지나갔다. 에식스대학교 언어학과가 박사 과정 연구생들에게 매력적인 점은 학과에서 매학기 매주 목요일마다 외부 대학의 저명한 언어학자를 초대하여 특강을 제공한다는 점이었다. 그 특강을 통해 앤더스 홀버그, 이안 로버츠, 프레데릭 뉴메이어, 가이 쿡, 데이비드 윌리스 등 영국과 미국의 타 대학에서 온 좋은 학자들의 연구 발표를 들을 수 있었다.

박사 과정 2년 차가 되면서 본격적으로 내 논문의 주제에 관한 에세이를 쓰기 시작하였다. 2001년 11월에 언어학과 대학원생 세미나에서 'Match and Agree in the Interrogative CP domain'이라는 주제로 나의 연구 논문을 발표하며 언어학자로서 등단했다. 언어학과 대학원생들의 작은 모임이었지만 그때 내디딘 첫발은 이후 나의 영국 언어학회에 활동에 큰 동기 부여가 됐다. 이후 2002년 3월에 맨체스터대학교 언어학과 대학원생 학술대회에 초청을 받아 'On the Contrast in the Island Constraints between English and Korean'라는 주제로 연구 발표를 했다. 또, 에식스대학교 언어학과의 박사 과정 해외 논문 발표 지원금을 받아 그해 7월에 노르웨이 오슬로대학교에서 'On Island Constraints in Korean'을, 그리고 11월에 폴란드 바르샤바대학교에서 'Why does way 'why' have Anti-Superiority Effects in Korean?'을 발표했다. 해외 대학교에서 열리는 학술대회의 참여를 늘리고 연구 역량을 넓혀갔다. 무엇보다도 2002년은 영국언어학회(LAGB, Linguistics Association of Great Britain)에 'A Paradigm in A-movement and A bar-movement'라는 주제로 연구 논문을 발표해 영국언어학회에 등단하면서 많은 영국의 언어학자들에게 나의 존재를 알린 해였다. 영국언어학회는 SCI급 저널인 언어학 저널을 케임브리지대학교 출판사를 통해 발행하는 영국의 대표적인 언어학회로, 3~4일에 걸쳐 언어학의 모든 분야를 다루는 학술대회이다. 이 학술대회는 매년 언어학과가 있는 영국 대학들이 돌아가면서 장소를 제공하며 개최된다. 그렇게 2002년에 리버풀의 에지힐대학교에서 열린 영국언어학회를 시작으로 맨체스터대학교, 셰필드대학교, 로햄튼대학교, 케임브리지대학교 등 2005년까지 매년 영국언어학회에 논문 초록을 보냈고, 매년 선정이 되어 논문 발표를 하러 다녔다. 영국언어학회의 좋은 점이 교수들은 학술대회 비용을 전액 내야 하지만, 논문을 발표하는 비정규직 교수 또는 박사 과정 연구자는 교통비와 숙박비 그리고 학회 비용 혜택을 받을 수 있었다는 점이다. 덕분에 나는 학회의 지원으로 영국의 여러 도시를 구경할 수 있는 기회도 덤으로 얻었다. 영국언어학회는 영국, 독일, 프랑스, 네덜란드 등에서 온 많은 해외 학자들을 만날 수 있었던 좋은 장소였고, 내가 언어학자로 성장하는 데에 엄청난 기회를 준 곳이기도 하다.

2003년 폴란드 바르샤바대학교 학술대회 참여 당시 모습
(왼쪽부터) 뉴메이어 교수(워싱턴대학교), 보슬리 교수(에식스대학교),
반스키 교수(바르샤바대학교), 그리고 나

영국에서 많은 언어학회에 참여하고 논문을 발표하면서, 영국에서 비슷한 시기에 박사 과정을 하거나 갓 박사가 된 고베외국어대학교의 노리오 나수 교수, 리즈대학교의 멀린다 웡-바 교수, 캠브리지대학교의 테레사 비베라워 교수, 셰필드대학교의 길국희 교수, 요크대학교의 조지 술라스 교수, 와세다대학교의 료 오토구로 교수 등 나와 비슷한 또래의 젊은 언어학자들을 만나게 됐다. 같이 연구하면서 배우고 성장할 수 있었다.

논문을 마무리하던 시점인 2004년 7월에 조지 술라스 교수가 요크대학교에서 개최한 'Strategies of Quantification'을 주제로 하는 학술대회에서 나의 대학 은사인 이선우 교수와 'Korean Wh-words as Choice Function Variables'란 논문을 같이 준비해 공동 발표했다. 나의 은사는 미국에서 공부했지만, 영국에 와본 적이 없었다. 그래서 나는 그와 함께 논문을 발표하고, 영국의 대학들과 내가 공부한 에식스대학교를 소개하고 싶었다. 우리는 런던, 콜체스터, 케임브리지, 옥스포드, 요크를 돌아보며 좋은 추억을 만들었다. 나는 지금도 나의 은사를 볼 때마다 유학을 떠나기 전 그가 내게 준 100달러의 고마움이 떠오른다. 그런데 영국에서는 달러가 통용되지 않는다. 그래서 나중에 미국에 갔을 때 그 귀중한 돈을 썼다.

끝으로, 영국 유학에서 잊을 수 없는 추억 중의 하나는 아마 2002년 월드컵일 것이다. 우연스럽게도 당시 라드포드 교수의 박사 과정 학생들은 전부 월드컵에 출전한 국가의 학생들로 구성되어 있었다. 지도교수는 영국에서도 잉글랜드인이었고, 한국, 일본,

독일, 크로아티아, 아르헨티나, 프랑스 이렇게 각각 나라별로 한 명씩의 박사 과정 학생을 지도하고 있었다. 나는 지도교수와 그의 박사 과정 지도 학생들과의 모임에서 농담으로 6월 한 달은 나와 일본인 친구가 가장 공부를 많이 하게 될 것 같다고 예언했다. 이전 월드컵 우승국인 프랑스와 남미의 강호 아르헨티나가 결승에 갈 것 같아, 이 두 국가의 친구들은 한 달간 공부하기 어려울 것이라고 예언했다. 대부분의 우리는 그 당시 실력으로 보아 잉글랜드, 크로아티아, 독일 등은 16강 또는 8강에서 탈락할 것으로 예측했다. 그런데 누군가 공은 둥글다고 하지 않았던가? 우리의 예상을 충격적으로 깨고, 프랑스와 아르헨티나는 예선 탈락했다. 그것도 프랑스는 3패로 최하위 탈락을 했다. 당대 최고의 스트라이커 앙리와 중원의 지휘자 지단이 있었는데도 불구하고 씁쓸한 퇴장을 했다. 그리고 그해 한국은 준결승까지 진출하면서 나는 월드컵 기간 중 가장 오래 자국을 응원하는 학생이 됐다. 맨체스터 유나이티드 팬이었던 라드포드 교수는 이후 맨유와 한국 국가대표팀의 유니폼이 붉은색으로 같다는 이유로 잉글랜드가 탈락한 이후 한국을 열심히 응원했다. 그리고 내가 졸업한 이후에 네덜란드 아인트호반에서 뛰던 박지성 선수가 맨유로 온 이후로는 더 친한파가 됐다.

나는 2000년 10월에 박사 과정을 시작해서 2004년 9월에 350쪽 분량의 박사 논문 심사본을 완성해 제출했다. 4년 만에 논문을 완성했다. 심사위원들은 3개월간 나의 논문을 읽었으며, 크리스마스 나흘 전인 21일이 논문 심사일로 정해졌다. 영국은 박사 학위 논문 심사를 세 번 정도 하는 한국이나 미국과 달리, 단 한 번의 심사로 논문의 심사 결과가 나온다. 이 구술 논문 심사를 바이바라고 한다. 지도 교수는 일반적으로 배석하지 않고, 외부 심사위원과 내부 심사위원장 이렇게 두 심사위원을 앞에 두고 토론하듯이 심사를 받는다. 나의 논문의 내부 심사위원장은 핵중심구구조문법의 대가인 보슬리 교수였고, 외부 심사위원은 떠오르는 젊은 학자인 런던대학교의 아저 교수였다.

2013년 한국생성문법 국제학술대회에
초청된 아저 교수와 당시 사회를 맡은 나

보슬리 교수는 영국언어학회의 저널인 언어학 저널(Journal of Linguistics)의 편집장을 오랫동안 맡아온 열정적인 언어학자였다. 아저 교수는 영국언어학회와 여러 학회에서 이미 여러 번 만나서 언어학의 여러 주제에 대해 이야기를 나눈 안면이 있는 사이였음에도 불구하고, 나는 심사를 받아야 하는 입장이어서 무척 긴장이 됐다. 긴장을 풀기 위해 이틀 전에 런던의 한인 타운에 가서 사온 찹쌀떡과 청심환을 먹고 심사장에 들어갔다. 나의 지도 교수인 라드포드 교수와 조언자인 아킨슨 학장은 학장실에서 마치 학부모의 심정으로 기다리고 있었다. 보통 박사 논문 심사는 2시간 정도 진행된다. 가장 최상의 결과는 '즉시 합격' 또는 '수정 없이 통과'이고, 일반적인 합격은 '2개월 수정'을 받는다. 만약 6개월 이상의 수정을 요구받으면 상황에 따라 재시험을 보기도 하고, 탈락이 결정되는 경우에는 박사 학위보다 아래인 연구 석사를 받게 된다. 연구 석사의 경우는 처음부터 2년의 석사 과정을 거쳐서 받는 경우가 있고, 이처럼 박사 논문 심사에서 탈락을 해서 받는 경우도 있다. 이 모든 것이 영국의 박사 논문 심사에서는 단 한 번의 심사로 결정된다. 그러니 아무리 심사위원들과 안면이 있다고 해도 심장이 떨릴 수밖에 없다. 나는 3시간이 넘는 심사를 받았다. 평균적으로 걸리는 심사 시간보다 시간이 길어져서 나의 지도교수인 라드포드 교수와 조언자인 아킨슨 교수는 마음을 졸였을지도 모른다. 그런데 우려와 달리, 내 논문 심사장의 분위기는 화기애애했다. 논문 심사가 길어진 이유는 언어학에 대한 열정과 호기심이 절정에 닿은 젊은 신성 아저 교수가 엄청나게 준비해온 많은 질문들로 인해 심사 시간이 길어졌기 때문이다. 마치 학회에서 논문 발표를 하듯이, 논문 심사장은 시간이 지날수록 열띤 토론의 장이 되었다. 3시간이 지나자 내부 심사위원이면서 심사위원장인 보슬리 교수의 조언을 끝으로 논문의 심사가 마무리 됐다. 심사 결과는 기쁘게도 '즉시 합격'이었다. 라드포드 교수와 아킨슨 교수는 진심으로 기뻐했고 축하해주었다. 크리스마스를 앞두고 좋은 선물을 받은 것 같은 기분이었다. 논문 심사 다음 날 라드포드 교수는 아킨슨 학장과 보슬리 교수 그리고 나를 인도 레스토랑으로 초대했다. 나의 성공적인 박사 논문 심사 통과를 와인과 함께 인도 음식을 대접하면서 축하해 줬다. 나는 라드포드 교수뿐만 아니라 그의 부인인 카디자 교수의 따뜻한 사랑도 참 많이 받았다. 그의 부인인 카디자 교수는 에식스대학교에서 프랑스어를 가르치는 교수였고, 연구실이 라드포드 교수의 맞은 편에 있었다. 우리는 공부하는 동안 카디자 교수를 자주 볼 수 있었고, 매년 라드포드 교수의 생일날엔 그의 박사 과정 제자들과 언어학과 교수들을 초대하여 송아지 요리를 해주시곤 했다. 카디자 교수는 모로코인이었는데 동양 문화에 대한 이해가 깊었으며 남편의 둘 뿐인 동양인 제자인 나와 일본인 박사 과정생 노리오 나수에게 참 잘 해줬다. 나는 정말 두 분에게 형언할 수 없는 사랑을 받았다. 깊은 감사의 마음을 전한다.

2016년 연구교수로 방문 했을 때 라드포드 교수 부부 댁에서

크리스마스가 끝나자마자 최종 편집을 한 박사 학위 논문을 제본해, 12월 30일에 제출했다. 주말에 2005년 새해가 밝았고 1월 3일 월요일 아침, 대학원 행정실의 문이 열리자마자 학위 증명서를 신청해 다음 날 박사 학위증을 받았다. 그리고 이틀 동안 나에게 언어학의 열정을 불어넣어 줬던 에식스대학교의 교수들과, 또 뜨거운 우정을 나눴던 친구들과 작별 인사를 나눴다. 1월 5일, 나는 한국행 귀국 비행기를 탔다. 마침내 4년 4개월의 에식스대학교 박사 과정 유학 여정이 좋은 기억들과 함께 마무리됐다.

5. 나가는 글

돌이켜보면 30대 초중반의 나이에 한국에서 박사 과정을 수료하고 다시 해외에서 새롭게 공부를 시작한다는 것은 큰 도전이었다. 그러나 깊은 장고 끝에 결정하면 바로 계획을 세우고 좌고우면하지 않으며 코뿔소처럼 돌진하는 나의 성격이 유학을 떠나는 데 있어 큰 도움이 됐다. 또, 그런 성격이 유학 생활을 하면서 많은 경험을 하고 즐겁게 보낼 수 있었던 주요 요인들 중의 하나가 아니었나 하고 생각한다. 영국 유학은 분명히 인생에서 맞이한 끊임없는 도전 중에서 매우 큰 도전 중의 하나였지만 가장 잘한 결정 중의 하나이기도 했다. 나는 그곳에서 많은 학회에서 논문을 발표하면서 논쟁했고, 그 경험은 나를 언어학자로 더 크게 성장할 수 있게 한 초석이 되었다고 생각한다.

어느덧 내가 영국 유학을 떠났던 2000년, 뉴 밀레니엄이 시작되던 해로부터 20여 년이 지났다. 이제는 인생의 과정들이 매순간 성공이냐 실패냐의 결과로 기록되는 것이 아니라 흔적들로 남는다는 것을 깨닫는 나이가 되었다. 이 흔적들은 내 인생에서 어떤 역사의 결과물로만 존재하는 것이 아니라, 나와 인연을 맺은 수많은 사람들과 함께 살아 숨 쉬는 기억으로 존재한다. 영국에서의 수많은 내 흔적들이 지금의 나를 있게 했고, 그 흔적들 속에 함께한 나의 스승과 친구들이 나를 외롭지 않게 하였다. 오늘 마침 연구실 창밖의 가을비에 젖은 서초동 캠퍼스 풍경이 이맘때면 촉촉하게 젖어있을 에식스대학교의 위벤호 공원을 떠오르게 한다. 나와 함께 흔적을 공유한 그들이 그립고 무척 감사하다.

우리들의 영국 유학기
13인의 이야기